LEONID JUSEFOWITSCH

Im Namen des Zaren

Buch

Sankt Petersburg, 1871. Die Beziehungen zwischen Russland und Österreich-Ungarn sind stabil. Doch dann geschieht etwas, was einen gefährlichen Konflikt zwischen den Großmächten auslösen könnte: Fürst Ludwig von Arensberg, ein österreichischer Diplomat und General, wird ermordet in seinem Bett aufgefunden. Sofort ist die russische Geheimpolizei in höchster Alarmbereitschaft. Für diesen politisch brisanten Fall ist Iwan Dmitrijewitsch Putilin, der legendäre Leiter der Sankt Petersburger Kriminalpolizei, der richtige Mann. Der berühmte Ermittler hat es sogleich mit einer ganzen Armee von Verdächtigen zu tun, denn als Frauenheld, Raufbold und leidenschaftlicher Kartenspieler hatte Fürst von Arensberg zahlreiche Feinde. Da ist zum einen der Staatsbeamte Strekalow, dessen Gattin mit von Arensberg ein heimliches Verhältnis unterhielt. In Verdacht gerät auch Graf Chotek, der österreichische Botschafter, weil ihm das forsche und selbstbewusste Auftreten des Fürsten ein Dorn im Auge war und sein Amt gefährdete. Zahlreiche Ungereimtheiten lassen Iwan Putilin lange im Dunkeln tappen. Doch er muss den Täter bald überführen, denn es steht nichts weniger auf dem Spiel als die politische Stabilität des Zarenreiches...

Autor

Leonid Jusefowitsch wurde 1947 in Moskau geboren, wuchs aber im Ural auf. Er studierte Geschichte an der Universität Perm, danach war er Offizier in der Sowjetarmee, diente in Burjatien und in der Mongolei. Später lebte Jusefowitsch als Geschichtsprofessor in Moskau und verfasste zahlreiche Sachbücher sowie wissenschaftliche Artikel. Bekannt wurde er in den 80er Jahren mit einer Biographie des Barons von Ungern-Sternberg, eines Generals der Weißen Armee, der 1921 drei Monate lang Diktator der Mongolei war. Berühmtheit erlangte er jedoch erst mit seiner 2001 erschienenen Krimi-Trilogie um den Polizeiagenten Iwan Putilin, der im Sankt Petersburg des späten 19. Jahrhunderts ermittelt. Der erste Band der Trilogie, »Im Namen des Zaren«, wurde verfilmt, der dritte wurde mehrfach literarisch ausgezeichnet, u. a. mit einem der angesehensten Literaturpreise Russlands, dem *Nationalen Bestseller-Preis*. Jusefowitsch lebt mit seiner Frau und seinen beiden Kindern in Moskau.

Leonid Jusefowitsch

Im Namen des Zaren

Iwan Putilin ermittelt

Roman

Aus dem Russischen von
Alfred Frank

GOLDMANN

Die Originalausgabe erschien 2001 unter dem Titel
»КОСТЮМ АРЛЕКИНА«
bei Wagrius, Moskau.

1. Auflage
Deutsche Erstveröffentlichung August 2003
Copyright © 2001 by Leonid Jusefowitsch
Copyright © der deutschsprachigen Ausgabe 2002
by Wilhelm Goldmann Verlag, München,
in der Verlagsgruppe Random House GmbH
Umschlaggestaltung: Design Team München
Umschlagfoto: AKG images
Satz: Uhl + Massopust, Aalen
Druck: Elsnerdruck, Berlin
Verlagsnummer: 45538
Redaktion: Erik Simon
JE · Herstellung: Max Widmaier
Made in Germany
ISBN 3-442-45538-3
www.goldmann-verlag.de

Inhalt

Prolog

Der legendäre Chef der Petersburger Kriminalpolizei Iwan Dmitrijewitsch Putilin stammte aus Nowy Oskol, einem in Gärten regelrecht versinkenden Kreisstädtchen im Gouvernement Kursk. Nach beinahe fünfzig Jahren in der Hauptstadt hatte er sich die sanften Umgangsformen und die südliche Aussprache bewahrt, sagte »Ahenten« statt »Agenten«, aß gern Wareniki* mit Sauerkirschen und träumte im fortgeschrittenen Alter immer häufiger von den Kreidefelsen bei Oskol, und jedes Mal wachte er mit Tränen in den Augen auf, doch in die Heimat zog es ihn nie. Die Natur des Nordens sagte ihm mehr zu.

Aus Gesundheitsgründen in den Ruhestand gegangen, trat er im Frühjahr 1893 seine Stadtwohnung an den Sohn ab und ließ sich in einem irgendwann einmal günstig erworbenen alten Gutshaus mit Veranda und Obstgarten auf dem hohen Ufer des Wolchow nieder. Bis zur nächsten Eisenbahnstation waren es vier Werst**, doch dafür bot sich vom Steilhang des Flusses ein Blick von atemberaubender Schönheit und Weite. Hier lag auf dem Dorffriedhof Iwan Dmitrijewitschs Frau begraben, hier lebte er bis zu seinem Tod, ohne den Ort jemals zu verlassen. Das Schicksal hatte ihm noch fünfeinhalb Monate zugemessen.

---

* Kleine mit Quark oder Beeren gefüllte Pasteten. (Hier und im Folgenden Anm. d. Übers.)
** Altes russisches Längenmaß = 1,067 km.

Bald nach dem Umzug schrieb Iwan Dmitrijewitsch seinem Sohn: »In mir ist der Gedanke gereift, hochinteressantes Material, das sich im Laufe meiner Dienstzeit angesammelt hat, aufzubereiten und als eine Art Kriminalchronik der letzten dreißig Jahre unserer nördlichen Metropole herauszubringen. Könntest du nicht versuchen, einen geeigneten Verleger für dieses Projekt zu gewinnen?«

Mit »geeignet« war zahlungskräftig gemeint. Für den nicht eben reichen Iwan Dmitrijewitsch war es die einzige Möglichkeit, wenigstens noch etwas Geld zu verdienen.

Dass die Memoiren des begnadeten Kriminalisten eine gewinnträchtige Publikation zu werden versprachen, verstand sich von selbst. Ein Verleger fand sich rasch, sogar mehrere. Iwan Dmitrijewitsch entschied sich für den großzügigsten, bekam einen Vorschuss und machte sich voll Eifer an die Arbeit. Er ordnete sein Archiv, legte eine Kartothek an, erarbeitete einen detaillierten Plan für die Niederschrift des Textes, dachte sich Kapitelüberschriften aus und stellte passende Mottos zusammen. Dann geriet die Sache irgendwie ins Stocken. Alles schien bis ins Kleinste durchdacht, doch je umfangreicher sein Projekt wurde, je mehr neue Punkte hinzukamen, untergliedert mit römischen und arabischen Ziffern, desto blasser wurden die Bilder der Vergangenheit, die sich ihm anfangs in solcher Farbigkeit dargestellt hatten. Eines Morgens gelangte Iwan Dmitrijewitsch wehmütig zu der Erkenntnis, dass sich aus einem zunehmend detaillierten Plan immer schwerer ein großes Ganzes machen ließ. Er versuchte ganz ohne Plan zu schreiben, hatte aber auch damit keinen Erfolg. Weder Kaffee noch starker Tee halfen. Schließlich empfahl ihm ein Bekannter, dem er in Briefen sein Leid geklagt hatte, als Helfer den Petersburger Schriftsteller Safronow, der im *Russki westnik** zwei Erzählungen veröffent-

---

* Russischer Bote.

licht hatte. Iwan Dmitrijewitsch einigte sich, ebenfalls brief-
lich, mit ihm, dass er für seine Arbeit ein Drittel des zuge-
sagten Honorars erhielte, und im August holte er seinen Gast
auf der Bahnstation ab. Safronow war ein eleganter rotblon-
der Mann um die vierzig, höflich und korrekt. Sein Gepäck
luden sie auf ein Fuhrwerk und gingen zu Fuß. Das Wetter
war paradiesisch, am Himmel kein Wölkchen.

»Ist das schön hier!«, sagte Safronow begeistert.

»Ja, eine wundervolle Gegend«, erwiderte Iwan Dmitrijewitsch stolz.

Sie nahmen Feldwege, in der Ferne war bereits der in der
Sonne blinkende Fluss zu sehen. Safronow kaute an einem
Grashalm.

»Wie viel Zeit werden wir brauchen?«, erkundigte er sich
mit zusammengekniffenen Augen.

»Wofür?« Iwan Dmitrijewitsch hatte die Frage nicht verstanden.

»Alles in allem. Wie lange werde ich bei Ihnen wohnen?«

»Wenn ich Ihnen täglich eine Geschichte erzähle, dann
müsste es etwa ein Monat werden.«

»Können es nicht zwei Geschichten sein?«

»Es gibt welche, von denen auch zwei am Tage zu schaffen
sind, aber es ist der geringere Teil. Stellen Sie sich also auf
einen Monat ein.«

»Ich dachte, eine Woche würde reichen.«

»Dafür können Sie sich in frischer Luft erholen. Wir gehen
Pilze sammeln, auch angeln können wir fahren.«

»Und wie soll unser täglicher Arbeitsablauf aussehen?«

»Pflegen Sie nach dem Mittagessen zu schlafen?«, wollte
Iwan Dmitrijewitsch seinerseits wissen.

»Nein, das gehört nicht zu meinen Gewohnheiten.«

»Zu meinen auch nicht. Also können wir gleich heute anfangen. Ich spreche, und Sie schreiben. Alles ganz einfach.
Damit es schneller geht, rate ich Ihnen zum Bleistift, und

zwar zu keinem kantigen, sondern einem runden. Sonst ist Ihnen die Blase am Finger sicher.«

»Nicht alles ist so einfach, wie es Ihnen scheint. Ich werde ganz schön schwitzen müssen, um meinen Stil bis zur völligen Unkenntlichkeit zu verändern.«

»Warum denn das?«

»Ich habe meine Leserschaft«, erklärte Safronow, »und die wird gleich herauskriegen, von wessen Hand Ihre Memoiren geschrieben sind.«

Das Mittagessen nahmen sie auf der Veranda ein. Hier bereitete Iwan Dmitrijewitsch auf einem Spirituskocher auch den Kaffee und schenkte ihn ein. Dann gab er Safronow seinen Aufzeichnungsplan und schlug vor:

»Suchen Sie aus, was Ihnen gefällt. Damit fangen wir an.«

Safronow las die Überschriften der ersten drei Kapitel: »Ein bestialischer Mord in der Rusowskaja-Straße«, »Ein blutiges Verbrechen in der Orjoler Gasse« und »Ein Todesfall auf dem Litejny«.

»Etwas eintönig«, bemerkte er, nachdem er alles überflogen hatte.

Lediglich die Straßenbezeichnungen variierten und die Adjektive: Ein Mord wurde als »grauenhaft« bezeichnet, ein zweiter als »schrecklich« und so weiter.

»Tja!« Iwan Dmitrijewitsch zog die Schultern hoch.

Safronow nahm einen Schluck Kaffee und fragte, mit Blick auf den Beginn der Liste:

»Wer ist denn in der Rusowskaja ermordet worden?«

»Die Wäscherin Grigorjewa.«

»Und in der Orjoler Gasse?«

»Ein Hausmeister. Kluschin hieß er.«

»Ist nicht jemand von höherem Rang dabei?«

»Aber natürlich. In ›Ein Todesfall auf dem Litejny‹ geht es

um Baron Friderix aus dem Departement für Staatsvermögen.«

»Ist er erstochen oder erschossen worden?«

»Weder noch. Als Mordinstrument diente eine Zuckerzange.«

»Eine glühende?«

»Wie kommen Sie darauf?«

»Ich dachte, dass er mit dieser Zange gefoltert wurde und dabei starb.«

»Nicht doch! Man hat sie ihm von hinten auf den Scheitel gehauen, und das war's. Eine alte Bronzezange, die wiegt bestimmt ihre anderthalb Pfund.«

Safronow runzelte die Stirn und sagte:

»Und dass jemand mit einem Dolch oder einem Revolver ermordet worden wäre? Ist so etwas dabei?«

»Ja, aber hier geht nur eins von beiden: entweder Revolver und Hausmeister oder Baron und Zange. Das heißt, statt des Barons kann es auch ein Oberst sein, statt der Zange sonst was«, erklärte Iwan Dmitrijewitsch. »Hier zum Beispiel«, er wies auf eine Stelle in der Mitte der Liste, auf das Kapitel »Ein rätselhaftes Verbrechen in der Millionnaja-Straße«, »hier gibt es sogar einen Fürsten, der mit Kissen erstickt worden ist.«

»Einen Fürsten?« Safronow lebte auf.

»Ja, Fürst von Arensberg, österreichischer Militärattaché in Petersburg. Genauer gesagt: Militäragent, wie man damals sagte.«

»Wann, damals?«

»1871.«

»Wer hat ihn denn ermordet?«

»Nun, wenn ich das gleich verrate, ist die Spannung für Sie weg. Obwohl…«

Iwan Dmitrijewitsch ging ins Zimmer und kam mit einem voll geschriebenen Blatt Papier auf die Veranda zurück.

»Hier habe ich zwei Mottos zu diesem Kapitel. Sie werden

Sie ein wenig einstimmen und Ihnen möglicherweise eine kleine Orientierung geben.«

»Warum zwei?«

»Bei dieser Geschichte ist es mit einem nicht getan. Jedenfalls habe ich keins gefunden.«

»Hier«, las Safronow, der schon ahnte, dass von einem englischen Buchladen die Rede war, »bekommt man noch zu sechs Pence das Stück das *Goldene Traumbuch* und den *Wahrsager von Norwood* mit dem Bild einer jungen Frau mit hoher Taille, die in so unbequemer Haltung auf einem Sofa liegt, dass man fast versteht, weshalb sie alles durcheinander träumt: von einer Feuersbrunst, einem Schiffbruch, einem Erdbeben, einem Skelett, einem Kirchentor, von Blitzen, Begräbnissen und einem jungen Mann in leuchtend blauem Gehrock und kanariengelben Pantalons.«

Weiter unten war der zitierte Verfasser angegeben: Charles Dickens.*

Das zweite Motto war wesentlich kürzer, nur eine gute Zeile lang:

»Es kam ein Botschafter, der war stumm, brachte eine Urkunde, die war nicht geschrieben.«

»Was ist das? Woraus?«, wollte Safronow wissen, da er keine Quellenangabe fand.

»Ein altes russisches Rätsel, der Autor ist unbekannt.«

»Und die Auflösung?«

»Gemeint ist die Taube, die Noah in seiner Arche wohl einen Ölzweig im Schnabel brachte.«

»Sie meinen, das genügt, dass ich das Ganze von allein begreife?«

»Ich weiß nicht. Das hängt von Ihrem Scharfsinn ab.«

»Na schön«, entschied Safronow, »erzählen Sie. Beginnen wir mit diesem Fürsten.«

---

* Aus der Skizze »Out of the Season«.

Entgegen Iwan Dmitrijewitschs Rat nahm er sich aus dem Glas auf dem Tisch einen kantigen Bleistift, der scharf gespitzt war wie eine Mordwaffe, und schlug feierlich eines seiner mitgebrachten dicken Hefte im grünen Kunstledereinband auf.

Im Haus mit der Veranda und dem Obstgarten blieb Safronow bis Mitte September. Nach Petersburg zurückgekehrt und durch die tagtägliche Zeitungsarbeit ständig abgelenkt, arbeitete er dann noch monatelang an seinen Aufzeichnungen. Erst im Frühjahr des folgenden Jahres erschien das Buch unter dem Titel *Vierzig Jahre unter Mördern und Räubern*, doch es in den Händen zu halten war Iwan Dmitrijewitsch nicht mehr vergönnt. Im November 1893 erlag er binnen zwei Wochen einer durch ein Lungenödem verschlimmerten Influenza. Beerdigt wurde er an der Seite seiner Frau. Das Honorar erhielt Putilin junior, und der zahlte Safronows Anteil wie vereinbart aus.

Zu seinen Lebzeiten war Iwan Dmitrijewitsch eine rätselhafte Gestalt gewesen, keinem von den Zeitungsreportern war es je gelungen, ein Interview mit ihm zu machen. Er zog es vor, seine Arbeit im Stillen zu verrichten. Zahlreiche Legenden waren über ihn im Umlauf, die ihn bald als Don Quijote unter den Polizisten darstellten, bald als russischen Lecocq, bald als unglaublich treffsicheren Pistolenschützen, als Hufeisen verbiegenden Kraftmenschen, als verkappten Altgläubigen, oder als getauften Juden, oder als reuigen Mörder, der an seinem Körper verräterische Kennzeichen trug, doch nachdem das von Safronow geschriebene Buch erschienen war und mehrfache Auflagen erlebt hatte, bot sich dem Publikum das Bild eines ganz normalen Mannes mit üppigem Backenbart – in Maßen rechtschaffen, in Maßen schlau, in Maßen gebildet. Allmählich begannen die Legenden über ihn zu versiegen, das gedruckte Wort erwies sich als stärker. Das

Geheimnis verlor sich, der Nimbus um den Namen Iwan Dmitrijewitschs erlosch, und dann war es nur noch ein Schritt, dass er gänzlich der Vergessenheit anheimfiel.

Was denn auch bald geschah.

Es ist schwer zu beurteilen, ob es Safronows Schuld war oder ob die Zeit einfach nach anderen Helden verlangte, doch im Jahrhundertregister ist Putilins Name nicht verzeichnet. Dabei hätte er allein schon auf Grund der Affäre um die Ermordung des Fürsten von Arensberg die Aufnahme verdient. Aus dem dramatischen Geschehen in der Nacht zum 25. April 1871, dessen Schauplatz die Millionnaja-Straße war, drohten Russland diplomatische Komplikationen zu erwachsen, die den Lauf der Geschichte hätten verändern können. Safronow, das muss man seiner Intuition lassen, traf eine günstige Wahl. Bei der Darstellung dieses Dramas erlaubte er sich freilich, dem Leser zuliebe, der es nicht so genau nahm, hier und da vom wirklichen Sachverhalt abzuweichen, dieses hinzuzudichten und jenes zu verschweigen, doch eines der überlieferten Hefte im grünen Kunstledereinband hat Iwan Dmitrijewitschs Bericht in seinem ganzen ursprünglichen Reiz bewahrt.

ERSTES KAPITEL

Der Habsburgeradler

I

An jenem Morgen las Iwan Dmitrijewitsch wie gewohnt beim Frühstück die *Sankt-Peterburgskije wedomosti**, die er als einzige Zeitung hielt, denn nur sie durfte auf Staatskosten privat abonniert werden. Seine Frau war sehr stolz auf dieses Privileg, in dessen Genuss ihrer Ansicht nach nur Auserwählte kamen.

Der dreijährige Wanetschka war schon wach und fuhr einen grellfarbenen Spielzeugschmetterling an einem langen Stock über den Fußboden. Unter dem Bäuchlein des Schmetterlings war ein Rädchen, durch dessen Bewegung sich die Blechflügel hoben und senkten, doch nur einer tat es jetzt. Der andere hing leblos herunter.

»Könntest ihn endlich mal reparieren«, sagte Iwan Dmitrijewitschs Frau. »Da ist bloß ein kleiner Nagel einzuschlagen.«

»Ich repariere ihn, ich repariere ihn«, antwortete Iwan Dmitrijewitsch mechanisch.

»Wann?«

»Heute Abend.«

»Schon die zweite Woche versprichst du es, und für das Kind ist es schädlich, mit so was Verkrüppeltem zu spielen. Das beeinflusst das Nervensystem negativ, ich weiß das aus

* Sankt Petersburger Nachrichten.

eigener Erfahrung. Als ich klein war, hatte ich fast immer nur Puppen mit einem abgerissenen Arm oder Bein.«

»Seltsam. So arm wart ihr doch gar nicht.«

»Das war nicht der Grund. Später stellte sich heraus, dass meine Mutter sie heimlich verstümmelt hat.«

»Deine Mutter?«

»Ja, sie hatte eine Unmenge von Ideen, was Erziehung betraf, vor allem die moralische. Sie wollte, dass ich meine Puppen auch als Krüppel lieben lernte und so mein Mitgefühl entwickelte. Und was ist dabei herausgekommen?«

»Was denn?«, wollte Iwan Dmitrijewitsch wissen, indem er sich wieder in seine Zeitung vertiefte.

»Hast du vergessen, wie nervös ich gewesen bin, als wir geheiratet haben? Immer flossen gleich die Tränen. Das reinste Nervenbündel.«

Diesen traurigen Weg würde ihr Sohn auch gehen müssen, wenn er den zweiten Flügel nicht repariert bekam, entnahm Iwan Dmitrijewitsch ihren Worten.

»Wie viel Zucker möchtest du?«, fragte seine Frau, als sie das Teeglas vor ihn hinstellte. »Zwei Stück oder drei?«

»Drei.«

»Ich frage noch einmal: drei oder zwei?«

»Zwei.«

»Willst du wie ein Papagei immer mein letztes Wort wiederholen?«, brauste sie auf. »Mit dir kann man nicht reden! Leg deine verflixte Zeitung weg! Du hast einen kranken Magen, heute früh hast du wieder aus dem Mund gerochen. Willst du dir endgültig die Verdauung verderben?«

Iwan Dmitrijewitsch legte die Zeitung zur Seite und warf einen Blick auf die Uhr. Fünfzehn Minuten hatte er noch.

Ohne den Tee anzurühren ging er in die Abstellkammer, holte den Hammer und die Blechbüchse mit den Nägeln und nahm dem Sohn den Schmetterling ab.

»Aber Wanja! Willst du denn nicht meinen Tee trinken?«

Den Inhalt des Glases nannte sie bald zärtlich »mein Tee«, bald, ein Quäntchen pädagogischen Stahl in der Stimme, »dein Tee«, in Wirklichkeit aber handelte es sich um einen nach dem Rezept einer Nachbarin hergestellten Kräuterabsud mit etwas echtem Schwarztee, auf den sie es allerdings auch abgesehen hatte, um ihn durch magenfreundlichen grünen Tee zu ersetzen.

»Wenn noch Zeit bleibt, trinke ich ihn«, sagte Iwan Dmitrijewitsch, während er nach einem passenden Nagel suchte. »Bleibt keine, werde ich ohne deinen Tee auskommen.«

»Leg den Hammer weg«, verlangte seine Frau. »Wanetschka und ich brauchen solche Opfer nicht von dir. Habe ich Recht, Söhnchen? Sag Pappi, dass er dir den Schmetterling zurückgeben und seinen Tee trinken soll.«

»Nein!« Wanetschka stampfte mit dem Fuß.

In dem Moment klingelte es an der Tür.

Während Iwan Dmitrijewitsch durch die Diele ging, rechnete er mit einem seiner Vertrauensagenten, die, wenn es sich erforderlich machte, einfach zu ihm in die Wohnung kamen, doch vor der Tür stand ein unbekannter junger Offizier im blauen Gendarmenmantel.

»Rittmeister Pewzow«, stellte er sich vor. »Ich komme vom Grafen Schuwalow. Seine Erlaucht bittet Sie, sich in einer außerordentlich wichtigen Angelegenheit unverzüglich in die Millionnaja zu begeben. Eine Equipage steht zu Ihren Diensten, sie wartet unten.«

»Was ist denn passiert?«

»An Ort und Stelle werden Sie alles erfahren. Ich bitte Sie, sich zu beeilen.«

»Er hat noch keinen Tee getrunken«, sagte seine hinter der Portiere auftauchende Frau mit Bass-Stimme.

»Bitte, Herr Putilin, erklären Sie Ihrer Gattin, wer Graf Schuwalow ist.«

»Das, meine Liebe, ist der Leiter der Dritten Abteilung

Seiner Majestät persönlicher Kanzlei und Chef des Gendarmeriekorps«, erklärte Iwan Dmitrijewitsch, der sich denken konnte, dass der Einfluss von Pjotr Andrejewitsch Schuwalow noch über den Rahmen dieser schwindelerregend hohen Ämter hinausging.

»Sie sollten verstehen, Madame«, sagte Pewzow, »dass es sich um eine Angelegenheit von staatlicher Bedeutung handelt.«

»Aber Sie sollten auch verstehen, dass mein Mann einen kranken Magen hat. Bevor er das Haus verlässt, muss er unbedingt seinen Tee trinken. Das ist kein einfacher Tee, wie Sie wahrscheinlich glauben. Ich gebe Johanniskraut dazu, Hagebutten, etwas Kamille…«

»Schon gut, schon gut«, bremste sie Iwan Dmitrijewitsch und sagte, zu Pewzow gewandt: »Wissen Sie was, Rittmeister, fahren Sie mal ohne mich. Ich komme nach.«

»Gestatten Sie die Frage, ob Sie bald zu erwarten sind.«

»Spätestens in einer halben Stunde. Ich trinke einen Schluck Tee und mache mich auf den Weg.«

Der Grund, dass er nicht sofort aufbrach, war natürlich nicht der Tee, und nicht einmal seine Frau – für ihn als Chef der Kriminalpolizei ging es einfach nicht an, am Ort des Geschehens einzutreffen, ohne zuvor in Erfahrung zu bringen, was sich dort ereignet hatte.

Nachdem er Pewzow hinauskomplimentiert hatte, trank er den Tee, zog sich an und nahm seine Melone vom Garderobenständer.

»Vergiss den Regenschirm nicht«, erinnerte ihn seine Frau.

»Guck doch mal raus! Was soll ich damit?«

»Wir haben erst April, jetzt scheint die Sonne, aber bis zum Abend kann alles ganz anders aussehen. Fällt es dir wirklich so schwer, den Schirm mitzunehmen, damit ich beruhigt sein kann? Wenn es darum ginge, dich beruhigt zu wissen, würde ich…«

So ging das jeden Morgen, egal, wie das Wetter war, und heute beschloss Iwan Dmitrijewitsch, Festigkeit zu zeigen.

»Hör schon auf. Ich nehme ihn nicht mit«, sagte er und milderte die Schroffheit seines Tons mit einem Kuss.

Seine Frau gab sich sogleich geschlagen und fragte:

»Soll ich den Kutscher holen?«

»Nicht nötig. Ich nehme eine Droschke.«

»Immer dasselbe. Die Pferde schonst du, dich selber aber nicht«, sagte sie und zog die Halsbinde ihres Mannes gerade.

Iwan Dmitrijewitsch gab ihr noch einen Kuss und ging hinaus. Sofort sausten zwei Droschken herbei, von jeder Straßenseite eine. Seit er Chef der Kriminalpolizei war, entdeckte er jeden Morgen einen von den Droschkenkutschern vor seiner Tür, die sich etwas darauf zugute hielten, Putilin höchstpersönlich fahren zu dürfen. Geld nahmen sie nicht von ihm. Iwan Dmitrijewitsch wusste die kleine Einsparung zu schätzen und nutzte die Möglichkeit, kostenlos zu fahren, ohne Gewissensbisse, allerdings mit einer Ausnahme: Die Kutscher, die als Agenten für ihn arbeiteten, vergaß er nie zu bezahlen. Ihnen gegenüber erlaubte er sich keine unnötigen Freiheiten.

Er war abergläubisch und entschied sich für den Kutscher, der die Klugheit besaß, mit seinem Einspänner von rechts heranzufahren. Sein Plan war folgender: zunächst beim Kriminalpolizeiamt vorbeifahren, wo man ihm bestimmt über alles berichten würde, und danach zur Millionnaja.

»Wohin möchten Sie?«, fragte der Droschkenkutscher ehrerbietig.

»Als ob du es nicht wüsstest!«, sagte Iwan Dmitrijewitsch ärgerlich. »Ich sehe schon, ich hätte mich bei dem anderen reinsetzen sollen, der hätte bestimmt nicht gefragt.«

»Ich habe deshalb gefragt, Iwan Dmitrijewitsch, weil Sie möglicherweise heute nicht wie sonst, nicht zum Dienst fahren«, rechtfertigte sich der Droschkenkutscher. »Wo sich Ihr Amt befindet, das weiß ich natürlich.«

»Warum denn heute auf einmal nicht zum Dienst?«

»Ich dachte, in die Millionka. Dort, hört man, ist der österreichische Gesandte abgemurkst worden.«

»Da sollst du mich ja auch hinfahren«, verlangte Iwan Dmitrijewitsch. »Weißt alles selbst und fragst.«

II

In der Millionnaja, gegenüber der Kaserne des ersten Bataillons des Preobrashenski-Regiments, standen vor einer grünen zweigeschossigen Villa dicht gedrängt teure Equipagen, Dienstkutschen und Landauer, auf den Böcken würdevoll aussehende Kutscher. Hier hatte Fürst Ludwig von Arensberg, General der Kavallerie, Militärattaché des Kaiserreichs Österreich-Ungarn, gewohnt. Iwan Dmitrijewitsch hatte das zweifelhafte Vergnügen gehabt, im vergangenen Herbst seine Bekanntschaft zu machen, als an seinem Haupteingang der kupferne Türklopfer gestohlen worden war. Der Fürst spielte die Sache dermaßen hoch, dass die ganze Polizei der Hauptstadt sich die Hacken abrennen musste, um das Schmuckstück ausfindig zu machen. An die zwei Monate lang überwachte man alle Antiquitäten- und Metallwarenläden, doch die Suche blieb ergebnislos.

An der Rückwand einer der Kutschen leuchtete der massive Goldadler der österreichischen Habsburger, ebenfalls doppelköpfig, jedoch mit dünnerem Gefieder und stelzbeinig. Die Kutsche des Botschafters war das, Iwan Dmitrijewitsch kannte sie gut. Sie stand weiter weg von der Auffahrt als die anderen, war also später eingetroffen. Der österreichische Botschafter, Graf Chotek, weilte demnach Gott sei Dank noch unter den Lebenden, ermordet worden war der Bewohner der Villa.

Um sich ein besseres Bild von der Tragweite des Ereignisses zu machen, ging Iwan Dmitrijewitsch die Reihe der Equipagen ab. Hinter der Kutsche Choteks stand eine einfache schwarze Kalesche. Den Kutscher kannte er, er fuhr keinen Geringeren als den Großfürsten Prinz Pjotr Georgijewitsch Oldenburgski.

Vor dem Haupteingang standen zwei Männer in Zivil. Sie vertrieben die Gaffer und baten die Passanten, die andere Straßenseite zu benutzen, doch zu Iwan Dmitrijewitsch sagten sie kein Wort. Er lenkte seine Schritte zum Eingang. Plötzlich tauchte von irgendwoher sein Vertrauensagent Konstantinow auf und flüsterte, neben ihm hertrippelnd:

»Ich wollte Sie hier abpassen, Iwan Dmitrijewitsch, damit Sie erfahren, weshalb man Sie hergeholt hat …«

»Verschwinde«, befahl ihm Iwan Dmitrijewitsch. »Ich weiß es auch ohne dich.«

Konstantinow verschwand.

Die Vortreppe, der Vorraum, das Vestibül, der Flur – ein Raum ohne Formen, ohne Farben. Nur die Gerüche waren ziemlich auffällig. Von rechts roch es verbrannt. Aha, da lag die Küche. Iwan Dmitrijewitsch ging auf die gedämpften Stimmen zu, die zu hören waren. Nichts wissen, nur geradeaus sehen – so war es am besten. Zuerst musste der notwendige Blickwinkel gefunden werden, sonst trübten Details die Sicht. Das Allerwichtigste ist der Blickwinkel. Nur der Dilettant starrt nach allen vier Seiten und bildet sich darauf etwas ein.

Die Tür knarrte widerlich, Iwan Dmitrijewitsch trat in das Gästezimmer. Hier war es hell von Epauletten, bunt von Uniformstickereien. Am Fenster stand Graf Chotek, der sich bereits eine Trauerrosette an die Brust geheftet hatte. Prinz Oldenburgski erzählte ihm etwas auf Deutsch, und der Botschafter nickte mit einer Miene, als wisse er im Voraus, was ihm der Großfürst zu sagen hatte. An den Offizieren und Beamten vorbei, die sich bescheiden an die Wände drückten, gingen der Prinz Meklenburg-Strelizki, Justizminister Graf Pahlen und Stadthauptmann Trepow auf und ab. Schuwalow war nicht da.

Iwan Dmitrijewitsch schob sich seitlich herein, darauf bedacht, seinen massigen Körper möglichst gewichtslos zu machen. Niemand beachtete ihn. Er griff in die Tasche nach seinem Kamm, um sich Haare und Backenbart zu kämmen. Mit seinen vierzig Jahren war er schon merklich ergraut, die grauen Haare hatten ihre frühere Weichheit verloren, standen ab und beeinträchtigten seine Gesichtskonturen. Der Backenbart verlangte ständige Pflege, doch ihn abrasieren konnte Iwan Dmitrijewitsch nicht mehr. Dicke kahle Wangen hätten eine andere Mimik und folglich einen anderen Umgang mit Vorgesetzten und Untergebenen erfordert.

Während er sich kämmte, hörte er, wie Graf Pahlen halblaut zu seinen Gesprächspartnern sagte:

»Wieso, möchte ich mal wissen, reiben sie uns das dauernd unter die Nase: das Dritte Rom, das Dritte Rom! Ist es etwa lange her, dass sie selbst aufgehört haben, sich Heiliges Römisches Reich zu nennen? Noch keine hundert Jahre! Der Historiker Solowjow hat mit erzählt, den Doppeladler habe Iwan III. von den Griechen nur übernommen, um nicht hinter den Habsburgern zurückzustehen. Die waren einfach ein bisschen schneller. Jetzt brauchen wir uns nur dem Balkan zuzuwenden, schon schreit die ganze Wiener Presse, mit der Übernahme des Wappens von Byzanz erhöben wir Anspruch auf das byzantinische Erbe.«

In dem Moment löste sich aus der Gruppe der Gendarmerieoffiziere, die an der gegenüberliegenden Wand standen, Pewzow. Jetzt konnte Iwan Dmitrijewitsch ihn genauer betrachten: hoch gewachsen, drahtig, matt-dunkler Teint, die Augen von jener undefinierbaren grünlich-gräulich-gelblichen Färbung, die auf merkwürdige Weise je nach Tageszeit, Beleuchtung und Tapetenfarbe variiert.

»Nun?«, fragte er. »Wissen Sie, weshalb Sie herbestellt worden sind?«

Aus der bloßen Fragestellung sprach das gelassene Bewusstsein der Überlegenheit des Gendarmen gegenüber dem Polizisten, und dementsprechend fiel Iwan Dmitrijewitschs Antwort aus:

»Sie, Rittmeister, sind ein naiver Mensch.«

»Weshalb?«

»Sie glaubten, vor mir geheim halten zu müssen, worüber schon die Droschkenkutscher klatschen.«

Der Ausdruck betrübter Sachlichkeit, mit dem sich Pewzow anschickte, von dem Vorgefallenen zu berichten, glitt flugs von seinem Gesicht ab, er ging ins Schlafzimmer und winkte einen Augenblick später Iwan Dmitrijewitsch mit dem Finger.

Das leise Stimmengewirr im Gästezimmer blieb hinter ihm zurück, wurde fast unhörbar. Bevor Iwan Dmitrijewitsch das Schlafzimmer betrat, erlaubte er sich das Vergnügen, einen Blick zurückzuwerfen. Vor fünf Minuten hatte hier keiner von ihm Notiz genommen, jetzt dagegen sahen alle zu ihm hin. Alle bis auf Prinz Oldenburgski und Prinz Meklenburg-Strelizki, die zu zweit auf Chotek einredeten. Der machte ein Gesicht, als hätte er längst gewusst, dass der Militärattaché seines Kaisers in Petersburg umgebracht werden würde, und ihn auch davor gewarnt, jedoch kein Gehör gefunden.

III

Fürst Ludwig von Arensberg lag, das Gesicht zur Decke gerichtet, auf dem Bett. Auf dem gedunkelten Gesicht mit den hervorquellenden Augen und auf dem Hals mit dem großen Adamsapfel waren blaue Flecken zu sehen, die zeigten, dass ihn der Sensenmann schon vor ein paar Stunden heimgesucht hatte. Der grau melierte schwarze Spitzbart war zerzaust, das spärliche Kopfhaar durch getrockneten Schweiß verklebt. In einer letzten Kraftanstrengung erstarrt, spießten die knochigen Finger in die Luft. Die Hände selbst lagen, mit einer Gardinenkordel zusammengebunden, auf der Brust. Die vorderste Gardine, vom Bett aus gesehen, hing kordellos herab und schirmte den toten Körper schamhaft gegen das hereinflutende Licht des Aprilmorgens ab.

»Der Arzt ist bereits da gewesen«, flüsterte Pewzow, Iwan Dmitrijewitschs Frage zuvorkommend.

Iwan Dmitrijewitsch stand neben Schuwalow, der ihm, als er hereinkam, kaum merklich zugenickt hatte, und betrachtete den Ermordeten. Das zerknitterte Nachthemd war mit Blutflecken bedeckt, den abgerissenen Ärmel hatte man dazu verwendet, die Füße zu fesseln. Über den Knien waren dem Fürsten die Beine mit einem strickartig gedrehten Laken zusammengebunden worden, dennoch schien er weiterhin Widerstand geleistet zu haben. Darauf deutete das herabhängende Federbett hin und das zerknautschte Ende des Bezugs, mit dem er offenbar geknebelt worden war.

»Herr Putilin, wie lange werden Sie brauchen, um hier alles in Augenschein zu nehmen?«, erkundigte sich Schuwalow.

»Zwei Stunden reichen, Euer Erlaucht.«

»Zu lange.«

»Mit anderthalb lässt sich auskommen.«

»Auch zu lange. Prinz Oldenburgski, Prinz Meklenburg-Strelizki und Graf Chotek wünschen den Ort des Verbrechens zu sehen. Ich kann sie ja nicht noch anderthalb Stunden vor der Tür warten lassen.«

»Wenn Sie nichts berühren, mögen sie hereinkommen«, bot Iwan Dmitrijewitsch an. »Ich habe nichts dagegen.«

»Er hat nichts dagegen! Wie gnädig!«, entrüstete sich Pewzow. »Verstehen Sie denn nicht, dass der Tote Chotek nicht so gezeigt werden kann?«

»Auf keinen Fall«, pflichtete ihm Schuwalow bei.

»Wie viel Zeit geben Sie mir dann?«, wollte Iwan Dmitrijewitsch wissen.

»Eine halbe Stunde und keine Minute mehr. Die Tatortuntersuchung werden Sie gemeinsam mit Rittmeister Pewzow vornehmen. Er ist mit den Ermittlungen von Seiten des Gendarmeriekorps beauftragt, Sie werden also zusammenzuarbeiten haben. Und denken Sie bitte daran, meine Herren: Sie befassen sich mit einer Angelegenheit von kolossaler Wichtigkeit! Der Gossudar höchstselbst hat mir befohlen, ihm stündlich über den Stand der Dinge zu berichten. Fangen Sie an, ich schicke Ihnen gleich den Kammerdiener, der den Fürsten tot aufgefunden hat. Im Laufe der Untersuchung wird er Ihnen alles erzählen.«

Kaum dass Schuwalow fort war, ließ Pewzow sich erleichtert in einen Sessel fallen.

»Als Erstes sollten wir unsere Pflichten aufteilen«, sagte er. »Um den Weg abzukürzen, werden wir versuchen, ihn gleichzeitig von beiden Enden her zu gehen.«

»Wie das?«

»Sie gehen von den offensichtlichen Fakten aus, um zum wahrscheinlichen Mordmotiv zu gelangen, und ich in entgegengesetzter Richtung, vom wahrscheinlichen Motiv zu den Fakten.«

»Und was ist Ihrer Ansicht nach das Motiv?«

»Ich zweifle nicht daran, dass die Ermordung von Arensbergs politischen Charakter trägt. Sagen wir, es kann einen Zusammenhang mit der Situation auf dem Balkan geben.«

Iwan Dmitrijewitsch ließ sich auf alle viere nieder, um unters Bett zu sehen. Auf dem Fußboden war eine Petroleumpfütze von der zerschlagenen Tischlampe. Überhaupt herrschte ringsum ein unwahrscheinliches Chaos: Das Toilettentischchen war umgestürzt, Kissen und Decken lagen im Schlafzimmer verstreut. Ein Kissen war aufgeschlitzt, überall Federn, zerbrochenes Glas knirschte unter den Füßen. Der Fürst hatte verzweifelt um sein Leben gekämpft.

»Die Zeit, über die wir verfügen, ist knapp«, fuhr Pewzow fort, »in den nächsten Stunden wird Chotek nach Wien telegrafieren, und in ein, zwei Tagen werden die dortigen Zeitungen ein großes Geschrei erheben und in ganz Europa verbreiten, dass in Russland ausländische Diplomaten wie die Hühner abgestochen werden.«

»Das jedenfalls wird man nicht schreiben«, erwiderte Iwan Dmitrijewitsch gereizt, während er den Knoten des Lakens löste, um die Beine des Toten zu befreien.

»Da kennen Sie diese Schreiberlinge aber schlecht.« Pewzow lachte ironisch. »Und ob sie es werden!«

»Dass man bei uns Diplomaten absticht, wird niemand schreiben. Da können Sie beruhigt sein.«

»Warum sind Sie da so sicher?«

»Weil der Fürst nicht erstochen, sondern erstickt worden ist.«

Iwan Dmitrijewitsch wälzte den Leichnam behutsam vom Rücken auf den Bauch.

»Haben Sie sich überzeugt? Nicht ein Kratzer. Nur blaue Flecken.«

»Und woher kommt das Blut auf seinem Hemd?«

»Das ist nicht sein Blut. Wahrscheinlich hat er einen der Mörder in die Hand gebissen.«

»Sie meinen, es sind mehrere gewesen?«

»Mindestens zwei. Der Fürst war ein sehniger Mann, sehen Sie, was er für Pranken hatte! Einer allein hätte es nicht geschafft, so einen an Händen und Füßen zu fesseln. Es sei denn…«

Iwan Dmitrijewitsch verstummte.

»Was? So reden Sie doch.«

»Es sei denn, dass er seinen Mörder plötzlich erkannte, wodurch sein Widerstandswille erlahmte.«

»Vor Angst?«

»Nicht unbedingt. Möglicherweise ist ihm eingefallen, dass er sich diesem Menschen gegenüber schuldig gemacht hatte.«

»Nun machen Sie mal nicht auf Dostojewski«, warf Pewzow eine modische Wendung ein, die er kürzlich von einer Kursistin gehört hatte. »Vergessen Sie nicht, der Tote war schließlich kein Buddhist und kein russischer Intelligenzler, sondern ein Deutscher. Außerdem, worauf gründet sich denn Ihre Annahme? Wieso hat er zunächst seinen Mörder nicht erkannt und sich gewehrt und ihn dann plötzlich doch erkannt?«

»Weil es im Schlafzimmer dunkel war, die Lampe hat nicht gebrannt. Wäre sie mit brennendem Docht heruntergefallen und zerbrochen, dann hätte das vergossene Petroleum Feuer gefangen…«

Bevor Iwan Dmitrijewitsch aussprechen konnte, betrat der von Schuwalow hergeschickte fürstliche Kammerdiener das Zimmer. Es war ein breitgesichtiger rothaariger Kerl mit wimperlosen Fischaugen.

»Du hast den Fürsten als Erster tot aufgefunden?«, sprach ihn Pewzow an.

»Jawohl, Euer Hochwohlgeboren, ich. Also, als sie sich schlafen legten, ließen sie sich am Morgen um halb neun wecken…«

Der Kammerdiener setzte zu einem ausführlichen Bericht an, doch Iwan Dmitrijewitsch unterbrach ihn:

»Das erzählst du später weiter. Guck dich doch mal mit sachkundigem Auge um, ob nicht etwas verschwunden ist.«

Nach gemeinsamer sorgfältiger Durchsuchung trug Iwan Dmitrijewitsch die verschwundenen Wertsachen in sein Notizbuch ein: »Revolver (System unbek.), silbernes Zigarrenetui, französische Goldmünzen (9–10 St.).«

»Solche?«, fragte Iwan Dmitrijewitsch flüsternd und

zeige dem Kammerdiener eine runde Münze mit dem Ziegenbockprofil von Napoleon III., Kaiser der Franzosen, die er unter dem Bett gefunden hatte, ohne es Pewzow zu verraten.

Ihm war eingefallen, dass dieser Kaiser der ärgste Feind Victor Hugos, des Lieblingsschriftstellers seiner Frau, gewesen war. Vor kurzem hatte sie Wanetschka eine Plüschziege gekauft, die sie auf den Namen Esmeralda taufte.

»Ja«, der Kammerdiener nickte. »Von der Seite betrachtet, sehen sich beide so ähnlich, dass man sie nicht auseinander halten kann.«

»Wer sieht wem ähnlich?«

»Er«, der Kammerdiener wies mit den Augen auf den Toten, »dem auf dem Goldrubel.«

»Napoleondor heißt das«, sagte Iwan Dmitrijewitsch.

»Was gibt es da zu tuscheln?«, wollte Pewzow beunruhigt wissen. »Haben Sie etwas vor mir zu verheimlichen?«

»Nichts, nichts, eine Lappalie.«

Iwan Dmitrijewitsch kehrte zu dem Toilettentischchen zurück, und während er den Inhalt der Schubkästen kontrollierte, tadelte Pewzow den Kammerdiener:

»Was knarren denn bei dir alle Türen im Haus, Freund? Hier geht es ja noch zur Not, aber im Gästezimmer ist es ein richtiges Wolfsgeheul. Bist du zu faul, sie zu schmieren?«

»Ich tue, was man mir sagt«, rechtfertigte sich der Kammerdiener. »Wegen der Türangeln gab es keine Beanstandungen.«

»Geh, wir unterhalten uns später noch«, sagte Iwan Dmitrijewitsch zu ihm, und nachdem er den Raum verlassen hatte, wandte er sich Pewzow zu. »Übrigens, Rittmeister, ich kannte mal einen Geldverleiher – dieser Sohn Abrahams hatte seinen Dienern strengstens verboten, die Türangeln zu schmieren.«

»Hatte er Angst vor Dieben?«

»Solche Leute haben nicht nur vor Dieben Angst.«

Die Analogie wirkte. Pewzow verschränkte nachdenklich die Hände am Kinn, während Iwan Dmitrijewitsch noch Öl ins Feuer goss:

»Sie haben ja gehört, der Kammerdiener erzählte davon, dass der Fürst seinen Revolver im Schubfach des Toilettentischchens neben seinem Bett aufbewahrte. Weshalb wohl? Eine militärische Gewohnheit? Oder hatte er doch Angst vor jemandem?«

»Ja, ja«, Pewzow nickte, »das habe ich mir auch überlegt.«

»Andererseits«, Iwan Dmitrijewitsch spielte weiter lächelnd mit ihm Katz und Maus, »ist sein silbernes Zigarrenetui gestohlen worden. Welchen Zusammenhang zwischen diesem Diebstahl und der Situation auf dem Balkan gedenken Sie herzustellen?«

»Man sollte eine Durchsuchung bei diesem Figaro vornehmen. Ein verdächtiger Bursche …«

»Meine Herren, Ihre Zeit ist abgelaufen«, verkündete der zur Tür hereinblickende Schuwalow. »Fünfunddreißig Minuten sind vergangen!«

Bevor er hinausging, warf Iwan Dmitrijewitsch noch einmal einen Blick auf das letzte Ruhelager des Fürsten von Arensberg und registrierte erneut, dass der Tote seltsamerweise mit den Füßen zum Kopfende im Bett lag.

Im Schlafzimmer machte sich der Kammerdiener mit zwei ihm zugeteilten Gendarmen ans Werk. Sie legten dem zuvor um hundertachtzig Grad herumgedrehten Toten ein Kissen unter den Kopf, breiteten eine Decke über ihn und drückten ihm die Augen zu. Vom Gästezimmer aus hörte Iwan Dmitrijewitsch einen Eimerbügel klappern und einen nassen Scheuerlappen auf den Fußboden klatschen. Schuwalow persönlich führte das Kommando beim Saubermachen. Das war ein besonderer, rein russischer Demokratismus, der die

Unterschiede zwischen Rängen und Ständen ausglich: Jeder trachtete, etwas zu tun, was nicht seine Sache war.

Eins der Fenster des Gästezimmers lag in einer nicht sehr tiefen halbrunden Nische. Hier standen Graf Chotek und Prinz Oldenburgski zusammen. Starken Petroleumgeruch verbreitend, ging Iwan Dmitrijewitsch zu diesem Fenster und zog die Gardine zurück. Auf dem dahinter befindlichen Fensterbrett entdeckte er ein leeres Wodkafläschchen und auf einer Zeitung ein Stück weiche Butter. Er stippte den Finger hinein, leckte: finnische.

»Was ist das?«, fragte Chotek verwundert auf Russisch.

»Euer Erlaucht«, erwiderte Iwan Dmitrijewitsch mit einer Verbeugung, »das ist ein Beweisstück, mit dem ich meine Ermittlungen aufnehmen werde.«

Die zwei Gendarmen und der Kammerdiener mit seinem Eimer durchquerten das Gästezimmer in umgekehrter Richtung, worauf Schuwalow mit der herzlichen Geste des Hausherrn, der seine Gäste zum gedeckten Tisch lädt, die Versammelten aufforderte, ins Schlafzimmer zu treten. Prinz Oldenburgski, Prinz Meklenburg-Strelizki, Pahlen, Chotek und Generaladjutant Trepow näherten sich würdevoll dem Bett. Die übrigen Uniformierten drängten sich in der Tür. Wenn Schuwalow diesen Mord geheim halten wollte, überlegte Iwan Dmitrijewitsch, dann war es unbedacht, so viele Leute hier zusammenzuholen. Auch wenn sie sicher alle zuverlässig waren und den Mund zu halten wussten.

»Wie schrecklich!«, sagte Prinz Oldenburgski laut.

Alle nickten, obwohl der eigentliche Schrecken der Ungewissheit und Erwartung im Gästezimmer zurückgeblieben war, während hier, in dem aufgeräumten und abgedunkelten Zimmer, alle, die das Gesicht des Toten sahen, auf dem der Kammerdiener die bläulichen Flecken zugepudert hatte, augenblickliche Erleichterung fühlen mussten. Gott sei Dank bot der Tod einen manierlichen Anblick.

Als Schuwalow eine Viertelstunde später den österreichischen Botschafter zu seiner Kutsche geleitete, sagte er:

»Es wäre in höchstem Maße wünschenswert, dass Seine Majestät Kaiser Franz Joseph, Ihr Außenministerium und Ihr Generalstab von dem Verbrechen erführen, wenn wir den Verbrecher bereits gefunden haben. Ich versichere Ihnen, dass wir dazu nicht mehr als ein paar Stunden brauchen werden.«

Iwan Dmitrijewitsch bekam dieses Gespräch zufällig mit, als er das Schloss des Haupteinganges einer Untersuchung unterzog.

»Meine Pflicht ist es«, erwiderte Chotek kühl, »unverzüglich alles telegrafisch nach Wien zu melden. Ich habe den Verdacht, dass den Mord irgendein Fanatiker aus dem so genannten Slawischen Komitee begangen hat. In Moskau sind diese Leute zwar aktiver als in Petersburg, aber auch hier ist Ihre Presse übervoll von ihrem Geschrei, dass wir angeblich unsere slawischen Untergebenen knechten. Offensichtlich fühlen sich diese Herren vor Bestrafung sicher und haben beschlossen, vom Wort zur Tat überzugehen. Sie verfolgen das Ziel, einen Krieg zwischen unseren Imperien zu provozieren.«

»Sie übertreiben, Graf.«

»Keineswegs. Heute ist auch auf mein Leben ein Anschlag verübt worden.«

»O Gott! Wie denn?«

»Heute früh, als ich am Heumarkt vorbeifuhr, warf jemand hinter einem Zaun hervor einen Stein nach dem Fenster meiner Kutsche. Einen Stein von dieser Größe!« Chotek zeigte, wie groß er gewesen war. »Er verfehlte mich buchstäblich um einen Zoll, flog direkt an meinem Kopf vorbei.

Es gibt Zeugen. Ich fürchte, der Tod des armen Ludwig ist erst der Anfang. Das nächste Opfer kann ich werden oder einer von den Botschaftssekretären. Baron Cobenzl zum Beispiel.«

»Ich werde umgehend die Bewachung Ihrer Botschaft veranlassen«, sagte Schuwalow.

»Ich danke Ihnen.«

»Bei Ihren Fahrten wird Sie eine Kosakeneskorte begleiten.«

»Ich wage zu hoffen, dass Sie es bei diesen Maßnahmen nicht bewenden lassen«, bemerkte Chotek.

Mit Hilfe eines Lakaien bestieg er mühsam das Trittbrett, verschnaufte kurz und schob dann mit gekrümmtem Rücken, von einem zweiten Lakaien gezogen, seinen kranichartigen, greisenhaft ausgetrockneten Körper in die Kutsche hinein.

Ein toller Adler!, dachte Iwan Dmitrijewitsch, während er der davonfahrenden Kutsche nachblickte.

Gleichzeitig huschte ihm der Gedanke durch den Kopf, dass ihm bei erfolgreicher Aufklärung des Falls möglicherweise nicht nur ein russischer, sondern auch ein österreichischer Orden winkte. Schön wäre es! Seine Frau würde glücklich sein, damit vor den Nachbarinnen zu prahlen.

Mit diesem erfreulichen Gedanken setzte er die Besichtigung der Fürstenvilla fort. Der Fürst hatte das gesamte Untergeschoss des Hauses bewohnt, das Obergeschoss stand leer. Vom Vorraum und dem Vestibül gingen zwei Flure ab: Der eine führte nach links, in die herrschaftlichen Räume, der zweite nach rechts, zur Gesindehälfte und zur Küche. Nachts blieb nur der Diener im Haus, der hier eine eigene Kammer hatte. Die übrigen Zimmer der Gesindehälfte waren verschlossen, der Kutscher und der Küchenknecht wohnten im Hof, neben dem Pferdestall, der Bereiter und der Koch hatten Wohnungen in der Stadt gemietet. Alles Männer. Der

Fürst war ein alter Junggeselle gewesen und hatte keine weibliche Dienerschaft gehabt.

Beim Verhör, zu dem alle einzeln in das Gästezimmer geholt wurden, überzeugte sich Iwan Dmitrijewitsch von ihrer Unschuld. Sie wanden sich nicht, beantworteten die Fragen ruhig und klar, keiner trug eine verdächtig übertriebene Trauer zur Schau, und auch das Gefühl sagte ihm, dass diese Leute mit dem Mord nichts zu tun hatten. Pewzow saß schweigend auf dem Sofa, hörte zu, ohne sich einzumischen. Offenbar hatte er beschlossen, den Anfang des Weges gemeinsam mit seinem Partner zu gehen, dann aber vorauszueilen und sich vom anderen Ende auf ihn zuzubewegen.

Die Hälfte des Lebens des Fürsten von Arensberg, genauer gesagt, das eine Drittel, wenn nicht Viertel, das er zu Hause verbracht hatte, war rasch umrissen. Der Fürst war ein Mann von Welt gewesen, von familiären wie letztlich auch von dienstlichen Pflichten unbelastet. Von Zeit zu Zeit fuhr er zu Paraden und Schießübungen auf dem Wolkowo-Feld, sehr selten nur zu Manövern, vorzugsweise solchen der Kavallerie, und das war's schon. Tagsüber machte er Besuche, abends entspannte er sich ein, zwei Stündchen zu Hause, und die Nacht verbrachte er irgendwo zu Gast oder im Yachtklub, mit Spielen. Für gewöhnlich blieb er bis zum Morgen aus. Hin und wieder brachte er Frauen mit.

Tags zuvor war der Fürst gegen acht Uhr abends nach Hause gekommen, hatte bis zehn geschlafen und sich dann auf den Weg zum Yachtklub gemacht. In solchen Fällen pflegte er mit seinen eigenen Pferden loszufahren, aber ohne Bereiter, und für den Rückweg nahm er sich eine Droschke. Seinen Kutscher entließ er gleich nach der Ankunft im Yachtklub. Dieser war gestern kurz nach elf zurückgekommen, hatte die Pferde ausgespannt und sich schlafen gelegt. Der Küchenknecht, der mit ihm zusammen wohnte, schlief um diese Zeit schon, der Bereiter und der Koch waren schon am

Abend heimgegangen. Im Hause befand sich niemand außer dem Kammerdiener.

Aus dem Yachtklub zurückgekehrt war der Fürst wie gewöhnlich nach vier Uhr früh. Einen Portier hatte er nicht gehalten, den Schlüssel vom Haupteingang trug er bei sich. Der Kammerdiener hatte ihm beim Ausziehen geholfen, sich vergewissert, dass der Haupteingang abgeschlossen war (er war es), und sich in seinem Kämmerchen zur Ruhe gelegt. Weder Lärm noch Schreie hatte er in der Nacht gehört.

»Betrunken gewesen?«, fragte Iwan Dmitrijewitsch.

»Gott behüte! Keinen Tropfen habe ich in den Mund genommen.«

»Doch nicht du. Der Herr.«

»Es roch ein bisschen.«

Mit Pewzow allein geblieben, erläuterte ihm Iwan Dmitrijewitsch seine Zweifel. Vom Ober- ins Untergeschoss konnte keiner gelangen, das hatte er nachgeprüft. Das Schloss am Haupteingang war nicht aufgebrochen, der Hintereingang von innen verschlossen gewesen, die Fensterscheiben waren alle heil und auch die Fensterflügel von innen verriegelt. Wie also konnten die Mörder ins Haus gekommen sein?

»Irgendwie haben sie sich nachts an den Haupteingang herangeschlichen, Wachs ins Schlüsselloch gestopft und den Abdruck dazu benutzt, sich einen Nachschlüssel machen zu lassen. Alles ganz einfach«, meinte Pewzow achselzuckend.

»Der Hintereingang kann von innen verriegelt werden, der Haupteingang nicht. Ist Ihnen das aufgefallen?«

»Ist es.«

»Sie haben alles im Voraus bedacht. Schicken Sie Ihre Leute in die Schlossereien, vielleicht erinnert sich jemand an den Auftraggeber… Was gibt es, Rukawischnikow?«, fragte Pewzow den Gendarmerieunteroffizier mit umgeschnalltem Säbel, der in das Gästezimmer stürmte.

Der reichte ihm das silberne Zigarrenetui mit dem Monogramm von Arensbergs und wies mit dem Finger auf den abseits stehenden Kammerdiener:

»Das haben wir bei der Durchsuchung seiner Kammer gefunden.«

»Hat es klammheimlich mitgehen lassen, der Spitzbube, habe ich doch gesagt!«, rief Pewzow triumphierend. »Die Mörder sind nicht deswegen hier gewesen.«

Unter tränenreichem Wehklagen bereute der Kammerdiener seine Tat:

»Ich schwör's bei Gott, bloß das habe ich genommen! Sonst nichts!«

»Mund halten! Was soll das Geflenne?«, fuhr Iwan Dmitrijewitsch ihn an. »Antworte, Kerl, zu welchem Zweck wollte der Fürst um halb neun geweckt werden?«

»Der Teufel hat mich verführt!«, heulte der Kammerdiener. »Ich weiß gar nichts!«

Der Kutscher wurde herbeigeholt. Der schwor, er habe keine Anweisung gehabt, am Morgen die Pferde anzuspannen.

»Demnach muss der Fürst jemanden erwartet haben«, schlussfolgerte Pewzow.

Das war gewiss der erste Gedanke von ihm, dem Iwan Dmitrijewitsch zustimmen konnte.

»Heute halb neun oder neun erwartete er irgendeinen Besucher«, wiederholte Pewzow, da er offenbar meinte, dass sein Scharfsinn nicht richtig gewürdigt worden sei. »Verstehen Sie? Und jetzt, Herr Putilin, empfehle ich mich und beginne nach meinem Plan vorzugehen.«

ZWEITES KAPITEL

Ein polnischer Prinz, ein bulgarischer Student, eine verführerische Schlange und ein abgetrennter Kopf

I

Bald nachdem Pewzow weggefahren war, erschien bei Iwan Dmitrijewitsch in der Millionnaja ein Mann von vornehmem Aussehen, der sich Lewizki nannte, nicht wenigen Leuten allerdings unter einem anderen Namen bekannt war. Dem Äußeren nach ein Aristokrat, war er in Wirklichkeit ein Konvertit und ein Geheimagent Iwan Dmitrijewitschs.

Irgendwann vor langer Zeit, als sie sich zum ersten Mal begegnet waren, hatte Lewizki ihm einen Ausspruch seines Vaters, eines Schuhmachers aus Łódź, wiedergegeben: »Jeder Jude ist ein Königssohn.« Eines bestätigte sich hier nicht: Lewizki gab sich natürlich nicht als Sohn, sondern als Urneffe von Stanisław August Poniatowski aus, dem letzten König der Rzeczpospolita, der seine Tage im Jahre 1798 in Petersburg beschlossen hatte. Diesbezüglich konnte er irgendwelche genealogische Papiere vorweisen, die anscheinend so unanfechtbar waren, dass sie ihm die Türen des Yachtklubs öffneten. Dort spielte er Karten mit der Creme der hauptstädtischen Aristokratie und lauschte gleichzeitig auf die Gespräche der hochgeborenen Spieler an den Nebentischen und im Erfrischungsraum, und wenn er etwas erfuhr, was für Iwan Dmitrijewitsch von Interesse sein könnte, teilte er es ihm einfach aus Freundschaft mit. Letzterer ließ Lewizki seinerseits aus reiner Freundschaft Gelder aus geheimen Kassen der Kriminalpolizei zukommen, über die keine Revision Macht hatte.

Schlecht nur, dass Lewizki ein Falschspieler war. Eigentlich verfolgte Iwan Dmitrijewitsch diese Leute gnadenlos, weil er in seiner Jugend selbst von Falschspielern ausgenommen worden war, bei Lewizki jedoch machte er eine Ausnahme. Im Yachtklub kam der gar nicht umhin zu spielen und dabei zu mogeln, so dass Iwan Dmitrijewitsch sich gezwungen sah, ein Auge zuzudrücken. Andererseits ließ sich Iwan Dmitrijewitsch nicht auf die geringste Andeutung einer Nähe zwischen ihnen ein, besonders seitdem Lewizki es in einer schwierigen Lebenslage geschafft hatte, sein bezahlter Agent zu werden.

Lewizki unternahm des Öfteren Versuche, die Distanz zwischen ihm und seinem Chef zu verringern: verfiel wie zufällig in einen freundschaftlichen Ton, begann im Gespräch an einem Knopf von Iwan Dmitrijewitschs Jackett zu drehen oder kam plötzlich auf die Idee, bei ihm aufzukreuzen, wenn er nicht zu Hause war, trank Tee mit seiner Frau und erzählte ihr profane Neuigkeiten. Kurz und gut, Lewizki hoffte, es vom Agenten zum Vertrauten zu bringen. Trotz aller Nasenstüber, die er sich jedes Mal von Iwan Dmitrijewitsch holte, gab er diese Hoffnung nicht auf. Bei seinem angeborenen Optimismus fiel ihm das nicht schwer.

Jetzt, da er im Gästezimmer saß, machte Lewizki auf der Rückseite einer Restaurantrechnung eine Aufstellung der Damen, die in den letzten zwei Jahren ein Verhältnis mit von Arensberg gehabt hatten. Es wurde eine ziemlich lange Liste, die bei Iwan Dmitrijewitsch jedoch keine sonderliche Freude auslöste. Lewizkis Angaben stützten sich hauptsächlich auf zufällige Begegnungen mit dem Fürsten und dessen knappe Bemerkungen, weshalb er die meisten Damen in einer Weise charakterisierte, dass sie in der Riesenstadt kaum auffindbar waren.

Zum Beispiel: Blondine, Witwe, isst gern Pasteten mit Gänseleber.

Oder: rothaarige Jüdin, hat einen Pudel von gleicher Farbe, der Tschuka heißt.

Oder von der Art: füllig, mit hüpfendem Gang (von hinten gesehen). Sofern nicht etwas ganz und gar Nutzloses dastand: »War noch Jungfrau gewesen.« Mehr nicht!

»Was hast du mir da zusammengeschrieben!«, brüllte Iwan Dmitrijewitsch. »Wofür bezahle ich dich eigentlich!«

»Aber hier, sehen Sie, hier!« Lewizki stieß seinen gepflegten Fingernagel gegen den Namen ganz unten auf der Liste.

Tatsächlich, unter der Nummer neun war eine gewisse Frau Strekalowa angegeben, verheiratet mit einem Beamten des Vermessungsamtes, die sogar eine Adresse hatte. Dazu war vermerkt: »Kirotschnaja-Straße, Nummer unbekannt.« Lewizki sagte, der Fürst habe sie im Herbst bei einem Volksfest auf der Kreuzinsel kennen gelernt. Während sie zusammen auf der Schaukel saßen und der Ehemann unten wartete, vereinbarte der Verstorbene ein erstes Rendezvous mit ihr. Falls überhaupt, hatte es seitdem nur flüchtige andere Liebeleien gegeben.

»Und die?« Iwan Dmitrijewitschs Finger glitt über die übrigen Nummern auf der Liste.

»Sie wollten doch die von den zwei letzten Jahren haben«, sagte Lewizki.

Iwan Dmitrijewitsch überlegte, dass seit dem Herbst Liebe und Eifersucht der Besitzerin des roten Pudels oder der auf Pasteten mit Gänseleber Versessenen ihre mörderische Kraft verloren haben mussten wie eine Kugel am Ende ihrer Flugbahn. Um sein Gewissen zu beruhigen, beschloss er, sich dennoch zu erkundigen, wer von den Damen im fürstlichen Schlafzimmer zu Gast gewesen sei.

Lewizki bemerkte zu Recht, dass der Fürst als Diplomat und Mann der Gesellschaft auf seinen guten Ruf bedacht war, zudem hatte seine Karriere noch lange nicht ihr Ende erreicht. Das heißt, er konnte hin und wieder zum Beispiel

Nummer drei nach Hause bringen, aber nur nachts und in ziemlich angetrunkenem Zustand, wo man jede Vorsicht vergisst, normalerweise besuchte er seine Geliebten bei ihnen zu Hause.

Sie ließen den fürstlichen Kutscher herbeiholen, und der sagte, ja, da sei etwas gewesen, er habe seinen Herrn zur Kirotschnaja gefahren, in das Haus mit dem Gemüseladen.

»Die Vermessungsbeamten sind oft auf Reisen«, flüsterte Lewizki.

Nebenbei stellte sich heraus, dass der fürstliche Kammerdiener vorher dort in der Kirotschnaja in Stellung gewesen war und seinen jetzigen Dienst erst vor einem Monat angetreten hatte.

»Vor ihm war Fjodor hier«, sagte der Kutscher. »Ein guter Lakai, zu seinem Unglück hat er bloß angefangen zu trinken. Im Suff hat er chinesische Tassen zerschlagen. Und den besten Frack des Herrn zum Lüften in den Hof gehängt, grade unter einem Krähennest… Gestern ist er hier gewesen, der Fjodor, wollte sich sein Restgehalt geben lassen. Nun, der Herr hat ihn an den Frack und die Tassen erinnert. Ja, wie denn! Unsereinem darf man so was nicht einfach durchgehen lassen…«

Iwan Dmitrijewitsch war schon am Morgen die allzu simple Art des fürstlichen Kammerdieners aufgefallen. Herren von Geblüt haben im Allgemeinen etwas andere Kammerdiener, die nicht scharf sind auf Zigarrenetuis. Nicht zufällig war der Mann anscheinend von der Kirotschnaja zur Millionnaja übergewechselt. Ein toller Fang, wahrhaftig! Das gab zu denken.

»Das kommt vom Trinken!«, sagte der Kutscher und erklärte, wie das Haus zu finden war, in dem jetzt der ehemalige fürstliche Lakai Fjodor wohnte.

Unterdessen war Vertrauensagent Konstantinow ins Haus eingelassen worden und hatte das Gespräch mit angehört.

Iwan Dmitrijewitsch sah ihn an, dann richtete er seinen Blick auf Lewizki und trug ihm auf:

»Du gehst hin und holst ihn her.«

Lewizki presste angesichts eines solchen Auftrags gekränkt die Lippen zusammen. Die kleine Lektion war nötig: damit er aufhörte, eine saure Miene zu ziehen, und sich an Pflichterfüllung gewöhnte; gar zu sehr hatte er Gefallen dran gefunden, auf staatliche Kosten mit Fürsten Whist zu spielen, so dass er von nichts anderem mehr wissen wollte. Hast du dir gedacht!

Als er fort war, gingen Iwan Dmitrijewitsch und Konstantinow in die Küche und stärkten sich mit kaltem Schweinebraten, der für den Fürsten zum Frühstück zubereitet worden war.

»Keine Zeit, nach Hause zu fahren«, sagte Iwan Dmitrijewitsch, an einem Knöchelchen saugend, »sonst würde ich dieses Ferkel um keinen Preis essen. Das ist wie die Hosen des Toten abtragen.«

»Stimmt«, pflichtete ihm Konstantinow mit vollem Mund bei. »Das ist das Allerletzte.«

Er war ein gewiefter Bursche und wusste, dass es für ein gutes Verhältnis nützlich war, dem Vorgesetzten manchmal auch zu widersprechen, doch bei seinem neuen Chef konnte er einfach nicht anders, als ihm nach dem Munde zu reden.

»Dann friss das doch nicht!«, blaffte ihn Iwan Dmitrijewitsch an. »Was sitzt du hier rum? Worin besteht eigentlich dein Dienst? Den Ziegenbock vom Pferdestall zu spielen? Los, ab!«

Als Konstantinow verschwunden war, ging Iwan Dmitrijewitsch nach dem Kammerdiener sehen. Der saß in seinem Kämmerchen niedergeschlagen auf seinem Koffer, auf dessen Grund Rukawischnikow das silberne Zigarrenetui entdeckt hatte.

»Da habe ich es genommen«, sprach der Kammerdiener

den Gedanken, der ihn quälte, laut aus. »Wer wird mir denn jetzt für April mein Gehalt auszahlen?«

»Bekommst es schon«, versprach ihm Iwan Dmitrijewitsch. »Seine Majestät Franz Joseph, österreichischer Kaiser und ungarischer König, wird dafür sorgen. Sag mir lieber, bist du vorher bei den Strekalows angestellt gewesen?«

»Ja, bei ihnen.« Der Kammerdiener nickte gleichgültig.

»Diese Stelle hier hat dir die Herrin verschafft? Strekalowa?«

»Ja, sie.«

»Ist sie selbst oft hier gewesen?«

»Ein paarmal war sie hier.«

»Und zu welchem Zweck?«

»Das werden Sie wohl ohne mich wissen. Der Tote war ein stattlicher Mann, und bei ihr lag das, worum's geht, wie bei allen Weibern auch nicht quer.«

»Na schön. Als du heute früh rausgelaufen bist, da war die Tür des Haupteingangs nicht abgeschlossen?«

»Nein.«

»Und der Schlüssel?«

»Steckte innen.«

»Am Abend, solange der Fürst sich ausruhte, waren keine Gäste da?«

»Nein, keine.«

»Und der Haupteingang?«

»Wenn der Herr zu Hause war, verschlossen sie ihn nicht. Nur zur Nacht. Den Schlüssel legten sie im Flur auf ein Tischchen.«

»Moment! Nehmen wir mal an, du bist hier, bei dir, und der Fürst im Schlafzimmer. Wie ruft er dich?«

»Dort ist ein Klingelzug am Kopfende. Und das Glöckchen – hier ist es.«

»Lauf hin und zieh mal.«

Eine Minute später geriet das Stahlzünglein heftig in Bewegung und schlug gegen den kupfernen Gaumen. Die Klingel funktionierte.

»Wieso hat der Fürst nachts nicht nach dir geklingelt, als man über ihn herfiel, um ihn zu ersticken?«, fragte Iwan Dmitrijewitsch, sobald der Kammerdiener zurück war.

Der kapierte sofort, wessen er beschuldigt werden konnte, und heulte auf:

»Sie haben nicht nach mir geklingelt! Bei Gott, sie haben's nicht! Glauben Sie es mir?«

»Nein. Ich glaube es nicht«, sagte Iwan Dmitrijewitsch, obwohl er sicher war, dass der Kammerdiener die Wahrheit sagte. Das Zigarrenetui hatte die Bestie genommen, den Fürsten aber nicht angerührt. Und die Klingel hatte er nicht gehört, konnte sie nicht hören, weil es gar nicht geklingelt hatte.

Obwohl das alles völlig klar war, wiederholte Iwan Dmitrijewitsch:

»Ich glaube es nicht.«

Mochte der Hundesohn sich ruhig noch weiter quälen, das konnte nicht schaden.

Der arme Fürst war also mit Bedacht herumgedreht worden, mit den Beinen zum Kopfende, damit er nicht an den Klingelzug herankommen und Hilfe holen konnte. Daraus folgte, dass jemand von den Mördern vorher im Schlafzimmer gewesen war und wusste, wo sich der Klingelzug befand.

Das Bild wurde allmählich klarer.

Die Mörder waren zwischen acht und neun Uhr abends ins Haus gekommen, als von Arensberg sich ausruhte und die Außentür offen stand. Zunächst hatten sie sich im Vestibül versteckt, hinter dem Garderobenständer vielleicht, und dann, nachdem der Fürst weggefahren war, im Gästezimmer. Saßen mit hochgezogenen Beinen hinter der Gardine auf dem Fensterbrett. Süffelten Wodka. Warteten, bis der Fürst kam, brachten ihn um, nahmen den Schlüssel von dem Tischchen und verließen das Haus.

Von welchen Erkenntnissen Pewzow sich leiten ließ, um unter allen in Petersburg studierenden Bulgaren und Serben drei auszuwählen und in die Millionnaja bringen zu lassen, was für geheime Dossiers und Kartotheken er studiert hatte, das erfuhr Iwan Dmitrijewitsch nie: Gendarmengeheimnisse haben keine Verjährungsfrist. Hier war auch Vertrauensagent Konstantinow machtlos. Dabei wusste der alles, selbst an welchen Wochentagen der Leiter des Polizeidepartements mit seiner jungen Gattin schlief. Für Iwan Dmitrijewitsch besaß das rein praktische Bedeutung. An einem Tag war sein Chef sanft wie ein Engel und unterschrieb jedes Papier, am nächsten schon war es das Beste, ihm nicht unter die Augen zu kommen.

Im Gästezimmer präsentierte Pewzow die Studenten dem Kammerdiener, und der zeigte sofort auf einen Hageren mit Adlernase und traurigem, zerstreutem Blick.

»Der hier ist vorgestern da gewesen.«

Die beiden anderen durften gehen, während der mit der Adlernase dabehalten wurde.

»Ihr Name?«, wollte Pewzow wissen.

»Iwan Boew. Student der Medizinisch-Chirurgischen Akademie.«

»Bulgare?«

Er nickte.

»Also, Herr Boew, ich weiß über alles Bescheid«, erklärte Pewzow in einem Ton, dass selbst ein Kind begriffen hätte: Überhaupt nichts wusste er. »Der Fürst erwartete Sie heute um halb neun.«

»Um neun«, korrigierte Boew treuherzig.

»Warum sind Sie nicht gekommen?«

»Ich habe verschlafen.«

Bei dieser Antwort gab Iwan Dmitrijewitsch einen Ächzer von sich.

»Na, Freund«, konnte er sich die Bemerkung nicht verkneifen, »drum sitzt der Türke auch immer noch in eurem Land.«

»Mit diesen Händen hier würde ich den Sultan erwürgen!« Boew spreizte seine dünnen, langen Pianistenfinger und ballte sie langsam, vor Anstrengung schnaufend, zu Fäusten.

»Zeigen Sie doch mal!«, verlangte Pewzow.

Auf der Suche nach einer Biss-Spur betrachtete er aufmerksam die Hände des Bulgaren.

»Ja, ganz schön kräftig.«

Damit brachte er ihn zu der am Eingang wartenden Kutsche.

Weiter war kein Wort gefallen, und Iwan Dmitrijewitsch hatte das Gespräch mit dem Kammerdiener und die Truhe mit keiner Silbe erwähnt. Darüber zu sprechen aber hätte sich gelohnt, die Truhe war es wert. Nicht allzu groß, aber stabil, die Seitenflächen und der Deckel mit Kupfer beschlagen, an allen vier Ecken fest mit dem Fußboden verschraubt, stand sie im Arbeitszimmer, der Fürst hatte darin seine Papiere aufbewahrt. Iwan Dmitrijewitsch hatte dieses Behältnis für militärische und diplomatische Geheimnisse des Kaiserreichs Österreich-Ungarn untersucht und sich davon überzeugt, dass versucht worden war, die Truhe ohne Schlüssel zu öffnen. Möglicherweise mit einem Feuerhaken – frische Kratzer ließen darauf schließen. Das Kupfer an den Deckelrändern war eingedrückt, doch weder an der Truhe selbst noch neben ihr hatten sich Blutspuren feststellen lassen. Offenbar war schon vor der Rückkehr des Fürsten aus dem Yachtklub versucht worden, sie aufzubrechen.

Den mit dem Bulgaren davongefahrenen Pewzow löste Schuwalow ab. Begleitet wurde er von einem österreichischen Botschaftssekretär samt zwei Lakaien, die einen langen

Kasten aus der Kutsche herausschleppten und in das Schlafzimmer trugen. Iwan Dmitrijewitsch kam nicht gleich darauf, dass es sich um den Sarg handelte.

Der Sekretär erzählte Schuwalow geschäftig, dass man den Sarg heute noch abdichten, die Fugen wie bei Cholera mit Pech ausgießen, zur Verlangsamung der Verwesung durch ein Loch die Luft absaugen, das Loch dann verstopfen und den Leichnam des Fürsten auf der Eisenbahnstrecke Petersburg – Warschau – Wien zu seinem Familiengut schicken werde.

Als der Sarg herausgetragen worden war, befahl Schuwalow Iwan Dmitrijewitsch:

»Geben Sie mir mal das Tintenfass!«

Er war an seine stündlichen Berichte an den Zaren wie der Sklave an das Ruder der Galeere gekettet. Ein Ruderschlag und noch einer. Dazwischen blieb keine Zeit zum Überlegen, wohin das Schiff fuhr.

Ein dicker Klecks fiel von der Feder aufs Papier und zerfloss auf der kaiserlichen Titulatur.

»Teufel noch mal!« Schuwalow knüllte nervös das Papier zusammen und warf es auf den Fußboden.

Iwan Dmitrijewitsch ging in das Arbeitszimmer von Arensbergs, nahm ein Blatt vom Tisch und kam damit zurück.

»Was geben Sie mir denn da?«, sagte Schuwalow ärgerlich. »Kann man dem Gossudar etwa einen Bericht auf solchem Papier vorlegen? Es ist doch vergilbt, so alt ist es!«

»Es hat lange im Licht gelegen, Euer Erlaucht.«

»Und wozu bringen Sie es mir?«

»Um Ihnen zu zeigen, dass Schreiben keine häufige Beschäftigung des Toten gewesen ist.«

»Befassen Sie sich nicht mit Kinkerlitzchen, Herr Putilin! Ich weiß auch ohne Sie, dass der Fürst weder Gedichte noch Romane verfasst hat. Begreifen Sie doch, wenn wir den Mörder nicht bis morgen kriegen, werden solche Köpfe rollen, dass Sie sich ganz bestimmt nicht auf Ihrem Posten halten können. Möchten Sie etwa als Aufseher auf den Trödelmarkt zurückgehen?«

Seine Polizeikarriere hatte Iwan Dmitrijewitsch als Gehilfe des Revieraufsehers auf dem Trödelmarkt begonnen, und jetzt schreckte ihn die Drohung des Gendarmeriechefs weniger, als dass sie seine Eigenliebe kitzelte. Es war schmeichelhaft, dass der allmächtige Schuwalow höchstpersönlich um die Einzelheiten seiner Biographie wusste.

»Ich würde mir gern den Inhalt dieser Truhe ansehen«, sagte Iwan Dmitrijewitsch.

»Ich auch«, Schuwalow lächelte spöttisch, »der Schlüssel ist bloß nicht da.«

»Haben Sie den Kammerdiener danach gefragt?«

»Er weiß nicht, wo er ist. Ich habe mit Chotek das ganze Arbeitszimmer umgekrempelt, ohne ihn zu finden.«

Schuwalow ging zum Tisch, nahm aus der Mitte des Stapels ein nicht vergilbtes Blatt, tauchte die Feder in die Tinte und stieß wieder einen Fluch aus: Zusammen mit dem Tintentropfen hingen an der Feder die Überreste einer im Tintenfass ertrunkenen Fliege. Iwan Dmitrijewitsch entfernte sie vorsichtig mit zwei Blättern, die er von einem Zitronenbäumchen in seinem Kübel abgerissen hatte, und Schuwalow begann zu schreiben: Titulatur, ein paar Zeilen, in die die spärlichen Neuigkeiten bequem hineinpassten. Iwan Dmitrijewitsch unterzog inzwischen die Truhe einer erneuten Untersuchung. An der Vorderwand waren Adam und Eva dargestellt. Noch unbekümmert in ihrer Nacktheit, standen sie zu beiden Seiten des Baums der Erkenntnis, zwischen ihnen lag ein Apfel im Gras, umwunden vom schuppigen Körper der verführerischen Schlange.

Iwan Dmitrijewitsch überlegte, dass die Anziehungskraft, die Mann und Frau aufeinander ausübten, nichts weiter als ein besonderer Fall des weltweit wirkenden Gravitationsgesetzes war und Newton es nie entdeckt hätte, wäre ihm nicht ein Apfel, sondern, sagen wir, eine Birne auf den Kopf gefallen.

Er richtete seinen Blick auf die Schreibtischgarnitur und schrie leise auf: Mein Gott, wieso hatte er das nicht eher bemerkt! Das Tintenfass stellte einen offenbar bereits angebissenen Bronzeapfel dar, denn die rechts und links neben ihm stehenden Urahnen der Menschheit, ebenfalls in Bronze, verdeckten jetzt ihre Schamgegend mit ungeschickt verbogenen Händen. Die mit ihrem letzten verhängnisvollen Augenblick auf der Truhe festgehaltene Epoche der Unwissenheit war anscheinend gerade zu Ende gegangen. Eva hielt ihre Hand, die leicht grünliche Patina angesetzt hatte, auf irgendwie linkische, unnatürliche Weise vor ihren Schoß. Der Zauberkraft dieser Geste, die seitdem von Millionen von Badenden ausgefeilt worden ist, war sie sich noch nicht bewusst.

Iwan Dmitrijewitsch packte mit zwei Fingern das Tintenfass, das sich drehen ließ, und schraubte es mit ein paar Umdrehungen mühelos aus dem Holz heraus. In der Vertiefung leuchtete ein Schlüssel auf: mit bizarrem Bart und einem massiven Ring in Form einer Schlange, die sich in den Schwanz biss.

»Großartig«, sagte Schuwalow.

Und wiederum erst jetzt begriff Iwan Dmitrijewitsch, weshalb sich das Schlüsselloch der Truhe in der Mitte einer großen roten Rose mit glänzenden, wie feuchten Blütenblättern befand. Was wird wohl die Frucht dieser Penetration werden, dachte er, als er den Schlüssel in den von ihrer schamlosen Röte umfassten schmalen dunklen Schlitz steckte. Das Schloss schnappte, Iwan Dmitrijewitsch klappte den Deckel hoch.

Schuwalow stand bereits daneben und sah ihm über die Schulter. Was sie zu sehen bekamen, waren ein Degen mit goldenem Griff und einer in den Korb eingelassenen Uhr; Orden auf Kissen; kleine Schatullen, wie man sie zum Aufbewahren von Wertsachen verwendet; Etuis, ein Bündel

Geldscheine und ein gutes Dutzend Briefstapel, um jeden fein säuberlich ein Seidenband geschlungen.

»Ludwig, mein lieber bärtiger Schelm«, erhaschte Iwan Dmitrijewitschs Blick, »heute bin ich den ganzen Tag…«

»Und alle von verschiedenen Frauen, Euer Erlaucht«, sagte er. »Sehen Sie, verschiedenfarbige Bänder. Und die Farben, denke ich mir, sind nicht zufällig gewählt. Mit zunehmendem Alter werden Junggesellen sentimental wie junge Mädchen.«

»Geben Sie mir den Schlüssel«, befahl Schuwalow.

Er klappte den Deckel zu, schloss die Truhe ab, steckte den Schlüssel in die Tasche und warf, bevor er sich zum Gehen wandte, Iwan Dmitrijewitsch zum Abschied gebieterisch hin:

»Am Abend bin ich zu Hause, Sie werden zu mir kommen und berichten.«

Iwan Dmitrijewitsch stand im Erker und beobachtete, wie Schuwalows Kutsche davonfuhr und eine Straße weiter anhielt. Vor einer Viertelstunde hatte das Fuhrwerk eines Lastfuhrmanns den Planwagen mit dem Sarg des Fürsten von Arensberg gerammt. Lärmende Gaffer drängten sich, die Kutscher schimpften, doch kaum war die Kutsche des Gendarmeriechefs herangefahren, beruhigte sich alles. So beruhigen sich stürmische Meereswogen, wenn man vom Schiff fässchenweise Öl draufgießt. Durch das geschlossene Doppelfenster spürte Iwan Dmitrijewitsch den eisigen Hauch der Macht auf seinem Gesicht. Der Herr verlangt Dienstfertigkeit, der Chef Gehorsam, was aber die oberste Macht braucht, ist einzig und allein, dass man immerfort an sie denkt, in jeder Minute seines Lebens. Wahre Macht gleicht der Liebe – sie vergessen heißt sie verraten.

Das Erschreckende an der Ermordung von Arensbergs war für viele, dass die Mörder, die den ausländischen Diplomaten einen Katzensprung vom Winterpalais entfernt gemeuchelt hatten, die Existenz dieser Macht gänzlich vergessen zu haben schienen. Das zu glauben fiel schwer. So etwas kann es doch nicht geben, erst recht nicht in Russland. Nein, meinte Schuwalow, die Verbrecher haben nichts vergessen. Sie haben daran gedacht, und wie sie daran gedacht haben! Gerade deshalb haben sie den Mord begangen.

III

Schuwalow hieß den Kutscher halten, öffnete den Schlag und winkte den Botschaftssekretär heran, der den Leichnam von Arensbergs begleitete.

»Herr Sekretär, ich bitte Sie, dies Graf Chotek persönlich zu übergeben.«

Die Schlange wand sich um seinen Zeigefinger, der Schlüssel der kaiserlichen Truhe schwebte eine Sekunde lang über der Menge, bevor er in die Hand des Sekretärs fiel. Ein nahe stehender Mann im Beamtenmantel beobachtete den Vorgang mit raschem scharfem Blick.

»Ach ja«, fiel Schuwalow ein. »Seien Sie so liebenswürdig, mir Ihren Namen zu nennen.«

»Baron Cobenzl.«

»Cobenzl?«

»Soll ich ihn buchstabieren, Euer Erlaucht?«

»Cobenzl, Cobenzl ... Sind Sie mir irgendwann vorgestellt worden?«

»Ich hatte nicht die Ehre.«

»Woher kenne ich dann bloß diesen Namen?«

»Einer meiner Vorfahren ist seinerzeit von Regensburg nach Moskau gereist, als Gesandter zu Iwan dem Schrecklichen. Er wird bei Karamsin* erwähnt.«

---

* Nikolai Michailowitsch Karamsin (1766–1826), russischer Historiker, Schriftsteller und Kritiker.

Schuwalow verlor auf der Stelle jedes Interesse an seinem Gesprächspartner. Er verabschiedete sich und fuhr weiter. Der Wagen mit dem Leichnam des Fürsten war ebenfalls abfahrbereit, doch in dem Augenblick lugte die Sonne zum ersten Mal an diesem Tag durch die Wolken. Selig die Augen zusammenkneifend, überlegte Cobenzl, dass für ihn gar keine zwingende Notwendigkeit bestand, den Sarg zur Botschaft zu begleiten, die Lakaien würden das auch ohne ihn schaffen. Er sagte ihnen, sie sollten die Fahrt allein fortsetzen, überquerte ohne Eile den Schlossplatz und gelangte durch den Triumphbogen des Generalstabes zum Newski-Prospekt. Sich am helllichten Tag vor jemandem in Acht zu nehmen kam ihm nicht in den Sinn. Ihm fiel gar nicht auf, dass sich ein Mann im Beamtenmantel an seine Fersen geheftet hatte.

Zu beiden Seiten des Prospekts floss eine bunte Menge entlang, niemand dachte hier an den Tod des Fürsten von Arensberg. Das Leben ging weiter. Bald stieg Cobenzl aus einer direkt vor ihm aufgehenden Konditoreitür der verführerische Duft von geröstetem Kaffee in die Nase. Durch das Fenster sah er einen winzigen, im deutschen Kurortstil eingerichteten Raum. Er trat ein. An drei der vier Tische saßen Paare, am vierten ein gut gekleideter Mann mittleren Alters mit einer sehr markanten Nase. Das war der Agent Lewizki, der es für unter seiner Würde erachtet hatte, schnurstracks dorthin zu gehen, wohin ihn Iwan Dmitrijewitsch geschickt hatte. Er schlürfte seine heiße Schokolade mit solchem Wohlbehagen, dass Cobenzl, der selbst zu keinen starken Gefühlen fähig war, ihn beneidete.

»Bitte schön, Monsieur.« Lewizki wies mit königlicher Geste auf den Stuhl gegenüber.

Cobenzl nahm Platz, bestellte Kaffee und ein Törtchen, bat den Konditoreibesitzer um ein Blatt Papier, holte einen Bleistift hervor und machte sich mit gemischten Gefühlen, bei denen wohl vage Genugtuung überwog, daran, einen Brief an seine Frau zu schreiben, die über Ostern nach Wien gefahren war. Irgendwann hatte sie eine Romanze mit Ludwig von Arensberg gehabt, und jetzt wollte er ihr, ohne sie – Gott behüte! – an irgendetwas zu erinnern, sein Mitgefühl auf eine Weise ausdrücken, dass sie von seiner, Cobenzls, Großmut nicht unbeeindruckt bleiben konnte.

»Ein mit Bleistift geschriebener Brief ist wie ein halblaut geführtes Gespräch«, meinte Lewizki lächelnd.

»Ist das eine russische Redensart?«, erkundigte sich Cobenzl.

Lewizki lachte:

»Sind Sie ein Ausländer?«

»Ja.«

»Aber Ihr Russisch ist vorzüglich.«

»Danke für das Kompliment. Unsere Familie, müssen Sie wissen, ist schon dreihundert Jahre mit Russland verbunden. Einer meiner Vorfahren war Gesandter des Heiligen Römischen Reichs am Hofe Iwans des Schrecklichen.«

»Oh!« Lewizki merkte auf. »Wissen Sie auch, woran er gestorben ist?«

»Einer Legende zufolge soll der Zar befohlen haben, ihm den Hut an den Kopf zu nageln, als er sich weigerte, ihn vor dem Zarenthron abzunehmen. Aber das ist eine Lüge, das haben sich alles die Polen ausgedacht.«

»Die Polen? Warum die Polen?«

»Aus politischem Kalkül. Um zwischen Moskau und Wien Zwietracht zu stiften.«

»So ist das? Interessant… Aber meine Frage bezog sich nicht auf ihn.«

»Auf wen dann?«

»Auf Iwan den Schrecklichen. Ist Ihnen über seine Todesursache etwas bekannt?«

»Ich habe Karamsin gelesen«, sagte Cobenzl bescheiden.

»Bei Karamsin ist doch alles erlogen«, erklärte Lewizki. »Ich will es Ihnen erzählen…«

Der Mann im Beamtenmantel, der an einem Tischchen in der Ecke saß, schielte vorsichtig zu ihnen hinüber und lauschte ihrem Gespräch.

»Einmal«, erzählte Lewizki, »als der Zar viel Fettes zu Mittag gegessen hatte, schlug Boris Godunow ihm vor, ihre Kräfte im Schach zu messen. Sie begannen zu spielen. Nun war Boris mit seinem brünetten Haar ein listiger Mann, das ist eine historische Tatsache. Und so hatte er sich, müssen Sie wissen, eine Marotte zugelegt: Greift zum Beispiel nach dem Pferd, hält es eine Weile in der Hand, kratzt sich damit im Nacken, überlegt es sich dann anders und zieht den Läufer. Das ist natürlich gegen die Regeln. Nun, der Zar bekommt das schließlich über und sagt: ›Wonach du gegriffen hast, nach welcher Figur, du Hundesohn, die zieh auch!‹ Godunow versteht gar nichts. ›Wonach habe ich denn gegriffen?‹ – ›Nach dem Pferd!‹ – ›Habe ich nicht, Gossudar…‹ Er ärgert ihn mit Absicht, will, dass er die Beherrschung verliert. Der Zar nimmt ihm das natürlich übel: ›Mit wem streitest du, du Wurm? Zieh das Pferd!‹ Godunow gibt nicht nach: Behauptet steif und fest, er hätte nicht danach gegriffen. Schwört bei Gott, diese Bestie, das Pferd nicht mal mit dem Finger berührt zu haben. Lügt ihm ins Gesicht, zeigt noch auf die Zeugen: Sie können es bestätigen, die ganze Wahrheit sagen. Die Bojaren aber, die ihnen zusehen, sind Godunows Komplizen, seine Mitverschwörer. Sie werfen sich auf die Knie, stoßen die Stirnen gegen den Fußboden, brüllen: ›Lass ihn nicht hinrichten, Gossudar, du hast dich getäuscht! Er hat nicht nach dem Pferd gegriffen, der Boriska, dein Knecht!‹ Den Zaren schüttelt es, die Augen quellen ihm aus dem Kopf, er schreit: ›Zieh das Pferd!‹ Da schießt ihm das Blut in den Kopf, er röchelt und stirbt. Kein Wunder in dem Alter, nach dem vielen Fetten zumal.«

Cobenzl schwieg. Er wusste nicht, ob er sich über den Tod des Tyrannen freuen oder die Art, wie ihn die Verschwörer zu Tode gebracht hatten, verurteilen sollte.

»Das nenne ich saubere Arbeit«, sagte Lewizki. »Das ist etwas anderes, als nachts jemanden in seinem Bett mit Kissen zu ersticken.«

»Sie … Sie meinen den Fürsten von Arensberg?«

»Er hat zwar nicht Schach gespielt, das war nichts für ihn, aber für Karten war er sehr zu haben. Ein Glücksspieler, Friede seiner Asche! Man hätte ihm nur einen schlauen Falschspieler vorzusetzen brauchen, um ihn zum Herzschlag zu treiben. Fünf Hunderter hätten genügt, damit der Falschspieler sich ordentlich anstrengt. Den Mördern aber hat man bestimmt etliche tausend bezahlt. Die Leute kennen den Wert des Geldes nicht, wahrhaftig!«

Den Brief an seine Frau hatte Cobenzl nicht geschrieben, noch länger an diesem Tisch sitzen mochte er indessen auch nicht. Er bezahlte und ging hinaus in den Flur. Zögernd öffnete er eine Tür in der Hoffnung, hier den Abort zu finden. Es roch feucht, eine schummrige Treppe mit schadhaften Steinstufen führte hinunter in die Finsternis.

Der Mann im Beamtenmantel, der ihm gefolgt war, fragte:

»Suchen Sie das Örtchen?«

»Ja.« Cobenzl nickte verlegen.

»Das ist hier.«

»Irgendwie, wissen Sie…«

»Kommen Sie, ich zeige es Ihnen.«

Erdkälte zog aus dem Keller herauf, Grabesluft. Unschlüssig schnuppernd blieb Cobenzl an der Schwelle stehen, als er plötzlich spürte, wie der Unbekannte dicht an ihn herantrat und ihn mit sonderbarer Beharrlichkeit förmlich zu der Treppe drängte. Angst befiel ihn. Er sprang zur Seite, stieß die Glastür mit dem Glöckchen auf und stürzte auf den lärmerfüllten, sonnenüberfluteten Prospekt hinaus.

Nachdenklich stand Iwan Dmitrijewitsch am Fenster und sah der schuwalowschen Kutsche nach, als, ohne anzuklopfen, Sytsch, Agent der Kriminalpolizei, das Gästezimmer betrat. Er tänzelte herein und lächelte rätselhaft, als habe er seinem Chef eine angenehme Überraschung zu bieten. Ihm folgte ein Polizist mit einem Beutel, den er vorsichtig auf den ausgestreckten Armen vor sich hertrug.

»Ein höchst wichtiges Beweisstück, Iwan Dmitrijewitsch!«, sagte Sytsch strahlend. »Wenn ich eine Zeitung haben dürfte.«

Er nahm die oberste von einem ganzen Stapel soeben für den Fürsten eingetroffener druckfrischer Zeitungen, wollte sie auf den Tisch legen, überlegte es sich dann aber aus irgendeinem Grund anders und breitete sie auf dem Klavierdeckel aus. Dann befahl er seinem Begleiter:

»Mach!«

Der Polizist band den Beutel auf, packte ihn mit der Öffnung auf die Zeitung und hob das andere Ende unter leichtem Schütteln behutsam an. Auf dem Klavier blieb etwas Rundes, gelblich Blaues, grässlich Anzusehendes liegen, in dem Iwan Dmitrijewitsch nicht gleich einen abgetrennten menschlichen Kopf erkannte. Er schloss die Augen. Es schnürte ihm die Kehle zu, dann stieg brennend-saure Übelkeit hoch.

»Hier ist er, Iwan Dmitrijewitsch! Wir haben ihn gefunden«, verkündete Sytsch mit verhaltenem Triumph.

Seinem hageren schnurrbärtigen Gesicht war freudiges Bewusstsein erfüllter Pflicht abzulesen.

»Wozu hast du ihn hierher geschleppt, du Holzkopf?«, brüllte Iwan Dmitrijewitsch, mühsam die Übelkeit in seiner Kehle unterdrückend.

»Ach!«, sagte Sytsch betrübt, »und ich dachte, ich mache Ihnen eine Freude…«

»Ja, wer bin ich denn für dich?«, ging Iwan Dmitrijewitsch wieder hoch. »Ein Herodes? Dschingis Khan? Dracula?«

Der Kopf ruhte auf der Zeitung mit dem Gesicht zum Fenster – klein, dunkel, verschrumpelt, mit eingerissenem Ohr, von allen Seiten umgeben von der gleichgültig-erhabenen spiegelnden Fläche des Klaviers, ein unaussprechlich kläglicher Anblick in seiner Todeseinsamkeit, seines Körpers beraubt, und nicht Entsetzen erregte er, kein Ekelgefühl, sondern das, was Iwan Dmitrijewitschs selige Schwiegermutter seiner Frau anzuerziehen versucht hatte, als sie ihren Puppen Arme und Beine abriss.

Sytsch erzählte unterdessen, wie die Polizisten früh nach fünf Uhr, als sie in der Snamenskaja-Straße an einer Schenke vorbeigegangen waren, diesen Kopf auf der Erde liegen sahen, ihn aufhoben und aufs Revier brachten. Dort lag er nutzlos herum, bis er, Sytsch, darauf aufmerksam wurde, als er dort ganz zufällig vorbeikam.

»Und wozu hast du ihn hierher gebracht?«, fragte Iwan Dmitrijewitsch müde.

»Man erzählt, dem österreichischen Konsul sei der Kopf abgehauen worden. Ich dachte, das ist er.«

»Wer erzählt das?«

»Das Volk.«

»Wo?«

»Überall. Ich zum Beispiel habe es vom Trinkwasserfuhrmann gehört.«

Iwan Dmitrijewitsch seufzte. Ach, ja! Noch waren die Laternen nicht angezündet, und schon hatten die Gerüchte das gesamte österreichische diplomatische Korps ausgerottet: Der Botschafter war angeblich erstochen, dem Konsul der Kopf abgehauen worden. Der Verkäufer in dem Laden, zu dem Iwan Dmitrijewitsch kurz hinausgegangen war, um sich

Tabak zu holen, hatte ihn im Vertrauen wissen lassen, dass die Österreicher von den Studenten abgemurkst würden. Aus welchem Grund? Der Verkäufer wusste auch das: damit sich unser Gossudar mit ihrem König entzweit. Der Krieg beginnt, der Gossudar fährt mit seinen ganzen Truppen weg aus Piter*, und da machen die Studenten einen Aufstand. Weiß der Teufel, was noch passiert!

War es möglich, dass jemand bewusst solche Gerüchte in Umlauf setzte? Iwan Dmitrijewitsch schielte zu dem Klavier. Als Vorbote eines heraufziehenden Chaos erschien ihm dieser Kopf. Ihn genauer betrachten mochte er nicht, stellte aber mit einem Blick aus dem Augenwinkel fest, dass es ein Männerkopf war, mit Vollbart.

»Schaff ihn weg. Samt Zeitung«, verlangte Iwan Dmitrijewitsch, überlegte es sich dann aber anders. »Nein, warte. In der Snamenka, sagst du, ist er bei einer Schenke gefunden worden?«

»Ja.«

»Dort gibt es viele Schenken. Bei welcher denn?«

»›Drei Riesen‹, Iwan Dmitrijewitsch.«

»Nimm ihn mit und zeig ihn den Kellnern. Falls sie ihn erkennen, berichtest du mir umgehend.«

»Zu Befehl.«

Der Polizist, der die ganze Zeit kein Wort von sich gegeben hatte, öffnete den Beutel und drückte ihn an das Klavier, während Sytsch den Totenkopf, ohne ihn zu berühren, langsam mit der Zeitung zum Rand des Klavierdeckels zog, um ihn dann in den Beutel fallen zu lassen.

Als er endlich drinlag, holte Iwan Dmitrijewitsch den unter dem Bett des Fürsten gefundenen Napoleondor aus seiner Brieftasche und hielt ihn Sytsch hin.

---

* Volkstümliche Bezeichnung von Sankt Petersburg, auch in der Zeit, als die Stadt Leningrad hieß.

Der zerfloss in einem glücklichen Lächeln:

»Für mich? Oh, Iwan Dmitrijewitsch, Sie verwöhnen mich!«

»Hast du dir gedacht! Von wegen.«

»Was ärgern Sie mich dann?«

»Guck ihn dir genau an, um ihn dir einzuprägen. Das ist eine französische Goldmünze, darauf ist der Kaiser Napoleon III. zu sehen… Eingeprägt?«

»Ja«, sagte Sytsch lustlos.

»Also Folgendes«, ordnete Iwan Dmitrijewitsch an. »Ab zur Snamenka, und wenn du das mit dem Kopf geklärt hast, läufst du die Kirchen ab und erkundigst dich, ob jemand mit so einer Münze ein Gebet für das Seelenheil des Toten bestellt hat.«

Dann ging er zur Tür, öffnete und rief:

»Konstantinooow!«

Der trieb sich im Flur herum in der Hoffnung, dass sein geliebter Chef sich ihm wieder gewogen zeigte, und erschien augenblicklich.

»Siehst du das?« Iwan Dmitrijewitsch zeigte ihm den Napoleondor.

»Sehe ich. Bin ja nicht blind.«

»Was gibst du für Antworten? Bist wohl beleidigt?«

»Was dachten Sie denn! Ich warte hier seit früh mit knurrendem Magen, um Sie abzupassen, und Sie jagen mich zum Dank für nichts und wieder nichts vom Tisch weg.«

»Schon gut. Schwamm drüber. Klapper jetzt mal die Schenken ab, versuch herauszukriegen, ob nicht jemand heute mit solchem Geld bezahlt hat. Fang in der Snamenka an. Erinnerst du dich, was da für Schenken sind?«

»›Hüttchen‹, ›Alter Freund‹, ›Anker‹, ›Fischers Rast‹, ›Drei Riesen‹, ›Schlemmereckchen‹«, schnurrte Konstantinow sie herunter.

»Hier hast du die Münze, steck sie ein. Zeig sie vor, gib sie aber niemandem in die Hand. Wenn du was Vernünftiges herauskriegst, gehört sie dir.«

Den letzten Satz sprach Iwan Dmitrijewitsch aus Menschenliebe erst, nachdem Sytsch und der Polizist mit dem Beutel das Gästezimmer verlassen hatten.

Viel später, als Safronow seine Aufzeichnungen in Petersburg überarbeitete und bei der Episode mit dem abgetrennten Kopf ankam, stolperte er über das Wort »Zeitung«. Tags darauf ging er in den Lesesaal der Kaiserlichen Öffentlichen Bibliothek und bat, ihm einige zwanzig Jahre alte Zeitungsbände mit den Ausgaben von Ende April/Anfang Mai 1871 zu bringen. Sicherheitshalber wollte er, was die Presse damals über die Ermordung des Fürsten von Arensberg berichtet hatte, mit dem von Iwan Dmitrijewitsch Erzählten vergleichen, musste jedoch zu seiner Verwunderung feststellen, dass in keiner der hauptstädtischen Zeitungen, weder am 25. April noch an den folgenden Tagen, irgendetwas über den Mord in der Millionnaja zu lesen war.

Dabei hatte Iwan Dmitrijewitsch sich beklagt, dass es unmöglich gewesen sei, von der Fürstenvilla auf die Straße zu gehen, ohne einem Reporter in die Arme zu laufen, der ihm eine alberne Frage stellen wollte.

All das war zumindest merkwürdig. Nachdem Safronow die Zeitungen auf die Schnelle gesichtet hatte, begann er sie genauer durchzusehen in der Hoffnung, wenigstens eine winzige Meldung über den Tod des österreichischen Militärattachés zu entdecken.

Die ersten Seiten nahmen überall ausführliche Korrespondentenberichte über die Gefechte bei Paris ein: Die Aufständischen schlagen die Angriffe der Versailler Truppen zurück, Fort d'Issy wird bald von der einen, bald von der anderen Seite eingenommen, ein mit Flugblättern der Commune gefüllter Luftballon steigt über der Stadt auf, weil aber

Windstille herrscht, gehen alle Flugblätter über der Arbeitervorstadt St-Antoine nieder, die ohnehin keiner Propagierung sozialistischer Ideen bedarf. Mit Entrüstung wurde die haltlose Behauptung eines Berliner Wochenblatts zurückgewiesen, General Dąbrowski, der beinahe populärste unter den Generälen der Aufständischen, sei russischer Herkunft. Nein! Er ist zwar russischer Staatsangehöriger, aber Pole.

Worüber schrieben die Zeitungen in jenen Tagen noch?

In England ist der Vorschlag, das Wahlrecht der Frauen einzuführen, vom Parlament abgelehnt worden: 151 Ja-, 220 Neinstimmen.

In Odessa ist ein dreitägiger Judenpogrom zu Ende gegangen. Die Juden rufen dazu auf, die Schankwirtschaften zu boykottieren, in denen sich die Plünderer zusammengerottet hatten. Studenten umstellten die Schenke »Goldener Anker«, ließen keine Besucher durch. Die Polizei trieb die Studenten auseinander.

In der vergangenen Woche wurden in Petersburg neunundachtzig Cholerafälle registriert.

Während eines Volksfestes im Demidow-Garten tanzte Mademoiselle Gandon auf offener Bühne einen Cancan und wurde wegen unanständigen Verhaltens in der Öffentlichkeit vor Gericht gestellt. Während der Verhandlung wies der Zeuge Fok, Oberstleutnant der Gendarmerie, diese Anschuldigung mit den Worten zurück: »Meine Herren, von was für einem unanständigen Verhalten kann denn die Rede sein, wenn der Tanz in einem Anzug dargeboten wurde? Es war doch nichts zu sehen!«

Der auf unbestimmte Zeit beurlaubte Soldat Iwanow wurde festgenommen, weil er Marken von öffentlichen Dampfbädern für das einfache Volk nachgemacht hatte und sich damit fremde Sachen herausgeben ließ.

Kastorhüte, Kängurupelzmäntel, Mittel gegen Haarausfall, Dampfkessel, Mineralwässer und so weiter. Reklame.

Das Wetter ist unbeständig, obwohl auf der Newa bereits Eisgang herrscht. Nördlicher Frühling, die letzten Seiten sind voller Inserate über Datschen, die verpachtet werden. Hier stehen auch Todesanzeigen, doch der gesuchte Name ist nicht darunter.

Erst auf dem Heimweg fiel Safronow ein, dass im Jahre 1871 noch nicht die neue Zensurordnung in Kraft gesetzt war, jede Zeitungsausgabe wurde von Zensoren gelesen, bevor sie in Druck ging. Alles Überflüssige wurde natürlich gestrichen. Schuwalow hatte offensichtlich eine entsprechende Anweisung erteilt, so dass über die Tragödie in der Millionnaja nichts in die Presse durchsickern konnte.

Was die Zensur dabei beschämenderweise übersehen hatte: Die *Sankt-Peterburgskije wedomosti* meldeten ihren Lesern, am 25. April seien es in der Hauptstadt 12 °C gewesen und sonnig, während *Golos** behauptete, die Temperatur habe nahe null gelegen, mit Regen und feuchtem Schnee.

* Die Stimme.

DRITTES KAPITEL

Das Hohenbrück-Gewehr

I

Iwan Dmitrijewitsch stand am Fenster des Gästezimmers und aß sein letztes magenfreundliches Hühnerfleischbrot, womit ihn seine Frau so eifrig versorgte. Plötzlich schellte es an der Eingangstür. Eine Minute später brachte der Kammerdiener einen neuen Besucher herein. Einen jungen Mann in Militäruniform, der sich dementsprechend vorstellte:

»Oberleutnant… vom Preobrashenski-Regiment.«

Den Namen hatte Iwan Dmitrijewitsch nicht verstanden, doch nahm er das Erscheinen dieses Besuchers mit verständlichem Interesse auf. Die Kaserne des Preobrashenski-Regiments lag gleich gegenüber, durchaus möglich, dass die dort stehenden Posten oder der Dienst habende Offizier etwas Wichtiges zum Mord an dem Fürsten mitzuteilen hatten.

»Und Sie sind also Herr Putilin?«

»Ganz recht.«

»Chef der Kriminalpolizei?«

»Vorläufig ja. Nehmen Sie Platz.«

Der Oberleutnant setzte sich hin und starrte seinen Gesprächspartner argwöhnisch an mit seinen hellgrauen, klaren und zugleich leicht gläsernen Augen, wie sie typisch sind für Scharfschützen, junge Ehrgeizlinge und in die Jahre gekommene Trinker, die bessere Tage gekannt haben.

»Ist Ihnen bekannt«, fragte er endlich, »dass unsere Armee mit neuartigen Gewehren ausgerüstet wird?«

»Leider nicht.« Iwan Dmitrijewitsch schüttelte den Kopf. »Ich bin Zivilist, mag nicht einmal die Jagd. Lieber gehe ich angeln.«

»Die alten Vorderlader werden nach dem System des österreichischen Barons Hohenbrück umgerüstet«, erklärte der Oberleutnant. »Um vom Hinterstück her geladen zu werden.«

Der Anschaulichkeit halber klopfte er der bronzenen Eva auf dem Schreibtisch auf eine Stelle unterhalb des Rückens.

»Von hier… Verstehen Sie?«

»Sehr interessant«, sagte Iwan Dmitrijewitsch. »Sind Sie hergekommen, um mir das mitzuteilen?«

Der Oberleutnant warf rasch einen Blick ins Schlaf- und ins Arbeitszimmer, und erst nachdem er sich überzeugt hatte, dass sie nicht belauscht wurden, begann er zu erzählen, wie er im Winter einem Kommando zugeteilt worden war, das die neuen Waffen zu erproben hatte. Bei der Erprobung war Hohenbrück persönlich dabei, dazu ein gewisser Cobenzl, ebenfalls Baron und eine inferiore Figur in der österreichischen Botschaft. Am Vormittag war mit den hohenbrückschen Gewehren geschossen worden, am Nachmittag dann hatte man andere, nach Entwürfen russischer Waffenschmiede hergestellte, gebracht, und – sehr seltsam! – bei allen diesen Gewehren fielen in Bezug auf Treffsicherheit und Feuergeschwindigkeit die Ergebnisse wesentlich schlechter aus als bei früheren Schießübungen. Niemand konnte das begreifen. Die Erfinder rauften sich die Haare und weinten fast, die Inspektoren zogen zerknirscht die Schultern hoch. Das Resultat: Prinz Oldenburgski, der an diesem Tag angeblich zufällig bei der Erprobung der Gewehre zugegen war, empfahl, die Infanterie mit dem Hohenbrück-Gewehr auszurüsten. Erst auf dem Rückweg in die Kaserne habe er, der Oberleutnant, bemerkt, dass seine Soldaten nach Wodka rochen.

»Sie haben ja nicht von sich aus getrunken!«, erzählte der

Oberleutnant. »Während des Mittagessens waren sie, wie sich herausstellte, von Hohenbrück und Cobenzl zu deren Kutsche gerufen worden, wo jeder ein fast volles Wasserglas Wodka bekam. Angeblich geschah es aus Freude darüber, dass das Gewehr sich in ihren Händen so gut bewährt habe. Daran lag es, dass meine Jungs am Nachmittag langsamer geladen und schlechter gezielt haben.«

»Eiei, wie unschön«, sagte Iwan Dmitrijewitsch gleichgültig.

»Hören Sie weiter. Tags darauf erstattete ich beim Kriegsministerium schriftlich Meldung, doch erfolgte darauf keine Reaktion. Ich schrieb einen Bericht an Schuwalow – das gleiche Ergebnis. Hohenbrück – na schön, der ist eine Privatperson. Aber auch Cobenzl, dieser Provokateur, wurde nicht nur nicht bestraft, sondern sogar noch befördert, zum Botschaftssekretär. Und wer ihm dazu verholfen hat, das war der selige Herr des Hauses, in dem wir beide, Herr Putilin, uns jetzt befinden. Gibt Ihnen das nicht zu denken?«

»Vorläufig nicht.«

»Und wenn ich Ihnen sage, dass von Arensberg noch im Herbst mit Prinz Oldenburgski, Cobenzl und Hohenbrück auf der Jagd gewesen ist? Und dass sie alle mit besagten Gewehren ausgerüstet waren? Ein höchst bemerkenswerter Sachverhalt.«

»Ist das Gewehr wenigstens gut?«, wollte Iwan Dmitrijewitsch wissen.

»Nicht übel.«

»Wo liegt denn dann das Problem? Sollen sie doch.«

»Aber es gibt noch bessere.« Der Oberleutnant wurde langsam nervös. »Ich darf ohne falsche Bescheidenheit sagen, dass ich selbst ein hervorragendes Modell angeboten habe. Drei Jahre habe ich daran gearbeitet, eine ausgereifte Konstruktion. Mit Direktschlagbolzen! Verstehen Sie? Spiralfeder! Geben Sie mir ein Blatt Papier, ich male es auf.«

»Nicht nötig«, wehrte Iwan Dmitrijewitsch erschrocken ab.

Auf diesem Gebiet beschränkten sich seine Kenntnisse auf das, worüber sich bei den tristen sonntäglichen Mittagessen der Familie sein Schwiegervater, ein Major a. D., auszubreiten pflegte. Das Gewehr, genauer gesagt, das russische Gewehr, betrachtete er als schießende Beigabe zum Bajonett, das bekanntlich ein Prachtstück ist, was man von der Kugel kaum sagen kann. Was die Qualität dieser sekundären Beigabe vor allem ausmachte, waren für den Schwiegervater zwei Dinge: die Stärke des Kolbenhalses und das Gewicht. Je stärker der Hals, desto schwerer war es, ihn mit dem Säbel durchzuhauen, wenn der Infanterist bei einer Kavallerieattacke, um sich zu schützen, das Gewehr hochhob. Und die Schwere des Gewehrs entwickelte die Zähigkeit der unteren Chargen. Durch ein allzu leichtes Gewehr wurden die Soldaten verwöhnt.

Der Oberleutnant sprang auf und begann im Zimmer auf und ab zu gehen.

»Mein Modell erlaubt gezieltes Feuer bis anderthalb tausend Schritt!«, schrie er fast. »Bei Hohenbrück sind es ganze tausendzweihundert. Bei mir wird die Hülse automatisch ausgeworfen, ja! Bei ihm muss sie mit der Hand herausgenommen werden. Die Österreicher selbst haben dieses System abgelehnt, und wir übernehmen es. Warum wohl?«

»Vielleicht lassen sich die alten Gewehre so billiger umrüsten?«

»Ha! Man hätte an anderer Stelle sparen sollen.«

»Oder von Arensberg ist durch Hohenbrück bestochen worden. Als Militärattaché hatte er Zugang zu den höchsten Kreisen und konnte behilflich sein.«

»Umgekehrt«, sagte der Oberleutnant. »Die Idee stammte vom Fürsten, Hohenbrück diente ihm bloß als Werkzeug. Wie auch Prinz Oldenburgski. Der freilich als unfreiwilliges Werkzeug.«

»Ich verstehe gar nichts«, gestand Iwan Dmitrijewitsch.

»Ach, Sie… Ich bin überzeugt, dass der Fürst von seiner Regierung den geheimen Auftrag hatte, auf die Schwächung der russischen Armee hinzuwirken. Die Situation auf dem Balkan gestaltet sich so, dass wir früher oder später dort nicht nur gegen den Sultan, sondern auch gegen Wien Krieg führen werden.«

»Sie mit Ihrer Situation auf dem Balkan!«

Der Oberleutnant senkte die Stimme:

»Jemand musste von Arensberg daran hindern, diese Pläne zu verwirklichen.«

»Sie meinen seinen Mörder?«

»Ich bitte, dieses Wort in meiner Anwesenheit nicht zu verwenden.«

»Wie bitte?«

»Nicht Mörder, nein! Rächer.«

»Aber nicht Sie haben doch hoffentlich auf diese bestialische Weise an ihm Rache geübt?«

»Ich sage es offen, dieser Gedanke ist mir in den Sinn gekommen. Und ich denke, nicht mir allein.«

»Wem denn noch?«, fragte Iwan Dmitrijewitsch argwöhnisch.

»Vielen ehrlichen Patrioten.«

»Kennen Sie ihre Namen?«

»Ihr Name ist Legion!«, sagte der Oberleutnant düster. »Sie, Herr Putilin, können sich diesen Ermittlungen nicht mehr entziehen. Ich verurteile Sie nicht. Doch ich möchte Sie beizeiten warnen: Legen Sie keinen übertriebenen Eifer an den Tag!«

»Was reden Sie da? Ich erfülle meine Pflicht.«

»Ihre Pflicht ist es, Russland zu dienen!«

»Das tue ich auch. Ich bewahre die Ruhe meiner Mitbürger.«

»Ruhig können die Bürger in einem mächtigen Staat sein«,

widersprach der Oberleutnant, »nicht aber in einem, dessen Armee mit Hohenbrück-Gewehren ausgerüstet ist. Sagen Sie, darf ich darauf hoffen, dass der Mann, der an von Arensberg Rache geübt hat, nicht gefasst wird?«

»Nein«, erwiderte Iwan Dmitrijewitsch fest. »Das dürfen Sie nicht.«

»Ich werde Sie zum Duell fordern!«

»Und ich werde Ihre Forderung nicht annehmen.« Iwan Dmitrijewitsch lächelte ruhig.

»Ach so?« Urplötzlich, geschmeidig wie eine Katze, packte ihn der Oberleutnant bei der Nase. »Elender Polyp!«

Er hielt seine Nase festgeklemmt wie im Schraubstock, und Iwan Dmitrijewitschs Kraft reichte nicht, die erbarmungslose Hand wegzureißen. Er war zwar massiger, und im Ringkampf hätte er den Oberleutnant erdrückt, doch dessen eiserner Krebsschere kam er nicht bei. Er fuchtelte mit den Fäusten, versuchte den Angreifer zu erwischen, ihm auf den dreisten sommersprossigen Zinken zu hauen, aber der Oberleutnant hielt sich ihn mit ausgestrecktem Arm vom Leib, da sein Arm länger war.

»Du sollst noch an mich denken! Oh, du sollst an mich denken!«, drohte er und quetschte mit grausamen Fingern Iwan Dmitrijewitschs Nase.

Es gluckste bereits in ihr.

Da griff Iwan Dmitrijewitsch zu der uralten Waffe des Schwächeren – seinen Zähnen. Irgendwie schaffte er es, seine Zähne in die Hand des Oberleutnants zu schlagen, und zwar in jene dafür geeignete Ballenstelle unterhalb des Daumens, die in der Chiromantie als Venusberg bekannt ist. Ihre Fleischigkeit zeugte von den großen Talenten des Oberleutnants auf dem Gebiet, auf dem der tote Fürst ihm ein würdiger Kontrahent hätte sein können. Beide, der Lebende wie der Tote, verfügten offenbar über den Zauberschlüssel von Truhen, Kästchen und Schatullen, deren Schlüssellöcher von roten, taufeuchten Blütenblättern der Königin der Blumen – der Rose – eingefasst sind.

Dieses wunderbaren Schlüssels konnte sich Iwan Dmitrijewitsch nicht rühmen, doch seine Zähne waren kräftig. Mit einem Fluch ließ der Oberleutnant seine Nase los, langte mit der Linken nach seinem Taschentuch, drückte es auf die blutende Wunde und flitzte, als er im Flur Schritte hörte, zum Ausgang. In der Tür wäre er um ein Haar mit Pewzow zusammengeprallt. Der schickte ihm einen verwunderten Blick nach, und dann bemerkte er mit nicht geringerer Verwunderung die gerötete Nase und die vom Schmerz feucht gewordenen Augen Iwan Dmitrijewitschs.

»Was war das für ein Typ?«, wollte er wissen.

»Ach, irgendein Verrückter.«

»Ich dachte, ein Agent von Ihnen.«

»Fehlte noch! So was halten wir nicht.«

»Was wollte er?«

»Sein Herz ausschütten. Er erzählte mir, was für ein Hundsfott Fürst von Arensberg gewesen sei.«

»Und das hat Sie zu Tränen gerührt?«

»Die Tränen?« Iwan Dmitrijewitsch wischte sich die Augen mit dem Taschentuch. »Die kommen davon, dass ich so lachen musste. Zum Schießen, der Kerl… Nun, was hat Ihnen der Bulgare erzählt? Boew heißt er wohl?«

»Er hat einiges erzählt«, erwiderte Pewzow wichtig und setzte sich in den Sessel. »Durch Ihren Dienst dürfte Ihnen die Tätigkeit des ›Slawischen Komitees‹ bekannt sein.«

»Gibt es denn an seiner Tätigkeit etwas zu beanstanden? Soweit mir bekannt, ist diese Organisation auf Initiative von oben gegründet worden und genießt höchste Protektion.«

»Sie übertreiben. Das Verhältnis höchster Kreise zu ihr ist zwiespältig, aber in diesem Fall spielt das keine Rolle. Worum es geht: Vor einem Monat hat das ›Slawische Komitee‹ eine Spendensammlung durchgeführt für die vor türkischer Gewalt auf das Territorium Österreich-Ungarns geflohenen Bulgaren, und von Arensberg übernahm es, diese Gelder weiterzuleiten.«

»Aus welchem Grund hat er das getan?«

»Er hoffte auf diese Weise das Wohlwollen gewisser einflussreicher Leute in Petersburg zu gewinnen, die mit der slawischen Bewegung sympathisieren. Chotek billigte diese Aktion nicht, doch der Fürst nahm das Geld ohne dessen Wissen an und stellte eine Quittung aus. In dem Zusammenhang trat Boew auf den Plan. Er hat erreicht, dass ein Teil der Spenden für die bulgarische Studentenlandsmannschaft in Russland abgezweigt werden sollte. Vorgestern kam Boew das Geld holen, doch von Arensberg erklärte sich zur Übergabe des Geldes erst bereit, wenn das ›Slawische Komitee‹ sämtliche Finanzunterlagen neu ausgefertigt hätte. Ihr nächster Treff war für heute neun Uhr früh vereinbart, aber Boew ist zu dieser Zeit nicht erschienen.«

»Warum?«

»Er selbst sagt, er sei verspätet eingetroffen, als niemand mehr in das Haus eingelassen wurde. In der Nacht will er sich auf eine Prüfung vorbereitet haben und erst bei Tagesanbruch eingeschlafen sein, weshalb er die Zeit verpasst habe.«

»Und was ist bei der Haussuchung gefunden worden?«

»Nichts von Belang. Eine Biss-Spur konnte auch nicht entdeckt werden.«

»Haben Sie sich seine Arme bis zu den Ellbogen angesehen?«

»Bis zu den Schultern. Dann habe ich ihn den Oberkörper frei machen lassen und ihn abgesucht.«

»Und anschließend durfte er gehen?«

»Im Gegenteil. Ich habe ihn in der Hauptwache festgesetzt.«

»Ich bitte Sie! Auf welcher Grundlage denn?«

Pewzow lächelte.

»Ich lege Ihnen die nackten Fakten dar, Herr Putilin. Die Schlussfolgerungen behalte ich für mich, sonst werden Sie zwangsläufig anfangen, die Ergebnisse Ihrer eigenen Nachforschungen mit meinen Verdachtsmomenten in Übereinstimmung zu bringen.«

»Meinen Sie?«, sagte Iwan Dmitrijewitsch gekränkt.

»Ja, aber daran tragen Sie keine Schuld. Sie werden zugeben, dass es zwischen Polizei und Gendarmerie, was ihre Stellung betrifft, schließlich einen gewissen Unterschied gibt, den Sie bei all Ihren Talenten und Ambitionen nicht ignorieren können. Meine Überlegungen besitzen einen höheren Stellenwert als die Ihrigen, nicht weil ich klüger, sondern weil ich ich bin. Ich möchte nicht mit der Autorität unserer Behörde Ihre Handlungsfähigkeit beeinträchtigen.«

Diesem Gedanken Bedeutung verleihend, schlug die Uhr an der Wand fünfmal.

»Dann erklären Sie mir bitte«, sagte Iwan Dmitrijewitsch, um das Gespräch auf den Boden nackter Fakten zurückzubringen, »warum der Fürst Boew in aller Herrgottsfrühe, die diese Stunde nach seinen Begriffen war, zu sich bestellt hat. Nach einer im Yachtklub verbrachten schlaflosen Nacht hätte er auch eine spätere Zeit festsetzen können.«

»Der Fürst wollte nicht, dass sein Treffen mit Boew bekannt würde. In der Regel schlief er um neun und sogar um zehn noch, deshalb begann die Überwachung seines Hauses um die Mittagsstunde.«

»Er wurde observiert?«, fragte Iwan Dmitrijewitsch verblüfft. »Von wem?«

Doch Pewzow bedauerte bereits, dass er sich verplappert hatte.

»Entschuldigen Sie, Herr Putilin, das brauchen Sie nicht zu wissen«, versetzte er unwirsch.

»Ein Geheimnis, das die staatlichen Interessen Russlands tangiert?«

»Genau.«

»Wenn es so ist«, entschloss sich Iwan Dmitrijewitsch nach kurzem Zögern, ihm zu sagen, »rate ich, ein Auge auf diesen Oberleutnant vom Preobrashenski-Regiment zu haben, mit dem Sie um ein Haar in der Tür zusammengeprallt wären. Leider kenne ich seinen Familiennamen nicht. Dafür weiß ich, dass dieser Bursche irgendein phantastisches Gewehr erfunden hat, das von unseren Beamtenseelen im Kriegsministerium abgelehnt worden ist.«

Bis die Uhr Viertel nach fünf schlug, schaffte es Iwan Dmitrijewitsch, über die Machenschaften des Barons Hohenbrück zu berichten, ohne seinerseits irgendwelche Schlussfolgerungen zu ziehen. Fakten, nichts als die bloßen Fakten.

»Ja, interessant. Aber warum möchten Sie sich nicht selbst mit diesem Oberleutnant befassen?«, wollte Pewzow misstrauisch wissen. »Warum überlassen Sie ihn mir?«

»Für Politik, Rittmeister, sind Sie zuständig. Was sollen wir da unsere Nase reinstecken! Wir bleiben bei unserem Leisten.«

»Machen Sie sich lustig?«

»Ein bisschen«, gab Iwan Dmitrijewitsch zu, »aber ernsthaft gesprochen, bin ich tatsächlich der Meinung, dass Sie damit besser zu Rande kommen. Meine Aufgabe ist es, Kriminelle zu greifen und keine Gentlemen, die aus den edelsten politischen Überzeugungen heraus ihresgleichen umbringen.«

»Gut«, Pewzow nickte, »danke für die Information. Doch Sie scheinen die Absicht zu haben, etwas höchst Wichtiges vor mir zu verbergen.«

»Und das wäre?«

»Den abgetrennten Kopf. Mein Leute haben mit Ihrem Agenten Sytsch gesprochen, ohne aus der Sache schlau geworden zu sein. Ich bin eigentlich hergekommen, um Genaueres über seinen Besuch zu erfahren. Was hat er Ihnen berichtet?«

»Allen möglichen Unfug hat er erzählt. Dass dem österreichischen Konsul der Kopf abgehauen worden wäre und er ihn gefunden hätte.«

»Schöne Agenten haben Sie«, grinste Pewzow.

»Das passiert mir nur mit ihm. Ich würde ihn davonjagen, er tut mir bloß Leid, hat sieben hungrige Mäuler zu stopfen.«

»Was Ihr Sytsch erzählt hat, ist natürlich absurd, nichtsdestoweniger sind das alles Glieder einer Kette. Ich kann mich des Eindrucks nicht erwehren, dass jemand in der Stadt Panik verbreitet.«

»Und wem gehört der Kopf?«, wollte Iwan Dmitrijewitsch wissen. »Ist es Ihnen gelungen, das herauszubekommen?«

»Der Kopf gehört niemandem.«

»Was heißt niemandem?«

»Aus der Anatomie der Medizinisch-Chirurgischen Akademie stammt er. Gestern hat der Student Nikolski mit seinen Freunden um eine Flasche Sekt gewettet, dass er diesen Kopf unbemerkt heraustragen werde, und stellen Sie sich vor, er hat es geschafft. Betrunken, wie er war, hat er damit Mädchen Angst eingejagt, bevor er ihn auf der Straße weggeworfen hat.«

»So ein Schuft!«, entrüstete sich Iwan Dmitrijewitsch. »Haben Sie ihn festgenommen?«

»Das eilt nicht. Die Geschichte ist nicht so simpel, wie sie, oberflächlich betrachtet, scheinen mag.«

Pewzow trat ans Fenster, klopfte laut an die Fensterscheibe, um seinen Kutscher auf sich aufmerksam zu machen, und gab ihm ein Zeichen, dass er gleich herauskommen werde.

»Wohin fahren Sie?«, fragte Iwan Dmitrijewitsch.

»Wo möchten Sie denn hin?«

»Zur Kirotschnaja.«

»Nun, bis dorthin werde ich Sie nicht bringen können,

aber die halbe Strecke nehme ich Sie mit, wenn Ihnen das recht ist.«

Zehn Minuten später fuhren sie durch den Triumphbogen des Generalstabs und rollten den Newski entlang. Ringsum waren Kutscherschreie und das unaufhörliche Rauschen der Gummireifen zu hören, das an das Zischen von Bierschaum erinnerte. Eine froh gestimmte bunte Menge toste beidseits den Prospekt entlang, wie es stets an den ersten warmen Frühlingsabenden zu sein pflegt, wenn die Luft vom Versprechen einer glücklichen Veränderung des Lebens erfüllt ist.

»Spüren Sie es?«, sagte Pewzow verdrießlich. »Überall eine unnatürliche fieberhafte Erregung.«

»Das macht der Frühling«, brummte Iwan Dmitrijewitsch.

Die Kutsche war gefedert, ihr Schaukeln regte zur Offenheit an.

»Der Frühling, sagen Sie? Mir kommt aus irgendeinem Grund nicht Lel* mit der Schalmei in den Sinn, sondern wissen Sie, wer? Michail Bakunin, so seltsam das bei solchem Wetter klingen mag. Haben Sie von ihm gehört?«

»Ein Sozialist?«

»Ja, ein Sozialist, ein Emigrant, die Revolutionäre ganz Europas himmeln ihn an. Er ist für sie eine Art Papst. Seiner Auffassung nach ist bei diesen Konsorten«, Pewzow wies auf eine Gruppe Studenten neben einer Anschlagsäule, »Hopfen und Malz verloren. Muttersöhnchen, wollen sich nicht die Hände schmutzig machen, können kein Blut sehen. Für die Geheimbünde müsse man allen möglichen Abschaum, Kriminelle gewinnen. Für dieses Gesindel hat er eine wissenschaftliche Bezeichnung: räuberisches Element. Bisher haben sie einfach so gemordet und geräubert, jetzt werden sie genau

* Liebesgott in der alten russischen Mythologie.

dasselbe tun, aber mit einer Theorie ausgerüstet, um eine Gärung in der Gesellschaft auszulösen. Dann wird es den Sozialisten leichter fallen, die Macht zu ergreifen. Wie in Paris...«

Iwan Dmitrijewitsch überlegte, dass auf eine solche Idee bloß jemand kommen kann, der nie in einer richtigen Räuberhöhle war, und dass an die Möglichkeit ihrer Verwirklichung auch nur einer von gleicher Art zu glauben vermag.

»Wenn Sie den Verdacht haben, dass von Arensberg Opfer dieser Theorie geworden ist«, sagte er, »dann ist jenes Wodkafläschchen wohl mit anderen Augen zu betrachten.«

»Was für ein Fläschchen?«

»Erinnern Sie sich, dass ich es am Morgen im Gästezimmer hinter der Gardine auf dem Fensterbrett gefunden habe? Ein Bulgare hätte sicherlich Wein vorgezogen...«

Pewzow wurde nachdenklich. Sie fuhren schweigend weiter, dann befahl er dem Kutscher:

»Halt! Ich fahre hier nach rechts, und Sie müssen geradeaus. Steigen Sie aus. Ich wünsche Ihnen Erfolg.«

II

Unterwegs zur Fontanka, zu Schuwalow, der Material für seine Berichte an den Zaren brauchte, und bei der anschließenden Suche nach dem von Iwan Dmitrijewitsch angegebenen Oberleutnant vom Preobrashenski-Regiment, um für alle Fälle auch dem nachzugehen, hielt sich Pewzow gedanklich an seine Marschrichtung – vom wahrscheinlichen Motiv zu den offensichtlichen Fakten.

Obwohl Boew den Mord an von Arensberg nicht gestanden hatte, wurde der Verdacht gegen ihn nicht fallen gelassen. Pewzow vermutete, dass er nachts in die Fürstenvilla eingedrungen war, um sich des gesamten vom »Slawischen Komitee« gesammelten Spendenbetrags zu bemächtigen und dieses Geld dazu zu verwenden, Waffen für die bulgarischen Freischärler zu besorgen. Anhaltspunkte für diese Annahme gab es: Nach Aussage des Vorsitzenden des »Slawischen Komitees« hatte Boew wiederholt ihm gegenüber erklärt, am besten könne man den geflohenen Opfern der türkischen Gewalt helfen, wenn man sie räche. Er wusste, dass das Geld in der Truhe lag, schaffte es jedoch nicht, sie zu öffnen; selbst mit dem Tode bedroht, verriet der Fürst nicht, wo er den Schlüssel versteckt hatte. So mussten sich Boew und sein Komplize, den der Fürst vermutlich in die Hand gebissen hatte, mit dem Revolver, der im Toilettentischchen lag, und einem Dutzend französischer Goldmünzen begnügen.

Seine Schlussfolgerungen behielt Pewzow für sich, um für den Fall, dass sie sich bestätigten, die Lorbeeren nicht mit Iwan Dmitrijewitsch teilen zu müssen, doch der konnte sich selbst alles zusammenreimen. Das war ja keine so schwere Denkaufgabe!

Etwas anderes indessen wusste Iwan Dmitrijewitsch nicht: Der Medizinstudent Nikolski, der den Kopf aus der Anatomie entwendet hatte, war festgenommen worden. Man verhaftete ihn, als er im Haus des bereits in der Hauptwache sitzenden Boew aufkreuzte. Diese Wohnung ließ Pewzow überwachen, und wie sich zeigte, nicht vergebens.

Als er hier eintraf, stellte er Nikolski fünf Fragen:

1. Ob er von allein auf die Idee gekommen sei, den Kopf aus dem Gebäude der Medizinisch-Chirurgischen Akademie zu entwenden und ihn dann auf der Straße wegzuwerfen, oder ob ihn jemand dazu angestiftet habe.
2. Vielleicht habe ihn jemand von seinen Freunden aufgestachelt und zu der Wette verleitet?
3. Wo er die heutige Nacht verbracht habe.
4. Wie sein Verhältnis zu Boew sei.
5. Was ihn in dessen Wohnung geführt habe.

»Ich verspreche Ihnen«, sagte Pewzow zu ihm, »wenn Sie

die Fragen offenherzig beantworten, dann wird Ihre Verfehlung ohne Konsequenzen bleiben. Sonst ist Ihnen der ›Wolfspass‹ sicher.«

Obwohl Nikolski dieses Versprechen ernst nahm, erklärte er trotzdem, das Entwenden des Kopfes sei einfach ein dummer Einfall von ihm gewesen, die Nacht habe er bei seiner älteren Cousine Mascha verbracht, und zu Boew sei er gegangen, um ihn als Freund und Kommilitonen um ein Halbrubelstück für einen Katerschluck zu bitten.

Die Einfachheit dieser Erklärung machte Pewzow argwöhnisch.

Er hieß Nikolski seine Jacke ausziehen und die Hemdsärmel hochkrempeln, um seine dicklichen Arme sorgfältig untersuchen zu können. Nikolski stand mehr tot als lebendig. Die Prozedur schreckte ihn umso mehr, als er ihren Sinn nicht begriff und sich nicht zu fragen traute.

Da Pewzow keine Spur der Zähne des Fürsten von Arensberg entdecken konnte, ließ er den Schurken laufen, schickte jedoch zwei Gendarmen in Zivil los, die ihn beschatten sollten.

Durch die ausgestandene Angst war Nikolski endgültig nüchtern geworden und schritt rasch aus. Die Spitzel folgten ihm, jeder auf einer Straßenseite. Bald lösten sich alle drei spurlos in der Menge auf dem Litejny auf.

VIERTES KAPITEL

Neue Personen der Handlung

I

Nachdem Iwan Dmitrijewitsch einen Häuserblock an der Kirotschnaja-Straße hinter sich gelassen hatte, machte er Halt vor einem schäbigen viergeschossigen Mietshaus mit Gemüseladen. Hier wohnte der Aussage des fürstlichen Kutschers zufolge die Frau, die in Lewizkis Liste als Letzte unter Nummer neun verzeichnet war.

Beim Hausmeister bekam er mühelos heraus, welche Wohnung das Ehepaar Strekalow gemietet hatte. Er stieg zu dem Stockwerk hoch und klingelte. Die Tür öffnete das Dienstmädchen. Einen Augenblick später erschien die Hausherrin in der Diele, wo Iwan Dmitrijewitsch auf sie wartete, und sagte, als sie seinen Namen und seine Dienststellung hörte:

»Kommen Sie ein andermal wieder. Mein Mann ist verreist.«

»Mit Ihnen muss ich sprechen, Madame«, erwiderte Iwan Dmitrijewitsch.

Sie gingen ins Wohnzimmer. Mit der Geste des Feldherrn, der die Stelle für das Biwak festlegt, bot sie ihm einen Stuhl an. Sie selbst platzierte sich auf einem bauchigen türkischen Puff aus bunter Watteline mit einer ungleichmäßigen fransigen Borte – offenbar einer Handarbeit von ihr.

An der Wand hing eine Fotografie – das Porträt eines trübsinnigen Mannes mit breiten Wangen und aufgeworfenen

Lippen in der Paradeuniform des Vermessungsamtes. Unter dem Foto zwei gekreuzte Säbel.

»An welchen Feldzügen hat Ihr Gatte denn teilgenommen?«, erkundigte sich Iwan Dmitrijewitsch höflich.

»An gar keinen.«

»Warum dann die Säbel?«

Ohne die Frage zu beantworten, zog sie die Nase kraus, und diese von rein weiblicher, geradezu jungfernhafter Verachtung erfüllte Grimasse drückte mehr aus als alle Worte. Erst jetzt wurde Iwan Dmitrijewitsch auf die Gestalt seiner Gesprächspartnerin aufmerksam. Ihr mächtiger Hals, ihre kräftigen, aber sich merkwürdig träge bewegenden Arme, ihr gerader Rücken und ihr kleiner Kopf mit dem straffen schwarzen Haarknoten hatten etwas Abgeschlossen-Festes, gleichsam Gegossenes, an dem indessen nichts Männliches war – die Schönheit einer gusseisernen Kanone, die nicht umsonst weiblichen Geschlechts ist. Eine solche Frau, die einen solchen Mann hatte, konnte in der Tat den Fürsten von Arensberg lieb gewinnen, der seinerzeit ein verwegener Kavallerist, ein Held gegen die Italiener geschlagener Schlachten und von Alpenfeldzügen gewesen war.

»Ich werde mich mal umsetzen«, sagte Iwan Dmitrijewitsch, erhob sich von dem Stuhl und ließ sich in einem Sessel mit dem Rücken zum Porträt Strekalows nieder. »In unserem Gespräch wird es um Dinge gehen, bei denen ich nicht die Augen Ihres Gatten vor mir sehen möchte.«

»Ich habe wenig Zeit«, unterbrach ihn Strekalowa. »Ich erwarte Gäste zum Abendessen.«

»Gäste wird es heute nicht geben.«

»Was wollen Sie damit sagen?«

»Madame, verstehen Sie mich richtig…«

Er holte weit aus, obwohl es besser gewesen wäre, sie gleich im ersten Ansturm außer Gefecht zu setzen und dann weiterzusehen. Doch dazu fehlte ihm irgendwie die Courage.

»Ich habe niemals das Recht der Frau in Zweifel gezogen, frei über ihre Gefühle zu verfügen. Besonders wenn die Ehe dadurch keinen Schaden nimmt. Indessen kann ich es nicht gutheißen, wenn russische Schönheiten ihr Herz an Ausländer verschenken. Das erinnert mich an die zollfreie Ausfuhr von Wertsachen.«

»Ich bin keine Wertsache, und Sie sind kein Zöllner. Was wollen Sie von mir?«

»Sehen Sie…«

»Ah, ich kann mir denken, worum es geht.« Strekalowa lachte erleichtert auf. »Mein Gott, beruhigen Sie sich! Mein Mann ist völlig ahnungslos. Und selbst wenn er es wüsste! Schauen Sie ihn sich doch bloß an.«

Iwan Dmitrijewitsch schielte flüchtig zu dem Porträt.

»Nein, sehen Sie genau hin! Nun? Wird sich so ein Mann vielleicht trauen, Ludwig zum Duell zu fordern? Sie befürchten einen diplomatischen Skandal, so ist es doch? Seien Sie unbesorgt, Herr Kriminalpolizist, einen Skandal wird es nicht geben.«

»Fürst von Arensberg ist tot«, sagte Iwan Dmitrijewitsch leise. »Er ist heute Nacht ermordet worden. In seinem Bett.«

Das Dienstmädchen hatte offenbar an der Tür gelauscht, denn es kam sofort hereingelaufen. Zu zweit bekamen sie Strekalowa kaum hoch, um sie zum Sofa zu schleppen. Sie gab kein Lebenszeichen von sich. Mit dieser Ohnmacht, laut- und bodenlos, ging ihr bisheriges Leben zu Ende, jetzt musste ein neues geboren werden und erstarken.

Auf die Frage, wo denn der Hausherr sei, antwortete das Dienstmädchen, der Herr habe gestern und vorgestern in Zarskoje Selo übernachtet, wo er in dienstlichen Angelegenheiten sei. Wie eine Glucke lief sie mit Wehklagen um ihre leblos daliegende Herrin herum, in der einen Hand hielt sie ein Glas mit Wasser, in der anderen eine Serviette und konnte sich weder zur Verwendung des einen noch des anderen entschließen. Iwan Dmitrijewitsch hieß sie ihrer Herrin die Schläfen reiben und, sofern vorhanden, ein Duftkerzchen unter ihrer Nase räuchern.

Als suche er nach diesem Kerzchen, öffnete er die Tür des Geschirrschranks, in dem er billige Steinguttassen, grobe abgestoßene Teller und einen mit Reißzwecken an der Schrankwand befestigten Bannspruch gegen Kakerlaken fand. Zwischen diversen Gläsern – einem bunten Gemisch wie Kinder eines Waisenhauses – fiel ihm eine halb geleerte Madeiraflasche auf, aus der ein Stöckchen spießte. Eine Kerbe markierte den Weinpegel, damit das Dienstmädchen sich nicht daran vergriff. Ein ebensolches Stöckchen steckte in einem Konfitüreglas, an ihm bemerkte Iwan Dmitrijewitsch fünf oder sechs Kerben. Nach ihren seltenen Belsazargelagen, bei denen sich die Eheleute ein ganzes Schälchen mit Sauerkirsch- oder Stachelbeerkonfitüre genehmigten, nahm der Hausherr offenbar ein Messer und markierte auf dem Maß, wie viel übrig geblieben war. Die Türen des Geschirrschranks knarrten wie die Türen bei jenem Geldverleiher, damit auch nachts zu hören wäre, wenn das Dienstmädchen an die dort verborgenen Schätze ging.

Iwan Dmitrijewitsch schloss den Geschirrschrank und sah sich noch einmal im Zimmer um. Billige Papiertapeten mit Spuren von Katzenkrallen, ein altersschwaches Sofa mit Wanzenflecken, ein speckiger Sessel aus den Zeiten des Krimkriegs, ein selbst angefertigter Puff. Eine Einrichtung, die einem Jahressalär von fünfhundert Rubel entsprach. Und natürlich ein Kanarienvogel am Fenster. Das Tuch ist vom Käfig zurückgeschlagen, das Vögelchen singt, quält die Seele mit ewiger Sehnsucht nach einem anderen Leben.

Von der Küche kam wellenartig widerlicher Geruch von gebratenen Zwiebeln. Das Dienstmädchen betätigte sich natürlich auch noch als Köchin.

Die Wiederaufnahme des Gesprächs erschien sinnlos, dennoch glaubte Iwan Dmitrijewitsch, die Wohnung erst nachdem Strekalowa die Augen aufgeschlagen hatte verlassen zu können. Sie blickte schweigend auf eine Stelle an der lange nicht geweißten Decke, wo die feinen Risse im Putz an den Federbusch eines Kürassierhelms erinnerten.

Der Fürst ist ja seinerzeit bei den Kürassieren gewesen, fiel Iwan Dmitrijewitsch ein.

Auf der Straße rief er einen Droschkenkutscher heran und fuhr zur Fontanka, zu Schuwalow. Es war längst Zeit, ihm über den Fortgang der Ermittlungen Bericht zu erstatten. Aber was sollte er ihm berichten? Dass diese Frau den Fürsten geliebt hatte und die Ohnmacht echt gewesen war? Dass der Kanarienvogel im Käfig von Liebe sang?

Der Droschkenkutscher, der den Chef der Kriminalpolizei erkannte, fragte vorsichtig:

»Wird es Krieg geben?«

»Mit wem?«

»Weiß ich nicht. Man erzählt, allen Offizieren auf Urlaub sei befohlen worden, zu ihren Regimentern zurückzukehren. Stimmt das?«

»Was erzählt man noch?«

»Alles Mögliche wird geredet. Zum Beispiel habe ich gehört, dass beim türkischen Botschafter ein lebendes Schwein ins Haus gelassen worden ist. Nach ihrem mohammedanischen Gesetz gibt es keine schlimmere Beleidigung. Irgendein Mönch soll es im Sack gebracht und durch ein Fenster hineingelassen haben. Der Botschafter fuhr sofort ins Winterpalais zum Gossudar, der lieferte ihm aber den Mönch nicht aus, sondern ließ ihn an einem sicheren Ort verstecken. Ich weiß von nichts, sagt er …«

Als sie an einer Straßenecke hielten, um die Kutsche eines hohen Herrn durchzulassen, hörte Iwan Dmitrijewitsch, wie in den geöffneten Fenstern im Erdgeschoss des Hauses die Uhr siebenmal schlug.

Es war noch ganz hell auf der Straße – Ende April, die Nächte fast weiß unter einem wolkenlosen Himmel –, doch der Lebensablauf der großen Stadt konnte sich nicht dem launischen Spiel des Lichts in den Lüften unterwerfen. Nachdem es sieben Uhr geschlagen hatte, gingen auf ein Signal vom Turm der Stadtduma hin die trüben Gaslaternen auf den Straßen an.

»Ich denke mir«, sagte der Droschkenkutscher, »da der Mönch nicht ausgeliefert worden ist, wird es Krieg mit der Türkei geben.«

Noch am Morgen waren alle diese wilden Gerüchte jedes für sich dahingeflossen, jetzt aber vereinigten sie sich mit den Verdächtigungen Pewzows in einem Flussbett.

II

Schuwalow saß in seinem Büro und schrieb an einem neuen Bericht für den Zaren. Hätte der diese Berichte mit der gleichen Anspannung gelesen, mit der sie geschrieben wurden, dann hätten sie für ihn zu einer ausgeklügelten Folter werden müssen. So foltern die Chinesen einen Verbrecher, indem sie ihm Wasser auf den geschorenen Schädel tropfen lassen: In Erwartung des nächsten Tropfens verliert er den Verstand.

»Gott sei Dank ist das der letzte für heute«, sagte Schuwalow, indem dem Dienst habenden Offizier sein Opus übergab, »der Gossudar hatte die Gnade, statt stündlicher nur noch tägliche Berichte zu verlangen. Der nächste ist morgen Mittag fällig. Ich hoffe, bis dahin werden wir etwas mitzuteilen haben.«

»Warum bis Mittag?«, fragte Iwan Dmitrijewitsch. »Geht es nicht später?«

»Nein. So ist die Anordnung, und die Anordnung muss

über uns schweben wie ein Damoklesschwert. Ohne Anordnung kann es in Russland keine Ordnung geben.«

Schuwalow hatte drei Uhren in seinem Büro: eine Wand-, eine Tisch- und eine Standuhr. Iwan Dmitrijewitsch fiel auf, dass sie alle unterschiedliche Zeiten anzeigten.

»Ich bin nicht sicher«, sagte Schuwalow, indem er sich in seinem Sessel reckte, »dass der Gossudar meinen Berichten viel entnehmen kann, aber mir persönlich haben sie einen guten Dienst geleistet. Ich bin tiefer in die Sache eingedrungen und habe erkannt, dass Pewzow Recht hat, der Mord ist sorgfältig vorbereitet worden. Man muss den Mut aufbringen einzugestehen, dass der Fürst Opfer einer schlau eingefädelten Intrige geworden ist.«

Nachdem er sich angehört hatte, was ihm Iwan Dmitrijewitsch über den Klingelzug im Schlafzimmer des Fürsten und über seinen Besuch in der Kirotschnaja mitzuteilen hatte, wurde er ärgerlich:

»Liebe, Eifersucht, verletzte Eigenliebe – alle diese banalen Leidenschaften, mit denen Sie Polizisten üblicherweise zu tun haben, sind hier als Erklärung ungeeignet. Bei Ihren Ermittlungen geht es um ein Verbrechen von staatlicher Bedeutung, und da sind andere Maßstäbe anzulegen.«

»Euer Erlaucht, ich will nur sagen, dass von Arensberg von einem Menschen umgebracht wurde, der vorher in seinem Schlafzimmer gewesen ist und den Klingelzug kannte«, rechtfertigte sich Iwan Dmitrijewitsch. »Er fällt so schon kaum auf und erst recht nicht in der Dunkelheit. Jemand, der das Schlafzimmer zum ersten Mal sah, hätte gar nicht auf die Idee kommen können, den Fürsten mit den Füßen zum Kopfende herumzudrehen.«

»Mag sein, obwohl alles zufällig geschehen sein kann, in der Hitze des Gefechts. Aber was klammern Sie sich an diese Strekalowa? Sie wird ihren Liebhaber doch nicht selbst gefesselt und mit Kissen erstickt haben? Warum sollte sie?«

»Und ihr Mann?«

»Was ist mit ihm?«

»Er kann ihn aus Eifersucht umgebracht haben.«

»Aber wie soll er von dem Klingelzug gewusst haben? Oder meinen Sie, dass er vorher die eigene Frau zu ihrem Liebhaber ins Schlafzimmer gebracht hat?«

»Er kann es auf andere Weise erfahren haben.«

»Wie?«

»Das weiß ich noch nicht.«

»Teufel noch mal!«, fluchte Schuwalow. »Was für spanische Leidenschaften toben bloß in Ihrer Phantasie? Wir sind nicht in Sevilla.«

»Vor kurzem habe ich in einer medizinischen Zeitschrift gelesen, dass die Mädchen in Petersburg eher reif würden als in Berlin und London«, sagte Iwan Dmitrijewitsch. »Etwa im gleichen Alter wie die Italienerinnen.«

»Worauf wollen Sie damit hinaus?«

»Auf das Temperament des russischen Menschen.«

»Meinen Sie«, sagte Schuwalow versöhnlich, »ich würde nicht gern daran glauben, dass der Fürst von einem gehörnten Mann, einer eifersüchtigen Geliebten oder seinem eigenen Lakaien, der es auf sein silbernes Zigarrenetui abgesehen hatte, erstickt worden ist? Sehr gern würde ich das. Aber ich kann es nicht glauben, begreifen Sie doch! Aus so banalen Gründen werden ausländische Diplomaten nicht umgebracht, erst recht nicht in Russland.«

»Pardon, Euer Erlaucht, wen verdächtigen Sie denn?«

»Niemanden konkret, das ist das Problem. Allenfalls Agenten irgendeines illegalen polnischen Rząds, sofern ein solcher existiert.«

»Was sollen die Polen damit zu tun haben?«

»Bevor die Kavalleriedivision, die von Arensberg befehligte, nach der Lombardei in Marsch gesetzt wurde, in den Krieg mit Viktor Emanuel und Napoleon III., war sie in Krakau stationiert. Möglicherweise hat er die Polen irgendwie gegen sich aufgebracht, und die sind ein rachsüchtiges Volk. Krakau gehört den Österreichern, dort, in Galizien, hat übrigens seinerzeit auch Graf Choteks Laufbahn begonnen.«

»Dem Namen nach zu urteilen, ist er Tscheche«, bemerkte Iwan Dmitrijewitsch.

»Das ist ohne Belang, die Diener des Kaiserreichs haben keine Nationalität. Auf den Gedanken mit den Polen bin ich deswegen gekommen, weil auf Chotek heute ebenfalls ein Anschlag verübt worden ist. Fast wäre er ums Leben gekommen.«

»Nun, das wohl kaum. Es ist schwer möglich, einen Stein so durch ein Kutschenfenster zu werfen, dass er einen Menschen tötet.«

»Woher wissen Sie das?«, fragte Schuwalow verwundert. »Wer hat Ihnen davon erzählt?«

»Niemand. Das Gerücht hat es mir zugetragen«, erwiderte Iwan Dmitrijewitsch ausweichend.

»Das ist doch frappierend! Alle wissen alles und sogar mehr, als überhaupt an der Sache ist. So hat irgendein Provokateur Chotek mitgeteilt, hinter dem Mord an von Arensberg steckten wir.«

»Wer – wir? Sie?«

»Ja, wir. Die Gendarmen. Können Sie sich das vorstellen?«

»Und das Motiv?«

»Der Fürst soll angeblich Kontakte zu österreichischen und französischen Journalisten unterhalten und sie mit allen möglichen Erfindungen über Geheimpläne unserer Regierung versorgt haben. Verleumderischen, versteht sich.«

»Hat er sie tatsächlich versorgt, und hatte er solche Kontakte?«

»Ich kann es nicht ausschließen, aber jetzt macht mir etwas anderes mehr Sorgen. Jemand scheint es mit allen Mitteln darauf anzulegen, das Vertrauen des Gossudars in das Gendarmeriekorps und mich persönlich zu erschüttern.«

Iwan Dmitrijewitsch hatte die ganze Zeit die Frage auf der Zunge, wer eigentlich das Haus von Arensbergs überwache. Sollte er danach fragen, oder empfahl sich das nicht? Nein, lieber nicht fragen. Pewzow hatte nicht darüber sprechen wollen, sich hinter einem Staatsgeheimnis versteckt. Iwan Dmitrijewitsch hatte das Gefühl, sich mit Spielern an einen Tisch gesetzt zu haben, die Gewinn und Verlust im Voraus unter sich aufgeteilt hatten. In so einer Situation ist es das Klügste, vorsichtig zu spielen, sich nicht zu weit vorzuwagen, wenn es schon nicht möglich war, die Karten auf den Tisch zu werfen und davonzugehen.

»Chotek verhält sich herausfordernd«, sagte Schuwalow. »Mir misstraut er, droht, darauf hinzuwirken, dass mit den Ermittlungen Vertreter der österreichischen Gendarmerie betraut werden. Ich war gezwungen, ihm ziemlich schroff zu erklären, dass die Ehre Russlands dies nicht zulässt.«

»Richtig, Euer Erlaucht!«, pflichtete Iwan Dmitrijewitsch ihm leidenschaftlich bei. Plötzlich war ihm aufgegangen, dass die Ehre Russlands, die ihn nie sonderlich gekümmert hatte, davon abhing, wie schnell er den Mörder von Arensbergs fand.

»Und das ist noch nicht alles«, beklagte sich Schuwalow. »Chotek hat uns die Forderung präsentiert, die Tätigkeit des ›Slawischen Komitees‹ für gesetzwidrig zu erklären, und angedeutet, sollten wir das ablehnen, seien ernsthafte diplomatische Verwicklungen zwischen unseren Staaten denkbar.«

»Was kann die Folge sein? Krieg?«, wollte Iwan Dmitrijewitsch beunruhigt wissen.

»Nun, einstweilen ist das wenig wahrscheinlich, obwohl in der ferneren Zukunft alles möglich ist. In Wien gibt es einflussreiche regierungsnahe Kreise, die bereit sind, den Vorfall in der Millionnaja dazu zu nutzen, eine antirussische Hysterie zu entfachen. Wozu das führen kann, weiß Gott allein.«

Wie immer, wenn er aufgeregt war, begann Iwan Dmitrijewitsch seine rechte Backenbarthälfte zum Zöpfchen zu flechten. Seine Frau versuchte vergeblich, ihm diese Angewohnheit, die sie hässlich fand, abzugewöhnen. Er begriff nichts, doch der Gedanke an den Klingelzug beruhigte ihn ein wenig. Man brauchte nur daran zu ziehen, und dieser ganze ungeheuerliche Wahn löste sich auf wie ein Harlekinkostüm.

So ein Kostüm hatte Iwan Dmitrijewitsch vor langer Zeit bei einer Schaubudenveranstaltung auf der Steinernen Insel gesehen. Damals hatte er den Auftrag, den Mogiljower Juden Laserstein aufzuspüren, festzunehmen und aus Petersburg zu entfernen – einen kleinen Jahrmarktskomödianten, der es ablehnte, sich taufen zu lassen, aber nicht in Mogiljow, sondern in der Hauptstadt schauspielern wollte, wo für ihn mehr zu verdienen war. Es wurde eine italienische Farce gegeben, Laserstein spielte den Harlekin. Er beherrschte die Bühne, amüsierte das Publikum, schurigelte den armen Pierrot, bis der, zur Verzweiflung getrieben, im Kostüm seines Peinigers einen kaum sichtbaren Faden entdeckte und daran zog. Sofort zerfiel das ganze von einem einzigen Faden zusammengehaltene Harlekinkostüm in einzelne Lappen; unter dem Gelächter der Zuschauer stand in einem bunten Lumpenhaufen der nackte spindeldürre Laserstein mit seiner kaum bedeckten beschnittenen Scham.

Schuwalow erhob sich und durchschritt das Zimmer von einer Ecke zur anderen.

»Möglich, dass ich heute zu müde bin, aber mich beschleicht ein sonderbares Gefühl…«

Er rieb sich mit Leidensmiene die Schläfen.

»Ich habe den Eindruck…«

Und wieder eine Pause.

»Was denn, Euer Erlaucht?« Iwan Dmitrijewitsch machte sich darauf gefasst, einen Ausspruch von allergrößter Wichtigkeit zu hören zu bekommen.

»Ich habe den Eindruck«, sagte Schuwalow endlich, »dass sich das Gerücht vom Tod von Arensbergs schon auszubreiten begann, bevor er tot war.«

III

Als Iwan Dmitrijewitsch wieder auf der Fontanka war, verspürte er ein unwiderstehliches Verlangen nach einem Glas Wodka. Er trat in die erstbeste Schenke und setzte sich an einen Tisch. Der Wirt erkannte sofort den Ehrengast und kam anstelle des Kellners herbeigeeilt.

»Ein Glas Wodka und Salzpilzchen«, bestellte Iwan Dmitrijewitsch kurz, den Blick auf die an der Wand abgebildete Ceres mit dem Füllhorn gerichtet.

Sie hatte irgendwelche exotischen Phantasiefrüchte fächerartig vor sich hingestreut, die diese Schenke nie gesehen hatte, als größte Delikatesse galten hier eingelegte grüne Erbsen. Ceres lächelte die Gäste einladend an, jede ihrer Brüste mochte gut fünf Pfund wiegen.

An dem in der Ecke stehenden Billardtisch hatten die Spieler noch keine zwei Kugeln gespielt, als die Bestellung schon kam.

»Haben Sie sich müde gearbeitet, Iwan Dmitrijewitsch?«, fragte der Schankwirt teilnahmsvoll, während er die aus Achtung für den Gast in einer Porzellanzuckerschale servierten Pilze auf den Tisch stellte. »Nun, vertrauen wir auf Gott. Wenn Sie die Missetäter finden, wird der österreichische Kaiser Ihnen einen Orden verleihen.«

»Auch du weißt es?« Iwan Dmitrijewitsch sah ihn betrübt an.

»Wir sind nicht schlechter als andere. Wie alle, so auch wir.«

»Von dem Schwein hast du auch gehört?«

»Das erst heute. Aber dass der Fürst um die Ecke gebracht worden ist, das habe ich schon gestern gewusst.«

»Waas?« Iwan Dmitrijewitsch war perplex.

»Bei uns geht es lebhaft zu, alle Neuigkeiten erfahre ich als Erster«, rühmte sich der Wirt. »Nun, nach Ihnen natürlich.«

»Was faselst du da? Wie denn gestern? Heute Nacht ist er umgebracht worden.«

»Ich verstehe was von Politik«, sagte der Wirt. »Das Volk soll mal schön denken, dass es heute war. Sonst beginnt man sich die Zunge zu wetzen, die Polizei würde schlafen, statt Mäuse zu fangen …«

»Moment mal. Wer hat dir gesagt, dass es gestern gewesen ist?«

»Am Abend saßen hier zwei, die sich unterhalten haben. Da in der Ecke. Ich habe es erlauscht. Aus ist es mit ihm, hörte ich, mit dem Fürsten Anzburch.«

»Gestern Abend?«, fragte Iwan Dmitrijewitsch hilflos.

»Von mir, Iwan Dmitrijewitsch, erfährt es keine Menschenseele. Kein Sterbenswörtchen! Ich verstehe was von Politik! Aber wenn Sie den Orden bekommen, dann richten Sie das Bankett bitte bei uns aus. Im ganzen Saal decke ich die Tische. Bei mir gibt es Sterlets von der Kama, Weine direkt aus Frankreich, in Flaschen bestellen wir sie«, prahlte der Schankwirt schwärmerisch.

Iwan Dmitrijewitsch leerte das Glas und spießte nachdenklich ein Pilzchen mit der Gabel an.

Schuwalow hatte gesagt, dass sich das Gerücht über den Tod des Fürsten schon vor dessen Tod auszubreiten begonnen habe. Jetzt erschien diese Vermutung gar nicht mehr so aberwitzig. Der Fürst hatte demnach im Yachtklub Karten gespielt und Wein getrunken, war mit der Droschke gefahren und hatte sich schlafen gelegt, als er schon tot war. Und viele in der Stadt wussten davon.

Konstantinow hatte den Droschkenkutscher ausfindig gemacht, der in der Nacht den Fürsten nach Hause gefahren hatte. Wie sich herausstellte, waren sie vom Klub um drei Uhr früh losgefahren und in der Millionnaja erst kurz vor vier angekommen, weil das Pferd sich seltsam gebärdete, bockte, wieherte, als mache ihm etwas Angst, so dass sie eine ganze Stunde brauchten. Also hatte auch das Pferd geahnt, dass es einen Toten fuhr?

An Verschwörer konnte Iwan Dmitrijewitsch dennoch nicht glauben. Als Sklave der Erfahrung wusste er nur zu gut, dass die heimtückischsten Verschwörer der Zufall und die Leidenschaft waren.

»Nein«, beantwortete er die Frage des Wirts, ob er ihm noch einmal eingießen solle, und ließ die in der Luft erstarrte Hand mit dem leeren Glas endlich sinken. »Was bekommen Sie?«

»Nichts. Wenn man Ihnen den Orden verleiht, dann beehren Sie uns. Wir feiern den Anlass, und zu dem, was Ihre Gäste essen und trinken, rechne ich dieses Gläschen hinzu.«

»Dann eben nichts«, willigte Iwan Dmitrijewitsch ein. »Deine Milchlinge sind übrigens gut!«, lobte er und spießte noch ein Pilzchen an.

»Warten Sie, ich tue Ihnen gleich welche in ein Gläschen!«, sagte der Wirt erfreut. »Damit Sie sie mitnehmen können.«

»Nicht nötig.«

»Warum denn? Wenn Sie nach Hause kommen, lassen Sie sich die Pilzchen schmecken.«

»Na schön. Aber bloß ein paar!«

Bis das versprochene Gläschen kam, trat Iwan Dmitrijewitsch an den in der Ecke stehenden Billardtisch und starrte, leicht benommen vom Wodka, auf das grüne Feld. Die von einem der Spieler mit dem Queue angestoßene Kugel hüpfte über die Bande und krachte auf den Fußboden. Iwan Dmitrijewitsch hob sie auf und legte sie auf die grüne Wiese zurück. Langsam und gewichtig rollte die Kugel dahin. Sie war gleichsam aus einem anderen Leben hierher zurückgekehrt. Nachdem sie die Schicksalslinie überschritten, außerhalb des Universums gewesen war, erschien ihr das ganze Geklopfe und Gerolle hier eitel und sinnlos. Diese Kugel half Iwan Dmitrijewitsch, sich vorzustellen, wie Strekalowa, die nach ihrer Ohnmacht ein neues Bewusstsein erlangt hatte, befremdet ihre Alltagsumgebung betrachtete: den Puff, die gekreuzten Säbel unter dem Porträt ihres Mannes, den Kanarienvogel im Käfig, das Stöckchen im Konfitüreglas. Wem das Bewusstsein schwindet, lebend Himmelsgründe überwindet – all dies bedeutet fortan ihm nichts mehr. Was hat sie noch hier verloren? Sie zieht sich an und verlässt das Haus. Sie ruft einen Droschkenkutscher, fährt los. Wohin? In die Millionnaja natürlich. Der Kammerdiener dort ist ihr Vertrauter – sollte er seine ehemalige Herrin nicht einlassen?

Der Schankwirt eilte mit dem Gläschen herbei. Nachdem Iwan Dmitrijewitsch sich überzeugt hatte, dass es fest verschlossen war, steckte er es in die Tasche und trat auf die sich langsam leerende Straße hinaus.

Unterdessen hatte Schuwalow die bereits am Morgen vom Archiv des Außenministeriums angeforderte Information erhalten, unter welchen Umständen welche ausländischen Diplomaten in Russland bereits eines gewaltsamen Todes gestorben waren.

Aus ihr ging hervor, dass es in der ganzen tausendjährigen Geschichte des Landes nur einige wenige derartige Fälle gegeben hatte. Der letzte fiel in die Zeit des Großfürsten Wassili Iwanowitsch, des Vaters Iwans des Schrecklichen: Damals, im Jahre 1532, war Janboldui-Mursa, Bote der Krimtataren, umgebracht worden. Seitdem war bis zum 25. April 1871 alles mehr oder weniger gut gegangen.

Mit den Umständen des Todes Janboldui-Mursas verhielt es sich so.

Khan Sahib-Girej hatte ihn nach Moskau geschickt mit einer Botschaft, in der er drohte, sich »aufs Pferd zu setzen« und seinen »Säbel gegen die Moskauer Grenzlande zu richten«, sollte der Tribut, den man in Moskau »Freundschaftsgeschenk« zu nennen vorzog, in Bachtschissarai »gemindert« eintreffen. Nachdem er das Wilde Feld hinter sich gelassen hatte, traf Janboldui-Mursa mit seiner Begleitung in der Grenzstadt Borowsk ein, wo ihn der als Sendling dahergerittene Bojarensohn Wassili Tschichatschow empfing. Er schenkte dem Boten einen Pelzmantel und lud ihn auf sein Anwesen ein. Sie setzten sich zu Tisch, und da geschah es. Nachdem er »gebrühten Kirschmet« getrunken hatte, zeigte sich der hochmütige Mursa »nicht gewillt, des Gossudars Namensnennung stehend anzuhören«, das heißt, er weigerte sich aufzustehen, als Tschichatschow den Becher auf das Wohl »des großen Gossudars, des Großfürsten Wassili Iwanowitsch« erhob und seine ganzen Titel aufzuzählen begann. Zunächst wies Tschichatschow den begriffsstutzigen Boten einfach darauf hin, dass es sich »bei des Gossudars Namensnennung für ihn Hundekerl nicht zu sitzen zieme«, doch der blieb starrsinnig. Als alle Überredungsversuche nichts fruchteten, verlor der Sendling, der dem Met offenbar ebenfalls kräftig zugesprochen hatte, die Geduld und ging dazu über, »unhöflich« zu handeln. Was sich hinter dieser lakonischen Formulierung des derzeitigen offiziellen Dokuments verbarg, wurde in der Information nicht erläutert, doch war es leicht zu erraten. Wie nach Moskau gegangenen Zeugenberichten zu entnehmen war, gerieten Tschichatschow und Janboldui-Mursa »böse aneinander«, wobei der Bote von der Krim »aus dem Leben schied«.

Das weitere Schicksal Tschichatschows war den Verfassern der Information unbekannt, dafür wussten sie, dass ein Jahr später, als der russische Gesandte Fjodor Begitschew auf der Krim eintraf, Sahib-Girej »seinen Hohn über ihn ausgoss, ihm Nase und Ohren zunähen und ihn nackt über den Basar führen ließ«.

Schuwalow steckte diese Information mit dem Gedanken in seinen Tischkasten, dass dem russischen Militärattaché in Wien Gott sei Dank eine derartige Rache nicht drohte.

IV

Seit Iwan Dmitrijewitsch Chef der hauptstädtischen Kriminalpolizei geworden war, hatte er es sich zum Grundsatz gemacht, weder an Treib- noch an Verfolgungsjagden teilzunehmen, etwa zehn Tage vor dem Verbrechen in der Millionnaja war er ihm jedoch untreu geworden. An jenem Tag, genauer gesagt, in jener Nacht, lauerte er zusammen mit Sytsch und Konstantinow neben einem Hafenspeicher im Hinterhalt. Wohlmeinenden anonymen Berichten zufolge versteckte irgendwo hier im Hafen der einfach nicht zu fassende Wanka Pupyr, flüchtiger Sträfling, Bandit und Mörder, seine zusammengeräuberte Beute.

Pupyr war der Schrecken Petersburgs. Vom Leib und Kopf überfallener Passanten gerissene Pelzmäntel und Pelzmützen, die erbeuteten Uhren und Ringe gingen bereits in die Hunderte, doch damit nicht genug, waren auf seinen nächtlichen Wegen drei Leichen gefunden worden, und zwar alle drei mit eingeschlagenem Kopf. Pupyrs Mordinstrument war ein an einer Kette befestigtes Gewicht. Die mit dem Leben davongekommenen Opfer schworen, dieses Gewicht sei nicht aus Gusseisen und nicht aus Kupfer, sondern aus Gold, was Iwan Dmitrijewitsch natürlich nicht glaubte. Dafür wusste er: Sobald dieses Gewicht aufglänzt, fliegen die Zobelpelzmützen von allein von den Köpfen, und jahrzehntelang nicht von den Fingern gezogene Ringe gehen leicht ab, wie von Seife geschmiert.

Pupyr war grausam, gerissen und vorsichtig. Seine Raubzüge unternahm er stets allein, Komplizen hatte er keine, deshalb war es so schwer, ihn zu fassen. Viele meinten sogar, es sei völlig unmöglich, da er sämtliche Agenten der Kriminalpolizei vom Ansehen kenne. In luxuriöse Biberpelze gekleidet, den Revolver in der Tasche, gingen sie wochenlang jede Nacht einzeln in dunklen Gassen spazieren, mit Absicht schwankend und Lieder grölend wie Betrunkene, legten sich sogar auf die Erde, als wären sie hingefallen und eingeschlafen, doch nicht ein Mal biss Pupyr an. Der arme Sytsch zog sich, nachdem er zwei Stunden im Schnee gelegen hatte, eine Unterkühlung in der Leistengegend zu, die seine Manneskraft schwächte und seine Frau zu einem Techtelmechtel mit ihrem Nachbarn, einem Schuster, verleitete, doch Iwan Dmitrijewitsch ließ seinen Agenten nicht im Stich. Unter irgendeinem Vorwand lochte er den Schuster ein, bis die Gefahr vorbei war.

In der Nacht, als sie im Hinterhalt lauerten, befürchtete Sytsch, sich wieder zu erkälten. Er quengelte, sagte, es sei Zeit zu gehen, im Westen werde der Himmel schon hell. Aber sie hatten nicht umsonst gefroren: Gegen Morgen tauchte die bekannte Gestalt in der Ferne auf. Iwan Dmitrijewitsch, der Pupyr nie zuvor gesehen und sich allein aus dem, was ihm erzählt worden war, ein Bild von ihm machen konnte, erkannte die kurzbeinige und langarmige Silhouette, von der er fortwährend träumte, sofort.

»Stehen bleiben!«, schrie er, aus dem Hinterhalt hervorspringend, und tat so, als reiße er einen Revolver hoch, den er nie besessen hatte.

Pupyr rannte los, Haken schlagend, auf einen Schuss in den Rücken gefasst.

Konstantinow und Sytsch waren bewaffnet, doch Iwan Dmitrijewitsch hatte ihnen das Schießen untersagt, er wollte den Unhold lebend fassen. Alle drei nahmen die Verfolgung auf, und nach einer halben Stunde stellten sie Pupyr an der Ziegelwand eines Lagerhauses in der Nähe der Werft.

Iwan Dmitrijewitsch und Konstantinow näherten sich von den Flanken her, rechts und links entlang der Wand, während Sytsch, drohend mit dem Revolver spielend, frontal auf Pupyr zuging. Der sah sich gehetzt um, hüllte das Gesicht nach Diebesgewohnheit aber immer noch in sein Halstuch.

Direkt vor ihm, ziemlich hoch über der Erde, hing kieloben ein großes Achterboot. Tagsüber war es anscheinend geteert und kalfatert und danach mit dem Flaschenzug emporgehievt worden, damit es die Durchfahrt zu den Lagerhäusern nicht behinderte.

Von allen dreien hatte Sytsch wegen seiner Eheprobleme die größte Wut auf Pupyr. In seinem Übereifer trat er unter das Boot, bevor Iwan Dmitrijewitsch ihn durch einen Warnruf daran hindern konnte. In dem Moment schlug Pupyr mit dem Fuß den Stopper weg. Das herabsausende Boot begrub Sytsch krachend unter sich.

Pupyr stürzte davon und brach aus der Falle aus, doch weder rannte Iwan Dmitrijewitsch ihm selbst nach, noch ließ er es Konstantinow tun. Der unter dem Boot liegende Sytsch schrie mit herzzerreißender, nicht mehr menschlicher Stimme. Zu zweit schafften sie es mit Mühe, das schwere Boot umzukippen. Grün vor Angst, aber heil und unversehrt kroch Sytsch auf allen vieren hervor. Als Iwan Dmitrijewitsch sich überzeugt hatte, dass er unverletzt war, verpasste er ihm zornentbrannt einen Hieb und fluchte kräftig. Pupyr nachzusetzen hatte keinen Sinn mehr.

Inzwischen war es völlig hell geworden. Iwan Dmitrijewitsch ging mit Konstantinow düster die Uferstraße entlang, hinter ihnen, in einigem Abstand, trippelte reuevoll schnaufend Sytsch. An einem der Anlegeplätze sahen sie ein italienisches Dampfschiff, die »Triumph der Venus«, die tags zuvor mit Apfelsinen und Zitronen aus Genua eingetroffen war.

Am Mast wehte die rot-weiß-grüne Flagge des Königreichs Sardinien, in denselben Farben war der Schornstein gestrichen. An der Anlegestelle, Arm in Arm mit fragwürdig aussehenden Mädchen, standen drei oder vier angetrunkene Studenten, die es offenbar direkt von ihrer nächtlichen Sause zum Hafen getrieben hatte. Sie schrien lauthals »Viva Garibaldi!« Ein affenähnlicher Matrose antwortete damit, dass er ihnen vom Deck des Schiffes orangefarbene aromatische Früchte zuwarf. Die Studenten lachten und gaben die Apfelsinen ihren Begleiterinnen zu kosten. Konstantinow fing auch zwei auf, für sich und für Iwan Dmitrijewitsch. Sytsch bekam, versteht sich, nicht ein Scheibchen ab.

»Irgendwie passt die Fracht nicht zur Jahreszeit«, meinte skeptisch Safronow, der den Bleistift weggelegt hatte und seine Finger lockerte.

»Ich weiß nicht, ich weiß nicht«, sagte Iwan Dmitrijewitsch gekränkt. »Ich erzähle alles, wie es war. Sie müssen mir keine Fehler nachweisen wollen.«

Doch Safronow war schon nicht mehr zu bremsen.

»Außerdem«, sagte er, »sind mir in der letzten Episode Ihres Berichts ein sehr unglaubhaftes Detail und ein Anachronismus aufgefallen. Gestatten Sie, dass ich Sie darauf aufmerksam mache?«

»Nur zu, tun Sie es.«

»Warum hing das Boot, das auf Sytsch herabfiel, am Flaschenzug kieloben? Für gewöhnlich werden Boote zur Reparatur andersherum aufgehängt, mit dem Kiel nach unten.«

»Sind Sie ein Seemann?«, fragte Iwan Dmitrijewitsch sarkastisch.

»Nein, aber ich habe viele Bücher von Marineschriftstellern gelesen. Stanjukowitsch zum Beispiel.«

»Die das Boot dort aufgehängt hatten, waren zum Glück keine Stanjukowitschleser und hatten es deshalb falsch aufgehängt. Sonst wäre von Sytsch bloß ein nasser Fleck übrig geblieben. Möchten Sie das?«

»Gott bewahre! Ich denke, wir werden ihn noch gebrauchen können.«

»Ganz recht. Und was ist mit dem Anachronismus? Worin sehen Sie ihn?«

»Im Namen des Schiffes, der mir zu dekadent vorkommt. ›Triumph der Venus‹, so hieß es doch? Zugegeben, in unserer Zeit hätte man dem Schiff diesen Namen geben können. Vor über zwanzig Jahren kaum.«

»Mein Guter«, Iwan Dmitrijewitsch lächelte nachsichtig, »Sie urteilen als Russe, das Schiff aber war italienisch, vergessen Sie das nicht. Über zwanzig Jahre – das entspricht exakt unserem Rückstand gegenüber Europa.«

Und dann schloss er:

»Kurz und gut, am 25. April 1871 wurde bei diesem im Hafen liegenden Schiff noch die Fracht gelöscht.«

»Das ist alles?«, fragte Safronow, enttäuscht, dass die Geschichte nicht weiterging.

»Vorläufig ja.«

»Ich begreife irgendwie nicht, in welchem Zusammenhang das mit der Ermordung von Arensbergs steht.«

»Zu seiner Zeit werden Sie es begreifen«, versprach Iwan Dmitrijewitsch.

Erst ein paar Tage später, als Safronow die Komposition der mündlichen Schilderungen Iwan Dmitrijewitschs analysierte, ging ihm seine eigenwillige Ästhetik auf. Er arbeitete wie ein Maler, der vor den Augen des staunenden Publikums scheinbar ungeordnet Striche, Flecken, Punkte, Linien auf der Leinwand verteilt, um später durch eine überraschende Pinselbewegung plötzlich alles zu einem einheitlichen Ganzen zu vereinen und den Zuschauer mit einer auf einmal deutlich werdenden Konzeption zu verblüffen, die bisher im Chaos verborgen war.

FÜNFTES KAPITEL

Zwei Geschichten aus dem Leben
Iwan Dmitrijewitschs, von ihm selbst erzählt

I

Da es auf der Veranda dunkel geworden war, holten sie eine Lampe. Um sie herum begannen Mücken zu tanzen. Iwan Dmitrijewitsch stand auf, trat von hinten zu Safronow, der, über sein Heft gebeugt, fieberhaft schrieb, legte ihm die Hand auf die Schulter und sagte:

»Genug, machen Sie eine kleine Pause. Möchten Sie noch Kaffee?«

»Lieber Tee.«

»Dann eben Tee.«

Ehe Safronow die Darstellung mit Wendungen wie »feuchter Petersburger Nebel« oder »sah sich gehetzt um« ausgeschmückt und die Szene der Verfolgung Pupyrs fertig geschrieben hatte, kochte der Samowar.

»Trinken Sie«, sagte Iwan Dmitrijewitsch, indem er die Tasse vor ihn hinstellte und das geflochtene Brotkörbchen näher rückte, »ich erzähle Ihnen inzwischen eine Geschichte.«

»Hat sie einen Bezug zum Mord an dem Fürsten von Arensberg?«

»Einen indirekten. Hier geht es auch um ein Verbrechen, dessen Opfer ein ausländischer Diplomat in Russland wurde. Aber das schreiben Sie bitte nicht auf, trinken Sie in Ruhe Ihren Tee. Nehmen Sie sich einen Zwieback.«

»Warum soll ich es nicht wenigstens kurz mitschreiben?«

»Die Geschichte ist so, dass ich sie nicht gern in das Buch

97

aufnehmen möchte. Die Leser könnten einen falschen Eindruck von der Polizei im Allgemeinen und von mir im Besonderen gewinnen. Damals war ich freilich noch sehr jung, die Sache trug sich während der Regentschaft Nikolai Pawlowitschs zu. Ich erwähnte ja wohl bereits, dass meine erste Dienststellung Aufseher auf dem Trödelmarkt gewesen ist.«

»Ja«, Safronow nickte.

»Während des Krimkriegs kam ich dann vom Trödelmarkt auf den Apraxin-Markt, und zwar mit Beförderung zum Assistenten des Vorstehers. Vorsteher auf dem Apraxin-Markt war zu der Zeit Scherstobitow. Haben Sie von ihm gehört?«

»Nein.«

»Jetzt ist er in Vergessenheit geraten, damals aber war er ein allseits bekannter Mann mit ungewöhnlichem Verstand. Seine Wohnung lag direkt am Markt. Mitunter saß er tagelang in seinem Morgenrock da und spielte auf der Gitarre Romanzen, doch wo was passierte, das wusste er genau, und jemanden aus dem Weg zu räumen machte ihm gar nichts aus. Mich mochte er! Einmal ruft er mich zu sich und sagt: ›Nun, Iwan Dmitrijewitsch‹ – er sprach mich immer mit Vor- und Vatersnamen an, obwohl ich sein Sohn hätte sein können –, ›Sibirien wird uns wohl nicht erspart bleiben!‹ – ›Sibirien, warum das?‹, sage ich. ›Darum‹, sagt er, ›weil beim französischen Botschafter, Herzog Montebello, ein silbernes Service verschwunden ist und Zar Nikolai Pawlowitsch dem Oberpolizeimeister Galachow befohlen hat, dieses Service unter allen Umständen ausfindig zu machen. Galachow verlangt nun, dass wir beide es herbeischaffen, sonst findet ihr euch sonstwo wieder, sagt er.‹ – ›Was wollen wir uns ins Bockshorn jagen lassen‹, sage ich, ›versuchen wir's, vielleicht finden wir es.‹ Wir machten uns auf die Suche, knöpften uns alle Diebe von Piter vor – nein, keiner hat es gestohlen. Sie werden schon selber ihres Lebens nicht mehr froh, leiten eine eigene Fahndung ein, besser als wir, kommen zu uns und versichern: ›Bei allem, was uns heilig ist – wir haben das Service nicht gestohlen!‹ Was tun? Wir setzten alle Hebel in Bewegung, dann beschafften wir uns Geld und gaben bei Sasikow ein neues Service in Auftrag.«

»Woher wussten Sie, wie das alte ausgesehen hatte?«

»Die Franzosen hatten noch Zeichnungen, Galachow übergab sie uns, damit wir wüssten, was wir suchen sollten. Also, Sasikow ließ sich erweichen, den Auftrag schnellstens auszuführen, und als wir das neue Service ausgehändigt bekamen, schafften wir es zur Feuerwehr, die machten mit den Zähnen leichte Kratzer rein, damit es wie benutzt aussah. Nun bringen wir dieses Service den Franzosen und warten auf unsere Belohnung. Plötzlich ruft mich Scherstobitow zu sich. Er sitzt verdrießlich da, die Gitarre hängt an der Wand. ›Ach, Iwan Dmitrijewitsch‹, sagt er, ›wir werden doch nicht um Sibirien herumkommen.‹ – ›Wie?‹, frage ich, ›weshalb denn?‹ – ›Deshalb, weil mich Galachow heute zitiert, mit den Füßen gestampft und mit den schlimmsten Worten beschimpft hat. Du und Putilin, schreit er, seid Spitzbuben, ihr habt mich in Teufels Küche gebracht!‹«

»Ah«, überlegte Safronow, »sah es also doch nicht echt aus?«

»Nein, das war es nicht. Wie sich herausstellte, hatte der Gossudar Montebello auf einem Ball im Schloss getroffen und gefragt: ›Sind Sie zufrieden mit meiner Polizei?‹ Der antwortet: ›Sehr zufrieden, Majestät. Heute Morgen hat sie mir das gestohlene Service zurückgebracht, nachdem mir tags zuvor mein Kammerdiener gestanden hatte, ebendieses Service einem Ausländer verpfändet zu haben. Er hat mir auch die Quittung gezeigt, so dass ich jetzt zwei Service habe.‹ All das erzählte Galachow Scherstobitow und Scherstobitow mir. ›Also mach dich auf Sibirien gefasst, Iwan Dmitrijewitsch‹, sagt er. ›Sibirien oder nicht‹, erwidere ich, ›jedenfalls ist das eine üble Sache.‹«

»In welchem Jahr war das?«, wollte Safronow wissen.

»In dem, mein Lieber, in dem Nikolai Pawlowitsch und der Napoleon, der auf der Münze zu sehen ist, sich um die Schlüssel der Kirche in Bethlehem stritten. Erst waren sie bei uns, dann gab der Sultan sie den Franzosen, unser Gossudar forderte sie zurück, der Sultan sperrt sich, wir geben auch nicht nach. In Paris lässt man an uns keinen guten Faden, es riecht schon nach Krieg, und dazu noch dieses Service. Kurz und gut, Scherstobitow und ich beschlossen zu handeln. Wir brachten heraus, was der Botschafter so machte. Wie sich herausstellte, wollte er mit dem österreichischen Botschafter auf die Jagd fahren. Aha! Wir sofort zu einem Kaufmann, den wir kannten. Der nähte Livreen für die französische Botschaft und war mit dem ganzen Gesinde dort vertraut. Wir fragen ihn: ›Wann ist dein Namenstag?‹ – ›In einem halben Jahr.‹ – ›Kannst du deinen Namenstag nicht in zwei Tagen feiern und die gesamte Dienerschaft der französischen Botschaft dazu einladen? Für die Bewirtung kommen wir auf.‹ Dieser Kaufmann hatte sein Unternehmen auf dem Apraxin-Markt, wie sollte er Scherstobitow den Wunsch abschlagen? Völlig klar, dass er zustimmte, und wir veranstalteten einen Ball bei ihm, dass dem Himmel dabei heiß wurde. Die Franzosen betranken sich alle so, dass sie früh nach Haus gefahren werden mussten, während sie aber feierten, erschien Jascha der Dieb bei Scherstobitow in der Wohnung. Das war ein Mann! Eine Seele von Mensch!«, erinnerte sich Iwan Dmitrijewitsch gerührt. »Ein goldenes Herz, sanftmütig, dienstfertig, und was sein Geschick betrifft – einen zweiten wie ihn habe ich mein Lebtag nicht getroffen. Friede seiner Asche! Also, gegen drei Uhr nachts war er wieder da und hatte einen Sack bei sich. ›Geruhen Sie nachzuzählen‹, sagt er. ›Es müsste alles komplett sein.‹ Wir sahen alles durch, zwei Löffel mit Monogramm waren überzählig. ›Wozu das, Jascha?‹, sagen wir. ›Wozu hast du das noch mitgenommen?‹ – ›Ich konnte nicht widerstehen‹, sagt er. Nun, und am Morgen fährt Scherstobitow zu Galachow und empört sich: ›Ich bitte Sie, hohe Exzellenz, von zwei Servicen kann überhaupt keine Rede sein. Es gab und gibt nur eins, die Franzosen sind ja ein leichtsinniges Volk und überhaupt nicht glaubwürdig.‹ Tags darauf kommt der Botschafter von der Jagd zurück und sieht – da ist nur ein Service und die ganze Dienerschaft so grün vom Kater, dass sie, statt durch die Tür zu gehen, sich den Kopf am Pfosten stößt. Er winkte ab und kam nicht mehr auf die Sache zurück.«

»Eine Geschichte aus längst vergangenen, aus geradezu sagenhaften Zeiten«, sagte Safronow, nachdem er sich ausgelacht hatte. »Ich empfehle, sie doch in das Buch aufzunehmen. Sie wird Ihrem Bild mehr Farbigkeit verleihen.«

»Sie meinen, das kann man veröffentlichen?«

»Ganz andere Sachen werden veröffentlicht – halb so schlimm, die Welt steht deswegen nicht Kopf.«

»Dass die Polizei sich mit Dieben einlässt, das finden Sie auch halb so schlimm?«

»Wer wüsste das denn nicht!«

»Tatsächlich«, Iwan Dmitrijewitsch war schwankend geworden, »vielleicht sollte man diese Geschichte mit aufnehmen, aber nach dem Kapitel über das Verbrechen in der Millionnaja. Je weiter zum Ende des Buches hin, desto besser.«

»Warum?«

»Der Leser muss mich zunächst als seriösen, verantwortungsbewussten Menschen kennen lernen, dem das Gemeinwohl am Herzen liegt, danach dann kann man auch an die Jugendsünden zurückdenken. Sie wissen ja, wie wichtig der erste Eindruck ist.«

»Und was ist mit dem chronologischen Prinzip der Kapitelabfolge, auf dem Sie bestehen?«

»Ach ja! Dann nehmen wir sie nicht auf, zum Kuckuck mit ihr!«, entschied Iwan Dmitrijewitsch. »Genug der Ablenkung, weiter geht's.«

Beim Abendessen erzählte er Safronow noch eine Episode aus seiner Jugendzeit, diesmal eine tragische.

Auf dem Apraxin-Markt wurde er seit einiger Zeit von einem seltsamen Bittsteller belästigt: Bald erscheint er bei ihm im Dienst, bald passt er ihn vor seinem Haus ab, fällt auf der Straße vor ihm auf die Knie und umarmt seine Stiefel. Iwan Dmitrijewitsch jagte ihn mitleidlos weg, denn die Bitte des Mannes war völlig abwegig. Dieser Bauer aus der Gegend von Nowaja Ladoga hatte sich in den Kopf gesetzt, Gott hätte ihm geboten, Scharfrichter zu werden.

Anfangs weigerte sich Iwan Dmitrijewitsch, überhaupt mit ihm zu reden, doch eines Tages packte ihn die Neugier: Wieso das? Er richtete ihn auf, führte ihn in eine Schenke, und hier erfuhr er Folgendes: Vor einem Jahr hatten Räuber die Frau dieses Mannes erstochen. Sie wurden bald gefasst, abgeurteilt und öffentlich ausgepeitscht, aber sei es, dass der Scharfrichter zu unerfahren, sei es, dass er bestochen worden war, jedenfalls waren die Mörder imstande, den Ort der Exekution gehend zu verlassen. »An diesem Tag«, erzählte der Mann, »betete ich für meine selige Frau, und mir ward das Zeichen, als Scharfrichter für die ordnungsgemäße Bestrafung aller Mörder zu sorgen.« Er machte sich eine Knute, übte ein ganzes Jahr damit, ging nicht ins Dampfbad, ließ sich nicht die Haare schneiden und brachte es dafür zu solch schrecklicher Kunstfertigkeit, dass er mit fünf Schlägen einen Ziegelstein in einer Steinwand zertrümmern konnte. Da vernagelte er sein Bauernhaus, kam nach Petersburg und ging los zur Polizei, um seine Dienste anzubieten. Gute Leute empfahlen ihm Iwan Dmitrijewitsch.

Als sie in der Schenke zusammensaßen, sagte Iwan Dmitrijewitsch zu ihm: »Ich sehe es deinen Augen an, dass du diese Sache nicht durchhältst!«

Der Mann warf sich wieder auf die Knie, beschwor Iwan Dmitrijewitsch bei seiner toten Frau, so dass dieser schließlich nachgab und sich bei Galachow für ihn verwendete. Und was kam dabei heraus? Nach der ersten Exekution wurde der Verbrecher geradewegs zum Friedhof und der Henker ins Irrenhaus gebracht. Nach einem Jahr starb der arme Teufel dort, aber solange er lebte, besuchte ihn Iwan Dmitrijewitsch hin und wieder, nahm dazu jedes Mal eine Spielzeugknute mit und verkündete während ihres gemeinsamen Spaziergangs im Anstaltsgarten irgendeiner Pappel oder Birke laut das Urteil. »Achtung – zugehauen!«, brüllte der Wahnsinnige mit schrecklicher Stimme wie ein zünftiger Scharfrichter, ging watschelnd auf den Baum zu und begann ihn zu peitschen, bis er besinnungslos umfiel. Danach aber war er ruhig und gefügig.

»Ich fühlte meine Schuld gegenüber diesem Unglücklichen und suchte sie nach Kräften zu sühnen, ihm seine Leiden zu erleichtern«, zog Iwan Dmitrijewitsch das Resümee.

Zu dem Verbrechen in der Millionnaja zurückkehrend, sagte er dann:

»Sollte ich hier etwas falsch machen, drohten Konsequenzen von ganz anderer Tragweite. Später erzählte mir unser ehemaliger Botschafter am Hofe Kaiser Franz Josephs, dass beim Eintreffen des Waggons mit dem Sarg von Arensbergs in Wien auf dem Bahnhof eine lautstarke Demonstration veranstaltet worden sei. Den Ton gaben Kriegskameraden des Fürsten, Veteranen des Italien-Feldzuges, an. Sie trugen den Sarg auf Händen durch die Straßen der österreichischen Hauptstadt. Das Orchester spielte den Radetzkymarsch, die Menge zerschlug am Eingang der russischen Botschaft die Scheiben, doch die Polizei nahm niemanden fest. In Armeekreisen kursierte das hartnäckige Gerücht, der Fürst sei von einem Mörder umgebracht worden, den die Gendarmen gedungen hätten.«

SECHSTES KAPITEL

Die Biss-Spur ist gefunden

I

Vor der Schenke nahm Iwan Dmitrijewitsch wieder eine Droschke, und auf dem Weg zur Millionnaja, wo er Madame Strekalowa anzutreffen hoffte, fuhr er kurz zu Hause vorbei, um seine Frau zu beruhigen. Nach acht Uhr abends begann sie sich immer Sorgen zu machen, wenn er noch nicht da war. Deshalb empfahl es sich, ihr in solchen Fällen vorher Bescheid zu sagen.

»Mein Gott, Wanja, was ich für Sehnsucht nach dir hatte!«, sagte seine Frau und presste sich gleich in der Diele heftig an ihn. »Und du, hattest du auch Sehnsucht nach mir?«

»Hatte ich, hatte ich.«

»Dann gib mir einen Kuss.«

Gelöst, wie er war, vergaß Iwan Dmitrijewitsch die gebotene Vorsicht und küsste sie auf den Mund. Sie prallte zurück.

»Du hast getrunken?«

»Ehrenwort, nur ein Gläschen!«

»Tu mir bitte den Gefallen, lass bloß die Beteuerungen, dass du nicht dem Wodka verfallen und, wegen Trunksucht davongejagt, in der Gosse landen und sterben wirst. Ich weiß sehr wohl, dass diese Gefahr bei dir nicht besteht, aber jetzt ist Frühling, und im Frühling verschlimmern sich alle chronischen Krankheiten. Gerade jetzt musst du besonders auf deinen Magen achten. Ist es wirklich so schwer, die Diät wenigstens bis Ende Mai durchzuhalten?«

Während Iwan Dmitrijewitsch sich das ergeben anhörte, überlegte er, dass eingesalzene Pilze für ihn ganz und gar verboten waren, besser, er nahm das Gläschen nicht aus der Tasche. Sonst konnte er sich auf etwas gefasst machen.

»Wozu, möchte ich mal wissen«, fuhr seine Frau bekümmert fort, »plage ich mich ab wie blöd, bereite Diätkost für dich zu, koche Johanniskraut- und Hagebuttentee?«

»Eins nur.« Er hob einen Finger. »Ein Gläschen.«

»Das genügt, dass alle meine Mühe für die Katz ist.«

Das hätte sie sich verkneifen sollen! Nach diesem Satz, der fast täglich gesprochen wurde, begann sich Iwan Dmitrijewitsch frei von moralischen Verpflichtungen zu fühlen.

»Jetzt reicht's!«, versetzte er barsch, legte ab und ging zum Waschzimmer.

Seine Frau lief ihm nach und lamentierte:

»Du bist kein kleiner Junge mehr, es wird Zeit, ernsthaft an deinen Magen zu denken! Wovon sollen wir leben, wenn du krank wirst? Hast geheiratet, einen Sohn in die Welt gesetzt, nun sei auch so nett, an deinen Magen zu denken. Das bist du mir und Wanetschka schuldig…«

Er kam nicht umhin, sie zu umarmen und ihr einen richtigen Kuss zu geben, damit sie sich endlich beruhigte.

Eine Viertelstunde später, nachdem Iwan Dmitrijewitsch genussvoll heiße Fischsuppe gelöffelt hatte, setzte er sich mit seinem Sohn auf den Fußboden, um ein Haus aus Klötzchen zu bauen, aber bevor es fertig war, stand er auf.

»So geht das nicht«, tadelte ihn seine Frau. »Du bringst dem Kind bei, dass man eine angefangene Sache nicht zu Ende zu führen braucht.«

Diese Predigt hatte keinen Erfolg, Iwan Dmitrijewitsch war schon in der Diele.

»Du gehst wieder?«, fragte seine Frau beunruhigt.

»Ja. Du hast doch bestimmt davon gehört, dass der österreichische Militärattaché ermordet worden ist.«

»Wie sollte ich? Wanetschka und ich haben den ganzen Tag zu Hause gesessen.«

»Nun, dann erfährst du es jetzt von mir: Er ist ermordet worden, mit den Ermittlungen bin ich beauftragt, ich muss gehen.«

»Jetzt, wo es Nacht wird?«

»Nichts zu machen. Dienst ist Dienst«, sprach Iwan Dmitrijewitsch das Zauberwort, dessen Magie in letzter Zeit bei seiner Frau nicht mehr recht wirken wollte.

»Und wann kommst du?«

»In zwei Stündchen. Sollte es später werden, dann warte nicht auf mich. Leg dich schlafen.«

»Mach ich auch«, sagte seine Frau drohend. »Kommst du später als in zwei Stunden, dann steig nicht zu mir ins Bett, ich mache dir für alle Fälle die Liege im Wohnzimmer zurecht. Wenn ich mitten in der Nacht aufwache, habe ich hinterher den ganzen Tag Kopfschmerzen.«

Kopfschmerzen hatte sie! Das war etwas Neues, doch sich damit auch noch zu befassen, hatte Iwan Dmitrijewitsch keine Lust. Er griff nach seiner Melone, ging hinaus auf die Straße und setzte sich zu dem Kutscher in die Droschke, den er am Eingang hatte warten lassen.

II

Während sie zur Millionnaja fuhren, wurde es dunkel, in den Häusern gingen die Lichter an. Iwan Dmitrijewitsch bemerkte von weitem, dass im Gästezimmer der Fürstenvilla jemand sein musste: In den Fenstern war ein beunruhigendes spärliches Gelb, das keinerlei Gedanken an Behaglichkeit aufkommen ließ.

Das Türmchen auf dem Dach erinnerte ihn an eine Kuckucksuhr. Gleich, so schien es, würden sich die Fensterläden öffnen und ein eiserner Vogel seinen Kopf herausstecken, so wie der an der Wand des Kinderzimmers in seiner eigenen Wohnung, der durch seinen Schrei Wanetschka auf den für ihn noch nicht beängstigenden Lauf der Zeit hinwies, den Tagesablauf markierte mit den Mahlzeiten und der unerbittlichen Stunde des Schlafengehens.

Er stieg die Vortreppe hoch und klingelte. Der Kammerdiener öffnete, und als er Iwan Dmitrijewitsch vor sich sah, bat er gleich in der Tür flehentlich:

»Sagen Sie ihr um Gottes willen nichts von dem Zigarrenetui!«

Das bedeutete, dass seine ehemalige Herrin bereits hier war.

Iwan Dmitrijewitsch ging den Flur entlang in Richtung Gästezimmer.

»Seien Sie so nett, ihr nichts von dem Zigarrenetui zu sagen«, barmte der ihm folgende Kammerdiener. »Sie hat eine schwere Hand, wenn die zuschlägt ...«

Aus dem Gästezimmer waren durch die geöffnete Tür des Schlafzimmers die Umrisse einer Frauengestalt zu erkennen. Strekalowa stand reglos vor dem sorgfältig gemachten Bett des Fürsten, seinem Liebes- und Todeslager. Schwarze Haare, schwarzes Kleid. Den wattierten Mantel hatte sie achtlos auf einen Sessel geworfen, das Tuch aber, blendend weiß vor dem Trauerhintergrund, lag ihr um die Schultern. Sie hielt sie es mit einer Hand auf der Brust zusammen, als wolle sie sich vor todbringender Zugluft schützen.

Wenn Iwan Dmitrijewitsch Frauen sah, die sich so in ein Tuch oder einen Schal hüllten, bedauerte er sie unbewusst. Schutzlosigkeit und ewige weibliche Besorgnis – des kranken Kindes, des späten Heimkommens des Mannes, ihres abendlichen Alleinseins wegen – sprach aus solchem Sicheinhüllen. Seine Frau kannte diese seine Schwäche und wusste sie zu nutzen.

Schon vor langer Zeit, als Bestechung mit einem Gläschen Salzpilze für ihn eine Beleidigung bedeutet hätte, die nur mit Blut wegzuwaschen war, hatte Iwan Dmitrijewitsch sich nicht selten Gedanken um seine Beerdigung gemacht. In den ersten Jahren nach ihrer Hochzeit sorgte er sich, dass seine Frau unordentlich gekleidet seinem Sarg folgen könnte, verweint, zerzaust, mit unter dem Hut hervorspießenden Haarnadeln. Er hatte ihr klar gemacht, dass eine echte Frau auch angesichts des toten Geliebten auf ihr Äußeres achten müsse. Je größer das Leid, desto mehr Sorgfalt in puncto Schuhe, Mantel, Frisur. Darin beweist sich wahre Liebe und nicht in Tränen noch im Händeringen.

Danach zu urteilen, welchen Anblick Strekalowa bot, war sie eine echte Frau und ihre Liebe über jeden Zweifel erhaben. Doch gar zu gut saß ihr Trauerkleid. Wo hatte sie es hergenommen? Womöglich hatte sie es vorsorglich nähen lassen?

Beim Betreten des Gästezimmers stellte Iwan Dmitrijewitsch unwillkürlich fest, dass die Tür wieder in den nicht geschmierten Angeln wölfisch aufheulte, doch Strekalowa wandte nicht einmal den Kopf. Dieses Geräusch war gar nichts im Vergleich zu dem lautlosen Schrei, der in ihrer Brust wohnte.

»Wem das Bewusstsein schwindet, lebend Himmelsgründe überwindet«, fiel Iwan Dmitrijewitsch wieder ein. Während der Ohnmacht war ihre Seele dorthin entflogen, um vor dem Thron des Allerhöchsten niederzufallen und Fürbitte einzulegen für den Geliebten, und jetzt klomm die Seele des Fürsten von Arensberg, die abgezehrte Seele eines alten Kriegers, Spielers und Schürzenjägers, gerettet durch die Fürsprache dieser Frau, die Stufen des Fegefeuers empor.

Iwan Dmitrijewitsch musste ein paarmal hinter ihrem Rücken hüsteln, damit sie ihn endlich beachtete:

»Ach, Sie sind das …«

»Ich verstehe, dass Sie gern allein sein möchten, aber es

liegt nicht in meiner Macht, Ihnen diese Möglichkeit zu geben. Ich bin ein Staatsdiener…«

Sie unterbrach ihn:

»Haben Sie den Mörder gefunden?«

»Vorläufig nicht.«

»Sie werden ihn auch nicht finden.«

»Meinen Sie?« Iwan Dmitrijewitsch machte ein pikiertes Gesicht.

»Ich bin überzeugt davon. Und wenn Sie ihn finden, werden Sie ihn nicht verhaften.«

»Warum das?«

»Sie werden davor zurückschrecken.«

»Ich bin der Chef der Kriminalpolizei. Was sollte mich schrecken?«

»Das ist ein paar Nummern zu groß für Sie. Nein, Sie werden zurückschrecken, ganz bestimmt.«

Der Gesprächsbeginn war verheißungsvoll, doch Iwan Dmitrijewitsch beschloss, nichts zu überstürzen.

»Gut«, er nickte, »lassen wir einstweilen dieses Thema. Aber sagen Sie mir, hatte der Fürst Feinde?«

Strekalowa kniff ironisch die Augen zusammen.

»Schauen Sie mich aufmerksam an«, sagte sie in demselben Ton, in dem sie ihn vor zwei Stunden geheißen hatte, das Porträt ihres Mannes genau zu betrachten. »Nun? Sehe ich nach einer Frau aus, die einen Mann lieb gewinnen kann, der keine Feinde hat?«

»Ich bitte um Verzeihung«, sagte Iwan Dmitrijewitsch kokett. »Darf ich zum Zeichen der Vergebung Ihr Händchen…«

Er berührte die ihm gnädig hingestreckten Finger mit den Lippen und blickte ihr wieder, diesmal ohne Aufforderung, aufmerksam ins Gesicht.

»Mein Mütterchen hat mich gelehrt, mich vor Männern mit kalten und vor Frauen mit heißen Händen zu hüten.«

Strekalowa drückte ihre Hand an die Wange, um die Temperatur zu prüfen.

»Was wollen Sie damit sagen?«

»Ich habe Vertrauen zu Ihnen und baue auf die Erwiderung dieses Gefühls.«

Zugleich galt es, dieser Frau zu verstehen zu geben, dass er kein kleiner Junge war. Ein bisschen Unverfrorenheit konnte nicht schaden, im Gegenteil, sie würde dem gegenseitigen Verständnis dienlich sein. Mit hochherrschaftlicher Gebärde knöpfte er sein Jackett auf, warf ihren Mantel dreist aufs Bett und flegelte sich in den Sessel. Beim Hinsetzen streifte er Strekalowa versehentlich mit seinem auffliegenden Jackett. Das in der Tasche steckende Gläschen schlug ihr gegen die Hüfte.

»Was haben Sie da?«, fragte sie argwöhnisch.

Iwan Dmitrijewitsch entschied, dass er ihr lieber nicht die Wahrheit sagte. Ein Mensch, der eingesalzene Pilze mit sich herumtrug, konnte schwerlich in der Lage sein, einen Mörder zu fassen.

»Das?« Er klopfte sich mit gleichmütiger Miene auf die Tasche. »Das ist ein Revolver.«

»Geladen?«

Iwan Dmitrijewitsch zuckte die Schultern – was für eine dumme Frage. Strekalowa sah ihn zum ersten Mal achtungsvoll an, winkte dann jedoch hoffnungslos ab.

»Er wird Ihnen nicht helfen. Trotzdem werden Sie zurückschrecken.«

»So sprechen Sie doch offen!«, entfuhr es Iwan Dmitrijewitsch. »Wer ist der Mörder? Wissen Sie es?«

»Sie werden davor zurückschrecken, ja, das werden Sie«, wiederholte Strekalowa wie aufgezogen. »Das ist so sicher wie das Amen in der Kirche.«

»Vor kurzem haben wir einen leitenden Beamten aus dem Ministerium für Staatsvermögen festgenommen. Ich überführte ihn der Vergiftung eines Stubenmädchens, das er geschwängert hatte.«

»Mag sein«, sagte Strekalowa gleichgültig, »aber hier werden Sie ganz bestimmt zurückschrecken. Und selbst wenn nicht –niemand wird Ihnen gestatten, den Mörder Ludwigs zu bezichtigen. Ihn zu verhaften erst recht nicht.«

Wie stets in Augenblicken der Erregung fuhr sich Iwan Dmitrijewitsch rechtsseitig in den Backenbart, um ihn zum Zöpfchen zu flechten. Mein Gott, sollte Chotek wirklich Recht haben?

Iwan Dmitrijewitsch schielte zu Strekalowa hinüber, die von ihm Widerspruch zu erwarten, ja zu erhoffen schien. Er hätte ihr sagen sollen: Nein, ich werde nicht zurückscheuen und alles tun, was in meinen Kräften steht! Konnte es tatsächlich sein, dass die Gendarmen in den Mord verwickelt waren? Kein Rauch ohne Feuer, das war ihre eigene Logik. Die drei Uhren, die eine unterschiedliche Zeit anzeigten, symbolisierten die innerliche Zerrissenheit des Grafen Schuwalow, der drei Gesichter hatte. Jedes von ihnen handelte für sich, ohne den beiden anderen Rechenschaft abzulegen, und lebte in seiner eigenen Zeit.

»Ich glaube, ich ahne, wen Sie meinen«, sagte Iwan Dmitrijewitsch. »Antworten Sie mir nur auf eine Frage: Waren es seine Untergebenen, die das Haus des Fürsten observierten?«

»Sie wissen also über alles Bescheid?«, fragte Strekalowa verblüfft.

»Ja, über alles.«

»Dann wollen wir offen reden. Ja, der Graf hat seine Leute auf Ludwig angesetzt, weil er ihn fürchtete und hasste.«

Nun, meine Liebe, dachte Iwan Dmitrijewitsch mitleidig, wenn du es auf Schuwalow selbst abgesehen hast, werden sich keine Bundesgenossen finden. Was nützen dir da deine äußeren Qualitäten!

»Seinetwegen also …«

Iwan Dmitrijewitsch verstummte, unfähig, den Namen des Gendarmeriechefs laut auszusprechen.

»Seinetwegen«, fuhr er fort, »mussten Sie dieses Haus noch im Dunkeln verlassen?«

Strekalowa antwortete nicht gleich, da sie offenbar nicht wusste, ob sie sich darüber, dass ihr Gesprächspartner so gut informiert war, freuen oder ihn wegen seines kleinlichen Allwissens, das ihren Frauenstolz kränkte, hassen sollte.

»Ja«, gestand sie nach einer Pause, »ich ging hier frühmorgens weg, schlich mich davon wie ein Stubenmädchen von einem jungen Herrn, aber ich schäme mich deswegen nicht. Hören Sie? Ich schäme mich nicht! Ich habe Ludwig geliebt, und er hat mich geliebt. Ja, geliebt! Hören Sie?«

»Ich höre, ich höre. Sie brauchen nicht zu schreien.«

»Ludwig war ja Diplomat und musste an seinen Ruf denken. Sonst hätte er nie Botschafter werden können. Er war sogar gezwungen, seinen Portier zu entlassen, weil der ihn denunziert hat…«

»Und den Kammerdiener«, fügte Iwan Dmitrijewitsch hinzu.

»Nein, der vorherige Lakai war ein Trinker, und da habe ich meinen eigenen als Ersatz angeboten. Und der hat alles verschlafen, der Schweinehund!«

Auf dem Bett sitzend, strich Strekalowa die Tagesdecke glatt, auf der ohnehin keine Falte war. Dann richtete sie ihre Augen auf Iwan Dmitrijewitsch:

»Nun, was ist, werden Sie sich dazu entschließen, den Mörder zu überführen?«

Er schwieg.

»Sie werden es mit der Angst kriegen und sich nicht dazu entschließen. Dieser Schuft…«

»Nennen Sie bloß keine Namen!«, fiel ihr Iwan Dmitrijewitsch rasch ins Wort.

Er hörte, wie ganz in der Nähe ein einsamer Wolf klagend

nach seiner von den Jägern abgeschossenen Gefährtin rief –
da hatte sich mit Geheul die Tür vom Flur zum Gästezimmer
geöffnet. Dann war von dort Pewzows Stimme zu hören.

Als Iwan Dmitrijewitsch das Schlafzimmer verließ und die
Tür hinter sich schloss, sah er, dass Pewzow nicht allein gekommen war, sondern zusammen mit dem Oberleutnant
vom Preobrashenski-Regiment. Der hatte gerade den Batail-
lonsdienst angetreten und brauchte deshalb nur die Straße
hierher zu überqueren.

»So ist das mit unserem Dienst, Rittmeister! Raubt einem
den Schlaf«, klagte Iwan Dmitrijewitsch. Den Oberleutnant
würdigte er keines Blickes.

Dann kehrte er ins Schlafzimmer zurück, während Pewzow zur Fortsetzung der Unterredung mit dem Oberleutnant im Gästezimmer blieb.

Gesprochen wurde in beiden Zimmern gleichzeitig.

Pewzow. Ihrer Meinung nach kann Fürst von Arensberg
von jedem x-Beliebigen umgebracht worden sein, dem die
Macht Russlands teuer ist?

Oberleutnant. Ihr Name ist Legion.

Iwan Dmitrijewitsch. Sprechen Sie bitte leiser.

Strekalowa. Sie haben schon Angst…

Iwan Dmitrijewitsch. Kehren wir zu der Person zurück,
von der wir sprachen.

Strekalowa. Er wollte Ludwig beim Kaiser in Misskredit
bringen. Ihn als Wüstling, Spieler, Trunkenbold hinstellen.

Iwan Dmitrijewitsch. Stimmte das denn nicht?

Strekalowa. Ihnen kommt es wahrscheinlich sonderbar
vor, dass ich diesen Ausländer lieb gewonnen habe. Aber ich
schwöre, dass mich sein Geld nicht interessierte! Das war ein
echter Mann, ein wahrer Ritter, wie ich weit und breit keinen
gesehen habe. Er hat in Italien gekämpft, ist mit seinem Pferd
in eine Schlucht gestürzt. Achtmal hat er sich duelliert. Alle
Polizeiposten salutierten vor ihm, während mein Mann,

wenn er angeheitert von einer Gesellschaft kommt, vor jedem Polizisten als Erster den Hut zieht. Er hat Angst vor seinem Chef, vor schneller Fahrt, vor Gänsen, vor Erkältung, vor meinen zu auffälligen Toiletten, vor Träumen vom Donnerstag zum Freitag, vor Cholera und vor einem Krieg mit den Engländern: Die britischen Schiffe könnten womöglich unsere Kirotschnaja-Straße beschießen.

Pewzow. Wo haben Sie die heutige Nacht verbracht?

Oberleutnant. Bei einer Dame.

Pewzow. Ihr Name?

Oberleutnant. Wie können Sie es wagen? Auf solche Fragen antworte ich nicht.

Pewzow. Gut. Warum ist Ihre Hand verbunden?

Oberleutnant. Ich habe Sie mir mit dem Ladestock zerkratzt.

Pewzow. Seien Sie so liebenswürdig, den Verband abzunehmen… So, aha. Das dürfte eine Biss-Spur sein.

Oberleutnant. Ich hatte es ganz vergessen! Mit dem Ladestock zerkratzt habe ich mir ja die andere Hand. Das hier war ein Hündchen.

Pewzow. Ein Hündchen?

Oberleutnant. So ein kleiner roter Pudel. Tschuka heißt er. Scharfe Zähne hat das Biest.

Pewzow. Ein interessantes Hündchen. Scheint menschliche Zähne zu haben.

Strekalowa. Wenn mein Mann mir eine Freude machen wollte, brachte er eine Tüte gedörrte Aprikosen mit. Und nachts, um mich zu bezirzen, flüsterte er mir zärtlich ins Ohr, ich, nur ich allein hätte es vermocht, ihm die Augen für die Heilkraft von Heidelbeerkissel* zu öffnen. Ludwig hingegen sprach davon, dass er meinetwegen Russland verstehen und lieben lerne. Dabei war er doch ein Diplomat! Die Liebe die-

---

* Kissel: mit Fruchtsaft gekochte Mehlspeise.

ses Mannes konnte Konsequenzen von großer Tragweite haben, seine Karriere hatte noch nicht ihr Ende erreicht. Er war für den Posten des Botschafters ausersehen, und ehrlich gesagt, manchmal hatte ich das Gefühl, wenn ich ihn umarmte, selbst Anteil an der großen Politik zu haben. Ich träumte sogar davon, Ludwig zur Orthodoxie zu bekehren.

Iwan Dmitrijewitsch. War Ihr Mann eifersüchtig?

Strekalowa. Er ahnte nichts. Ich hoffe, Sie interessieren nicht die Vorwände, unter denen ich manchmal nicht zu Hause genächtigt habe?

Iwan Dmitrijewitsch. Und Sie, waren Sie in Ihrem Verhältnis mit dem Fürsten eifersüchtig auf andere Frauen?

Strekalowa. Jetzt hat das keine Bedeutung mehr.

Iwan Dmitrijewitsch. Ich muss den Kammerdiener etwas fragen. Rufen Sie ihn bitte.

Strekalowa (sich erhebend und zur Tür gehend). Gleich.

Iwan Dmitrijewitsch. Wozu wollen Sie hingehen. Er ist in seinem Kämmerchen.

Strekalowa. Ich werde doch nicht schreien! Er würde es auch nicht hören.

Iwan Dmitrijewitsch. Zu schreien brauchen Sie nicht. Es gibt ja die Klingel.

Strekalowa. Wo?

Pewzow. Sagen Sie ehrlich, wer hat Sie gebissen?

Oberleutnant. Kann Ihnen das nicht egal sein? Vielleicht ist das die Spur einer Liebesleidenschaft!

Pewzow. Vielleicht haben Sie versucht, jemandem den Mund zuzuhalten? Damit der nicht um Hilfe rufen konnte …

Seitlich des Kopfendes hing ein großes Bild, auf dem drei nackte Italienerinnen vor dem Hintergrund des Vesuvs dargestellt waren. Sie standen da mit winzigen Krügen, das Wasser, das sie fassten, hätte höchstens zum Teekochen gereicht. Dabei wollten sie sich mit diesem Wasser waschen. So ist das nun mit der viel gepriesenen europäischen Reinlichkeit!

Der gelbe Klingelzug, von der gleichen Farbe wie die Tapete, lief hinter diesem Bild an der Wand entlang. Unten sah nur das kurze Ende heraus. Es verlor sich in den Verzierungsschnörkeln des Rahmens und war von der Seite kaum zu bemerken. Strekalowa betrachtete verwirrt das Schlafzimmer, ohne den Klingelzug finden zu können.

Iwan Dmitrijewitsch war schon vorher klar geworden, dass den Kammerdiener keine Schuld traf. Wozu sollte er den Fürsten vom Kopfende weggezerrt haben? Der hätte klingeln können, solange er lustig war.

Jetzt konnte auch der Verdacht gegen die Strekalowa fallen gelassen werden. Die Ärmste!, dachte Iwan Dmitrijewitsch.

Diese Frau war hier jedes Mal frühmorgens weggeschickt worden, wie eine Dirne, sogar ohne Frühstück, denn wäre das Frühstück an das Bett gebracht worden, hätte sie von dieser Schnur gewusst. Der Fürst war ungern aufgestanden und hatte, noch im Nachtgewand und gähnend, seine Geliebte höchstens bis zur Tür des Gästezimmers begleitet. Dann, wenn er Kaffee getrunken hatte, aalte er sich noch im Bett, betrachtete die nackten Italienerinnen, verglich ihre Reize mit denen, die er eben noch in Reichweite hatte: hier ein bisschen wegnehmen, da die Rundung stärker betonen, während sie unterdessen einsam die Straße entlangging, zitternd in der morgendlichen Frostluft, und ihr ehemaliger Lakai ihr mit perfidem Grinsen durchs Fenster nachsah.

»Wissen Sie«, sagte Strekalowa, »Ludwig war schon in seiner Jugend prophezeit worden, dass er in seinem eigenen Bett sterben würde. Eine Zigeunerin hatte es ihm geweissagt. Die Mörder hätten ihn nie bezwungen, hätte es diese Weissagung nicht gegeben. Er hat sich an sie erinnert, und sie hat ihm seine Kraft genommen.«

»Möglicherweise ist der Sarg noch nicht zur Bahn gebracht worden. Fahren Sie in die Botschaft, nehmen Sie Abschied«, empfahl ihr Iwan Dmitrijewitsch.

»In die Botschaft? Niemals!«

»Ich werde Ihnen zum Trost eine Geschichte erzählen… Im vorigen Frühjahr ist meine Mama vom Schlitten gefallen, mit dem Kopf aufs Eis. Wir hatten kaum Hoffnung, dass sie durchkommen würde. Doch sie wurde wieder gesund. Machte einen kurzen Besuch im Jenseits und kehrte zurück. Nun, ich frage sie: ›Ist es schlimm zu sterben, Mamachen?‹ Und sie darauf: ›Was für eine Wonne! Als ob jede meiner Sehnen in Samt gehüllt worden wäre‹, sagt sie… Vielleicht ist es beim Fürsten ähnlich gewesen?«

Frauen dauerten Iwan Dmitrijewitsch ganz allgemein. Einfach so, ohne jeden Grund, allein deswegen, weil sie Frauen waren, für gewöhnlich erregten allerdings kleine, schwerelose sein Mitgefühl, nicht solche wie Strekalowa. Doch jetzt machte dieser mächtige, wie gegossene Körper einen hilflosen und schwachen Eindruck.

»Haben Sie Beweise gegen den Mörder des Fürsten?«, wollte er wissen.

Sie schüttelte den Kopf:

»Leider nicht!«

»Ja, was reden wir dann von ungelegten Eiern?«

»Sie sind doch der Ermittler!« Sie sah ihn mit gequälter Koketterie an, und ihre Stimme hatte eine launische Färbung, als gehe es bloß um einen nichtigen Gefallen. »Überführen Sie ihn!«

»Und was weiter?«

»Die Beweise werde ich an den Gossudar herantragen. Und ich verspreche, Ihren Namen nicht zu nennen.«

Den Gendarmeriechef überführen? Ein wahnwitziges Unterfangen.

»Gefalle ich Ihnen?«, fragte Strekalowa plötzlich, indem sie mit einer kläglich-spielerischen Bewegung ihre Frisur korrigierte. »Helfen Sie mir, Rache zu nehmen.«

»Und was dann?«

»Dann gehöre ich Ihnen.«

»Ich habe eine Frau«, sagte Iwan Dmitrijewitsch heiser.

In dem Moment gellte hinter der Tür ein Schrei.

»Aber das hat er mir doch verpasst!«, brüllte der Oberleutnant! »Ihr Freund! Putilin!«

Iwan Dmitrijewitsch rannte ins Gästezimmer.

»Geben Sie es zu!«, rief der auf ihn zustürzende Oberleutnant. »Sie haben mich doch gebissen! Was schweigen Sie? Sind Sie es gewesen oder nicht?«

»Oder vielleicht Fürst von Arensberg?«, sagte Pewzow.

»Hier! Sehen Sie das?« Der Oberleutnant zeigte ihm den durchgesteckten Daumen. »Wollen Sie einen russischen Offizier zum Sündenbock stempeln? Und sich damit bei den Österreichern lieb Kind machen?«

»Hören Sie, Oberleutnant«, sagte Pewzow versöhnlich. »Sich vor uns verstecken können Sie sowieso nicht. Gehen Sie mal zu Ihrem Bataillon, beruhigen Sie sich, überdenken Sie Ihre Lage. Ich warte hier.«

»Sie können warten, bis Sie schwarz werden!«

»Dann komme ich Sie holen.«

»Ich schmeiße Sie die Treppe runter!«, versprach der Oberleutnant.

»Ich komme nicht allein … Rukawischnikow!«

Der Gendarmerieunteroffizier mit dem umgeschnallten Säbel stand sogleich in der Tür.

»Und ich«, schäumte der Oberleutnant, »werde Sie mit einem Zug meiner Soldaten in Empfang nehmen!«

»Das würde ich Ihnen nicht raten«, sagte Iwan Dmitrijewitsch.

»Ha!« Der Oberleutnant fuhr zu ihm herum und schüttelte die gebissene Hand. »Sie haben mich also absichtlich gezeichnet? Schuft!«

Klirrend fuhr sein Säbel aus der Scheide. Er durchschnitt mit zwei Hieben über Kreuz die verbrauchte Luft und köpfte dann das Zitronenbäumchen in seinem Kübel.

Iwan Dmitrijewitsch beobachtete gelassen dieses kriegerische Gebaren.

»Verteidigen Sie sich!«, rief ihm der Oberleutnant zu und erhob drohend die Klinge.

Iwan Dmitrijewitsch zog die Schultern hoch. »Womit?«

Sein Unbewaffnetsein war ihm Verteidigung genug.

Um den Tisch herum, an dem der plötzlich sprachlos gewordene Pewzow saß, sauste der Oberleutnant auf Rukawischnikow zu, drückte ihn aus vollem Lauf an die Wand, dass er nur einen schwachen Pieps hervorbringen konnte, riss ihm mit der Linken den Säbel aus der Scheide und warf diesen durch das ganze Gästezimmer seinem Widersacher zu. Iwan Dmitrijewitsch dachte jedoch gar nicht daran, ihn aufzufangen. Er lief ins Schlafzimmer, schlug die Tür hinter sich zu und stieß auf den vorwurfsvollen Blick Strekalowas.

»Sie haben doch einen Revolver«, erinnerte sie ihn.

Der Oberleutnant hielt jetzt in jeder Hand einen Säbel. Den einen wollte er seinem Feind aufzwingen, um das Recht zu haben, mit dem anderen zuzuhauen. Er trat gegen die Tür, und als er zurücksprang, um sie einzurennen, warnte ihn Iwan Dmitrijewitsch:

»Vorsicht! Ich habe einen Revolver.«

Zur Besinnung gekommen, gab Pewzow Rukawischnikow einen Wink, sie warfen sich zu zweit von hinten auf den

Oberleutnant, nahmen ihm die Säbel ab und drehten seine Arme auf den Rücken.

Sobald die Gefahr vorbei war, kam Iwan Dmitrijewitsch wieder zum Vorschein.

»Na, Bruderherz?«, er zwinkerte dem Oberleutnant zu, »das kommt davon, wenn man nach fremden Nasen greift!«

»Schuft!« Der Oberleutnant holte geräuschvoll Spucke hoch, doch Rukawischnikow bog ihm noch rechtzeitig den Kopf herunter, und sie traf Iwan Dmitrijewitsch nicht ins Gesicht, sondern an der Stiefelspitze.

»Am besten in der Abstellkammer einsperren«, riet der auf den Lärm herbeigelaufene Kammerdiener. »Da sind keine Fenster.«

Zu dritt (Iwan Dmitrijewitsch beteiligte sich nicht daran) schleppten sie den Oberleutnant den Flur entlang, doch ihn in die Kammer hineinzubekommen erwies sich als nicht so einfach.

»Judasse!«, brüllte er aus Leibeskräften und klammerte sich an die Türpfosten. »Wohin steckt ihr mich?«

Pewzow schnaufte nur, ihm war klar, dass alles Reden vorläufig sinnlos war. Man musste sich in Geduld fassen.

Iwan Dmitrijewitsch kehrte unterdessen ins Schlafzimmer zurück, wo ihn Strekalowa empfing, als stünden sie sich sehr nahe.

»Machen Sie sich nichts daraus.« Sie strich ihm sanft über die Schulter. »Später fordern Sie ihn zum Duell. Haben Sie diesen Offizier denn in Verdacht?«

»Nein, wir haben eine eigene Rechnung zu begleichen.«

Iwan Dmitrijewitsch war die Sache etwas peinlich, aber nicht vor dem Oberleutnant, der hatte sich das selbst eingebrockt, sondern weil es nicht gerade die günstigste Zeit war, persönliche Rechnungen zu begleichen.

»Ich lege mich ein bisschen hin.« Sie sank in die Kissen, ohne sich im Geringsten vor ihm zu genieren, als wäre das, was sie ihm verheißen hatte, bereits zwischen ihnen geschehen. »Später fordern Sie ihn«, sagte sie. »Sie tun mir Leid. Ich habe gesehen, was es Sie gekostet hat, die Beherrschung zu bewahren und sich nicht auf das Duell einzulassen.«

»Ja«, murmelte Iwan Dmitrijewitsch.

»Sie brauchen also Ihr Leben noch, um den Mörder zu überführen? Oder habe ich nicht Recht? Geben Sie mir Ihre Hand... Ludwig hatte auch kurze Finger. Das sind die Finger eines wahren Mannes. Der Graf dagegen hat dünne, lange und gelbe, wie Nudeln... Ich möchte jetzt allein bleiben. Gehen Sie, gehen Sie.«

Sie bekreuzigte ihn zärtlich und drehte sich zur Wand.

Es war dunkel geworden. Im Gästezimmer schraubte Iwan Dmitrijewitsch den Lampendocht hoch, die Flamme brannte heller, es roch nach Petroleum, feucht glänzten die Blütenblätter der Rose um das Schlüsselloch in der Truhe. Der Schatten des sekundenlang schwankenden Lampenschirms glitt über die bronzene Eva, über die Porzellan-Najaden auf dem Kaminbord. Es war, als begrüßten sie den eingetretenen Pewzow allesamt mit einem Knicks.

»Geben Sie mir Ihre Hand«, sagte er, fröhlich vor sich hin pfeifend. »Der Fall ist erledigt!«

»Meinen Sie?«

»Aber natürlich! Der hielt uns für Einfaltspinsel, wollte uns mit seiner Offenheit kaufen: Ich habe nichts zu verbergen, nehmt mich, wie ich bin... Hohenbrück! Hohenbrück!«, äffte Pewzow den Oberleutnant nach. »Ein echter Fanatiker! Und etwas übergeschnappt! Sie auf solche Weise zu beschuldigen!«

»Und wenn ich ihn tatsächlich gebissen habe?«

»Sie?«, wieherte Pewzow. »Jetzt kann man sich das Scherzen erlauben. Wer ist übrigens diese Person im Schlafzimmer?«

»Sie hat den Fürsten geliebt...«

»Eine gewichtige Frau! Wie ist er bloß mit so einer im Bett zurechtgekommen?«

»Hören Sie auf, Rittmeister!«, fuhr Iwan Dmitrijewitsch hoch.

»Schon gut! Einigen wir uns lieber über unseren Anteil bei diesem Fall. Die Verdachtsmomente gehören Ihnen, die Beweise mir. Einverstanden?«

»Eher schon umgekehrt.«

»Von mir aus.« Pewzow nahm diese Berichtigung leichtfertig hin, ohne noch einen Gedanken darauf zu verwenden. »Der Erfolg sollte gefeiert werden. Beim Hausherrn wird sich, denke ich, etwas Trinkbares finden. Er wusste, was gut ist.«

Auf dem Weg zur Küche warf er einen Blick auf die Straße, und nachdem er einen der Gendarmen mit dem Bericht zu Schuwalow losgeschickt hatte, brachte er eine angebrochene Flasche »Jerez« und zwei Gläser.

»Ich bitte zu Tisch, Herr Putilin!«

Am Morgen hatte Iwan Dmitrijewitsch ohne Gewissensbisse von dem fürstlichen Ferkel gegessen, doch jetzt fühlte er sich nicht berechtigt, den »Jerez« des Hausherrn zu trinken.

»Genieren Sie sich nicht«, forderte Pewzow ihn auf. »Der Tote wäre glücklich gewesen, uns aus diesem Anlass etwas anzubieten.«

Als er sah, dass sein Kompagnon zögerte, trank er den Wein allein, wobei er mit seinem eigenen Spiegelbild anstieß und dazu sagte:

»Auf Husarenart!«

Iwan Dmitrijewitsch fiel ein, dass die Gendarmerieoffiziere den höchsten Sold in der Armee erhielten – nach dem Husaren- oder dem Kürassiergehalt, und fluchte innerlich: Wenn sie es nur verdienen würden! Schmarotzer!

»Trinken Sie«, sagte Pewzow lachend, indem er sich ein

zweites Glas eingoss. »Oder meinen Sie, dass Ihr Gardist kein Geständnis ablegen, dass er während der Untersuchung weiter davon reden wird, dass Sie ihn gebissen hätten? Lassen Sie das meine Sorge sein. Für solche Leute ist das Wichtigste, dass ihre Tat gewürdigt wird. Sie möchten doch alle gern als Märtyrer dastehen. Man sagt ihnen: Ich persönlich habe Hochachtung vor Ihrer mutigen Tat, aber das Gesetz... Und die Sache ist klar. Verständnis zu finden, darauf sind die Kerle scharf. Man muss ihn sich einfach austoben lassen. Hören Sie es?«

Aus der Kammer kamen dumpfe Schläge.

»Fanatiker gestehen immer«, schloss Pewzow mit der professionellen Überzeugung des Seelenfängers. »Boew zum Beispiel hat bereits gestanden.«

Iwan Dmitrijewitschs Hand fasste wieder nach dem Backenbart.

»Wie? Dieser Bulgare?«

»Genau der.«

»Nicht möglich!«

»Schön brav gestanden«, bestätigte Pewzow.

IV

Unterdessen schickte Schuwalow, von Pewzow über die Ergreifung des Verbrechers in Kenntnis gesetzt, den diensthabenden Offizier in die österreichische Botschaft zu Chotek, während er selbst die notwendigen Vorkehrungen traf, um zur Millionnaja zu fahren. Alle Umstände der Angelegenheit ließen sich besser an Ort und Stelle klären.

Chotek war rasch aufbruchsbereit, beide Grafen fuhren zur gleichen Zeit los.

An der Kutsche des Botschafters hing eine gelbe Laterne, während Schuwalows Laternenglas einen bläulichen Farbton hatte. Die Kutschen rollten durch die Stadt, zwei Lichter, golden und blau, rückten einander immer näher, um sich schließlich vor dem zweigeschossigen Haus in der Millionnaja zu treffen.

Den Botschafter geleitete eine Kosakeneskorte, ohne die Chotek jetzt nirgends hinfuhr. Ein Kosak ritt voraus, zwei hinterdrein, der Hauptmann seitlich, neben der Tür.

Zu Großfürst Pjotr Georgijewitsch, Prinz Oldenburgski, schickte Schuwalow ebenfalls einen Kurier, nur mit dem endgültigen Bericht an den Zaren beschloss er sich bis zum Morgen Zeit zu lassen.

In einer Kurve hätte seine Kutsche beinahe einen einsamen Passanten umgefahren. Es handelte sich um den Kriminalagenten Sytsch. Früher hatte er als Heizer in der Auferstehungskirche auf dem Wolkowo-Friedhof gearbeitet und wusste mit Geistlichen umzugehen, deshalb war er von Iwan Dmitrijewitsch zur Napoleondorsuche in die Kirchen und Konstantinow in die Schenken losgeschickt worden.

Iwan Dmitrijewitsch nahm an, dass der Mörder sich kaum in eine große Kirche wie die Isaak- oder die Fürst-Wladimir-Kathedrale trauen würde. Sytsch sollte sie auslassen und dafür unbedingt die kleineren und ärmeren Gotteshäuser aufsuchen. Das tat er, doch leider ohne Erfolg. Zudem kam die Sache nur langsam voran, weil er zu Fuß von Kirche zu Kirche ging, das Droschkengeld hatte er seiner Frau gegeben, als er zum Mittagessen zu Hause vorbeigegangen war.

SIEBENTES KAPITEL

Kerim-Bek tritt auf

I

Vor zwei oder drei Jahren war bei einem Departementdirektor im Außenministerium eine Mappe mit Geheimdokumenten aus dem Arbeitszimmer verschwunden. Nach zweiwöchiger vergeblicher Suche sah man sich gezwungen, Kanzler Gortschakow den Verlust zu melden. Die verloren gegangenen Papiere betrafen die Situation auf dem Balkan, kluge Köpfe hatten österreichische oder türkische Spione in Verdacht.

Weitere zwei Wochen verstrichen. Eines Tages ging ein junger Ministerialbeamter aus besagtem Departement spätabends auf der Uferstraße mit seinem Spitz spazieren, als er plötzlich vor sich einen Unbekannten mit der entwendeten Mappe bemerkte. Er erkannte sie sofort an dem Verschluss, der im Mondschein aufblitzte, doch auf der menschenleeren Uferstraße bestand keine Möglichkeit, jemanden zu Hilfe zu rufen. Der Beamte stahl sich an den Unbekannten heran und entriss ihm geschickt die Mappe, ihn festzuhalten, schaffte er nicht, der Spion entkam, verlor aber seinen Zylinder. Es wurde beschlossen, die Kriminalpolizei einzuschalten.

Das Gespräch mit dem Departementdirektor fand in dessen Büro statt. Er sagte: »Natürlich habe ich jetzt diesen Beamten in Verdacht, Herr Putilin. Offenbar will er sich auf diese Weise hervortun, und ich werde ihn auszeichnen müssen, weil ich keinerlei Beweise gegen ihn in der Hand habe. Wenn Sie welche finden, stehe ich in Ihrer Schuld.«

Sie gingen in das Zimmer, in dem seine Untergebenen saßen Den Helden, der die gestohlenen Papiere zurückgeholt hatte, bat Iwan Dmitrijewitsch ihm nicht zu nennen, da er ihn selbst herausfinden wolle, was ihm auch gelang: Nach einer Minute zeigte er, seiner Sache sicher, auf einen etwa dreißigjährigen Beamten mit frühzeitig gelichtetem Haar.

Da brachte man den Zylinder mit gerissener Oberseite und löchrigem Futter, der dem Spion vom Kopf geflogen war. Iwan Dmitrijewitsch drehte den Zylinder in den Händen, um ihn dann urplötzlich diesem Beamten aufzusetzen, und als er sich überzeugte hatte, dass er ihm wie angegossen passte, sagte er: »Die Ermittlung ist abgeschlossen.«

Der arme Teufel brach in Tränen aus und bekannte alles, die anderen Beamten rissen einander den Zylinder aus den Händen und betrachteten ihn von innen. Sie meinten, am Futter müsse der Name seines Eigentümers stehen, den er seinerzeit draufgeschrieben und wegzuwischen vergessen hatte, konnten jedoch nichts entdecken. Außerdem begriff keiner, warum es mit dem Geständnis so schnell gegangen war. Die Zylindergröße ist ja nicht der entscheidende Beweis, unter dessen Schwere der Schuldige in die Knie geht. Iwan Dmitrijewitsch behielt es für sich, dass ihm Schreibfedern geholfen hatten, den Verbrecher zu finden und zu überführen.

Auf dem Tisch des Beamten war ihm der Holzbecher aufgefallen, aus dem sie heraussahen, ganz normale Gänsefedern, aber alle mit kahlem Kiel, nur am Schaftende waren herzförmige Federreste stehen geblieben. Genau die gleichen hatte Iwan Dmitrijewitsch auf dem Tisch des Departementdirektors gesehen. Die übrigen Beamten beschnitten die Federn nicht oder anders. Zwei Mann im Departement machten das auf dieselbe Weise, und es war unschwer zu erraten, wer von beiden dem anderen nacheiferte.

Zu dem raschen Geständnis war es so gekommen: Als der Zylinder bereits auf dem Kopf des jungen Beamten saß, hatte Iwan Dmitrijewitsch eine dieser Federn aus dem Becher gezogen und in den Riss zwischen Stumpen und Boden gesteckt. Was mochte diese Feder wiegen? Was für kümmerliche Unzen? Dennoch ließ der Schuldige unter ihrem Gewicht den Kopf auf den Tisch sinken und weinte. Er erblickte sein Bild im Spiegel und schauderte zurück. Der alte Zylinder, gekrönt von einer Gänsefeder mit einem albernen Herzchen am Ende, erschien als Symbol seiner Seele, die ebenso erbärmlich war in ihrer Eitelkeit wie dieses narrenhafte Pendant eines Husarentschakos.

Er weinte, also war seine Seele noch am Leben. Iwan Dmitrijewitsch nahm ihm den Zylinder ab und strich ihm teilnahmsvoll über den kahl werdenden Kopf. Ein Mann, der seine Haare verliert, spürt den beängstigenden Lauf der Zeit stärker, seinerzeit hatte Iwan Dmitrijewitsch selbst ähnliche Gefühle durchgemacht, die besonders gefährlich sind, wenn die Jugend sich neigt, hatte aber die Kraft gefunden, ihnen zu widerstehen. Möglicherweise deshalb hatten seine Haare aufgehört auszufallen.

Jetzt fiel ihm diese Geschichte wieder ein, da er Pewzow vor dem Spiegel stehen und behutsam seine beim Fortschleppen des Oberleutnants zerzausten drei Härchen über die Glatze legen sah. Die eine Epaulette war ihm halb, ein Knopf samt einem Stofffetzen ganz abgerissen worden. Der Oberleutnant hatte seine Freiheit teuer verkauft.

»Was unseren Bulgaren betrifft«, sagte Pewzow, »den habe ich dazu gebracht, den Mord an von Arensberg zu gestehen. Nun, jetzt hat das keine Bedeutung mehr.«

»Wie ist das zu verstehen?«, fragte Iwan Dmitrijewitsch verwirrt.

Pewzow wies mit einer Kopfbewegung auf die Kammer, in der der gefangen gesetzte Oberleutnant weiterwütete.

»Der Verbrecher ist gefasst, und ich kann Ihnen meine Methode verraten. Die Kenntnis der politischen Gesamtsituation in Europa und auf dem Balkan befähigt mich, einzelne spezifische Ereignisse vorherzusehen, in denen sich diese Situation manifestiert.«

Draußen war es fast dunkel. Die Gaslaterne am Hauseingang war erloschen, ein winziger blauer Falter flatterte kraftlos über dem Brenner. In den Fenstern der Kaserne des Preobrashenski-Regiments war das Licht ausgegangen, die Gardisten hatten sich ohne ihren Diensthabenden schlafen gelegt.

»Boew gegenüber habe ich mich absolut ehrlich verhalten«, erzählte Pewzow. »Als Gentleman. Ich sagte ihm: ›Möglich, dass Sie tatsächlich unschuldig sind. Das schließe ich keineswegs aus …‹ Ich erklärte ihm, dass sich für Russland jetzt, da es höchstwahrscheinlich bald zu einem Krieg mit den Türken kommen wird, eine Kontroverse mit Wien verbietet. Reibereien zwischen unseren Mächten sind Wasser auf die Mühlen des Sultans und erschweren es uns, unseren bulgarischen Glaubensbrüdern unter die Arme zu greifen. Ja, ich sprach mit ihm offener als Graf Schuwalow mit dem Gossudar. Ich sagte: ›Chotek hat bereits eine Depesche an Kaiser Franz Joseph losgeschickt, wir haben sie auf dem Telegrafenamt zurückhalten können, aber leider nur bis morgen früh. Der Mörder muss heute noch gefunden werden, morgen ist es zu spät. Geht die Depesche nach Wien ab, sind die Folgen unabsehbar …‹ Aufrichtig gab ich ihm meinen Zweifel zu verstehen, dass tatsächlich er den Fürsten umgebracht habe. ›Wenn Sie, mein Freund, Ihre leidgeprüfte Heimat wirklich lieben‹, sagte ich ihm ganz einfach, ›dann verlangt die Pflicht des Patrioten in jedem Fall von Ihnen, die Schuld auf sich zu nehmen. – … und wird die Schafe zu seiner Rechten stellen und die Böcke zur Linken!*‹, sagte ich zu ihm.«

---

* Matthäus 25,33.

Iwan Dmitrijewitsch lehnte sich mit seiner Brust gegen den Tisch, dass der »Jerez« überschwappte.

»Und was sagte Boew dazu?«

Er wusste die Antwort, wollte sie aber aus dem Munde dieses Menschen hören, der ein Gläschen Pilze natürlich ablehnen würde, eine lebende Seele aber nahm, ohne das Gesicht zu verziehen.

»Er erklärte sich bereit unter einer Bedingung.«

»Welcher?«

»Dass wir ihn für einen Türken ausgeben.«

»O Gott!«, entfuhr es Iwan Dmitrijewitsch.

»Worüber wundern Sie sich eigentlich? Ich wollte ihm von mir aus diese Variante vorschlagen. Wenn er schuldig ist, kann er so die Sympathie der russischen Öffentlichkeit für die bulgarischen Emigranten am besten bewahren. Wenn nicht, bietet sich ihm eine ausgezeichnete Chance, die öffentliche Meinung ein übriges Mal von der Heimtücke Istanbuls zu überzeugen.«

»Was denken Sie denn selbst, ist er schuldig oder nicht?«

»Ich habe einige Merkwürdigkeiten in seinem Verhalten festgestellt. Zum Beispiel: Als wir uns schon über alles verständigt hatten, sage ich zu ihm: ›Ich werde Ihnen Wein in die Zelle schicken, damit es nicht so langweilig ist. Welchen mögen Sie lieber, weißen oder roten?‹ Da wirft er mir einen schrägen Blick zu und sagt: ›Bei uns in Bulgarien gibt es tausend Lieder über Rotwein. Und nur eines über Weißwein. Wissen Sie, wie es anfängt?‹ – ›Woher soll ich das wissen!‹, antworte ich. Er sieht mich wieder an und sagt: ›O weißer Wein, warum bist du nicht rot?‹ Aber jetzt, nachdem wir diesen Oberleutnant gefasst haben, bin ich bereit, meinen Verdacht gegen Boew fallen zu lassen. Jetzt brauchen wir sein Opfer nicht.«

»Und es anzunehmen, hätten Ihnen Ihr Gewissen erlaubt?«

Pewzow verzog das Gesicht:

»Ein Mensch mit Gewissensbissen kann sich als gewissenloser Staatsbürger entpuppen. Aber das ist jetzt Vergangenheit, darum habe ich es auch erzählt. Gott sei Dank können wir darauf verzichten. Vergessen wir es.«

Iwan Dmitrijewitsch schwieg.

Pewzow goss seinen nicht ausgetrunkenen »Jerez« in die Flasche zurück und stellte diese zusammen mit den Gläsern in den Bücherschrank.

»Sie haben Recht, Herr Putilin, den Sieg zu feiern ist es noch zu früh. Wir wissen ja bisher nicht, wer hinter dem Mörder stand. Außerdem ist die Lage in der Stadt so, dass man sich in den nächsten Tagen auf alles gefasst machen muss. Ist Ihnen übrigens bekannt, dass mit dem heutigen Abend die Offiziere beider Gendarmeriedivisionen in den Kasernen übernachten werden?«

Vor einem Monat um die gleiche Stunde, nur brach die Dämmerung da früher herein, hatte Iwan Dmitrijewitsch einen Wolf den Newski-Prospekt entlanglaufen sehen. Der Prospekt war schon ziemlich menschenleer, als er sich auf dem Heimweg befand und der Wolf ihm begegnete. Seine Frau bezweifelte allerdings, was er ihr erzählte, und auch auf der Arbeit glaubte ihm kein Mensch, obwohl alle nickten, zustimmend murmelten, seufzten. Ihren Augen war abzulesen, dass sie ihm nicht glaubten. Wahrhaftig, wie kam ein Wolf auf die Hauptmagistrale der Metropole? Aber er war ja da gewesen! Weiß der Teufel, wie es ihn dahin verschlagen hatte. Ein richtiger Wolf, kein Hund – Wolfsschwanz, das Fell, die Pfoten, die gelben Funken in den Augen. Er trabte ohne Eile über den ausgestorbenen nächtlichen Prospekt wie durch den Wald, das Fell mit kahlen Stellen und für einen Werwolf gar zu verdreckt, ein echter Wolf. Am schrecklichsten anzusehen war der fröhliche Anblick des Wolfs, als sei er nicht auf Beute aus, sondern auf Zerstreuung.

Vielleicht hatte man den Wolf mit Absicht durch die Stadt laufen lassen? Um die Kleinbürger einzuschüchtern, Panik zu verbreiten, das Vertrauen zu den Machthabern zu untergraben? Was für ein Wahn!

Auf Anordnung Pewzows staubte der Kammerdiener das Klavier ab und wischte danach mit einem feuchten Läppchen über die Blätter des von dem rasenden Oberleutnant verstümmelten Zitronenbäumchens. Eine seltsame Gemütlichkeit herrschte in diesem Haus.

Iwan Dmitrijewitsch, dessen Nerven zum Zerreißen gespannt waren und auf jede Kleinigkeit reagierten, erschien der Weg durch das Gästezimmer endlos lang. Dabei machte er nur vier Schritte und trat ins Schlafzimmer.

Strekalowa lag mit dem Gesicht zur Wand. Schlief sie? Oder hing sie ihren Erinnerungen nach? Unwichtig. Verdacht und Rache waren aufgeschoben, sie lag am Bettrand, wie sie sicherlich neben dem Fürsten gelegen hatte, um ihn mit ihrem großen Körper nicht zu beengen, und regte sich nicht einmal, als Iwan Dmitrijewitsch ihr den Mantel über die Beine deckte. Plötzlich war er versucht, dieser Frau einen Kuss zu geben – auf die Wange oder auf den Hinterkopf, einen unschuldigen Kuss, wie man ihn einem schlafenden Kind gibt. Das Mitleid mit dieser Frau, die zum Schlag gegen den allmächtigen Grafen Schuwalow ausholte, beklemmte ihm das Herz. Er verliebte sich stets in unglückliche Frauen, für ihn begann Liebe nicht mit Verehrung, sondern mit Mitleid. Doch wie sollte er ihr helfen? Wo waren die Beweise? Mochten die Gendarmen auch das Haus des Fürsten observieren, das bewies noch gar nichts.

Wieder, zum wievielten Male schon, blickte Iwan Dmitrijewitsch zu dem Klingelzug. Da war es, das vergoldete Schwänzchen. Ein Fremder hatte es natürlich nicht bemerken können, schon gar nicht in der Dunkelheit. Hätte er es bemerkt, so würde er es vorher weggeschnitten haben, und

Schluss. Nein, der Mörder hatte von der Klingel gewusst…
Plötzlich gab ihm das Vorgefühl einen Stich: War der Verbrecher endlich gefasst, brauchte er mit ihrer Dankbarkeit nicht zu rechnen. Mit ganz normaler menschlicher Dankbarkeit, nicht der, die sie in Aussicht gestellt hatte und die kein anständiger Mann annehmen konnte. Sie wird ihn, Iwan Dmitrijewitsch, womöglich noch mehr hassen als den Mörder selbst, weil sie ihren Geliebten für einen großen Mann mit einer hohen Verantwortung für die Geschicke Europas hält, weil sie in seinem Tod eine Konsequenz dieser Geschicke sieht. Dabei war er ein recht einfacher Mensch, der Fürst, setzte sich nur selten an den Schreibtisch, häufiger an den Kartentisch, und alles an dieser Angelegenheit verhielt sich recht einfach.

Sie glauben, am Meeresstrand zu stehen, dabei liegt vor ihnen ein Teich. Sie meinen, eine Windspur auf dem Wasser zu sehen, die Sturm ankündigt, dabei hat ein am Ufer entlanggleitender Wasserläufer es gefurcht. Auf einem Teich gibt es keine Stürme, doch wenn alle zusammen dem Wasserläufer hinterhersteigen, wenn man Bakunin, den türkischen Sultan, die Anarchisten, die Panslawisten, die polnischen Verschwörer, die Offiziere beider Gendarmeriedivisionen und wer weiß wen noch hinter sich herschleppt, dann kann auch in dieser schlammigen Pfütze eine Woge hochgehen, die alles ringsum wegspült.

»Wo wollen Sie hin«, erkundigte sich Pewzow träge.

Ohne zu antworten, ging Iwan Dmitrijewitsch mit schnellen Schritten zur Kammer, schob den Riegel zurück und machte die Tür auf. Der Gefangene kam heraus, streckte unsicher seine Hand nach Iwan Dmitrijewitschs Gesicht aus. Ein Außenstehender hätte meinen können, er habe lange Jahre im Verlies verbracht, sei von der Dunkelheit erblindet und versuche jetzt die Gesichtszüge seines Befreiers zu ertasten. In Wirklichkeit wollte ihn der Oberleutnant wieder bei der Nase packen, überlegte es sich dann aber anders, als Iwan Dmitrijewitsch ihn aufforderte, ins Gästezimmer zu gehen.

»Nun?«, fragte Pewzow. »Ist Ihnen eingefallen, wer Sie gebissen hat?«

»Um die Wahrheit zu sagen, den Biss hat er von mir«, erwiderte Iwan Dmitrijewitsch.

Der Oberleutnant machte einen Satz zum Sofa und packte seinen Säbel. Drohend riss er ihn hoch, hielt die Klinge jedoch flach und überlegte offenbar, wem von beiden er sie auf den Schädel krachen sollte.

Pewzow sprang flink zurück zur Tür des Arbeitszimmers, um jeden Moment entwischen zu können, während Iwan Dmitrijewitsch stehen blieb.

»Schuft!«, schrie ihm Pewzow zu. »Wie viel hat man Ihnen für das falsche Zeugnis versprochen?«

»Aber nein, Rittmeister! Das ist wahr! Doch er hat mich als Erster mit Gewaltanwendung beleidigt. Wie möchten Sie, dass ich mich dazu stelle? Als Zivilist habe ich es nicht gelernt, mich in Duellen zu schlagen.«

Iwan Dmitrijewitsch erzählte, wie sich die Sache verhielt.

»Idiot!«, explodierte Pewzow, als er endlich begriffen hatte, was geschehen war. »Da haben Sie sich die richtige Zeit ausgesucht, Rechnungen zu begleichen! Wissen Sie, wessen unser Korps von Chotek verdächtigt wird? Morgen geht seine Depesche nach Wien ab, und er selbst wird möglicherweise gleich hier mit Schuwalow zusammentreffen. Was werden wir ihnen sagen?«

»Die Wahrheit. Nicht unschuldige Lämmer abzustechen gilt es, sondern den Mörder zu suchen.«

»Sie werden ihn nicht finden«, weissagte der Oberleutnant. »Er ist aus dem Volk hervor- und ins Volk zurückgegangen. Das Volk wird ihn decken.«

»Scher dich weg, du Wirrkopf«, sagte Iwan Dmitrijewitsch ärgerlich. »Wir kommen ohne dich klar.«

Der Oberleutnant stand unschlüssig da, ob er das übel nehmen oder darüber hinwegsehen sollte (nachdem er in der Kammer gesessen hatte, war er irgendwie konfus), und entschied, dass er sich besser nicht weiter in diese Geschichte einmischte.

»Es wird Krieg geben«, orakelte er düster, indem er den Säbel wieder in die Scheide steckte, »und dann werden Sie an mich denken.«

Er stampfte noch den Flur entlang, als Pewzow, über den aufs Sofa geflegelten Iwan Dmitrijewitsch gebeugt, in grimmigem Flüsterton prophezeite:

»Du wirst noch vor mir auf den Knien liegen, du Hampelmann!«

II

Der Oberleutnant trottete trübsinnig zum Kasernentor. Am Himmel über ihm stand das ersterbende Licht des nördlichen Aprilabends, es war die Jahreszeit, in der die Menschen gewohnheitsgemäß, wie im Winter, noch früh zu Bett gehen, aber nicht gleich einschlafen können, und die Unruhe Tausender von Körpern durchströmt erregend die Stadt.

In der Kaserne ragten in den Gewehrpyramiden die Missgeburten des Barons Hohenbrück empor. Die frisch geölten Verschlüsse glänzten fettig, die Mündungen waren ordnungsgemäß mit Holzpfropfen verstopft. Der Oberleutnant warf einen hasserfüllten Blick auf diese Krücken. Ihren Platz würde eines Tages ein anderes Gewehr einnehmen, jenes, dessen einziges Exemplar er bei sich zu Hause zwischen zwei Spiegel stellte, damit er den Anblick seiner Vervielfältigung in endlosen Reihen – wie bei einer Truppenbesichtigung – genießen konnte.

Der Oberleutnant schloss die Bataillonskapelle auf, zündete eine Kerze an und sank in die Knie, um zu beten. Ja, er hatte den Fürsten von Arensberg in Gedanken getötet. Er hatte ihn jede Nacht getötet, doch jetzt bat er um Vergebung nicht für dieses sündhafte Vorhaben, sondern dafür, dass er aus seelischer Schwäche die Schuld nicht auf sich genommen hatte: Vor Gericht kann man ja eine Rede halten, die in die Zeitungen kommt.

Die Kapelle befand sich im ersten Stock, die Dielen waren warm von dem unter ihnen verlaufenden Heizungsrohr.

Mit Willensanspannung rief der Oberleutnant das Bild des unbekannten Rächers in sich wach und begann für seine Errettung vor den Verfolgern zu beten. Ein Kinderrätsel kam ihm in den Sinn: Das Schloss war von Wasser, der Schlüssel von Holz, der Hase entkam, der Fänger ging unter. Der Sinn war der, dass Moses mit dem Stab aufs Meer schlug, und es wich zurück, die Juden retteten sich, und der Pharao ertrank. Der Oberleutnant hatte diesen Mann nie gesehen, kannte seinen Namen nicht, betete aber für die Errettung seiner Seele, deren engelhafte Reinheit durch die Sünde der Rache nur noch klarer zutage trat. In der leeren, hallenden Bataillonskapelle auf den Knien liegend, sah er diese Seele vor sich: Als weißer Hase rannte sie, Haken schlagend, auf das Meer zu. Die Leute des Pharaos kamen näher, stampften mit den Stiefeln.

»Herr, hilf ihm«, flüsterte der Oberleutnant.

Ein plötzlicher Luftzug brachte die Kerzenflamme zum Flackern und Verlöschen.

Dieses Zeichen ließ sich verschieden interpretieren, doch der Oberleutnant entschied sofort, dass seine Fürsprache dem Himmel nicht genehm sei. Er hatte keinen Anspruch auf solche Fürsprache, weil er sich feige gezeigt und die Tat geleugnet hatte, obwohl ihn das Schicksal selbst dazu bestimmt hatte, für das Recht und die Größe Russlands das Opfer auf sich zu nehmen.

Ohne die Kerze wieder anzuzünden, verließ der Oberleutnant die Kapelle, trat ans Fenster und sah: Von der Fürstenvilla fuhr eine Kutsche los, ihre Laterne leuchte kurz auf und verschwand.

In der Kutsche saß, allein wie ein vornehmer Herr, Unteroffizier Rukawischnikow. Pewzow hatte ihn zur Hauptwache in der Neuen Admiralität losgeschickt. Dort saß der unglückliche Boew eingesperrt, der sich schon einen neuen Namen ausgedacht hatte. Er hieß jetzt Kerim-Bek und war Geheimagent des Sultans, der den bulgarischen Medizinstudenten Boew erstochen und dessen Papiere an sich gebracht hatte. Kerim-Bek war mit einem Geheimauftrag des Sultans nach Petersburg gekommen: durch die Ermordung des österreichischen Botschafters, des Konsuls oder wenigstens des Militärattachés dafür zu sorgen, dass sich die Beziehungen zwischen Österreich-Ungarn und Russland verschlechterten, denn deren Eintracht gefährdete den Zusammenhalt des Osmanischen Reichs. Der feige Kerim-Bek hatte die leichteste Variante gewählt und den Fürsten von Arensberg um die Ecke gebracht.

»Kerim-Bek«, trainierte Boew, bemüht, seinem weichen und zerstreuten Blick den Ausdruck asiatischer Härte zu verleihen.

So hatte der türkische Offizier geheißen, der vor zwanzig Jahren in ihrem Haus einquartiert gewesen war. Fett und fröhlich ging dieser Türke durchs Dorf und hob den Frauen, die ihm begegneten, mit dem Krummsäbel die Röcke hoch. Seine Lieblingsbeschäftigung war es, mit Schrot auf Hundehochzeiten zu schießen.

Vor der Hauptwache hielt die Kutsche, Rukawischnikow lief zum Chef der Wache. Zur gleichen Zeit war Boew damit beschäftigt, durch das vergitterte Zellenfenster den tatarischen Wachposten über Details des moslemischen Glaubens zu befragen. Der Posten antwortete flüsternd:

»Schweinefleisch darf nicht gegessen werden…«

Im Wachhaus, in das Rukawischnikow hineinlief, hingen rings um die Marmorsäulen die Säbel, Degen und Dolche der festgesetzten Offiziere. An ihnen vorbei führte der Chef der Wache Rukawischnikow in den Gang. Die Offiziere in den Zellen schliefen auf Betten, die man ihnen von zu Hause hergebracht hatte. Wer aber hätte für Boew ein Bett bringen sollen? Nachdem er das mit den Schweinen in Erfahrung gebracht hatte, legte er sich auf den schmutzigen, hyänenartig gefleckten Strohsack und rief sich sein Heimatdorf ins Gedächtnis. Berge, Weingärten, Mädchen mit Krügen, die von der Quelle kamen. Bestenfalls führte der Weg dorthin über Katorga* und Sibirien. Er dachte an sein Heimatdorf, und seltsamerweise verbanden sich selbst mit jenem fetten Kerim-Bek, der in seiner Kindheit und auch später noch tödlichen Hass in ihm erregt hatte, jetzt fast zärtliche Erinnerungen: Auch er, auch er war Teil jenes Lebens, von dem es für immer Abschied zu nehmen galt. Von allen vergessen, verschollen unter einem fremden Namen, lag Boew reglos auf einem stinkenden Strohsack und fühlte, wie sehr ihm dieser Name auf der Seele lastete. Schmerzhaft presste er kleinliche Eitelkeit, Unrast, Schmutz aus ihm heraus, beließ ihm aber die Erinnerungen an die Kindheit und die Liebe zur Heimat.

An einem Eisenring hängende Schlüssel klapperten, das Schloss ging klirrend auf. Zusammen mit dem Chef der Wache betrat ein Gendarmerieunteroffizier die Zelle.

»Sie sind Kerim-Bek?«, fragte er. »Auf Anordnung von Rittmeister Pewzow – folgen Sie mir!«

Sie gingen hinaus, setzten sich in eine Kutsche, der Kutscher schwang die Peitsche.

---

* Schwerste Zwangsarbeit, verbunden mit Verbannung in entlegene Landesteile.

Dort, wohin sie fuhren, unter den erleuchteten Fenstern des Hauses in der Millionnaja, stand auf dem Trottoir unschlüssig ein Mann – breitwangig, aufgeworfene Lippen, Mantel mit den Kragenspiegeln des Vermessungsamtes. Schließlich nahm er seinen Mut zusammen, stieg die Vortreppe hinauf und klingelte.

III

Unter dem Tisch im Gästezimmer lag der blutbefleckte Verband, den der Oberleutnant von seiner gebissenen Hand gerissen hatte. Er lag hier als Zeichen, dass alles Sichtbare einen verborgenen Sinn hat. Als Pewzow das Klingeln hörte, beförderte er ihn mit dem Stiefel unter das Sofa und lief zur Tür. Iwan Dmitrijewitsch folgte ihm, ohne sich zu beeilen. Eile war unnötig, der vorsichtige, lasche Glockenton verriet, dass jedenfalls nicht Schuwalow Einlass begehrte.

Ihnen zuvorkommend, öffnete der Kammerdiener die Tür. Der Mann in der Uniform des Vermessungsamtes blinzelte verblüfft.

»Senka? Du, du Hundesohn?«

»Ja, Herr.«

»Hier bist du jetzt also in Stellung. Ach, du!«

Der Eintretende versetzte dem Kammerdiener einen Nasenstüber und bemerkte erst jetzt in einiger Entfernung die Epauletten Pewzows und das schlichte graue Jackett Iwan Dmitrijewitschs.

»Was wollen Sie?«, fragte Pewzow grob.

»Ich bitte untertänigst um Entschuldigung.« Der Besucher machte einen Kratzfuß. »Ich muss in einer, sozusagen, unaufschiebbaren Angelegenheit Seine Durchlaucht sprechen.«

»Treten Sie ein«, forderte Iwan Dmitrijewitsch ihn auf. »Herr Strekalow, wenn ich nicht irre?«

»Woher kennen Sie mich?«

»Ich bin Putilin. Chef der Kriminalpolizei.«

Iwan Dmitrijewitsch brachte den entgeisterten Strekalow ins Arbeitszimmer des Fürsten, denn aus dem Gästezimmer hätte ihn seine Frau hören können. Strekalow fügte sich widerspruchslos. Iwan Dmitrijewitsch löste den Riegel und schlug Pewzow die Tür kurzerhand vor der Nase zu.

»Ich habe, sozusagen, ein rein privates Gespräch mit Seiner Durchlaucht zu führen«, murmelte Strekalow verängstigt.

»Fürst von Arensberg ist tot«, sagte Iwan Dmitrijewitsch. »Heute Nacht von unbekannten Personen ermordet.«

Strekalow presste die Hand vor den Mund.

»Das war ich nicht«, stieß er durch die Finger. »Herr Putilin, das war ich nicht.«

»Was führt Sie her?«

»Etwas rein Persönliches ... Ein Gespräch ...«

»Antworten Sie! Sonst lasse ich Sie verhaften.«

Strekalow hielt die Hand in der Tasche, von wo das leise Rascheln von zerknülltem Papier zu hören war.

»Was haben Sie da? Geben Sie her!«, befahl Iwan Dmitrijewitsch. »Na!«

Ein an den Rändern eingerissenes, zusammengeknautschtes Blatt Papier – noch eine Minute, und Strekalow hätte es vernichtet. Ein Brief folgenden Inhalts: Ihre Frau, Herr Strekalow, ist auf hinterlistige Weise durch den Fürsten von Arensberg, den österreichischen Militärattaché, verführt worden, und Sie, Herr Strekalow, sofern Ihnen Ihre Ehre etwas bedeutet, sind verpflichtet, Rache an dem Verführer zu nehmen. – Der Gehörnte sollte ihm seine Hörner in die Brust stoßen, und sie würden abfallen ... Die Unterschrift fehlte.

»Das war ich nicht«, barmte Strekalow, »ich habe nicht gestoßen ...«

Seinen Worten zufolge hatte der Postbote den Brief vor

zwei Tagen gebracht, und seitdem hatte er beim Stubenmädchen gelegen. Erst vor einer Stunde, zurück aus Zarskoje Selo, habe er den Brief gelesen und sich unverzüglich auf den Weg zur Millionnaja gemacht – um den Fürsten zum Duell zu fordern und festzustellen, ob Katja nicht hier sei.

Also Katja, vermerkte Iwan Dmitrijewitsch bei sich, Jekaterina.

Er betrachtete den Gehörnten: Einem rasenden Stier sah er nicht gerade ähnlich. Was taugte er zum Duellanten! Er versuchte sich in seine Lage zu versetzen. Was würde er tun? Nun, zuallererst die Frau davonjagen, das war klar. Dann konnte man sich die Methode des Oberleutnants zu Eigen machen: Bei der Nase packen, den Schuft, bei der Nase! In aller Öffentlichkeit! Und dafür sorgen, dass der Fürst davongejagt wurde. Es steht einem Diplomaten nicht an, mit zerquetschter Nase herumzulaufen.

Doch auch dazu war Strekalow kaum fähig. Wozu war er hergekommen? Plötzlich fiel es ihm wie Schuppen von den Augen.

»Wie viel Abstand wollten Sie sich von dem Fürsten zahlen lassen?«, fragte Iwan Dmitrijewitsch.

»Ich?«

»Damit ein Skandal vermieden wurde… Zehntausend?«

»Ich bitte Sie!«, entsetzte sich Strekalow.

Es machte den Eindruck, als ob er nicht den Gedanken an sich entrüstet zurückwies, sondern lediglich die Summe der Forderung.

Die Tür ging auf. Es war Pewzow, er hatte sich beim Kammerdiener den Schlüssel besorgt, um das Schloss von außen zu öffnen, und ging auf Iwan Dmitrijewitsch los:

»So etwas, gnädiger Herr, werde ich nicht dulden!«

Ohne etwas zu entgegnen, sah Iwan Dmitrijewitsch Strekalow furchtgebietend an, den Brief hielt er dabei mit zwei Fingern an einer Ecke wie einen toten Vogel am Flügel.

»Und Sie haben diesem Schmähschrieb, dieser Verleumdung Glauben geschenkt?«

Voller Verachtung schleuderte er den Brief zur Seite, merkte sich jedoch, wohin das Blättchen gefallen war.

»Ihre Gattin hat sich nichts zuschulden kommen lassen. Laufen Sie nach Hause, und werfen Sie sich vor ihr auf die Knie. Flehen Sie auf Knien um Verzeihung, dass Sie sie mit Ihrer Verdächtigung gekränkt haben!«

»Ich habe sie nicht gekränkt. Sie war nicht zu Hause.«

»Und die Dame im Schlafzimmer des Fürsten?«, mischte sich Pewzow ein. »So eine stramme Brünette. Geht es nicht um sie?«

»Katja! Sie ist hier?«, fuhr Strekalow auf und machte Anstalten hinauszurennen, Pewzow nach.

Der stürzte zum Vestibül, weil vor dem Haus bereits Räder und Hufe polterten.

»Katerina!«, rief Strekalow zaghaft.

Iwan Dmitrijewitsch hielt ihn am Ärmel zurück.

»Sie ist und war nicht hier! Der Rittmeister macht sich lustig über Sie. Gehen Sie in die Küche, und wenn Seine Erlaucht hier hereinkommt, machen Sie sich unauffällig auf den Heimweg. Vorwärts!«

Nach einem Stoß in den Rücken, damit es schneller ging, lief Strekalow folgsam den Flur entlang.

Iwan Dmitrijewitsch hatte gerade noch Zeit, sich zu vergewissern, ob die Schlafzimmertür fest verschlossen war, als Schuwalow das Gästezimmer betrat, zusammen mit Pewzow, der ihm erklärte, dass der Verbrecher jede Minute hier sein müsse, ein Stück dahinter folgte der Adjutant des Gendarmeriechefs.

»Gratuliere, gratuliere«, unterbrach Schuwalow Pewzow. »Morgen werde ich meinem Gott sei Dank letzten Bericht die Vorlage für Ihre Beförderung beifügen. Sie werden Oberstleutnant. Wie alt sind Sie?«

»Vierunddreißig, Euer Erlaucht.«

»Ist es etwa schlecht, mit vierunddreißig Oberstleutnant zu werden, Rittmeister? Ich denke, Chotek wird seinerseits für Sie einen österreichischen Orden erwirken.«

»Ich werde keine Auszeichnung annehmen von einem Mann, der unser Korps beleidigt hat.«

»Freut mich, das zu hören. Dann geben wir dieses Kreuzchen an Herrn Putilin weiter ... Sie werden es doch sicherlich annehmen?«

»Ich nehme es, wenn man es mir gibt.« Iwan Dmitrijewitsch zuckte die Schultern.

»Und jetzt erzählen Sie der Reihe nach«, verlangte Schuwalow.

»Sehen Sie, es haben sich einige Veränderungen ergeben«, sprudelte Pewzow heraus. »Wir müssen das unter vier Augen bereden. Gehen wir ins Arbeitszimmer, Euer Erlaucht.«

Als sie nach fünf Minuten wieder erschienen, war von der philosophisch-spielerischen Stimmung des Gendarmeriechefs nicht die Spur übrig geblieben. Zu Iwan Dmitrijewitsch sagte er nur:

»Trödelmarkt!«

In dem Moment betrat das Gästezimmer bereits Chotek. Kahlköpfig, langgesichtig, hager – ein Mittelding zwischen einem Liegestuhl und einem Riesengrashüpfer, nickte er Schuwalow zu, während er die anderen mit dem Ausdruck angeekelten Allwissens auf dem gepuderten Greisengesicht betrachtete, als wäre ihm von jedem ein schmutziges Geheimnis bekannt. Die sich von den Alpen bis zu den Karpaten erstreckende Großmacht, die wie Russland einen Doppeladler, das Symbol der Macht über Ost und West, in ihrem Wappen führte, die Heimat der Walzer und der nationalen Frage, die bei jedem Anlass gleich ihr rostiges Schwert mit dem militanten Leichtsinn überalterter Imperien zückte – diese Macht in Gestalt des Grafen Chotek trat ein und setzte sich auf das Sofa.

Dabei ging von dem Botschafter eine solche Kälte aus, dass Iwan Dmitrijewitsch es für besser hielt, Abstand zu wahren.

»Ich muss Ihnen Folgendes erklären«, sagte Chotek mit jener dünkelhaft-herablassenden Langsamkeit, die Iwan Dmitrijewitsch bei öffentlichen Auftritten von Amtsträgern schon immer auf die Nerven gegangen war.

Diese langsame Sprechweise sollte zeigen, dass Aufmerksamkeit und Achtung nicht nur der Sinn der gesprochenen Wörter verlangte, sondern ihr Aussprechen an sich.

»Selbstverständlich vertraue ich Ihnen, Graf«, fuhr Chotek nach einer Pause fort, »doch die Grenze des Vertrauens des Botschafters ist die Ehre seines Monarchen. Diese Grenze werde ich keinen Zoll überschreiten. Ich muss das Geständnis selbst aus dem Munde des Mörders hören.«

»Sie werden es hören«, versicherte ihm Schuwalow.

Hufestampfen ließ eine gesprungene Fensterscheibe klirren, an der Vortreppe wieherten gezügelte Pferde: Rukawischnikow war mit Boew eingetroffen. Während er den Häftling ins Gästezimmer führte, hielt er den gezogenen Säbel an der Schulter. Es wurde still. Boew legte nach orientalischer Sitte beide Hände an die Brust und begrüßte schweigend die Versammelten allen Regeln der Etikette entsprechend, die, überlegte Iwan Dmitrijewitsch, vielleicht auf dem Basar von Buchara üblich sein mochte.

Pewzow nahm eine würdevolle Haltung ein und betrachtete entzückt seiner Hände Kreatur. Nachdem er sich satt gesehen hatte, nahm er einen der Stühle, stellte ihn seitlich hin und sagte:

»Bitte schön!«

Ohne jemanden anzusehen, erhaben und gleichmütig, wie ein präpariertes Opfertier, dem man einen Trunk verabreicht hat, damit es nicht bockt und das Fest verdirbt, durchquerte Boew das Gästezimmer und setzte sich auf den Stuhl. Rukawischnikow stellte sich mit seinem gezogenen Säbel hinter ihn.

Als Boew schon auf dem Stuhl saß, fiel ihm endlich der Gruß ein, den er beim Eintreten hätte sprechen sollen, und leise sagte er:

»Salam aleikum.«

Niemand antwortete ihm.

Chotek hörte leidenschaftslos zu, was Pewzow zu sagen hatte. Der erzählte wortreich, wer der Mörder sei und zu welchem Zweck er das Verbrechen begangen habe: ein Agent des Sultans, der einen bulgarischen Studenten erstochen hatte, und so weiter und so fort. Während Iwan Dmitrijewitsch sich diesen blühenden Unsinn anhören musste, beruhigte er sich mit dem Gedanken, dass Boew als zeitweiliges Werkzeug gebraucht werde. Dann würde man ihn freilassen und möglicherweise für den geleisteten Dienst belohnen.

Der Bulgare beantwortete bereits Pewzows Fragen – russisch, aber mit einem Akzent, der durchaus türkisch sein konnte: Ja, alles entspreche der Wahrheit und er, Kerim-Bek, sei bereit, das unter Eid zu bekräftigen.

»Vor Gericht werden Sie es beeiden«, warf Pewzow rasch ein.

Er hatte nicht bedacht, dass so etwas wie der Koran benötigt werden könnte.

»Nein, er soll es gleich tun«, verlangte Chotek.

»Euer Erlaucht!«, bot Schuwalows Adjutant an, »mein Hausmeister ist Tatare. Wenn Sie gestatten, fahre ich schnell mal hin!«

Das Einverständnis wurde gegeben, der Adjutant rannte hinaus, sprang in eine Kutsche und fuhr los, um schleunigst den Koran des Hausmeisters herbeizuschaffen.

Pewzow setzte das Verhör fort. Nach ein paar fechterischen Ausfällen, die Iwan Dmitrijewitsch an Übungen mit einem Popanz erinnerten, führte er den letzten, tödlichen Hieb aus:

»Sie bekennen sich also für schuldig, Fürst Ludwig von Arensberg getötet zu haben?«

»Ich bekenne mich… Ich habe ihn getötet.«

»Nun, Graf? Haben Sie es gehört?«, fragte Schuwalow.

Auf seinen Stock gestützt, stand Chotek auf, trat zu Boew und heftete seinen starren Blick auf dessen Nasenwurzel:

»Hast du den Stein nach mir geworfen?«

»Ein Fanatiker!«, sagte Pewzow.

Durch diesen Einwurf ermutigt, nickte Boew gehorsam. Im selben Moment machte Chotek einen rechten Ausfallschritt und bohrte ihm gewandt und brutal den Stock wie ein Florett in den Leib.

Schuwalow erhob sich leicht:

»Schämen Sie sich, Graf!«

»Schämen Sie sich«, erwiderte Chotek mit unverändert hochherrschaftlicher schleppender Sprechweise, als habe nicht er eben dem Mann mit seinem Stock den Tiefschlag versetzt. »Wo waren Ihre Gendarmen? Auch ich könnte tot sein und wie Ludwig im Sarg liegen.«

Zusammengekrümmt, rang Boew nach Luft. Iwan Dmitrijewitsch benahm es ebenfalls den Atem. Von der Atemnot und dem Hass klang es ihm in den Ohren. Durch diesen Klang drang das Gespräch zwischen Schuwalow und Chotek wie von ferne an sein Ohr: Sie stritten sich verbissen, vor wessen Gericht Kerim-Bek zu stellen sei, ein russisches oder ein österreichisches.

»Mein Regent wird entschieden darauf bestehen…«, beharrte Chotek.

»Und meiner«, erwiderte Schuwalow, »wird seinerseits verlangen…«

Iwan Dmitrijewitsch holte die Flasche aus dem Bücherschrank und goss Boew ein wenig »Jerez« ein, doch der schob schweigend seine Hand mit dem Glas weg: Rechtgläubige trinken keinen Wein.

»O weißer Wein, warum bist du nicht rot?«, zitierte Iwan Dmitrijewitsch flüsternd.

ACHTES KAPITEL

Das Wetter verschlechtert sich

I

Der Abend ging allmählich in die Nacht über. Die Stadt kam zur Ruhe.

Die Uhr am Turm der Stadtduma schlug elfmal, und Konstantinow, der die Schläge zählte, spuckte böse aus. Er war hundemüde, nachdem er bereits zahlreiche Lokale aller Art abgeklappert hatte – von erstklassigen Restaurants mit Zigeunerchören bis zu schlichten und sauberen deutschen Bierhallen, von berühmten Gasthäusern, in denen Schriftsteller und Universitätsprofessoren ihre Jubiläen feierten, bis zu armseligen Kneipen, die nicht einmal einen Namen hatten. Unter den Blicken der Lakaien, Portiers und Kellner, im hellen Schein der Kristallkronen, im Licht der Petroleumlampen, der Kerzen, der nach Fischtran stinkenden Öllämpchen leuchtete das goldene Profil Napoleons III. auf und verschwand wieder auf dem Grund von Konstantinows Tasche.

In der Zwischenzeit zogen Konstantinows eigene Vertrauensagenten, die von ihm geköderten Vagabunden Paschka und Minka, durch die Nachtasyle und Marktspelunken. Eine derartige Anweisung hatte Iwan Dmitrijewitsch nicht gegeben, doch in der Hoffnung auf die versprochene Belohnung hatte Konstantinow beschlossen, die Initiative zu ergreifen. Minka trug einen Zettel bei sich, auf dem die französische Goldmünze abgebildet war. Da Konstantinow nicht malen konnte, hatte er sie mit einem Blatt Papier abgedeckt und war so lange mit dem Bleistift darauf herumgefahren, bis auf dem Papier ein stempelähnlicher Abdruck zu sehen war. »Der Napoleondor!«, hatte Konstantinow mit wichtiger Miene gesagt, als er seinen Agenten das Werk übergab.

Doch leider war keinem der drei das Glück hold. Am Abend bezahlten die Zecher mit allem Möglichen bis hin zu löchrigen Stiefeln und feierlichen Schwüren, bloß nicht mit goldenen Napoleondoren. In einer geheimen Kellerkneipe, wo sich Diebe trafen, erkannte jemand in Konstantinow einen Agenten der Kriminalpolizei, und es hieß die Beine unter den Arm nehmen. An einem zweiten Ort versuchte ihn ein bezechter Eisenbahnbauer zu überreden, für fünfundzwanzig Rubel nackt mit einem Schwein zu tanzen, und an einem dritten schrie eine Dirne, die er zum ersten Mal in seinem Leben sah, plötzlich los, er hätte versprochen, ihr Seidenstrümpfe zu schenken, und sie betrogen, der Schweinehund. Als er sie endlich los war, hatte Konstantinow nicht übel Lust, auf alles zu pfeifen und nach Hause schlafen zu gehen. Viele Lokale schlossen bereits, doch in den Fenstern der Schenke »Amerika« brannte noch Licht und waren Stimmen zu hören. Aus Pflichtgefühl beschloss er, einen letzten Versuch zu machen, trat ein, zeigte dem Kellner sein kostbares Stück, und nachdem die Antwort wie gehabt ausgefallen war, erlaubte er sich, ein bisschen auszuspannen und ein Gläschen vor dem Schlaf zu trinken.

Der Kellner machte die Runde durch den Saal und kassierte die Gäste ab. Plötzlich kam er mit verschwörerischer Miene zu Konstantinows Tisch gehuscht und legte auf das Wachstuch eine Münze mit dem bekannten Ziegenbocksprofil.

»Woher?«, stieß Konstantinow atemlos hervor.

»Der da hat sie mir gegeben«, raunte der Kellner und wies zu einer Ecke der Gaststube.

Dort saß ein Kerl von vielleicht zwanzig Jahren mit hellem

Bart allein am Tisch, trank seinen Wein und aß Hammelhirn mit jungen Erbsen. Er hatte ein knapp sitzendes Jäckchen von sonderbarem Schnitt an, unter dem Kragen sahen die Enden eines roten Halstuchs hervor.

Konstantinow stand auf und bekreuzigte sich. Seine Finger zitterten. Er sah sich veranlasst, den Erzengel Michael, den Erlöser von der Zitterkrankheit, zu Hilfe zu rufen, wie ihn Minka gelehrt hatte, der den Katertatterich durch ein Gebet zu vertreiben verstand. Um das, was er vorhatte, zu vollbringen, brauchte es eine feste Hand.

»Ich gehe von hinten ran«, sagte er leise zu dem Kellner, »und wenn ich ihn packe, dann hau du ihn hier drauf, auf den Hals. Klar?«

»Mhm.«

»Da macht er gleich schlapp.«

Der Anschaulichkeit halber tippte sich Konstantinow mit der Faust gegen seinen von der Erregung straffen Adamsapfel und schlenderte los, als betrachte er interessiert die an den Wänden hängenden Lithographien. Auf einer von ihnen war ein auf einer Schildkröte reitendes wildes Weib dargestellt, bewaffnet mit einem Speer und bekleidet mit einem Rock aus Palmenblättern – Amerika. Die Brüste standen seitlich ab, spitz wie bei einer Hexe.

Der Hellbärtige hatte seinen Wein ausgetrunken und war im Begriff aufzustehen, doch das verhinderte Konstantinow. Beherzt umklammerte er ihn von hinten, drückte ihm das Kinn gegen die Schulter und versuchte ihn wieder auf den Stuhl zu drücken, während der Kellner hinzusprang, um seiner Anweisung entsprechend zuzuschlagen, und Konstantinow am Auge traf. Der Hellbärtige riss sich los, versetzte Konstantinow noch einen Hieb aufs Ohr und wetzte, Stühle umstürzend, zum Ausgang. Konstantinow ihm nach.

Er war völlig sicher, dass der Kellner ebenfalls die Verfolgung aufnehmen, womöglich die ganze Schenke zur Mithilfe anhalten würde, doch als er sich im Laufen umblickte, musste er erkennen, dass er allein hinter dem Verbrecher her war. Die Straße lag menschenleer, von den Laternen brannte nur jede dritte, vierte.

»Halt!«, rief Konstantinow ohne sonderliche Hoffnung und stellte zu seiner Verwunderung fest, dass der Hellbärtige die Aufforderung befolgte und stehen blieb.

Nicht genug damit, kam er auf ihn zu – zunächst langsam, dann immer schneller. Ringsum war nach wie vor keine Menschenseele. Der Hellbärtige fuchtelte im Näherkommen mit den Fäusten. Der bringt mich um!, dachte Konstantinow, machte kehrt und rannte, was das Zeug hielt.

Jetzt suchte er sein Heil in der Flucht und wurde verfolgt. So ließen sie den ersten Häuserblock hinter sich. Konstantinow wollte in die Schenke »Amerika« hineinschlüpfen, doch die Tür war inzwischen verschlossen, auf seinen Hilferuf kam niemand heraus. Nach Atem ringend, bog er rechts ab, wo sich ein Polizeiposten befand, aber aus irgendeinem Grund war das Büdchen unbesetzt. Den Verfolger in die Falle zu locken war nicht gelungen. Der Hellbärtige verkürzte den Abstand, immer näher und lauter stampften seine Schuhe. Kein Schimpfwort, kein Fluch kam aus seinem Mund, und davon wurde Konstantinows Angst noch größer. Er nahm seine letzten Kräfte zusammen und legte einen Zahn zu, doch der Hellbärtige war schon zwei Schritte hinter ihm. Seine Hand schnellte vor und knallte Konstantinow zwischen die Schulterblätter.

Das ist ein wohl bekannter Kniff, einen Rennenden zu stoppen. Statt ihn von hinten zu packen, ihn festzuhalten, versetzt man ihm einen Stoß in den Rücken: Die Beine können dem plötzlich vorschießenden Körper nicht so schnell folgen, er verliert das Gleichgewicht und stürzt.

Genau das passierte Konstantinow. Er flog buchstäblich ein paar Schritte durch die Luft, dann rutschte er auf dem

Bauch weiter und prallte mit der Nase gegen den Trottoirrand. Blut floss ihm über die Lippe. Der Hellbärtige verzichtete darauf, dem bezwungenen Feind einen Tritt zu versetzen, wie es der sich angstvoll zusammenkrümmende Konstantinow erwartete, zog stattdessen sein Halstuch zurecht, drehte sich um und ging ohne Eile mit watschelndem Gang davon. Sich entfernendes Pfeifen war zu hören, ein hübsches neapolitanisches Motiv flatterte wie ein Schmetterling zwischen den steinernen Riesenkästen empor und wurde vom Wind davongetragen.

II

Die Nacht war unmerklich herangerückt, und Schuwalow sagte zu Chotek, Prinz Oldenburgski, der über die Ergreifung des Verbrechers in Kenntnis gesetzt worden sei, werde zu so später Stunde wohl nicht mehr kommen.

»Natürlich nicht«, erwiderte Chotek mit knarrender Ironie. »Lohnt es vielleicht, seinen Tagesablauf wegen einer solchen Lappalie wie der Ermordung eines ausländischen Militärattachés zu ändern!«

Schuwalow ging über diese Bemerkung hinweg, das Schweigen wurde von der einschmeichelnden Stimme Pewzows unterbrochen. Bald zu dem einen, bald zu dem anderen Grafen gewandt, sprach er davon, dass es jetzt, da guten Beziehungen zwischen dem Winterpalais und der Hofburg nichts mehr im Wege stehe, an der Zeit sei, sich über das weitere Vorgehen zu verständigen. Dass es sich um eine türkische Provokation handele, stehe außer Frage, nichtsdestoweniger hieße es unbesonnen zu handeln, wollte man sie in ganz Europa ausposaunen und damit Istanbul den Fehdehandschuh hinwerfen. Angesichts der gegenwärtigen Situation auf dem Balkan wäre ein solcher politischer Schritt verfrüht, deshalb sei es besser, Kerim-Bek nicht öffentlich vor Gericht zu stellen, sondern einfach in einer Festung einzusperren.

Iwan Dmitrijewitsch schloss daraus, dass Pewzow sich seines »Schützlings« nicht ganz sicher war und ihm das Publikwerden der Sache oder auch zu gewärtigende Advokatenfinessen Unbehagen bereiteten.

»Da haben Sie wohl Recht, Rittmeister«, sagte Schuwalow und sah Chotek fragend an.

»Bei uns in Wien wäre das unmöglich«, erwiderte der, »doch in Russland haben sich alle daran gewöhnt zu schweigen, und der Vorschlag erscheint sinnvoll.«

»Man kann ihn in irgendein Kloster stecken«, warf Pewzow ein.

»Nein«, Chotek schüttelte den Kopf, »den Mörder müssen Sie uns übergeben.«

»Ihnen?«, fragte Schuwalow verwundert.

»Nicht mir persönlich, versteht sich. Wir werden ihn auf Schloss Zell festsetzen.«

Iwan Dmitrijewitsch traute seinen Ohren nicht. Und wenn es nicht gelang, den wahren Mörder zu finden? Was war dann? Dann war sein armer Namensvetter verloren. Aus Klosterverliesen würde er mit der Zeit möglicherweise herausgelassen werden, von Schloss Zell hingegen gab es kein Wegkommen. Da war er lebendig begraben.

»Aber das Gesetz...«, wandte Schuwalow ein.

»Kommen Sie mir nicht damit, Graf«, unterbrach ihn Chotek. »Jemand von Ihren klugen Köpfen hat bemerkt, dass in Russland die Strenge der Gesetze durch ihre lasche Umsetzung ausgeglichen wird.«

Iwan Dmitrijewitsch sah Boew an, der sich nach dem Stockschlag wieder aufgerichtet hatte, seine Hände aber immer noch an den Leib presste. In seinem bleichen Gesicht traten die im Laufe des Tages gewachsenen Bartstoppeln deutlicher hervor.

»Euer Erlaucht«, sagte Iwan Dmitrijewitsch, listig zwischen den beiden Grafen hindurchblickend, so dass nicht zu erkennen war, an wen von beiden er sich wandte, »gestatten Sie mir, dem Verbrecher ein paar Fragen zu stellen?«

Die Rechnung ging auf. Während Schuwalow noch überlegte, stimmte Chotek zu.

Pewzow roch den Braten und versuchte zu protestieren, doch umsonst. Der österreichische Botschafter gehörte zu den Leuten, die eine einmal getroffene Entscheidung niemals ändern.

»Mag er fragen.« Er lächelte gnädig. »Ich kenne die Polizei. Ob in Petersburg, in Wien oder in Paris – sie ist überall gleich. Diese Nichtsnutze finden einen toten Drachen, schneiden ihm die Zunge ab und präsentieren sie als Beweis, dass sie das Ungeheuer besiegt haben.«

Iwan Dmitrijewitsch lächelte auch – schuldbewusst, als erkenne er die Richtigkeit dieser Worte an –, dann trat er zu Boew.

»Herr Kerim-Bek, könnten sie so liebenswürdig sein, zu sagen, auf welche Weise es Ihnen gelungen ist, in der letzten Nacht in dieses Haus zu gelangen?«

Boew sah verwirrt Pewzow an.

Von dem Gendarmerieoffizier, der mit dem in der Eingangstür gefundenen Schlüssel die Schlossereien abgeklappert hatte, war zu erfahren gewesen, einer der Schlosser habe sein Erzeugnis erkannt und sich an den Auftraggeber erinnert – Fürst von Arensberg selbst war es gewesen, doch das hatte Pewzow für sich behalten. Er beeilte sich, den Wachsabdruck als Erklärung vorzubringen, und Boew bestätigte:

»So war es.«

Iwan Dmitrijewitsch setzte das Verhör fort. Er fragte, Pewzow antwortete, Boew wiederholte artig dessen Antworten. Wie Iwan Dmitrijewitsch angenommen hatte, schöpfte Chotek schließlich Verdacht.

»Wer wird hier verhört, Rittmeister? Sie oder er?«, fragte er ärgerlich. »Ich bitte Sie, in den Flur hinauszugehen.«

»Euer Erlaucht, haben Sie das Recht, mir zu befehlen?«, hielt Pewzow in ehrerbietigem Ton dagegen.

»Graf«, sagte Chotek zu Schuwalow, »befehlen Sie ihm hinauszugehen.«

»Gehen Sie hinaus«, sagte Schuwalow gepresst.

Blasiert lächelnd ging Pewzow hinaus, und erst da stellte Iwan Dmitrijewitsch die entscheidende Frage:

»Wo haben Sie dem Grafen die Wunde beigebracht?«

Chotek saß mit dem Rücken zur Tür, die Pewzow nicht ganz geschlossen hatte, um durch einen Spalt hereinschauen und Boew wenigstens mit den Fingern soufflieren zu können. Er griff sich an den Hals, doch im Flur war es dunkel, und Boew interpretierte diese Geste falsch:

»Ich habe ihm in die Brust gestochen… Mit dem Dolch.«

Choteks Gesicht verdunkelte sich, weißrosa Puderschüppchen traten auf Stirn und Wangen hervor. Gleich würde er geifernd losschreien, mit den Füßen stampfen, dem hereinlaufenden Pewzow den Stock auf den Schädel hauen. Doch nein! Mit dem milden Lächeln des Allesverstehens trat er auf Rukawischnikow zu und klopfte ihm auf die Schulter.

»Nimm den Säbel herunter, Dummkopf.«

»Nicht runternehmen!«, sagte Boew schnell. »Ich habe ihn getötet! Ich, Kerim-Bek… Ich schwöre es bei Allah.«

»Und auf die Evangelien wirst du auch den Eid leisten?«, wollte Chotek wissen. »Das Kreuz küssen?« Wieder packte er seinen Stock und hob ihn drohend hoch.

Aber auch Schuwalow, das muss man ihm lassen, war schnell wieder Herr der Lage. Schreiend, dass ihm die Augen aus dem Kopf quollen, versprach er Pewzow, ihn in Arrest zu setzen und zu degradieren wegen dieses Betrugs, dann fasste er Chotek unter und sagte: Ich bitte höflichst um Verzeihung, das kommt für mich selbst völlig unverhofft…

Chotek machte sich los und nickte Iwan Dmitrijewitsch zu:

»Ich bin Ihnen sehr dankbar.«

»Ich auch!«, pflichtete ihm Schuwalow bei. »Von ganzem Herzen danke ich Ihnen für den Dienst.« Er legte Iwan Dmitrijewitsch freundschaftlich den Arm um die Schultern und brachte ihn zum Ausgang. »Gute Nacht, Herr Putilin! Sie haben sie sich ehrlich verdient.«

Feierlicher Händedruck, hasserfüllte Augen Schuwalows. Flüstern:

»Trödelmarkt!«

Und noch ein ebenso feindseliger, vernichtender Blick – von Boew, nicht gegen Chotek, nicht gegen Pewzow und Schuwalow, sondern gegen ihn, Iwan Dmitrijewitsch, gerichtet.

Die Tür schlug zu, er stand im Flur.

Aus dem Gästezimmer drang die knarrende Stimme Choteks an sein Ohr:

»Entschuldigen Sie, Graf, aber ich gelange immer mehr zu der Überzeugung, dass Sie und Ihre Leute in den Mord an Ludwig verwickelt sind. Was sollte die jämmerliche Komödie mit diesem Kerim-Bek? Verstehen Sie eigentlich, wen sie in meiner Person betrügen wollten? Dennoch, ich bin nicht nachtragend und bereit, alles, was geschehen ist, für mich zu behalten. Unter gewissen Voraussetzungen. Erstens: Das ›Slawische Komitee‹ ist aufzulösen, seine Leiter binnen drei Tagen aus Moskau und Petersburg auszuweisen. Zweitens: Eine Kompanie des Preobrashenski-Regiments wird als Ehreneskorte den Sarg mit den sterblichen Überresten Ludwigs bis nach Wien geleiten. Drittens ...«

Iwan Dmitrijewitsch erschauerte bei diesen Worten. Vielleicht erhob Chotek mit Absicht von vornherein unerfüllbare Forderungen, die einen Vorwand für den Abbruch der diplomatischen Beziehungen schufen?

Bei seiner letzten Frage an Boew hatte Iwan Dmitrijewitsch nicht gehofft, Schuwalow etwas vormachen zu können, er machte sich auch selbst nichts vor, wusste, was ihn erwartete. Ja, Trödelmarkt. Er war bereit dazu. Dann würde er eben Säufer jagen, Streithähne trennen, darauf achten, dass in kalten Nächten an nicht genehmigten Stellen kein Feuer entzündet und nicht geraucht wurde – kurz gesagt, einer schlichten und ehrenwerten Tätigkeit nachgehen, ohne die die große Stadt nicht auskam. Hier würde seine Klause sein – der Garten des Einsiedlers mitten im Zentrum Sankt Petersburgs. Ein Leben, frei von Ängsten und Orden. Ein reines Gewissen, Familienfreuden. Er hatte lediglich diesen Bulgaren retten wollen, und dabei herausgekommen war weiß der Teufel was.

In der düsteren Gendarmenkolonne, die unter einem Hagel von Apfelgriebsen hinter dem Sarg des Fürsten durch die Straßen Wiens schritt, sah Iwan Dmitrijewitsch seinen Bekannten, den Oberleutnant, vor Augen. Aus der Menge fliegt ein faules Ei gegen den Orden an seiner Brust. Er erbleicht, reißt den Säbel aus der Scheide, befiehlt seinen Gendarmen: »Mir nach, Jungs!« Und was weiter?

Möglicherweise ist jener Wolf, der vor einem Monat durch die nächtliche Hauptstadt lief, ein Zeichen gewesen? Vielleicht trabte er deswegen so ruhig über den Newski-Prospekt, weil in Wirklichkeit gar kein Prospekt mehr an dieser Stelle war. Die Stadt lag in Ruinen, zerstört von feindlicher Artillerie, menschenleer wie in der Nacht der Cholera. Ebenso sahen Wien, Moskau und Prag aus. Der Wolf fürchtete nichts, weil da niemand war, der ihm etwas anhaben konnte. Er machte Jagd auf Katzen und verwilderte Möpse. Sein Jagdgebiet erstreckte sich vom Gebäude der Stadtduma, wo der rote Pudel Tschuka in Stücke gerissen wurde, bis zum Nikolai-Bahnhof. Die Grenzen sind mit verspritztem Harn markiert worden. Die Wölfe haben ganz Petersburg unter sich aufgeteilt, und hier und da stimmt die neue administrative Gliederung mit den früheren Polizeirevieren überein.

Natürlich werden Kriege zwischen Großmächten nicht von ungefähr angefangen. Die Visionen waren irreal, ja fast lächerlich, doch hinterließen sie ein Gefühl der Zwiespältigkeit des Seins: Ihn, Iwan Dmitrijewitsch, kann man zur Tür hinauswerfen wie einen jungen Hund, und gleichzeitig hängen, wie sich herausstellt, die Geschicke Europas von ihm ab.

Während Iwan Dmitrijewitsch hörte, wie Schuwalow Chotek verworren erklärte, das sei unmöglich, ausgeschlossen, wickelte er wieder den Faden seiner Überlegungen ab. Völlig klar, dass der Fürst von jemandem aus seiner Umgebung umgebracht worden war, und gefesselt hatte man ihn, damit er verriet, wo der Schlüssel der Truhe war. Der mit dem Schlangenring. Der Fürst hatte es ihnen dennoch nicht gesagt, da er einen ihm wohl bekannten Menschen vor sich sah und bis zuletzt nicht daran glaubte, dass einer, der ihm so nahe stand, ihn umbringen könnte.

»Fünftens«, diktierte der alle Einwände abschmetternde Chotek unbeirrt seine Bedingungen (die dritte und vierte hatte Iwan Dmitrijewitsch nicht mitbekommen). »Ich verlange, dass die Aufklärung dieser Angelegenheit der österreichischen Geheimpolizei übertragen wird …«

Durch die Aufregung brach bei Iwan Dmitrijewitsch der Schnupfen aus, aber sich laut zu schnäuzen, traute er sich nicht, um nicht entdeckt und an die frische Luft gesetzt zu werden. Er schniefte leise in sein Taschentuch wie der zum Kinderneujahrsfest der Herrschaft eingeladene Sohn der Köchin. Im Flurfenster war der immer wieder hinter tief hängenden zerfetzten Wolken verschwindende Mond zu sehen. Das Wetter hatte sich verschlechtert, Wind war aufgekommen. Iwan Dmitrijewitsch bereute es, nicht auf seine Frau gehört und keinen Regenschirm mitgenommen zu haben. Was musste sie sich jetzt für Sorgen um ihn machen!

Die Tür ging knarrend auf. Er drückte sich an die Wand, ein Lichtstreif glitt aus dem Gästezimmer, erfasste ihn jedoch nicht. Boew kam heraus und trottete trostlos in Richtung Vestibül. Iwan Dmitrijewitsch rief ihn nicht an.

Eine Woche zuvor war er mit seiner Frau im Theater gewesen, um sich die russische Oper *Napoleon III. vor Sedan* anzusehen.

Die Musik legte los, der Vorhang ging auf. Der Kaiser verabschiedet sich von seiner Andromache und fährt in den Krieg, dann wechselt die Handlung ins preußische Lager. Die Deutschen rollen eine Riesenkanone auf die Bühne, die sie statt mit einer Eisenkugel mit einer aus reinem Gold laden, und flehen im Chor den Himmel an, diese auf gut Glück abgeschossene Kugel möge mit Gottes Hilfe den Kaiser der Franzosen finden und fällen.

Das Orchester erschütterte die Lüster, doch Iwan Dmitrijewitsch hörte, wie hinter ihm seine mit kostenlosen Theaterkarten ausgezeichneten vier besten Agenten unzufrieden schnauften. Sie hatten mit einer anderen Prämie gerechnet, fern zu bleiben aber sich nicht getraut.

Die deutsche Kanone kracht. »Schieß also ins Blaue, den Schuldigen wird Gott schon finden«, flüsterte Konstantinow.

Die Deutschen strecken ihre Arme der davonfliegenden Kugel nach, das Licht verlischt und flammt wieder auf, um das französische Lager zu erleuchten, in das die mit Goldfolie beklebte Pappkugel niedergesaust ist. Zuaven in roten Hosen heben sie auf und bringen sie Napoleon III.

»Ist vielleicht die Sonne auf die Erde gefallen?«, wundert der sich.

»Ne-hein, ne-hein, ne-hein«, antworten die Zuaven singend und erklären, wie sich die Sache verhält.

Da stellt der Kaiser einen Fuß auf die Kugel und stimmt eine traurige Arie an.

»Warum?«, fragt er, »warum hat der Höchste den Tod von mir abgewandt? Warum hat er das goldene Opfer nicht angenommen? Oder weiß man dort, im ewig strömenden Äther, von meinem Herzen, das der Durst nach Wahrheit und Güte verzehrt?«

Und von meinem, dachte Iwan Dmitrijewitsch, während er durch das kleine Flurfenster zu den rauchigen Wolken blickte, die den Mond einhüllten, ob man von dem weiß? Dort, im ewig strömenden Äther?

III

Erst am späten Abend erreichte Sytsch die Auferstehungskirche auf dem Wolkowo-Friedhof, wo er seinerzeit als Heizer gearbeitet hatte. Die Kirche war bereits verschlossen, aber in dem Häuschen daneben, wo sein alter Freund, der Küster Sawossin, wohnte, der in der Kirche Kerzen, Lämpchen und Lampenöl verkaufte, brannte Licht. Sytsch klopfte, wurde erkannt, eingelassen und eines Gesprächs gewürdigt.

Sie redeten über das Leben im Allgemeinen, dann auch darüber, für welche Zeit ein Polizist aus der Staatskasse Stiefel und Uniform bezahlt bekommt.

»Und das Tuch!«, prahlte Sytsch, »so fest, dass man damit Billardtische beziehen könnte. Die Offiziere beneiden einen. Ich komme morgen in Uniform zu dir, da kannst du's befühlen.«

»Aus der Staatskasse, das heißt, es gehört dir nicht«, erwiderte Sawossin. »Was die Staatskasse dir in einem Fall günstiger ablässt, das holt sie sich im andren wieder. Deine Uniform behältst du, aber von den Stiefeln bleiben nach Ablauf einer gewissen Zeit bloß die Schäfte übrig.«

»Guck dir doch mal an, was das für Stiefel sind!«, meinte Sytsch gekränkt. »Unverwüstlich.«

Er drehte den Fuß hin und her, um Absatz, Sohle und Nähte vorzuführen.

Sawossin zählte unterdessen bereits seinen Tageserlös. Er sortierte die Münzen, kleine kupferne und silberne Säulen unterschiedlicher Stärke und Höhe wuchsen auf dem Tisch empor. Da fiel Sytsch endlich ein, weshalb er gekommen war, und erkundigte sich nach dem französischen Goldstück.

Sawossin kramte in seinem Kasten und fischte eine Goldmünze mit dem Profil Napoleons III. heraus.

»Die hier?«

»Genau die!«, rief Sytsch triumphierend. »Gib her!«

Als Antwort darauf schloss Sawossin die Münze in seiner Faust ein und sagte:

»Lass mir ein Pfand da.«

»Bist du übergeschnappt? Was brauchst du für ein Pfand? Ich bin doch von der Polizei.«

»Ohne Pfand gebe ich sie nicht her. Euch kennen wir.«

Sytsch war drauf und dran, ihm die Münze gewaltsam abzunehmen, aber nach einem schrägen Blick zu dem in der Ecke sitzenden sawossinschen Sprössling, einem kräftigen Burschen mit dreister Visage, verwarf er diesen Gedanken und fragte:

»Wie viel?«

»Fünfundzwanzig Rubel.«

»So viel ist sie doch gar nicht wert!«

»Na schön, zwanzig«, ließ Sawossin sich erweichen.

Schließlich einigten sie sich auf fünfzehn Rubel in Papiergeld, doch hatte Sytsch nur einen halben Rubel bei sich.

»Wenn du willst, lasse ich dir meine Uhr da«, schlug er in seiner Verzweiflung vor. »Eine gute Uhr.«

Sawossin sah sie sich an und schüttelte den Kopf:

»Mies. Lass noch was da.«

»So ein Unmensch! Soll ich dir etwa meine Jacke dalassen? Die Mütze?«

»Zieh mal alles schön aus. Die Stiefel auch«, verlangte Sawossin und holte alte Filzstiefel und eine schmuddelige pelzbesetzte Frauenjacke unter dem Tisch hervor.

Unter unflätigem Gefluche zog Sytsch seine Sachen aus, schlüpfte in die Filzstiefel, lehnte jedoch die Frauenjacke ab, nahm die Münze und lief los zur Millionnaja. Er wusste, dass Iwan Dmitrijewitsch in schwierigen Fällen bis tief in die Nacht am Ort des Verbrechens blieb.

Zum Glück kam hinter dem Friedhof gleich eine Droschke angefahren. Sytsch erinnerte sich seines kostbaren Halbrubelstücks und schrie:

»He, Wanka!«

Der hielt nicht an, zügelte nur leicht die Pferde und betrachtete argwöhnisch den komischen Kerl, der, bloß im Hemd, aber mit Filzstiefeln, durchs Friedhofstor gerannt kam.

»Zur Millionnaja. Kriegst einen halben Rubel«, versprach Sytsch in seinem Eifer, ohne zu feilschen, obwohl er selbst zu dieser nächtlichen Stunde zwanzig, höchstens dreißig Kopeken hätte aushandeln können.

»Hast du ihn überhaupt, den halben Rubel?«

»Hab ich, hab ich. Keine Sorge.«

»Zeig her.«

Sytsch zeigte ihm die Münze.

»Geld im Voraus«, sagte der Kutscher, wobei er weiter im Schritt fuhr.

Mit der Linken nahm er das ihm hingehaltene Halbrubelstück, mit der Rechten peitschte er im selben Augenblick seine Gäule, die Droschke sauste davon und verschwand in einer Kurve. Sytsch stürmte ihr nach, verlor aber bald den Anschluss.

Mit Anbruch der Nacht war es kalt geworden, ein eisiger Wind wehte von den Inseln. Rauchende Wolkenränder schoben sich vor den Mond. Sytsch, bloß im Hemd, schritt rasch aus und malte sich mit süßer Freude aus, wie er sich erkälten und krank werden und Iwan Dmitrijewitsch zu ihm kommen, sich an sein Bett setzen und sagen würde: »Du, Sytsch, hast dich, hast deine Gesundheit, nicht geschont, deshalb verzeihe ich dir die Sache mit Pupyr. Ich werde dich zum Vertrauensagenten an Stelle von Konstantinow machen...«

In der Luft lag der Geruch von nahem Schnee.

IV

Der Student Nikolski hatte die lärmerfüllten Straßen hinter sich gelassen und ging durch eine ungepflasterte schmutzige Gasse, an schwarz gewordenen Zäunen und Holzhäusern entlang. Anfangs hatten sie noch Zwischengeschosse und Anbauten und waren mit Blech gedeckt und verputzt, so dass sie wie Steinhäuser aussahen, dann kamen schlichtere, mit Brettern verkleidete und schließlich einfache Blockhäuser, Bauernhäusern ähnlich, hier und da war in den Fenstern sogar rötliches Kienspanlicht zu sehen. Hier wurde es schwieriger, Nikolski nicht aus den Augen zu verlieren. Um ihr Aussehen zu verändern, wendeten Pewzows Spitzel zweimal ihre Mäntel. Das waren Mäntel besonderer Art, die man auf beiden Seiten tragen konnte: Die eine war schwarz, die andere mausgrau.

Vor kurzem hatte Schuwalow den beharrlichen Bitten seiner Untergebenen nachgegeben und ihnen gestattet, während der Dienstzeit in der Öffentlichkeit Zivil zu tragen, allerdings nur gewöhnliches. Alle möglichen anderen Bekleidungen, mit denen es leichter fällt, zum Beispiel in der Menschenmenge auf dem Markt unterzutauchen, hatte er strengstens verboten. Derartige Maskeraden hielt er für unzulässig und schädlich, Pewzow hatte vergeblich versucht, ihn umzustimmen.

Es war dunkel geworden, als Nikolski in ein niedriges, mit Holzschindeln gedecktes Haus trat. In einem der Fenster flammte Kerzenlicht auf, und durch die nicht ganz zugezogene Baumwollgardine sahen die Spitzel ein armseliges Zimmerchen: eine Pritsche mit einer Flickendecke ohne Laken, über den Fußboden verstreut liegende Bücher. Nikolski hob eins auf, blätterte darin und warf es in eine Ecke. Seine Silhouette wurde im Nebenfenster sichtbar. Hier brannte eine Petroleumlampe, ein kahlköpfiger alter Mann mit Weste war dabei, ein vor ihm auf dem Tisch liegendes Hundefell zu bearbeiten.

Laternen gab es in der Nähe nicht, die schwarzen Mäntel verschmolzen in der Dunkelheit mit den schwarzen Balken. Aus einer runden Öffnung zur Befestigung des Fensterladens zog der Oberspitzel mit einem Messerchen einen halb vermoderten Lappen heraus und legte das Ohr an das Loch in der Wand.

Das wirre Gespräch über Petroleum und vom letzten Monat noch ausstehendes Geld für das Zimmer ging über in eine nach den Worten des Alten lehrreiche Geschichte für künftige Ärzte wie Nikolski. Er erzählte von einem Dorf Jewtjata im Kreis Nowaja Ladoga, Gouvernement Nowgorod, in dem der reiche Potapytsch mit Frau und Schwiegermutter lebte. Auf Grund ihres fortgeschrittenen Alters war die Schwiegermutter gänzlich erblindet, konnte sich weder in Haus noch Hof nützlich machen, haute aber nach wie vor für drei rein, und so beschloss Potapytsch, dem das gegen den Strich ging, sie ins Jenseits zu befördern. Er sammelte im Wald Fliegenpilze, um sie zu kochen und ihr vorzusetzen. Die Alte lässt sich die Pilze schmecken, lobt sie. Sie ist ja blind! Isst die Pilze alle auf, und nichts passiert. Tags darauf gibt ihr Potapytsch wieder Fliegenpilze zu essen, sie putzt sie weg, und wieder passiert nichts. Am dritten Tag aber, als er die Pilze in den Topf zu schütten beginnt, tritt sie dazu und schreit los: »Was kochst du mir, du Hundesohn?« Sie konnte wieder sehen.

»Und was hat das damit zu tun, dass ich Arzt werden will?«, fragte Nikolski ärgerlich. »Wozu erzählst du mir das? Was folgt daraus?«

»Daraus folgt«, erklärte der Alte, »dass Fliegenpilze Heilkraft besitzen!«

Verblüfft über diese Schlussfolgerung, kehrte Nikolski in sein Stübchen zurück, legte sich hin und schloss die Augen.

»Schläft«, stellte flüsternd der eine Spitzel fest.

»Ohne gefuttert zu haben?«, widersprach der andere.

Und tatsächlich, nach fünf Minuten sprang Nikolski plötzlich auf, warf den Mantel über, trat hinaus auf die Straße und ging schnellen Schrittes zurück in Richtung Stadtzentrum.

V

Die Tür am Haupteingang klappte, Boew war fort.

Iwan Dmitrijewitsch stand immer noch im Flur, und in der Dunkelheit prallte Unteroffizier Rukawischnikow, der in die Küche geschickt worden war, um für Schuwalow einen Schluck kaltes Wasser zu holen, gegen ihn.

Auf den Lärm hin sah Pewzow aus dem Gästezimmer herein.

»Halt ihn fest«, befahl er.

Rukawischnikow hatte bereits erkannt, mit wem er zusammengeprallt war, fügte sich jedoch widerspruchslos. Pewzow hatte in ihm einen treuen Untergebenen, Iwan Dmitrijewitsch in Konstantinow hingegen einen Vertrauensagenten – ein großer Unterschied.

Pewzow krallte seine langen spitzen Fingernägel in Iwan Dmitrijewitschs Handgelenk.

»Auf den Trödelmarkt?«, zischte er. »Als Aufseher? Von wegen. Nur zum Wegfegen des Mülls…«

Zusammen mit Rukawischnikow brachte er ihn zum Ausgang, auf die Vortreppe, wo er ihm einen kräftigen Stoß in den Rücken versetzte. Iwan Dmitrijewitsch flog die Stufen hinunter, stolperte, stürzte.

»Niemand hat etwas gesehen«, sagte Pewzow höhnisch.

Das stimmte. Die auf den Böcken sitzenden gräflichen Kutscher wandten ihnen den Rücken zu, und die Kosaken der Eskorte hatten hinter der Hausecke vor dem Wind Schutz gesucht. Der toste immer stärker und alle Geräusche übertönend durch die Millionnaja wie durch ein Rohr. Bilder glitten an Iwan Dmitrijewitsch vorbei: Weinend verpfändet seine Frau ihren Ehering, Wanetschka bittet, dass sie ihm eine Spielzeuglok kauft, aber es ist kein Geld da. Und ganz und gar grell: Der Polizeikutscher Trofim führt die Dienstpferde vom Hof – Kurzweil und Greif.

Alles stürzte zusammen, ging in diesem Wind unter, keinen ging mehr etwas an. Pewzow und Rukawischnikow waren verschwunden, Iwan Dmitrijewitsch richtete sich auf, säuberte sich die Hände an den Hosen, dann klopfte er diese mit den Händen ab, bevor er die Stufen hinaufstieg und ins Vestibül trat, wo sich am Garderobenständer der Mantel des Fürsten bewegte, als habe der Geist des Toten beschlossen, dessen Kleidung anzuprobieren. Nun, wenn der gestern noch lebende Fürst in Wirklichkeit an diesem Tag schon tot gewesen war, dann konnte der Tote durchaus noch am Leben sein. Was für ein Wahn!

Iwan Dmitrijewitsch wusste nicht, dass sich unter dem Mantel der nicht nach Hause gegangene Strekalow versteckt hatte, und schüttelte den Kopf, um das Trugbild zu verscheuchen. Der Mantel hing still. Aus der Küche eilte Rukawischnikow mit dem Schluck kalten Wassers zu Schuwalow. Darauf bedacht, sich mit seinen Stiefeleisen auf den Fliesen nicht zu verraten, ging Iwan Dmitrijewitsch zurück zur Vortreppe, als er den Oberleutnant vom Preobrashenski-Regiment vor sich sah. Der schlug die Hacken zusammen und sagte:

»Herr Putilin, verhaften Sie den Rächer. Er steht vor Ihnen!«

Ins Gästezimmer lassen durfte ihn Iwan Dmitrijewitsch auf keinen Fall. Könnte euch so passen! dachte er, auf Pewzow und Schuwalow gemünzt. Er setzte sich auf eine Stufe und klopfte mit der Hand auf die Stelle neben sich:

»Setz dich her, lass uns reden.«

Aus dem Gästezimmer kamen, gedämpft durch das Fensterglas, zarte Walzerklänge, die von der schönen blauen Donau erzählten. Nachdem er Schuwalow sein Ultimatum gestellt hatte, spielte Chotek nun Klavier.

Der Oberleutnant lauschte und machte ein betrübtes Gesicht: Womöglich würden sie noch die Donau mit Hohenbrück-Gewehren forcieren müssen. Er holte ein Fläschchen unterm Mantel hervor:

»Nehmen wir ein Schlückchen zum Schluss?«

Sie tranken gleich aus der Flasche, wie jene Missetäter in der Fensternische, aßen allerdings keine Butter dazu, sondern Salzpilze – sie angelten mit den Fingern je ein Pilzchen heraus, dann verschloss Iwan Dmitrijewitsch das Gläschen und steckte es wieder in die Tasche.

»Du wirst einen Orden für mich bekommen und gönnst mir die Pilzchen nicht«, tadelte ihn der Oberleutnant.

Iwan Dmitrijewitsch erwiderte darauf, dass er den Orden nicht nehmen werde.

»Wirklich und wahrhaftig, du wirst ihn nicht nehmen?«

»Nein, nehme ich nicht. Er würde mir die Brust verbrennen.«

»Dann hör zu«, sagte der Oberleutnant gerührt. »Geh morgen zu mir in die Wohnung«, er nannte die Adresse, »der

Bursche wird dir mein Gewehr herausgeben. Mein Prachtstück! Fährst zur Jagd damit, das Schönste, was es gibt. Und vor Gericht erzählst du allen, wie es schießt.«

Iwan Dmitrijewitsch zeigte sich ebenfalls bewegt:

»Komm, ich gebe dir einen Kuss, du Wirrkopf!«

Sie küssten sich, und der Oberleutnant schwor, wenn er nach dem Tod ins Paradies komme und Iwan Dmitrijewitsch in die Hölle, so werde er, der Oberleutnant – mein Offiziersehrenwort! –, für ihn bei Gott Fürbitte einlegen, und sollte sein Bitten kein Gehör finden, werde er selbst die paradiesischen Gefilde verlassen und in die Hölle gehen, damit sie wenigstens dort untrennbar zusammen sein könnten.

»Es wird Zeit!« Er stand auf. »Wir verkünden es allen.«

Iwan Dmitrijewitsch stand ebenfalls auf, um ihm den Weg zu vertreten, als eine sonderbare Gestalt am Ende der Straße auftauchte.

»Guck mal! Was ist das?«

Der Oberleutnant starrte in die Dunkelheit: Auf sie zu kam, schnell und vor allem völlig geräuschlos, wie ein Gespenst einen Arschin* über der Erde schwebend und sich in der nächtlichen Luft hin und her wiegend, ein rätselhafter neblig-weißer Fleck.

Eine halbe Minute später konnte Iwan Dmitrijewitsch oben einen Kopf und unten, unter dem Fleck, Beine ausmachen. Der Agent Sytsch flog, seinem Namen alle Ehre machend**, lautlos im Hemd die Straße entlang, und im nächsten Moment wurde klar, weshalb seine Schritte auf dem Pflaster nicht zu hören waren – er hatte Filzstiefel an.

»Wer hat dich ausgezogen?«, erkundigte sich Iwan Dmitrijewitsch sachlich. »Doch nicht etwa Pupyr? Und wo sind deine Stiefel?«

---

* Altes russisches Längenmaß = 0,71 m.
** Sytsch: Kauz.

»Musste ich alles als Pfand dalassen«, sagte Sytsch schwer atmend. »In der Auferstehungskirche.« Er streckte die Faust vor, öffnete sie und schnalzte selig mit den Lippen. »Für die hier!«

Iwan Dmitrijewitsch, der noch nicht an diesen phantastischen Erfolg glauben konnte, machte erst einmal die Bissprobe. Gold! Er umarmte Sytsch und gab ihm einen Schmatz auf beide Wangen:

»Bist ein Prachtjunge! Ein Recke... Von wem hast du sie bekommen?«

»Von Küster Sawossin.«

»Und er von wem?«

Der Oberleutnant hörte gespannt zu, schwieg aber, verstand zum Glück nicht, wovon die Rede war, sonst hätte er sich womöglich bemüßigt gefühlt zu erklären, er habe diese Goldmünze dazu verwendet, in der Auferstehungskirche Kerzen zu kaufen.

»Jemand muss sie ihm wohl gegeben haben«, antwortete Sytsch gedehnt, da ihm zu seinem Entsetzen aufging, was für einen Bock er geschossen hatte: Das Gold hatte ihn geblendet. »Muss wohl jemandem nicht schade drum gewesen sein...«

»Schwachkopf!«, brüllte Iwan Dmitrijewitsch, fuchsteufelswild. »Marsch, zurück! Frag, von wem sie ist. Was stehst du noch da, du Esel?«

»Die Münze bitte oder fünfzehn Rubel Pfand«, sagte Sytsch fast weinend.

Iwan Dmitrijewitsch platzte endgültig der Kragen:

»Ha! Fünfzehn Rubel will er haben! Krieg das erst mal raus.«

»Hin und zurück nackt laufen... Ich werde mich noch erkälten.«

»Den Dummkopf wärmen die Beine. Ab!«

Sytsch fauchte, schmollte und trottete extra langsam, mit

den Filzstiefeln schlurfend, davon, um die Anordnung auszuführen. Er ging mit krummem Rücken, unter seinem Hemd spießten beleidigt die knochigen Schulterblätter hervor.

»Im Laufschritt!«, kommandierte Iwan Dmitrijewitsch.

Sytsch schien sich einen Ruck zu geben, beschleunigte seinen Schritt jedoch nicht, wozu er seinen ganzen Mut zusammennehmen musste.

Da steckte Iwan Dmitrijewitsch, dem seine zwischen Brennnesseln unter Zäunen verbrachte Provinzkindheit eingefallen war, drei Finger in den Mund. Ein wilder Räuberpfiff rollte die Millionnaja entlang. Die Botschafter-, die Gendarmen-, ja selbst die allerlei gewohnten Kosakenpferde scheuten und wieherten, der Oberleutnant prallte zurück, hinter der Ecke hervor sprangen die Kosaken, und Sytsch machte einen hohen Satz und rannte Hals über Kopf zum Wolkowo-Friedhof.

Im selben Moment verstummte das Klavier mitten im Takt. Ein durchdringender Frauenschrei drang durch die Fenster. Iwan Dmitrijewitsch erkannte die Stimme Strekalowas.

»Mörder!«, schrie sie. »Mörder!«

Sie war also erwacht, hatte das Schlafzimmer verlassen und Schuwalow erkannt. Iwan Dmitrijewitsch überlegte entsetzt, dass er Idiot sie ja selbst aufgeweckt hatte! Wozu musste er pfeifen? Was erwartete jetzt diese Frau, die es gewagt hatte, den Gendarmeriechef einen Mörder zu nennen? Das Gefängnis? Das Kloster? Das Irrenhaus? Doch blieb keine Zeit zum Nachdenken. Iwan Dmitrijewitsch stürzte los, ihr beizustehen, der Oberleutnant ihm nach.

NEUNTES KAPITEL

In das Geschehen greifen Italiener und Türken ein

I

Konstantinows Nase blutete, wenn auch nicht sehr stark. Er rappelte sich auf. Der unterste Mantelknopf war abgerissen, die Knie beschmutzt. Das Auge, auf das ihm der Kellner einen treffsicheren Hieb verpasst hatte, begann zuzuschwellen, sonst aber war alles in Ordnung.

Mit einem tastenden Griff in seine Tasche vergewisserte er sich erleichtert, dass beide Goldmünzen noch da waren. Zu der ersten, von Iwan Dmitrijewitsch im Schlafzimmer des Fürsten gefundenen, war eine ebensolche hinzugekommen. Sie dem Kellner zurückzugeben, hatte Konstantinow nicht die Absicht. Das war seine Strafe für den ihm zugefügten Körperschaden. Das Aneinanderschlagen der Napoleondore klang tröstend.

Der Himmel hatte sich mit Wolken bezogen, von Norden wehte ein kalter Wind, der Schnee mit sich führte. Nicht zu glauben, dass vor kurzem noch die Sonne fast sommerliche Wärme gespendet hatte. Konstantinow nahm von der Trottoirkante ein wenig Schnee auf und legte ihn sich an die Nasenwurzel. Das Bluten hörte endgültig auf. Er war drauf und dran, auf der Fahrbahn nach dem abgerissenen Mantelknopf zu suchen, besann sich aber noch rechtzeitig. Eile war geboten, der Angreifer, der ein fröhliches neapolitanisches Motiv pfiff, hatte sich schon ein Stück entfernt und drohte seinen Blicken gänzlich zu entschwinden.

Konstantinow lief dem Pfeifen hinterher wie eine Zieselmaus.

Die feuchten und schnell vergänglichen Frühjahrsflocken tauten auf Stirn und Wangen, doch fielen immer neue, und der Wind wurde zum richtiggehenden Sturm. Der Hellbärtige schritt ruhig aus, bald wurde sein breiter Rücken vom Schneegestöber geschluckt, bald tauchte er wieder auf. Konstantinow blieb an ihm dran. Immer darauf bedacht, die ihm von Iwan Dmitrijewitsch beigebrachten Regeln der Beschattung einzuhalten, stahl er sich an Häuserwänden entlang, suchte Deckung hinter Regenrohren, schlüpfte in Toreinfahrten. Hin und wieder drückte er im Gehen einen der Napoleondore an sein lädiertes Auge, ahnte aber bereits, dass das nicht helfen würde. Eine schwere Hand hatte der Kellner.

Straßen, Kanäle, Brücken. Die Newa rauschte, rollte kleine schaumgekrönte Wellen durch die Dunkelheit, rüttelte an den Kaipfählen. Konstantinow erkannte, dass sie in Richtung Hafen unterwegs waren. Bald passierten sie den Schlagbaum, es folgten Speicher, Magazine, Lagerhäuser, spärlich beleuchtet von halb erloschenen Laternen. Irgendwo hier haben wir neulich Jagd gemacht auf Wanka Pupyr, fiel Konstantinow ein.

Vorbei an gigantischen Kohlehaufen, hinter Holzstapeln, aufgetürmten Säcken, leeren Kisten und sonderbaren Drahtkäfigen, in denen wer weiß was transportiert wurde, ging es zu den Anlegestellen. Der Hellbärtige lief federnd den Laufsteg hinauf zu einem kleinen schlanken Schiff mit hohem und schmalem Schornstein, der an ein Samowarrohr erinnerte, und verschwand hinter den Deckaufbauten. Mit Mühe konnte Konstantinow an der Bordwand die schneeverklebten lateinischen Buchstaben entziffern: »Triumph der Venus«.

Eine Stunde später war er in Iwan Dmitrijewitschs Wohnung und sprach mit dessen Frau.

»Was fragst du mich, wo er ist?«, entrüstete sie sich. »Das müsste ich dich fragen!«

»Na, dann kann ich ja wieder gehen.«

»Und wohin willst du? Zu deiner Frau ins Bett?«

»Wieso zu meiner Frau? Ich gehe ihn suchen.«

»Gehst du, oder fährst du?«

»Womit denn?«, versetzte Konstantinow, seinerseits ärgerlich. »Vielleicht reite ich auf dem grauen Wolf? Um Pferde kann man im Dienst lange bitten, immer ist was, mal sind sie unterwegs, mal nicht gefüttert, mal nicht beschlagen, und mit den paar Kopeken, die unsereins für Droschkenfahrten kriegt, kommt man nicht weit.«

»Dann geh in den Hof, hol den Kutscher raus. Du weißt doch, wo unser Kutscher wohnt?«

»Weiß ich.«

»Sagst ihm, er soll anspannen und Iwan Dmitrijewitsch nach Hause bringen, wenn ihr ihn findet. Mein Mann schont die Pferde, bloß sich selbst schont er nicht.«

»Nein, lieber auf Schusters Rappen«, sagte Konstantinow.

So gern er mit der Kutsche fahren würde, er wusste, dass er sich für solche Dreistigkeit leicht eine Ohrfeige von seinem geliebten Chef einfangen konnte.

»Dann nimm ihm wenigstens etwas zu essen mit…«

Dazu fand sich Konstantinow bereit, er nahm das Leinenbeutelchen mit den belegten Broten und eilte davon zur Millionnaja in der Hoffnung, Iwan Dmitrijewitsch dort noch anzutreffen. Wenn er nicht zu Hause war, konnte er um diese nächtliche Stunde nur dort sein.

II

Nach dem Abendessen stieg Baron Cobenzl, der ein schlichtes Ziegelhäuschen auf der Wassili-Insel gemietet hatte, ins Souterrain hinunter, wo er einen Schießstand eingerichtet hatte. Er hängte eine neue Zielscheibe auf, stellte die Beleuchtung ein, holte aus dem Schrank einen der polierten Kästen, entnahm ihm eine Pistole, betrachtete und lud sie. Dabei überlegte er, welche Strafe er sich auferlegen sollte, falls er nicht die festgelegte Treffgenauigkeit erreichte. Das passierte ihm freilich selten. Mit Leichtigkeit brachte er mit einer Kugel eine Kerze zum Verlöschen oder schoss einen im Strahl einer Fontäne tanzenden Zelluloidball ab, und vor Publikum demonstrierte er bereitwillig weitere derartige Kunststücke. Er beherrschte auch einen ganz und gar phantastischen Kniff – durch präzise Wahl des Zielwinkels vermochte er eine Kugel vom Wasser abprallen zu lassen, doch dieser Trick, der eine ausgefeilte Technik erforderte, machte auf seine Zuschauer keinen sonderlichen Eindruck. Cobenzl war ein Schütze für Schützen geworden, wie es Poeten für Poeten gibt. In ganz Petersburg wussten nur ein paar Offiziere seine Kunst zu würdigen, dazu noch Baron Hohenbrück, der berühmte Waffenschmied, der selbst auf zehn Schritt keine Melone traf.

Im Pistolenschießen hatte sich Cobenzl mit elf Jahren zu üben begonnen, als sein Vater bei einem Duell ums Leben gekommen war. Doch den Mörder zum Zweikampf zu fordern und zu töten war ihm nicht gegeben. Sehr bald musste Cobenzl feststellen, dass er außerstande war, auf lebendige Ziele zu schießen: Die Augen fingen an zu tränen, der Atem kam aus dem Rhythmus, und die Hände zitterten ihm. Später erkannte er darin einen göttlichen Ratschluss. Als der Allmächtige ihn mit seiner wunderbaren Gabe der Waffenbeherrschung bedachte, hatte er dafür Sorge getragen, dass sie zu keinem bösen Zweck genutzt werden konnte.

Peng! Die Kugel durchschlug das Papier, wie es sich gehörte, in der Mitte des schwarzen Quadrats. Heute war ein ungewöhnlicher Tag, dennoch war Cobenzl entschlossen, seine allabendliche Norm zu erfüllen: sieben Schüsse.

Nachdem er den letzten abgegeben hatte, nahm er ein

Fünfkopekenstück und deckte es über die Einschusslöcher auf der Zielscheibe. Diesmal passten zwei nicht unter die Kupfermünze. Unschlüssig, ob er sich deswegen ärgern oder es für natürlich halten sollte, dass Ludwigs Tod ihn aus dem Gleichgewicht gebracht hatte, begann er die Pistole zu reinigen, als ein Kurier von Chotek erschien. Er teilte ihm mit, der Mörder sei von den Gendarmen gefasst worden, der Graf selbst habe sich auf den Weg zur Millionnaja gemacht und angeordnet, dass Cobenzl zur Botschaft fahren und dort auf ihn warten solle, damit sie nach seiner Rückkehr zusammen einen ausführlichen Bericht verfassten.

In der Botschaft waren zwei Fenster erhellt, Lichtstreifen sickerten durch die herabgelassenen Trauervorhänge. Am Eingang stand ein Wachposten, ein russischer Soldat mit einem noch nicht nach dem System von Baron Hohenbrück umgerüsteten Gewehr. Cobenzl sprang auf das Trottoir und bemerkte, dass gleich neben seiner Kutsche eine zweite hielt, aus der ein dicker schnurrbärtiger Mann mit einem roten Fez ausstieg.

»Monsieur Cobenzl«, sagte er auf Französisch, »wie gut, dass ich Sie treffe!«

Es war der türkische Botschaftssekretär Jussuf-Pascha. Vor einem Jahr waren sie bei einem Diplomatenrout miteinander bekannt gemacht worden, hatten aber seitdem kein Dutzend Wörter gewechselt.

»Monsieur Cobenzl, könnten Sie nicht eine halbe Stunde für mich erübrigen?«

Zusammen stiegen sie die Stufen hoch und gingen durch den Saal, wo im flackernden Kerzenlicht auf einem Tisch der schwarz beschlagene Sarg Ludwigs zu sehen war. Am Kopfende stand der Botschaftskaplan mit dem Gebetbuch. Cobenzl nahm den Gast mit in sein Arbeitszimmer und schloss die Tür.

»Hatten Sie nicht den Eindruck, dass dieser Wachposten

am Eingang ein verdächtig vornehmes Gesicht hat?«, fragte Jussuf-Pascha. »Meiner Meinung nach ist das kein Soldat, sondern ein verkleideter Offizier.«

»Umso zuverlässiger dürfte die Bewachung sein«, sagte Cobenzl.

»Und wenn das nun ein Gendarm ist, der uns zu beschatten hat?«

»Wir haben vor dem Grafen Schuwalow nichts zu verbergen. Wenn ihn seine Leute nicht dauern, dann sollen sie ruhig frieren.«

»Ja, ein scheußliches Wetter ist das«, pflichtete ihm Jussuf-Pascha bei. »Ich bin vor kurzem in Istanbul gewesen und auf dem Seeweg, über Italien, zurückgekehrt. Dort blühen schon die Apfelsinenbäume. Ein wunderbares Land, schade, dass Ihr Kaiser es verloren hat. In Genua bin ich an Bord des italienischen Dampfers ›Triumph der Venus‹ gegangen. Ist ein russisches oder deutsches Schiff mit so einem Namen vorstellbar? Das wäre lächerlich.«

Unter dem gegen Abend aufgekommenen Nordwind erzitterten die Fensterscheiben, bewegten sich die schweren Gardinen. Irgendwo in der Tiefe des Botschaftsgebäudes sprang mit einem Knall ein Fenster auf. Der Luftzug fuhr in die Papiere auf dem Tisch.

In seinem Arbeitszimmer, von dem er so lange geträumt und das er erst vor einem halben Jahr bezogen hatte, ging mit Cobenzl eine Wandlung vor, dass er nicht wiederzuerkennen war, und das spürte er selbst. Aus dem Spiegel blickte ihn ein fremdes Gesicht an, ein ganz anderes als zu Hause. Mitunter hatte er das Gefühl, dass er hier auch auf ein lebendiges Ziel schießen könnte.

»Wir beide sind von gleichem Rang«, sagte Jussuf-Pascha, »und ich gestatte mir, weitere Konventionen beiseite zu lassen und zur Sache zu kommen.«

Der schweigend mit den Fingern spielende Cobenzl zeigte

deutlich, dass er seinem Kollegen keinen Schritt entgegenzukommen gedachte.

»Monsieur Cobenzl, ist Ihnen bekannt, dass in Petersburg sehr sonderbare, freimütiger ausgedrückt – ungeheuerliche Gerüchte über eine angebliche Provokation gegen unsere Botschaft verbreitet werden? Ein gewisser Mönch soll sich an die Botschaftsappartements herangeschlichen und ein lebendiges Schwein hineingelassen haben.«

»Ein Schwein?«

»Sie wissen natürlich, was dieses Tier für den Moslem ist…«

»Kurios!«, fiel ihm Cobenzl ins Wort. »Vor dreihundert Jahren erzählte man sich über Iwan den Schrecklichen eine sehr ähnliche Geschichte. Die ging, kurz gesagt, so: Der Zar schickte dem Sultan als Geschenk einen goldbestickten und mit Edelsteinen verzierten Brokatsack, und als man ihn öffnete, um die restlichen Geschenke herauszunehmen, stellte sich heraus, dass der Sack mit getrocknetem Schweinemist gefüllt war.«

»Ist das wahr?«, fragte Jussuf-Pascha wissbegierig.

»Natürlich nicht. Über Iwan den Schrecklichen wurden zahlreiche Legenden in Umlauf gesetzt. Ist das Schwein denn tatsächlich hineingelassen worden?«

»Auch nicht.«

»Pardon, was regt Sie dann so auf?«

»Die Leute erzählen sich, dass der Mönch auf Anordnung der russischen Machthaber versteckt worden ist.«

»Was erzählt man sich nicht alles.«

»Aber so ein irres Gerücht kommt nicht von ungefähr! Zweifellos hat jemand dafür gesorgt, dass es in der Hauptstadt ausgestreut wurde.«

»Zu welchem Zweck?«

»Verstehen Sie das wirklich nicht?«

»Nein.«

»Die Untersuchung des Falles ist ganz darauf angelegt, den Gedanken zu suggerieren, von Arensberg wäre durch unsere Agenten getötet worden, um Kaiser Alexander und Kaiser Franz Joseph zu entzweien. Dieses Gerücht nützt allein denen, die die Ermordung des Fürsten organisiert haben.«

»Und haben Sie jemanden in Verdacht?«

»Ja«, flüsterte Jussuf-Pascha hart. »Das Gerücht über das Schwein wurde aufgebracht, um ein anderes, das auf Wahrheit beruht, zum Verstummen zu bringen. Dabei geht es um Folgendes: Der Tote hatte Kontakte zu russischen Revolutionären im Ausland. Verstehen Sie mich richtig, Monsieur Cobenzl, aber es heißt, der Fürst habe im Auftrag Ihrer Regierung, die Russland zu schwächen bestrebt ist, auch Verschwörer in Petersburg mit Geld versorgt. Und jetzt urteilen Sie selbst, wer seinen Tod gebraucht hat.«

»Vergessen Sie das Schwein und auch alles andere«, beruhigte Cobenzl seinen Gast. »Der Mörder ist bereits von den Gendarmen gefasst worden.«

»So schnell?« Jussuf-Pascha konnte seine Enttäuschung nicht verbergen.

»Freut Sie das nicht?«

»Aber ich bitte Sie!… Wer ist es denn?«

»Das weiß ich noch nicht. Wenn der Herr Botschafter zurückkommt, wird er über alles berichten.«

»Eine sehr, sehr erfreuliche Neuigkeit«, sagte der Türke säuerlich.

»Selbst wenn Graf Schuwalow auf uns einen verkleideten Gendarmen angesetzt haben sollte«, Cobenzl wies mit einer Kopfbewegung auf die Straße hinter dem Fenster, wo vor dem Eingang der Posten auf und ab ging, »bin ich bereit, ihm diese kleinen Listen zu verzeihen. Er hat dazu das Recht, wenn seine Leute den Verbrecher noch am selben Tag gefangen haben.«

Jussuf-Pascha erhob sich.

»Dann vergessen Sie auch unser Gespräch.«

»Ich kann es Ihnen nicht versprechen, aber ich will mich bemühen.«

Cobenzl erhob sich ebenfalls und begleitete seinen Kollegen, wie es das Protokoll vorschrieb, bis zur Mitte der Haupttreppe. Hier blieb er stehen, während Jussuf-Pascha die unteren drei Stufen hinunterstieg und zu seiner Kutsche ging.

»Übrigens«, sagte er vom Sitz herab, »ich weiß, Monsieur Cobenzl, dass Sie ein hervorragender Schütze sind. Baron Hohenbrück hat mir von Ihnen erzählt. Er ist ja anscheinend ein guter Bekannter von Ihnen?«

»Ja, wir sind Freunde.«

»In den nächsten Tagen werden unsere Fachleute sein Gewehr erproben. Wenn Sie gestatten, schicke ich Ihnen eine Einladung. Ich hoffe, Sie werden uns nicht das Vergnügen versagen, Ihre Kunst, von der man sich Wunderdinge erzählt, zu genießen.«

Jussuf-Pascha verbeugte sich zum Abschied und stupste den Kutscher in den Rücken. Die Kutsche setzte sich in Bewegung, doch Cobenzl rannte, das Protokoll vergessend, die Treppe hinunter und ging neben ihr her.

»Sie haben Hohenbrücks Gewehrpatent erworben? Für die türkische Armee?«

»Auf jeden Fall hat er uns das angeboten.«

»Wie denn das? Sein System haben die Russen gekauft, er hat dazu nicht das geringste Recht!«

»Baron Hohenbrück hat es so erheblich vervollkommnet, dass es sich bereits um ein anderes System handelt.« Jussuf-Pascha verbeugte sich noch einmal, und eine Minute später war sein roter Fez hinter der Kurve verschwunden.

Nachdem Cobenzl eine Weile dagestanden und sich vom Wind die Stirn hatte kühlen lassen, ging er in das Botschaftsgebäude zurück. Wieder flackerte im Luftzug die Kerze neben dem Sarg. Im Flur hatte ein Windstoß eine Fensterscheibe eingedrückt. Draußen rauschten die Bäume, die nackten Zweige peitschten mit schwermütigem Pfeifen die Luft.

Wieder in seinem Arbeitszimmer, spürte Cobenzl, wie plötzliche Ruhe über ihn kam. Hätte er jetzt geschossen, dann würde das Fünfkopekenstück alle sieben Einschüsse abgedeckt haben. Ja, Ludwig hatte sterben müssen, das war Schicksal. Mit was für Augen hätte er Prinz Oldenburgski und die Generäle aus dem Kriegsministerium sonst wohl jetzt angeblickt? Ludwig hatte die verschiedenartigsten Laster gehabt, fehlendes Ehrgefühl gehörte jedoch nicht dazu. Er hatte seinen ganzen Einfluss geltend gemacht, um Hohenbrück zu helfen, dass sein Modell in Russland Abnahme fand, und nun hatte sein Freund beschlossen, sich auch noch auf Kosten derer zu bereichern, gegen die die Russen in naher Zukunft Krieg führen würden – der Türken.

Aus dem Saal war getragenes singendes Gemurmel zu hören: Der Kaplan las das Totengebet.

Das war Schicksal, sagte sich Cobenzl, in den Spiegel blickend.

ZEHNTES KAPITEL

Die Nacht der Offenbarungen

I

In der Regel hatte der Fürst seine Geliebte nicht zum Übernachten dabehalten, war es hin und wieder doch geschehen, dann hatte er sie gebeten, in aller Herrgottsfrühe zu gehen. Er selbst fiel nach ihren Umarmungen sofort in Schlaf, während Strekalowa für gewöhnlich nicht schlief, sondern es genoss, mucksmäuschenstill neben ihm zu liegen. Schlummerte sie ein, so nicht für lange, ohne den Gedanken loszuwerden, er könnte plötzlich mitten in der Nacht aufwachen, die Lampe anmachen und sie mit unschön geöffnetem, speichelndem Mund sehen. Zudem warf ihr Mann ihr immer vor, dass sie schnarche.

An diesem Abend entfielen alle diese Befürchtungen, auch wirkte die Ohnmacht noch nach. Vor Schwäche schlief sie so fest, dass ihr das Eintreffen Schuwalows und Choteks ebenso entging wie das Aufkreuzen ihres Mannes, das Verhör Boews und die Vertreibung Iwan Dmitrijewitschs. Er machte sich unnötigerweise Gewissensbisse, sie mit seinem Räuberpfiff aufgeweckt zu haben. Derlei Laute, sei es ein Pfiff, ein Schrei oder das Geheul der nicht geschmierten Türangeln, flochten sich allesamt harmonisch in die Alpträume ihres Schlafs, doch kaum dass sich Chotek ans Klavier setzte, um Strauß zu spielen, drang die zarte Melodie als erschreckende Dissonanz in ihren Schlaf.

Iwan Dmitrijewitsch hätte sich an das erinnern können,

was sein Schwiegervater kürzlich am sonntäglichen Mittagstisch der Familie zu berichten wusste: Während der Verteidigung von Sewastopol habe er sich so an das Geschützfeuer gewöhnt, dass er nicht mehr durch den Donner der französischen Kanonen aufgewacht sei. Selbst wenn im Unterstand ein Gewehrschuss fiel – keinerlei Wirkung, er schläft, rührt sich nicht. Der Offiziersbursche kannte nur ein Mittel, seinen Herrn rasch aufzuwecken: ihm leise ein Wiegenlied ins Ohr zu singen.

Etwa das Gleiche passierte Strekalowa, die zarten Walzerklänge brachten sie dazu, die Augen aufzuschlagen. Zu sich kommend, blieb sie noch eine Weile liegen, dann öffnete sie vorsichtig die Tür, spähte durch den Spalt und erblickte ihren Feind.

Als Iwan Dmitrijewitsch mit dem Oberleutnant in das Gästezimmer stürmte, schrie Strekalowa, in der Tür des Schlafzimmers stehend, nicht mehr, sondern sagte mit der kläglichen Langsamkeit einer Aufziehpuppe, die ihre Kraft verlässt, immer leiser und leiser:

»Mörder, wie können Sie es wagen hierher zu kommen? Sie Schuft, wie können Sie es wagen…«

Pewzow riss an den Fingern ihrer linken Hand, die sich um den Türpfosten krampften, ihre Rechte war vorgestreckt, wies jedoch zitternd nicht auf Schuwalow, sondern auf den anderen Grafen – Chotek.

Iwan Dmitrijewitsch blieb an der Schwelle zum Gästezimmer stehen. Noch heute Morgen hatte zwischen Irrsinn und gesundem Menschenverstand eine Grenze mit gestreiften Pfählen, Zöllnern und Grenzwache gelegen, jetzt aber gab es all das nicht mehr.

»Sind Sie schon wieder hier?«, brüllte Schuwalow, als er Iwan Dmitrijewitsch bemerkte. »Hinaus!«

Pewzow versuchte Strekalowa in das Schlafzimmer zurückzustoßen, wurde aber ihrer nicht Herr.

»Rittmeister«, fragte Schuwalow ungehalten, »wo wollen Sie hin mit ihr?«

»Dahin.« Pewzow zeigte in das Schlafzimmer.

»Wozu? Werfen Sie das verrückte Weib hinaus! Was faselt sie?«

»Moment«, mischte sich Chotek herrisch ein. »Ich muss wissen, wer das ist.«

»Diese Frau hat den Fürsten geliebt«, sagte Iwan Dmitrijewitsch.

Schuwalow verdrehte die Augen:

»O Gott! Das hat gerade noch gefehlt!«

»Graf«, wandte sich Chotek an ihn, »ich hoffe, Ihnen ist klar, wen sie in meiner Person beleidigt?«

»Mörder!«, rief Strekalowa mit neuer Energie.

»Da sehen Sie es … Sind Sie nicht in der Lage, mich vor Beleidigungen zu beschützen?«

»Was ist, Rittmeister, werden Sie mit der Frau nicht fertig?«, fragte Schuwalow drohend.

Pewzow fasste Strekalowa um die Taille, um sie vom Türpfosten loszubekommen, doch sie stieß ihn mit Leichtigkeit zur Seite, trat auf Chotek zu und riss ihm die Trauerrosette von der Brust:

»Wie konnten Sie es mit Ihrem Gewissen vereinbaren, das anzustecken!«

Ihre Finger öffneten sich kraftlos, die schwarze Samtblume fiel auf den Boden. Eine unter dem Sofa hervorspringende Katze stürzte sich darauf, beschnupperte sie und trollte sich mit verächtlich zuckenden Schnurrhaaren. Alle schwiegen.

»Heben Sie sie auf!«, bellte Schuwalow schließlich.

Strekalowa schüttelte heftig den Kopf, große Tränen schossen unter den angeschwollenen Lidern hervor.

Pewzow raffte die Rosette auf und reichte sie mit einer Verbeugung Chotek. Der steckte die Blume achtlos in seine Tasche und sagte:

»Ich sehe mich gezwungen, die Festnahme dieser Dame zu verlangen. Bei ihrem Verhör werde ich persönlich zugegen sein.«

Pewzow lief in den Flur und kehrte sogleich mit Rukawischnikow zurück.

»Fahren Sie sie weg!«, befahl ihnen Schuwalow.

»Zu Befehl, Euer Erlaucht… Und wohin?«

»In die Festung!«

»Nein.« Iwan Dmitrijewitsch stellte sich vor Strekalowa.

»Waas?«, stieß Schuwalow heiser hervor.

»Ich werde es nicht zulassen…«

Pewzow und Rukawischnikow wechselten einen Blick und wollten schon auf Iwan Dmitrijewitsch losgehen, doch da baute sich neben ihm sein neuer Freund auf, der Oberleutnant vom Preobraschenski-Regiment, der nichts zu verlieren hatte. Er riss den Säbel aus der Scheide, schwang ihn in wilden Bögen durch die Luft, dass es nur so pfiff, und sagte, zu Schuwalow gewandt:

»Exzellenz, ich war es, ich habe an dem Fürsten von Arensberg Rache geübt.«

»Vorsicht!«, warnte Pewzow, der es vorzog, nicht näher zu treten.

Der Oberleutnant machte einen Schritt auf den zurückprallenden Schuwalow zu, presste die Lippen an die Klinge und streckte ihm den Säbel hin mit den Worten:

»Hier ist die Waffe meiner heiligen Rache.«

Sein Atemfleck zerfloss auf dem Metall, zurück blieb nur die Spur seines Kusses, als Schuwalow den Säbel ängstlich entgegennahm, ohne zu wissen, was er damit machen sollte.

»Schluss mit der Komödie!«, ging Chotek in die Luft. »Ihre Schauspieler sind gut, aber warum haben Sie es versäumt, ihnen zu erklären, dass Ludwig mit Kissen erstickt worden ist?«

»Glauben Sie mir, Graf…«

Strekalowa warf Iwan Dmitrijewitsch einen beschwörenden Blick zu:

»Sie haben mir doch ein Versprechen gegeben?«

»Was für eins?«

»Den Mörder zu überführen.«

Bevor er antworten konnte, ertönte ein schriller Schrei:

»Katja, Katja!«

Nach kurzem Aufheulen flog die Tür krachend auf, in das Gästezimmer stürmte Strekalow, der, statt nach Hause zu gehen, wie ihm geheißen war, die ganze Zeit im Flur gelauscht hatte.

Er lief am Gendarmeriechef vorbei wie an einer Säule und packte die Hand seiner Frau:

»Ich habe ihn getötet! Ich!«

Der Mörder war mehrköpfig wie eine Hydra. Einen Kopf – den von Boew – hatte Iwan Dmitrijewitsch abgehauen, der zweite – der des Oberleutnants – war von selbst abgefallen, doch jetzt war ein neuer gewachsen – rund, mit Pausbacken und fettigem Kraushaar. Darin konnten sich durchaus kleine Hörner verbergen, die einzige Waffe des betrogenen Ehemannes.

»Stoßen Sie ihm Ihre Hörner in die Brust, und sie werden abfallen«, fiel Iwan Dmitrijewitsch ein. Der Brief steckte, geglättet, in seiner Tasche.

»Wer sind Sie denn?«, verlangte Schuwalow Auskunft.

»Ich, Katja ... Ich!«, wiederholte Strekalow, ohne ihm die geringste Beachtung zu schenken, und hielt die Hand seiner Frau fest.

»Glauben Sie ihm nicht!«, rief sie. »Das ist mein Mann, dazu ist er gar nicht fähig ... Dummkopf! Geh nach Hause.«

Strekalow ließ ihr Handgelenk los:

»Oh, du kennst mich nicht, Katja ... Sieh genau hin, ob ich dazu fähig bin oder nicht. Sieh mir in die Augen! Womöglich betrachtest du mich zum letzten Mal.«

Sie wich zurück:

»Nein, das glaube ich nicht. Nein …«

»Sieh genau hin! Deinetwegen nehme ich Sibirien in Kauf.«

Mir einem tiefen Seufzer drückte Strekalowa seine Schläfen zwischen ihren Händen.

»Du?« Sie überragte ihn fast um einen ganzen Kopf.

»Ich«, sagte Strekalow. »Du bist doch meine Frau. Deinetwegen habe ich die Sünde auf meine Seele geladen.«

Starke Arme stießen ihn weg, er flog zur Seite, prallte gegen Iwan Dmitrijewitsch, riss jedoch mit unerwarteter Gewandtheit seinen schlaffen verfetteten Knabenkörper herum, drehte sich auf den Absätzen, versuchte sogar, die Hacken zusammenzuschlagen, wie der Oberleutnant es vor zehn Minuten getan hatte.

»Verhaften Sie mich, Herr Putilin. Ich bin bereit!«

Das Gesicht ruhig, die dicken Lippen zusammengepresst. Strekalowa stürzte zu ihm und drückte seinen Lockenkopf ungestüm an ihren Busen.

»Ooi!«, heulte sie auf. »Ich dummes Weib! Verzeih mir!«

Alle schwiegen. Strekalow verharrte still und begann dann immer mutiger, seine Frau zu streicheln, den Rücken und weiter unten, als sei ringsum niemand, nur sie beide.

»Weine nicht, Katja«, sagte er. »Weine nicht, Liebste. In die Katorga werden sie mich nicht schicken, nur verbannen …«

»Sie haben zu hören bekommen, was Sie wollten, Graf«, sagte Schuwalow, seiner Sache nicht sehr sicher, zu Chotek.

»Und du folge mir nach Sibirien nach«, empfahl Strekalow seiner Frau. »Kein Wort des Vorwurfs sollst du von mir hören, bei Gott! Wir schaffen uns Ziegen an, du wirst flauschige Tücher stricken. Zum Teufel mit allem! Nur du und ich … Hörst du, Katja?«

»Mein Armer, du!«, schluchzte sie. »Beide seid ihr meine Armen … Was tu ich bloß!«

Ihrer Seele war es zu eng in diesem Körper und ihrem Körper in diesem Kleid. Iwan Dmitrijewitsch sah den weißen Spalt, der sich in der schwarzen Seide aufgetan hatte, einen schutzlosen, mitleiderregenden dünnen Streifen. Er war versucht, zärtlich mit dem Finger darüber zu fahren, doch ein Blick zu Strekalow rief ihm sogleich das Stäbchen im Marmeladeglas in Erinnerung. Kapiert er denn wirklich nichts? Was für ein Sibirien, was für Ziegen? Was für Flauschtücher, zum Teufel? Schloss Zell – das ist es, was ihn erwartet. Und was ist zu tun? Wenn das Stubenmädchen die Wahrheit gesagt und er die gestrige Nacht tatsächlich in Zarskoje Selo verbracht hat, lassen sich Zeugen finden. Und wenn nicht? Gleichzeitig ließ ihm der Gedanke an den Mann keine Ruhe, der den beim Fürsten gestohlenen Napoleondor in die Auferstehungskirche getragen hatte.

Strekalowa zauste die Haare ihres Mannes. Ihre Finger fuhren durch seine Ringellocken: Hörner waren da nicht.

Um sich abzulenken und seinen Augen etwas Beruhigendes zu gönnen, richtete Iwan Dmitrijewitsch seinen Blick auf die Katze. Puschelig, lustige Strümpfchen an den Hinterpfoten, ging sie langsam an der Wand entlang mit jenem besonderen Gesichtsausdruck, der diesem Tier stets Achtung einbringt: In jeder Minute seines Lebens scheint es genau zu wissen, wohin es unterwegs ist und wozu.

Miauend lief sie auf Strekalowa zu, schlüpfte ihr unter das Kleid und machte es sich dort raschelnd in der heißen Dunkelheit bequem. Es wurde still. Iwan Dmitrijewitsch stellte fest, dass alle, selbst Chotek, zusahen, wie sich der Saum des Trauerkleides durch den abstehenden Katzenschwanz bauschte und auf dem Fußboden leicht wiegte – als wäre dieses Wiegen Fazit und Krönung des Tages und sie hätten sich nur deshalb hier versammelt.

»Exzellenz«, erinnerte der Oberleutnant gekränkt und schon weniger nachdrücklich, »ich habe doch als Erster gestanden!«

»Schweig du lieber«, gebot ihm Iwan Dmitrijewitsch.

Er trat zu Strekalowa und berührte sie an der Schulter:

»Jekaterina… Ich weiß nicht, wie Sie mit Vatersnamen heißen…«

»Fjodorowna«, sagte Strekalowa streng.

»Jekaterina Fjodorowna, am Tod des Fürsten tragen Sie keinerlei Schuld. Ihr Gatte lügt.«

»Du lügst?« Sie sah ihren Mann hoffnungsvoll an.

»O nein, Katja, mach dir keine Hoffnung…«

»Er spricht die Unwahrheit. Aber so eine Lüge verlangt dem Menschen wesentlich mehr Mut ab als ein Mord.«

Iwan Dmitrijewitsch sagte das, was er sagen musste. Der sich Opfernde werde mit weiblicher Liebe belohnt, und der Kluge tröste sich mit dem Bewusstsein seiner Pflichterfüllung. So hat Gott es nun einmal gewollt, dass der Mut des Herzens höher geschätzt wird als die Stärke des Verstandes, und das ist richtig so, andernfalls würde die Welt aufhören zu existieren.

»Er spricht die Unwahrheit?«, fragte Chotek. »Haben Sie Beweise?«

Der Ton der Frage überzeugte Iwan Dmitrijewitsch endgültig davon, dass dieser Mann überhaupt kein Interesse an der schnellstmöglichen Ergreifung des Verbrechers hatte. Nur in so zweideutiger Situation konnte er Schuwalow seinen Willen diktieren.

»Ich schwöre es! Ich habe ihn getötet!«, schrie Strekalow.

»Das ist nicht wahr«, sagte Iwan Dmitrijewitsch, an Chotek gerichtet. »Die letzte Nacht hat Herr Strekalow in Zarskoje Selo verbracht. Sein Alibi ist unanfechtbar. Es gibt Zeugen…«

Der Oberleutnant beschloss, die eingetretene Pause zu nutzen.

»Hier, sehen Sie!« Er hielt Chotek seine Hand mit den Spuren von Iwan Dmitrijewitschs Zähnen unter die Nase. »Der Fürst hat mich gebissen, als ich ihm den Mund zuhielt.«

Dort, auf der Höhe des Opferaltars, hatten beide, er und Strekalow, möglicherweise zum ersten Mal in ihrem Leben das Gefühl des Schicksals und der Freiheit erfahren, und herabzusteigen widerstrebte ihnen. Unsichtbar trat Boew zu ihnen und stellte sich neben sie. Drei Männer, die sich freiwillig opferten im Namen der Liebe – zur Heimat und zur Frau –, standen Schulter an Schulter in der Mitte dieses Zimmers, Iwan Dmitrijewitsch betrachtete sie bewundernd, doch ohne Rührung. Rührung schwächt die Entschlossenheit, er aber brauchte jetzt Stärke des Herzens.

»Ein Irrenhaus«, sagte Schuwalow resigniert. »Lassen Sie uns für alle Fälle beide festnehmen, Graf.«

»Das ändert nichts, mein Ultimatum bleibt in Kraft«, sagte Chotek.

»Sollte Ihr Regent ein solches Handeln wirklich gutheißen? Meines Erachtens laufen Sie Gefahr...«

»Seien Sie unbesorgt, ich kenne mich im Denken meines Regenten besser aus.«

Chotek ging zu der Truhe, langte nach seiner Brieftasche mit dem eingeprägten goldenen Habsburgeradler und entnahm ihr das Schlüsselchen in Schlangenform.

»Hat Herr Cobenzl Ihnen den Schlüssel übergeben?«, fragte Schuwalow, um unaufdringlich daran zu erinnern, dass er die Möglichkeit gehabt hätte, den Inhalt der Truhe des Fürsten gründlich zu untersuchen, dies jedoch nicht getan hatte.

Chotek nickte und steckte den Schlüssel in das Loch zwischen den Rosenblättern, aber er ließ sich nicht drehen.

»Umgekehrt«, half Iwan Dmitrijewitsch treuherzig nach. »Den Bart nach oben.«

»Ach so?« Chotek drehte sich zu ihm um, richtete seinen Blick aber sofort auf Schuwalow. »Sie haben sie also ohne mich geöffnet?«

»Glauben Sie mir...«

»Selbst wenn das bloße Taktlosigkeit und keine politische Spionage war, wie ich vermute, wird Sie diese Neugier teuer zu stehen kommen. Ich werde darüber dem Herrn Kanzler Gortschakow Meldung machen.«

»Wir wollten lediglich prüfen, ob der Schlüssel passt«, wagte sich Iwan Dmitrijewitsch abermals vor.

»Raus hier«, flüsterte Schuwalow gepresst. »Rittmeister, bringen Sie ihn unverzüglich weg! Morgen knöpfe ich ihn mir vor.«

»Da haben Sie sich verraten, Graf«, Chotek lächelte ironisch, »jetzt sehe ich, dass der einzige redliche Mensch in Ihrer ganzen Umgebung dieser Polizist ist.«

»Und wen Sie in meiner Person beleidigen, ist Ihnen das klar?«, fragte Schuwalow.

»Der Vergleich ist deplatziert. Ich repräsentiere hier meinen Regenten, während Sie dem Ihrigen lediglich dienen.«

Pewzow war wieder drauf und dran, auf Iwan Dmitrijewitsch loszugehen, doch der Oberleutnant griff nach dem von Schuwalow aufs Fensterbrett geworfenen Säbel und schwenkte viel sagend die matt glänzende Klinge.

»Der Mörder ist in Freiheit«, sagte Chotek, »mein eigenes Leben ist in Gefahr, umso mehr sehe ich mich veranlasst, Folgendes zu erklären: Wenn bis morgen Mittag meine Forderungen nicht erfüllt sind, rüste ich mich zur Abreise aus Petersburg.«

Ohne die Truhe geöffnet zu haben, legte er den Schlüssel in seine Brieftasche zurück, durchquerte das Gästezimmer und fasste nach dem Türgriff.

»Ich beschwöre Sie, warten Sie noch einen Tag!«, bat Schuwalow.

Aus seiner Bitte sprach eine solche Erniedrigung, dass Iwan Dmitrijewitsch seine eigenen Kränkungen vergaß. Der allmächtige Gendarmeriechef schien bereit, vor dem österreichischen Botschafter auf die Knie zu fallen.

»Bis morgen Mittag«, wiederholte Chotek hochmütig.

Schuwalow lief puterrot an und riss an seinem Uniformkragen. Ein Haken sprang weg und schlug wie ein Hagelkorn gegen die Fensterscheibe.

Chotek hatte entschieden, dass es Zeit sei zu gehen, zu lange schon hatte er sich dieses unmögliche Schauspiel angesehen. Wenn Unordnung ein einheitliches Zentrum haben kann wie Ordnung, überlegte er, so muss der Mittelpunkt hier in der Millionnaja liegen. Von hier breitet sie sich kreisförmig aus – Petersburg, Russland. Da ist es, das ewige russische Chaos, von dem der selige Ludwig manchmal gesagt hat, dass ein so geartetes Leben ungeachtet aller Inkommoditäten die Russen den Urgrundlagen des Seins näher bringe, jenen Zeiten, da Geist und Materie, Licht und Dunkelheit, Gut und Böse ungetrennt existierten. Ein grässliches Chaos, dessen Vordringen nach Westen um jeden Preis unterbunden werden muss…

Chotek fasste nach dem Türgriff, doch neben seine langen, dünnen, gelblichen Finger legten sich die kurzen und dicklichen von Iwan Dmitrijewitsch.

»Einen Moment, Graf.«

Während er mit der Linken die Tür festhielt, um den Botschafter am Hinausgehen zu hindern, holte er mit der Rechten den von Strekalow erhaltenen Brief hervor, faltete ihn auseinander und hielt ihn Chotek mit herausfordernder Ungeniertheit vors Gesicht:

»Erkennen Sie ihn wieder?«

»Was hat das zu bedeuten?«

»Madame hatte Recht«, sagte Iwan Dmitrijewitsch. »Der Mörder sind Sie!«

Er war auf alles gefasst und bereit fortzufahren, falls Chotek darauf einfach mit einem Schulterzucken antworten sollte, doch dem Botschafter versagten offenbar die Nerven. Iwan Dmitrijewitsch konnte die Hand mit dem Brief gerade noch wegziehen, als Chotek sich seiner zu bemächtigen versuchte.

Ein stiller Engel schwebte durch das Gästezimmer.

Plötzlich dröhnten eilige Schritte über den Flur, und Schuwalows Adjutant trat ein. Unter dem Arm trug er das heilige Buch des Propheten Mohammed.

»Ich bringe es, Euer Erlaucht! Die Beeidigung kann vorgenommen werden«, meldete er mit Donnerstimme und blickte sich befremdet um, sah er in dem Gästezimmer doch neue Gesichter, bloß keinen Kerim-Bek.

Schuwalow hatte indessen den tatarischen Hausmeister längst vergessen.

»Was soll denn das sein?«

»Der Koran… Bei der Beeidigung legen die Türken zwei blanke Säbel darauf.«

»Sie machen mich noch wahnsinnig!«, heulte Schuwalow auf.

Er stieß den verwirrt blinzelnden Adjutanten beiseite und trat auf Chotek zu:

»Um Himmels willen, verzeihen Sie, Graf! Gleich wird dieser Schurke weggeschafft ins Irrenhaus.«

Mit dem Griff nach dem Brief hatte Chotek sich verraten, was Iwan Dmitrijewitsch auch aussprechen wollte, aber er kam nicht einmal dazu, den Mund zu öffnen – im Sturmangriff drückte ihn Strekalowa gegen die Wand. Sinnbetäubender heißer Schweiß- und Parfümgeruch umfing ihn. Wollte sie ihm einen Kuss geben? O nein! Ihre Hand fuhr über sein Jackett, ertastete die durch das Pilzgläschen aufgeblähte Tasche. Sie sucht den Revolver, ging es Iwan Dmitrijewitsch auf. Um Chotek zu erschießen… Alles geschah so schnell, dass niemand etwas begriff. Strekalowa riss das Gläschen heraus und starrte es erschüttert an, als zeige ihr ein Fremder diesen Gegenstand und sie könne sich den Verwendungszweck nicht denken. Die Finger umklammerten das Glas mit eisernem Griff, nur der Zeigefinger scharrte verständnislos über den Deckel – hilflos, hartnäckig suchte er nach dem Abzug. Als er sich beruhigte, warf Strekalowa halb aufseufzend, halb aufschreiend die Hand hoch und schleuderte das Gläschen zu Boden. Wie Schrot spritzten die Splitter auseinander, die Lake beschmutzte Möbel und Tapeten, auf dem Fußboden zerfloss eine braune Pfütze mit Glasbruch und einem kümmerlichen Häufchen schwarz-roter Klümpchen.

II

Während er Strekalowa in einen Sessel setzte, tadelte Iwan Dmitrijewitsch sie sanft:

»Ach, Teuerste, warum haben Sie mir nicht gleich alles richtig und der Reihe nach erzählt?«

In seinem Gedächtnis klangen ihre vor ein paar Stunden ausgesprochenen Worte: »Ludwig war für den Posten des Botschafters ausersehen… Der Graf ließ Ludwig beschatten, weil er ihn fürchtete und hasste. Der Graf wollte Ludwig in Misskredit bringen. Ihn als Wüstling, Spieler, Trunkenbold hinstellen.«

»Ich habe ja nicht gleich begriffen, wen Sie meinten, meine Liebe«, sagte Iwan Dmitrijewitsch. »Zunächst glaubte ich, dass…«

Umsichtigerweise sprach er den Namen Schuwalows nicht laut aus, wandte sich ihm aber zu, als dieser fragte:

»Herr Putilin, wir alle würden gern erfahren, worauf Ihre Anschuldigung beruht.«

»Elementarste Logik, Euer Erlaucht. Sie stützte sich darauf, dass das Haus von Arensbergs observiert wurde.«

»Woher wissen Sie das?«, fragte Schuwalow verwundert.

»Von Rittmeister Pewzow. Er weigerte sich allerdings, mir zu erklären, wessen Leute den Fürsten beschattet haben, aber ich bin selbst dahinter gekommen. Es waren Leute des Grafen Chotek, nicht wahr?«

Schuwalows Miene verdüsterte sich:

»Und von wem haben Sie das?«

»Von Frau Strekalowa. Nachdem ich einige ihrer Aussagen analysiert hatte, gelangte ich zu dem Schluss, dass von Arensberg in Wien, im dortigen Außenministerium, für den Posten des Botschafters, das heißt an Stelle von Chotek, ausersehen war. Der wollte jedoch nicht abtreten, und um seinen Konkurrenten in Misskredit zu bringen, sammelte er Material aus seinem Privatleben für ein kompromittierendes Dossier. Was zusammenkam, war banal, versprach aber sicheren Erfolg: Karten, Alkohol, Frauen. Chotek bestach den Portier des Fürsten, damit er denunziatorische Berichte über seinen Herrn schrieb, und setzte einen Spion auf das Haus an, in dem wir uns jetzt befinden«, schloss Iwan Dmitrijewitsch den ersten Teil seiner Überlegungen ab.

Jetzt war ihm klar, dass die Gendarmen ihre Hände nicht im Spiel hatten, obwohl sie von dieser Rivalität wussten und Kanzler Gortschakow sicherlich auf dem Laufenden hielten, damit er entscheiden konnte, wen er lieber in der Rolle des österreichischen Botschafters in Russland sah – Chotek oder von Arensberg. Je nachdem, wem der Vorzug gegeben wurde, hatte Schuwalow vermutlich die Aufgabe, diesem behilflich zu sein, den anderen auszuschalten. Das war das Staatsgeheimnis, das Pewzow vor ihm zu verbergen trachtete!

»Vor kurzem«, fuhr Iwan Dmitrijewitsch in seiner nicht mehr an Schuwalow, sondern an Chotek gerichteten Rede fort, »haben Sie, Graf, von der Existenz von Frau Strekalowa erfahren, und Ihnen kam der Gedanke, sie für Ihre Intrige zu benutzen. Sie schickten einen anonymen Brief an Herrn Strekalow, um einen Skandal zu provozieren und ein Duell zwischen dem betrogenen Mann und Ihrem Konkurrenten.

Dann, so war Ihre Überlegung, würde von Arensberg ganz bestimmt nicht mehr Botschafter werden können! Sie schickten also diesen Brief ab, doch die erhoffte Wirkung blieb aus. Sie glaubten, Herr Strekalow habe einfach den Mut nicht aufgebracht, und entschlossen sich zum äußersten Mittel: Heute Nacht erstickten Ihre Leute den armen Fürsten, der das Unglück gehabt hatte, Ihnen auf dem Feld der Diplomatie Konkurrenz zu machen.«

Bei diesem Monolog blieb Chotek natürlich nicht stumm. Da er die Gefahr zunächst allerdings unterschätzte, griente er nur und erinnerte Schuwalow an das Irrenhaus, in das dieser Kriminalpolizist gehöre, dann fragte er in drohendem Ton, ob sich denn die Anwesenden auch darüber voll im Klaren seien, auf wen die gegen den bevollmächtigten Vertreter des Kaisers Franz Joseph vorgebrachten Beleidigungen mit ihrer ganzen ungeheuerlichen Schwere zurückfielen. Die Antwort war Schweigen. Wutentbrannt sprang Chotek auf und unternahm den verzweifelten Versuch, zum Ausgang durchzubrechen. Als ihm das nicht gelang, begann er zu schreien und holte mit seinem Stock gegen Iwan Dmitrijewitsch aus, doch nachdem ihm der Stock entwunden worden war, sank er in sich zusammen und verharrte still in der Sofaecke.

»Den Schlüssel zum Haupteingang«, sagte Iwan Dmitrijewitsch, zu ihm gewandt, »hatten Sie sich lange vorher von dem durch sie gekauften fürstlichen Portier ausgeborgt und nachmachen lassen. Das Gerücht, der Mord habe einen politischen Hintergrund, ist ebenfalls Ihr Werk. Sie haben es aufgebracht, Graf.«

»Wie denn?«, presste Chotek heiser hervor.

»Gestern Abend, als der Fürst noch am Leben war, sind Ihre Leute durch die Schenken gegangen und haben von seinem Tod erzählt. Gleichzeitig haben Sie das Gerücht in Umlauf gesetzt, auch auf Sie sei ein Anschlag verübt worden. Was das Wodkafläschchen betrifft, das ich auf dem Fensterbrett entdeckte, so haben es Ihre Leute dort zum entgegengesetzten Zweck stehen gelassen – um den Ermittlern zu suggerieren, im Hause seien Vagabunden, Kriminelle gewesen. Sie hätten auch die Napoleondore gestohlen.«

»Wozu das eine wie das andere?«, wollte Schuwalow skeptisch wissen. »Meiner Meinung nach war das Motiv entweder politisch oder kriminell. Weshalb beides?«

»Es wurde darauf spekuliert«, erläuterte Iwan Dmitrijewitsch, »dass sich mit dem politischen Mord die Gendarmen befassen würden, mit dem kriminellen hingegen die Polizei und dass wir bei unserer – wozu ein Hehl draus machen – gegenseitigen Antipathie einander Steine in den Weg legen würden.«

Er richtete seinen Blick wieder auf Chotek.

»Und damit Sie das Gewissen weniger quält, beschlossen Sie, aus Ihrem Verbrechen Nutzen für das Vaterland zu schlagen und zu erreichen, dass die Tätigkeit des ›Slawischen Komitees‹ verboten wird. Ihre restlichen Forderungen sollten zurückgezogen werden, wenn die wichtigste erfüllt würde.«

Iwan Dmitrijewitsch machte eine Pause und schloss:

»Ich besitze die Kühnheit zu vermuten, dass Sie Ihr Handeln mit dem bekannten lateinischen Ausspruch ›Salus populi suprema lex‹* gerechtfertigt haben. Möglicherweise bildeten Sie sich ein, mit der Beseitigung eines Rivalen dem Wohl des Reichs zu dienen. Ich muss Sie enttäuschen, Graf. Dieser Ausspruch ist nur dann stimmig, wenn der Mensch, der das Gemeinwohl auf verbrecherischem Wege erstrebt, nicht zu denen gehört, dem dieses Verbrechen Nutzen bringt.«

Während Chotek die letzten Anklagepunkte zu hören bekam, versuchte er noch mit kläglicher Ironie die ungehorsamen Lippen zu verziehen, doch sein Blick wurde allmählich

* Das Wohl des Volkes ist oberstes Gebot (Cicero III,3).

gläsern, und die wie irrsinnig hervorquellenden Augen starrten auf einen Fleck an der leeren Wand.

»Gestehen Sie, das ist doch Ihre Handschrift«, sagte Iwan Dmitrijewitsch, indem er ihm den von Strekalow erhaltenen Brief vor die Augen hielt.

Chotek gab sich einen Ruck und unternahm einen zweiten Versuch, sich des Briefes zu bemächtigen. Er war ebenso erfolglos wie der erste, erbrachte dafür aber endgültig den Beweis, dass der Brief von ihm geschrieben war.

Der Puder klebte in Schüppchen an dem vom kalten Schweiß feuchten Gesicht des österreichischen Botschafters. Wie bei einem skrofulösen Kleinkind schuppten Stirn, Wangen und Kinn. Nach dem misslungenen Versuch, Iwan Dmitrijewitsch den Brief zu entreißen, wankte er und fiel auf das Sofa zurück. Die Zunge gehorchte ihm nicht, lispelndes Glucksen entrang sich seinem Mund.

»Euer Erlaucht, können Sie meine Hilfe bei der Abfassung des Abschlussberichts an den Gossudar gebrauchen?«, fragte Iwan Dmitrijewitsch Schuwalow.

»Wie?«, fragte der, als er sich wieder gefasst hatte.

»Er hat diesen Brief geschrieben! Er!«, frohlockte Pewzow. »Ich habe seine Depesche auf dem Telegrafenamt gesehen. Ein und dieselbe Handschrift, Euer Erlaucht!«

Iwan Dmitrijewitsch spürte, dass Schuwalow sich mit letzter Kraft bemühte, sein unschicklich überschäumendes Triumphgefühl in die Bahnen des Anstands zu lenken. Der eben noch vor ihm gähnende Abgrund hatte sich hochgestülpt und war zum Berg emporgewachsen. Er stand auf seinem Gipfel und blickte als Sieger auf den weit unten gebliebenen mickrigen Chotek herab, der seinen Schrecken für ihn verloren hatte.

»In Europa werden sie davon erfahren. Wie?«, sagte Schuwalow halblaut und brach, alle Konventionen fahren lassend, in wieherndes Gelächter aus.

Es riss sofort alle mit. Schuwalows Adjutant warf den Kopf zurück, in seiner Kehle plätscherte ein Silberwässerchen. Der Oberleutnant tänzelte vor Aufregung auf der Stelle. Der lachende Pewzow stieß Iwan Dmitrijewitsch spielerisch mit der Schulter an und zwinkerte ihm zu: Was es bei uns doch für Sachen gibt! Vergessen wir's, Freund… Selbst Strekalow kicherte, um es den anderen gleichzutun, allein seine Frau schloss sich der allgemeinen Heiterkeit nicht an, und Iwan Dmitrijewitsch schwieg entfremdet. Wenn es stimmt, dass die Qualitäten eines Mannes nach der Frau, die ihn liebt – in diesem Fall Strekalowa –, zu beurteilen sind, dann war der tote Fürst so schlecht nicht gewesen, dass er diesen irren Karneval an seinem Sarg verdient hätte.

Offenbar wurde auch Schuwalow unwohl in seiner Haut. Er hob die Hand:

»Ich bitte um Aufmerksamkeit!«

»Aufmerksamkeit, meine Herren! Aufmerksamkeit!«, stimmte Pewzow ein.

»Ich wende mich an alle Anwesenden ohne Ausnahme«, erklärte Schuwalow, wobei er seinen Blick durch das Gästezimmer schweifen ließ. »Ihnen allen rate ich eindringlich, Stillschweigen zu bewahren über das, was Sie hier erfahren haben. Das ist ein die Interessen Russlands berührendes Geheimnis. Wer es preisgibt, der wird unter Anklage des Staatsverrats verhaftet.«

Ha, überlegte Iwan Dmitrijewitsch, nicht übel! Nicht nur Chotek kann ja erpresst werden, sondern auch die österreichische Regierung und womöglich Franz Joseph höchstpersönlich. Der Botschafter ein Mörder! Eine Schmach von europäischer Tragweite, ein Skandal…

»Ich werde es allen erzählen!«, erklärte Strekalowa mit tränenerstickter Stimme. »Was habe ich für eine Veranlassung, die Wahrheit zu verschweigen? Alle sollen wissen, wer der Mörder ist!«

Schuwalow sah sie viel sagend an, doch sie stampfte mit dem Fuß und schrie weiter:

»Ja, ich werde es erzählen! Machen Sie mit mir, was Sie wollen, ich habe keine Angst!«

»Ich auch, ich auch!«, sprang ihr Strekalow bei. »Hörst du, Katja?«

»Sie haben mich verstanden, meine Herrschaften«, betonte Schuwalow, ohne auf die beiden zu achten und ohne die Stimme zu erheben, »ich habe nicht die Absicht, mich zu wiederholen. Wer nicht begreifen will, mit dem werden wir uns anderenorts unterhalten. Rittmeister!«, sagte er zu Pewzow, »rauswerfen, dieses Volk!«

»Zu Befehl, Euer Erlaucht!«

»Wie das – rauswerfen?«, fragte der Oberleutnant verwundert.

»Hochkant«, sagte Schuwalow.

Der Oberleutnant, der den blankgezogenen Säbel immer noch in der Hand presste, beschloss, ihn endlich in die Scheide zu stecken, doch zitterten ihm die Finger, die Klinge wollte nicht in den Spalt, Strekalow musste ihm helfen.

»Na, dann komm, Bruderherz«, seufzte der Oberleutnant und legte ihm den Arm um die Schulter. »Sie brauchen uns nicht.«

»Katja, wo ist dein Mantel?«, fragte Strekalow fürsorglich, zugleich aber streng, wie es einem Familienoberhaupt zukommt.

Da er keine Antwort erhielt, ging er ins Schlafzimmer, nahm den Mantel seiner Frau vom Bett, kam zurück und zog sie an der Hand zum Ausgang. Sie gehorchte widerstrebend, wie ein Kind, das gern geblieben wäre. Glassplitter knirschten unter ihren Schuhen, und es schmatzte, als sie in die Pilze trat. Ein letztes Mal schwang der Saum ihres Trauerkleides an der Schwelle, der weiße Spalt von der aufgeplatzten Naht auf ihrem Rücken entschwand in die Dunkelheit.

Nach Iwan Dmitrijewitsch sah sie sich nicht einmal um, und Strekalow, als er die Tür des Gästezimmers hinter sich zumachte, streifte ihn mit einem völlig gleichgültigen Blick. Nachdem er sich seine Hörner an der eigenen Brust abgestoßen hatte, trug er stolz seinen leichter gewordenen Kopf, und seine Frau ließ es sich gefallen, dass er sie an der Hand führte. Auch der Oberleutnant, obwohl er vor kurzem noch bereit gewesen war, Iwan Dmitrijewitschs wegen das Paradies gegen die Hölle einzutauschen, sagte ihm kein Wort zum Abschied.

ELFTES KAPITEL

Alle sind enttäuscht

I

Die Uhr hatte längst Mitternacht geschlagen. Chotek dachte nicht daran zurückzukommen. Der auf ihn wartende Cobenzl ging ein paarmal auf die Straße hinaus. Über den Dächern tobte ein phantastischer Aprilschneesturm, und die Newa schien von allen Seiten zu rauschen, als liege die Botschaft auf einer Insel. Unwillkürlich drängte sich der Gedanke an die schrecklichen Petersburger Überschwemmungen auf.

Auf seinem Weg zurück ins Arbeitszimmer rüttelte Cobenzl den eingeschlummerten Portier wach. Die Unrast des Tages war vorbei. Die Lakaien schliefen, der eine hier, der andere da, die Botschaftsräte waren nach Hause gefahren. Es herrschte Stille, die Stimme des Kaplans war ebenfalls verstummt, so dass deutlich zu hören war, wie bei besonders starken Windböen kahle Baumzweige über die Fensterscheiben scharrten. Um die Schläfrigkeit zu bezwingen, beschloss Cobenzl, eine Tasse Kaffee zu trinken, fand jedoch niemanden, der ihm diesen Wunsch erfüllt hätte. Mit Mühe gelang es ihm, den auf dem Sofa neben Ludwigs Sarg eingedösten Kurier ausfindig zu machen. Cobenzl trug ihm auf, sich auf den Weg zu Choteks Wohnung zu machen und in Erfahrung zu bringen, ob dieser von der Millionnaja nicht direkt nach Hause gefahren sei. Nach einer halben Stunde war der Kurier zurück und berichtete: Nein, er sei noch nicht zu Hause, seine Frau mache sich schon Sorgen. Cobenzl drehte noch ein paar Kreise durch den Raum, darauf bedacht, nicht in die Nähe des Sargs zu kommen, bis er endlich begriff, dass er diese Ungewissheit nicht länger aushielt. Warum sollte er sich eigentlich nicht in die Millionnaja begeben? Als Freund des Toten hatte er schließlich das Recht, alle Umstände seines Todes zu erfahren. Das wollte er Schuwalow und Chotek auch sagen, falls ihnen sein Besuch missfiel. Subordination? Zum Teufel mit ihr! Was für eine Subordination konnte es nachts nach eins geben! War seine Unruhe nicht natürlich? Obwohl Chotek versprochen hatte, bald wieder in der Botschaft zu sein, war er immer noch nicht da. Ja, er hatte eine Kosakeneskorte, aber in dieser verrückten Nacht konnte alles Mögliche passieren.

Cobenzl ging dem Kutscher sagen, er solle die Equipage vorfahren, konnte ihn jedoch nicht finden. Er wollte den in Choteks Wohnung geschickten Kurier herbeirufen, aber der hatte sich wohlweislich nicht wieder aufs Sofa, sondern woandershin gelegt. Bloß wo?

Während er sich anzog, überschlug Cobenzl die Entfernung bis zu Ludwigs Haus. So weit war es nicht, und dass er Chotek verfehlte, war nicht zu befürchten – es gab nur einen Weg dorthin. Er zog den Tischkasten auf und steckte die französische Miniaturpistole ein – für den Fall, dass Wanka Pupyr ihn überfiel. Die Untaten dieses Banditen nährten in Petersburg so viele Gerüchte, dass keiner Anstoß nahm, wenn selbst in mondänen Salons die Rede darauf kam. Sollte er ihm begegnen, würde ihm sein Finger hoffentlich nicht den Dienst verweigern, den Hahn zu spannen und abzudrücken. Wenigstens in die Luft feuern… Ringsum herrschte Totenstille. Wie durch ein verwunschenes Schloss, dessen Herrin sich mit der Spindel in den Finger gestochen hat, ging Cobenzl von seinem Arbeitszimmer zum Haupteingang, stieg die Stufen hinunter und schritt flott aus in Richtung Millionnaja.

Von Wanka Pupyr hieß es, er sei ein Werwolf und streune nachts in Wolfsgestalt durch die Stadt.

Iwan Dmitrijewitsch machte seit Weihnachten Jagd auf ihn, aber von nahem hatte er ihn nur ein einziges Mal zu Gesicht bekommen, in jener Nacht, als Pupyr das Boot auf die Schlafmütze Sytsch heruntersausen ließ. Er war von gedrungenem Wuchs mit ungewöhnlich breitem Brustkorb, langen Armen, kurzen Beinen und ganz ohne Hals. Wenn er auf Raub auszog, band er sich üblicherweise ein Tuch um den Kopf, so dass Iwan Dmitrijewitsch nichts weiter hatte sehen können als die Augen – kleine dunkelblaue Schweinsäuglein. Einem Wolf ähnelte er am allerwenigsten. Wer sich in Gevatter Isegrim zu verwandeln vermochte, der musste hager, gelbäugig, mit raubtierhaftem Blick und Verhalten sein. Iwan Dmitrijewitsch vermutete, dass Pupyr absichtlich solche Gerüchte über sich ausstreute, damit er auf den Straßen nicht erkannt wurde. Wie die von ihm Überfallenen erzählten, hatten sie an die Schreckengestalt eines Werwolfs mit lautlosem Gang gedacht, doch Pupyr hätte sich ihnen mit lautem Stampfen genähert. So ein Klotz mit Armen bis unter die Knie.

Vor fünf Jahren war er wegen Mord an einem Soldaten eingesperrt worden, aber aus der Haft geflohen und im Winter wieder in der Hauptstadt aufgekreuzt. Weder Iwan Dmitrijewitsch noch seine Agenten wussten, dass Pupyr, wenn er das nötige Geld zusammenhatte, seinen ständigen Wohnsitz in Riga nehmen und dort eine Schenke mit russischer Küche eröffnen wollte. Irgendwie hatte er erfahren, dass solche Schenken vom Rigaer Polizeimeister gefördert wurden, da sie dem Staat Nutzen brächten und der Einheit des Reiches dienten. Geld, um dieses Vorhaben zu verwirklichen, brauchte er viel – sowohl für die Schenke als auch dafür, die Schreiber zu bestechen und sich einen Ausweis zu verschaffen, doch ein Haus oder ein Geschäft auszurauben, konnte sich Pupyr nicht entschließen: Allein war das schwer zu bewerkstelligen, und sich mit jemandem zusammentun wollte er nicht, so räuberte er auf den Straßen. Entrissene Pelzmäntel und Pelzmützen abzusetzen wurde jedoch immer mühsamer. Viel günstiger waren Gold und Edelsteine. Jeder Juwelier kaufte so etwas, ohne zu fragen, woher man es hatte.

Da er wusste, dass Iwan Dmitrijewitsch sich ganz darauf konzentriert hatte, ihn zu jagen, saß Pupyr in den letzten Tagen fast die ganze Zeit in seinem Unterschlupf bei der mageren, brust- und wehrlosen Wäscherin Glascha. Hier bewahrte er seine Beute auf und schlief sich nach den nächtlichen Raubzügen aus.

Glascha wohnte in einem Holzkeller, für einen Rubel pro Monat hatte sie einen Winkel mit Lüftungsfensterchen gemietet, der durch eine Zwischenwand von den Holzstößen abgetrennt war. Ohne zu wissen, wer Pupyr war, hatte sie sich seiner im Dezember erbarmt, als er bei grimmiger Kälte, zerlumpt, blau gefroren und mit schorfigen Ohren, gebeten hatte, in der Wäscherei bei den Kesseln übernachten zu dürfen. Sie hatte ihn mit zu sich genommen und ihm aus Mitleid Essen und Wärme gegeben. Sie glaubte, es mit einem armen Schlucker zu tun zu haben. Und dann stellte sich heraus, dass sie an einen Mörder geraten war. Was kann es mit einem Mörder für eine Liebe geben? Silberne Ohrringe schenkte er ihr, die warf sie in den Abort. Auch seine geraubten Tücher wollte sie nicht haben. Und schlafen legte sie sich auf den Fußboden, allein. Pupyr verbreitete Furcht und Schrecken. Selbst die Hunde zogen bei seinem Anblick den Schwanz ein. »Ich habe einen Wolfsgeruch«, sagte er von sich. Haare hatte er weder im Gesicht noch am Körper, doch war sein Fell so dick, dass die Wanzen es nicht durchbeißen konnten. Nachts, wenn Glascha schlaflos dalag, weinte und betete sie, dass dieser Teufel nicht wiederkommen möge. Verfluchter Mörder! Schrecklich war es, mit ihm zusammenzuleben, die Vorstellung, ihn davonzujagen, aber war noch schrecklicher. Er würde sie umbringen! Allein der Gedanke, sie könnte ihn bei der Polizei anzeigen, lähmte ihr die Zunge: Er würde aus der Katorga fliehen und sie genauso umbringen. Nicht einmal ihren Freundinnen in der Wäscherei erzählte sie etwas, aus Angst.

Manchmal, wenn er sich satt gegessen hatte, erzählte er ihr etwas von Riga, wo Deutsche wohnten und Letten, ein ordnungsliebendes kleines Volk, und was es für Russen dort gab, alle achteten auf Sauberkeit, nicht wie Glascha, kehrten die Fußböden jeden Tag, alle hatten Fußmatten aus Filz, und die wurden an besonderen Stellen ausgeschüttelt, nicht irgendwo. Er hatte es überhaupt gern sauber und tadelte Glascha, dass sie im Dreck lebe. Auf einer Leine trockneten bei ihm immer drei Läppchen: eins für die Hände, ein zweites für die Tassen, das dritte für noch etwas, und sie durften auf gar keinen Fall verwechselt werden. Bei ihrem Anblick überkam sie ausweglose Schwermut, sie hätte heulen mögen wie ein Wolf.

Die letzten Nächte ging Pupyr nirgendwohin, lag, nachdem er sich tagsüber ausgeschlafen hatte, mit offenen Augen da und sang von Zeit zu Zeit ein Lied von einem Bataillonskommandeur, »oh, das war ein Chef, der Kommandeur«, der »wachte, nicht ans Schlafen dachte, sein Bataillon auf Zack nur brachte«. Manchmal stand er auf und heizte das eiserne Öfchen, dass es glühte, dann zog er sein Hemd aus und setzte sich nackt hin. Wenn Glascha nach Mitternacht heimkam, verursachte ihr sein Geruch einen scheußlich sauren Geschmack. Bloß gut, dass es mit der Liebe bei ihnen vorbei war. Pupyr machte sich nicht viel aus Weiberliebe.

»Dich, Aglaja«, sagte er gern, wenn Glascha aus der Wäscherei nach Hause kam, »wird man nicht im Sarg, sondern im Waschtrog beerdigen. Und statt des Kreuzes einen Bleuel in die Erde stecken.«

Dabei wurde ihr jedes Mal unheimlich zumute: Womöglich würde sie tatsächlich kein Kreuz aufs Grab bekommen, als Strafe dafür, dass sie diesem Satan Obdach gewährt hatte.

Ein paar Tage hielt sich Glascha von ihrem Keller fern, übernachtete in der Wäscherei, auf dem Bügeltisch, und eines frühen Morgens plötzlich aus dem Schlaf geschreckt, beschloss sie: Egal, was wird, ich gehe zur Polizei.

Sie wusste, zu wem sie gehen musste.

Vor drei Wochen hatte Pupyr sie an den Haaren gezogen, damit sie aufhörte, sich zu sträuben, ihr einen Fehpelz übergezogen, seine allererste Beute, für die er keinen Käufer gefunden hatte, sie gezwungen, das einer Kaufmannsfrau vom Kopf gerissene Wolltuch umzubinden, und sie dann auf den Newski-Prospekt hinausgezerrt – zum Spazierengehen, wie alle Leute es tun. Glascha ging Arm in Arm mit ihm, und ihre Beine trugen sie kaum vor Scham und Angst. In jeder vornehmen Dame, der sie begegneten, argwöhnte sie die Besitzerin des Pelzmantels oder des Tuchs. Pupyr schritt gewichtig neben ihr her mit seinem lackglänzenden Klappzylinder und einem Mantel mit Pelzkragen und Adlerknöpfen – ein echter vornehmer Herr. Von Zeit zu Zeit verbeugte er sich vor einem der Passanten. Einige sahen ihn verwundert an, andere aber, verunsichert, ihn nicht erkannt zu haben, erwiderten beschämt seine Verbeugung mit übertriebener Höflichkeit, salutierten, lüfteten den Hut. Pupyr faselte wieder etwas von Riga, davon, dass er für den Zaren ein nützlicher Mann sei, der die Pelzmäntel nicht einfach so raube, sondern vorsorglich für einen staatlichen Zweck. Bei ihrem Spaziergang begegneten sie einem Mann mit üppigem Backenbart, der selbst von hinten zu sehen war. »Der Chef der Kriminalisten«, sagte Pupyr. »Ist hinter mir her, der Schnüffler. Kriegt mich bloß nicht.«

Als nun Glascha frühmorgens weinend auf dem Bügeltisch erwachte, fasste sie den festen Entschluss, noch an diesem Tag zur Polizei zu gehen und nach ihm zu suchen, diesem Mann mit dem Backenbart. Egal, was wird… Doch der Tag verstrich, und sie ging nirgendwohin. Zu ihrer Rechtfertigung malte sie sich aus, sie werde mit den Polizisten nach Hause kommen und Pupyr verschwunden sein. Fortgegangen, weil sie so lange ausgeblieben ist, mit allem, was er zusammengeraubt hat. Nun beweis ihnen mal, dass du nicht gelogen hast. Man werde sie packen und ins Gefängnis abführen. Glascha stellte sich dieses Bild so deutlich vor, so viele Male redete sie sich, von heißen Dampfwolken umwallt, ein, er sei nicht mehr da, habe das Weite gesucht, der Unmensch, dass sie es am Abend glaubte: Genau so ist es. Beflügelt lief sie nach Hause. Sie stieg in den Keller hinunter – tatsächlich: verschlossen. Mit pochendem Herzen griff sie tastend unter die kleine Bastmatte, wo sie den Schlüssel immer hinlegten, machte auf. Leer! Sie stürzte zu den Regalen und heulte auf vor Verzweiflung, da ihre Hoffnung sich zerschlagen hatte – wie eine plötzlich in ihrer Brust aufgeblähte Fischblase geplatzt war. Alle von ihr gewaschenen Hemden Pupyrs, alle Unterhosen, die Hals- und Taschentücher lagen ordentlich gestapelt auf den Brettern. Sie sah im Holzstoß nach, wo er sein Versteck hatte – modriger Pelzgeruch schlug ihr entgegen. Die ganze Beute war hier, also würde er wiederkommen.

Glascha schöpfte Wasser aus dem Eimer, klappernd schlugen ihre Zähne gegen den Rand der Schöpfkelle, als sie es trank und vor Hoffnungslosigkeit leise wimmerte. Kalt glitt es durch ihre Kehle und beruhigte sie etwas. An der Stelle, wo Pupyr das Gewicht aufbewahrte, lag nur das Heft mit den Rezepten für seine künftige Schenke, das Gewicht war weg. Glascha spürte, wie ihr die Knie weich wurden. Wenn er heute noch jemanden umbrachte, dann konnte ihr das nicht vergeben werden! Kein Gebet würde sie davon erlösen.

Sie lief hinaus in das Schneegestöber. In den Häusern verloschen die Lichter, nur die Fenster der Hauseingänge leuchteten durch die Nacht.

III

Der Kutscher des Fürsten von Arensberg hatte es genau erklärt und sogar auf einer Serviette aufgemalt: Hinter der Schenke in die Toreinfahrt einbiegen, dort ist ein zweigeschossiges Häuschen, die Treppe hochsteigen … Lewizki hatte den Auftrag, den ehemaligen fürstlichen Lakaien Fjodor in die Millionnaja zu bringen, traf ihn aber zu Hause nicht an. Eine halbe Stunde spazierte er vor dem Haus herum, dann gab er es auf und fuhr zu seinem Freund, wo er mit den Mädchen um Pfänder Karten spielte. Nur ein paarmal erlaubte er sich aus Gewohnheit, falsch zu spielen. Zum Schluss verlor er zweimal absichtlich. Zunächst musste er auf einer Sektflasche sitzen, dann den griechischen Redner Demosthenes spielen, das heißt, den Mund voll Sonnenblumenkerne, eine Lobrede auf die Hausherrin halten. Lewizki löste beide Aufgaben und fuhr nach zehn Uhr wieder zu Fjodor. Doch dessen Behausung war nach wie vor leer, die Tür verschlossen.

Sonnenblumenkerne knackend, die er sich bei seiner Rede in die Tasche gespuckt hatte, stieg Lewizki hinunter in den Hof. Es wurde kalt, der Wind drang durch Mark und Bein. Er machte eine wegwerfende Handbewegung und ging entschlossen zur Toreinfahrt. Nachdem er eine Weile dort gestanden hatte, wollte er schon eine vorbeifahrende Droschke anhalten, widerstand dieser Anwandlung aber im letzten Moment. Sich davonzumachen, ohne seinen Auftrag erfüllt zu haben, war riskant. Womöglich würde Iwan Dmitrijewitsch ihm das nicht durchgehen lassen, so einfach rechtfertigte man sich nicht vor ihm.

Lewizki wusste, dass sein Chef Falschspielern gegenüber gnadenlos war. Schon der Anblick einer unauffällig mit einer Nadel gezinkten Karte brachte Iwan Dmitrijewitsch zur Raserei, bei Lewizki machte er jedoch eine Ausnahme, da der mit solchen Karten auch im Yachtklub spielte, mit Aristokraten, die in ihm einen Nachfahren polnischer Könige sahen. Iwan Dmitrijewitsch meinte, die von seinen hochgeborenen Partnern erlittenen Verluste seien für diese sogar nützlich, wie der Aderlass zu medizinischen Zwecken, und drückte ein Auge zu. Allerdings musste man jederzeit auf einen Sinneswandel gefasst sein, deshalb hütete sich Lewizki davor, Unmut zu erregen. Es blieb ihm nichts anderes übrig, als sich in Geduld zu fassen und zu warten.

So stand er also und hielt Ausschau, ob dieser verdammte Lakai, den ihm der Kutscher ebenfalls beschrieben hatte, nicht endlich kam, und beschloss, bis um elf zu warten, dann wollte er gehen. Um elf verlängerte er seine Wartezeit bis Viertel nach elf, dann bis halb, dann bis Viertel vor zwölf, doch zwanzig Minuten vor Mitternacht hielt er es nicht länger aus und machte sich auf in den Yachtklub.

Hier brannten die Lüster heiß, und an den Tischen wurde eifrig gespielt. Durchfroren, wie er war, trank Lewizki im Erfrischungsraum angewärmten Wein, als ein Freund von Arensbergs, der österreichische Baron Hohenbrück, mit dem der Fürst des Öfteren auf Entenjagd gefahren war, zu ihm trat.

In Wirklichkeit war er genauso ein Baron, wie Lewizki ein polnischer Prinz war. Beide wussten das voneinander, behielten es aber für sich.

»Sagen Sie mal«, fragte der an seiner Zigarre ziehende Baron, »haben Sie nicht gestern den Fürsten auf seiner Heimfahrt begleitet?«

»Ich habe ihn nur hinausgebracht und in eine Droschke gesetzt«, erwiderte Lewizki.

»Und sind zurückgekommen?«

»Nein, ich bin mit einer anderen Droschke gefahren.«

»Was sagte Ihnen der Fürst zum Abschied?«

»Weiß ich nicht mehr. Nichts Besonderes.«

»Bitte versuchen Sie sich zu erinnern. Möglicherweise sind das seine letzten Worte gewesen.«

Lewizki überlegte.

»Er sagte … Ich glaube, er sagte, dass er gleich am Anfang die Herzzehn hätte spielen sollen.«

Irgendwo von hinten tauchte lautlos ein beleibter Offizier in blauer Gendarmenuniform auf – Oberstleutnant Fok, wie er sich vorstellte. Zu dritt gingen sie zu einem freien Tisch unter grünem Tuch, wo sich noch ein jüngerer Offizier in Blau zu ihnen gesellte. Fok bestellte Sekt und zwei Kartenspiele, zeigte jedoch keine Eile, mit dem Spielen zu beginnen. Bei diesen Herren musste man auf der Hut sein, Lewizki entschied, dass es besser sei, heute die Karten nicht zu vertauschen. Das Gespräch drehte sich um den Tod von Arensbergs im Zusammenhang mit der derzeitigen politischen Situation in Europa. Wie auch Schuwalow verdächtigte Fok polnische Verschwörer des Mordes an dem Fürsten.

»Ich erinnere mich«, sagte Hohenbrück, »was Friedrich der Große über einen Schlachtschitz geäußert hat. Für wortgetreue Wiedergabe kann ich mich nicht verbürgen, sinngemäß stellte er jedenfalls fest, dass dieser Schlachtschitz zu jeder Gemeinheit fähig sei, um zehn Tscherwonzen zu bekommen, die er anschließend zum Fenster hinauswirft.«

»Die Polen hätten etwas davon, unseren Gossudar mit Franz Joseph zu entzweien«, sagte Fok. »Wenn ein Krieg ausbricht, hoffen sie im Stillen ihre Rzeczpospolita zu neuem Leben erwecken zu können.«

Der andere Offizier mischte schweigend die Karten, ließ sich aber mit dem Geben Zeit.

»Ja«, räumte Lewizki ein, »in der polnischen Gesellschaft

gibt es solche verantwortungslosen Elemente, obwohl die allermeisten ...«

»Und dennoch«, fiel ihm Fok ins Wort, »stellen wir uns einen Moment vor, Polen hätte seine Unabhängigkeit wiedergewonnen.«

»Das ist unmöglich«, sagte Lewizki.

»Aber wenn es so wäre ... Haben Sie Chancen, den polnischen Thron zu besteigen?«

»Nun«, Lewizki lächelte geschmeichelt, »ich weiß nicht. Schwer vorauszusagen.«

»Aber wenigstens minimale?«

»Vermutlich.«

Lewizki nahm dem Offizier die Karten ab und verteilte sie mit der ungezwungenen Erhabenheit, die einem Thronanwärter ansteht, nahm die seinen und ordnete sie zum gewohnten schmalen Falschspielerfächer.

»Nun, meine Herren ...«, sagte er.

Doch keiner der Mitspieler griff nach seinen Karten.

IV

Einmal, bei einem Volksfest auf der Kreuzinsel (übrigens unweit des Yachtklubs), hatte Iwan Dmitrijewitsch in einer Schaubude, in die er mit Wanetschka hineingegangen war, eine dreiköpfige Hydra gesehen. Das ließ sich ziemlich einfach machen. Im Schummerlicht der Schaubude wurde auf dem Podium schwarzer Stoff gespannt, vor den sich, das Gesicht zum Publikum, eine vollbusige Mamsell im vergoldeten Trikot stellte, über deren Schultern, rechts und links, durch Stoffschlitze zwei andere Weiblichkeiten ihre Frätzchen steckten. Schon hatte man die Hydra.

In der Zeit, die Iwan Dmitrijewitsch im Hause von Arensbergs verbrachte, musste er ein paarmal an dieses Schaubudenmonster denken. Auf dem unsichtbaren Körper des Mörders wuchsen den ganzen Tag falsche Köpfe. Sie schnitten Grimassen, zwinkerten, während der echte Kopf sich zusammen mit dem Körper im Dunkel verlor. Freilich fiel von dem Napoleondor, den ihm Sytsch gebracht hatte, ein feiner, brüchiger Lichtstrahl darauf. Etwas war bereits zu erkennen.

Iwan Dmitrijewitsch gab Chotek mit einer höflichen Verbeugung den Stock zurück. Die Hände des Botschafters umklammerten ihn, doch zum Schlag auszuholen, fehlte ihm die Kraft, und die Zunge gehorchte ihm nach wie vor nicht. Er brachte nur ein wütendes Brummen hervor und bewegte seine fest zusammengepressten blutlosen Greisenlippen. Es sah so aus, als sauge er in seinem ausgetrockneten Mund die Speichelreste zusammen, um Iwan Dmitrijewitsch ins Gesicht zu spucken.

»Wie fühlen Sie sich, Graf?«, erkundigte sich Schuwalow teilnahmsvoll. »Sollen wir vielleicht einen Arzt holen?«

Chotek stieß seinen Stock gegen den Fußboden – einmal, zweimal. Die Diele, gegen die er schlug, verlief unter den Füßen des Klaviers, dumpfes Summen der Klaviersaiten erfüllte das Gästezimmer.

Iwan Dmitrijewitsch sah ihn besorgt an: Hatte ihn womöglich der Schlag getroffen?

»Halb so schlimm«, fuhr Schuwalow ruhig fort. »Sie fahren jetzt nach Hause. Legen sich ins Bett, beruhigen sich. Ich empfehle Ihnen sehr, ein heißes Fußbad zu nehmen. Und morgen reden wir miteinander. Wenn Sie sich gesund fühlen, erwarte ich Sie bis morgen Mittag bei mir.«

Chotek brummte wieder etwas Unartikuliertes, aber nicht mehr wütend, sondern trostlos, verängstigt wie ein Kalb vor den Toren des Schlachthauses, das das Blut seiner Schicksalsgenossen gerochen hat.

»Wir treffen uns, wie Sie es vorhatten«, sagte Schuwalow.

»Bis morgen Mittag. Jetzt allerdings werden Sie, Graf, sich zu mir bemühen.«

Und er wiederholte genussvoll:

»Bis morgen Mittag.«

»Meiner Meinung nach«, mischte Pewzow sich ein, »braucht er die Kosakeneskorte absolut nicht.«

Die ganze Zeit war er um Chotek herumgeschlichen wie ein Schakal um einen toten Löwen, hatte sich über ihn gebeugt, um seine auf dem Stock liegenden gelben ausgetrockneten Hände zu betrachten. Er sucht nach der Biss-Spur, hatte sich Iwan Dmitrijewitsch gedacht.

»Sie haben Recht«, pflichtete Schuwalow fröhlich Pewzow bei. »Zu befürchten gibt es nichts. Es sei denn, dass der Geist des Toten an dessen Mörder Rache zu nehmen beschließt. Aber da können auch die Kosaken nicht mehr helfen.«

»Ich gebe dem Kosakenhauptmann Bescheid«, erbot sich Pewzow.

»Ja, sie sollen hier bleiben.«

Auf ein Zeichen Schuwalows fassten sein Adjutant und Rukawischnikow Chotek mit festem Griff, wenn auch respektvoll, unter, um ihn vom Sofa zu heben und hinauszubringen. Der Botschafter sträubte sich mehr aus Anstand. In die Kutsche setzte er sich ohne Widerstreben. Die Tür schlug zu, der Kutscher schwang die Peitsche. Iwan Dmitrijewitsch, der am Fenster stand, beobachtete nicht ohne Vergnügen, wie der Habsburger Doppeladler, der die Botschafterkutsche schmückte, sich schräg legte, wieder aufrichtete und sich wie eine angeschossene Watschelente die Millionnaja entlang entfernte. Das goldene Gefieder und die Kronen auf den Köpfen glänzten auf und verschwanden in der Dunkelheit.

»Nun, Herr Putilin«, sagte Schuwalow lächelnd, »den österreichischen Orden können Sie jetzt abschreiben. Wenn Sie die Anna haben, werde ich den Heiligen Wladimir für Sie beantragen.«

»Ich habe keine Anna.«

»Machen Sie sich nichts daraus, bekommen Sie. Und den Wladimir bekommen Sie auch, fassen Sie sich nur in Geduld. Durch Sie haben wir ja nun ein Trumpfass in der Hand. Der Botschafter ein Mörder! Das ist ein Ding, was? Ein sauberer Patron! Ihnen ist vermutlich nicht ganz klar, was uns das verheißt. Ein kolossales Erfolgserlebnis! Ich kann mir lebhaft vorstellen, mit welchen Gefühlen der Gossudar morgen früh meinen Bericht lesen wird. Die Hände jucken mir, ihn möglichst schnell zu schreiben …«

Mit wenigen Strichen umriss Schuwalow, was ihm vorschwebte: Franz Joseph wird zugesagt, über die Sache Gras wachsen zu lassen, seine Diplomaten nicht an den Pranger zu stellen, und Russland ist die Unterstützung Wiens in allen Richtungen seiner Außenpolitik sicher, selbst auf dem Balkan.

Nachdem er ausgeredet hatte, fragte Iwan Dmitrijewitsch:

»Die Ermordung des Fürsten gereicht uns also zum Nutzen?«

»Gewiss, gewiss«, bestätigte Schuwalow. »Da liegt der Hase im Pfeffer.«

»Nehmen wir mal an, Euer Erlaucht, Sie hätten von den Absichten des Mörders vorher erfahren. Wären Sie ihm in den Arm gefallen?«

»Wie können Sie es wagen, Seiner Erlaucht solche Fragen zu stellen«, entrüstete sich Pewzow.

»Ereifern Sie sich nicht, Rittmeister«, sagte Schuwalow friedfertig. »Mein Adjutant ist noch nicht zurück, wir sind hier zu dritt, und das ist heute eine Nacht, dass man für zehn Minuten die Förmlichkeiten beiseite lassen kann. Ich will ganz ehrlich darauf antworten, Herr Putilin: Ich weiß es nicht. Sie stellen da eine Schicksalsfrage. Ist es nicht so? Theoretisch auf solche Fragen zu antworten ist eigentlich sinnlos. In der Theorie meint der Mensch, auf bestimmte Weise handeln zu müssen, wenn die Sache aber konkret wird, verfährt er umgekehrt. Da handelt jeder, wie es ihm der Herrgott eingibt…«

»Jedenfalls haben Sie jetzt die Absicht, den Namen des Mörders der Öffentlichkeit zu verheimlichen?«

»Ich habe Ihnen doch unseren Plan erläutert. Haben Sie ihn nicht verstanden?«, sagte Schuwalow stirnrunzelnd.

»Ein großartiger Plan, doch der Mord an einem ausländischen Militärattaché kann nicht unaufgeklärt bleiben. Wen gedenken Sie an die Stelle des Verbrechers zu setzen?«

Schuwalow reagierte irritiert wie ein Kind, dem man sein neues Spielzeug weggenommen hat:

»Ach ja, das habe ich irgendwie außer Acht gelassen…«

»Wir finden schon jemanden«, sagte Pewzow. »Drei haben sich ja selbst angeboten.«

»Richtig«, stimmte ihm Schuwalow erleichtert zu, »keine Frage, dass wir jemanden finden.«

»Ich finde ihn«, versprach Pewzow.

»Und Sie werden zum Oberstleutnant befördert. Ich bleibe bei meinem Wort, Rittmeister.«

Glückspilz! dachte Iwan Dmitrijewitsch neidisch. Irgendwie stimmte der staatliche Nutzen, egal, welche Situation sich ergab, mit seinem, Pewzows, persönlichem Vorteil überein. Zum Oberstleutnant aufsteigend, führte er Russland zielsicher hinter sich her zu den Höhen des Ruhmes und der Macht. Bei Boew, beim Oberleutnant und bei ihm, Iwan Dmitrijewitsch, selbst sah alles genau umgekehrt aus.

»Zeugen können wir aber nicht gebrauchen«, erinnerte Pewzow. »Dieser verrückte Oberleutnant sollte aus der Garde ausgeschlossen und in irgendeine entlegene Garnison geschickt werden. Und die Strekalows schüchtern wir so ein, dass sie sich keinen Pieps getrauen.«

Er maß Iwan Dmitrijewitsch mit einem abschätzenden Blick, als gälte es zu entscheiden, was mit ihm zu geschehen habe, äußerte sich dazu aber nicht.

Schuwalow schwieg. Offenbar quälten ihn Zweifel.

Plötzlich kam Pewzow die Erleuchtung:

»Euer Erlaucht, wozu überflüssige Komplikationen? Wir haben schon jemanden, den wir als Mörder präsentieren können!«

»Wen denn?«

»Na, diesen Figaro! Den Kammerdiener des Fürsten. Er hat das Zigarrenetui entwendet, das ist der Beweis. Er wird sich nicht herauswinden können!«

»Aber wenn es zum Prozess kommt, kann sich Wien auf ihn beziehen«, widersprach Schuwalow mit Recht. »Da sitzen auch keine Dummköpfe. Sie werden uns sagen: Worum geht es denn, meine Herren, da der Mörder gefunden und abgeurteilt ist? Bei ihnen werden wir dann nichts erreichen.«

»Mit dem Prozess hat es keine Eile. Zunächst beweisen wir Choteks Schuld und fordern die Österreicher auf, alle notwendigen Vereinbarungen zu unterzeichnen als Gegenleistung dafür, dass das Geheimnis gewahrt bleibt, dann erst bringen wir die Sache vor Gericht.«

»Wollen Sie einen Unschuldigen aburteilen lassen?«, fragte Iwan Dmitrijewitsch.

»Stehlen ist auch nicht schön«, sagte Schuwalow. »Er wird nicht lange sitzen, wir lassen ihn amnestieren. Geben ihm Geld, mag er irgendwo in Sibirien Äcker pflügen! So eine feiste Visage! Hat sich gemästet hier…«

»Ach ja!«, fiel Pewzow ein. »Geben Sie uns den Brief.«

»Was für einen?« Iwan Dmitrijewitsch tat, als verstehe er nicht.

»Den Chotek Strekalow geschickt hat.«

»Ach, den… Wozu brauchen Sie ihn?«

»Wir machen eine Abschrift und schicken sie Franz Joseph«, erklärte Schuwalow. »Soll er ihn mal lesen.«

»Euer Erlaucht, es ist so… Sehen Sie… Kurz gesagt, ich

bin noch nicht ganz überzeugt davon, dass es niemand anders als Chotek war, der den Fürsten erstickt hat.«

»Wie denn das?« Schuwalow war konsterniert.

»Das ist eine Annahme. Eine Vermutung... Manches spricht auch dagegen.«

»Unwichtig«, warf Pewzow ein. »Mit solchem Belastungsmaterial beweisen wir alles. Geben Sie ihn her, diesen Brief.«

Iwan Dmitrijewitsch wich zur Tür zurück. Die Sache nahm eine unerwartete Wendung. Was hatten sie vor? Ganz Europa für dumm zu verkaufen? Daraus wird nichts. Wer höher steigt, als er sollte, fällt tiefer, als er wollte – wie Chotek. Auch tat ihm der rothaarige Figaro Leid. Der arme Kerl hatte sicherlich einen Pflug noch nie mit eigenen Augen gesehen. Der würde zugrunde gehen in Sibirien...

»Wo ist der Brief?«, beharrte Pewzow.

»Hören Sie mich an, Euer Erlaucht! Ich gebe zu, ich habe Chotek beschuldigt, damit er sein Ultimatum zurückzieht. Etwas musste doch unternommen werden! Die Ehre Russlands...«

»Geben Sie den Brief her!«, brüllte Pewzow.

»Ich beschwöre Sie, hören Sie mich weiter an!«, sprach Iwan Dmitrijewitsch hastig, wobei er die Hand gegen die Tasche drückte, in der der unglückselige Brief steckte. »Ich bin dem wahren Mörder bereits auf der Spur, aber ihn zu fassen, braucht es Zeit. Einen Tag vielleicht oder zwei, während Chotek Ihnen morgen Mittag als Frist diktiert hat. Was blieb mir zu tun? Ich habe doch nicht an mich gedacht!«

»Nicht an mich gedacht?«, schäumte Pewzow. »Wie viel willst du Chotek denn für diesen Brief abknöpfen? Zehn Tausender?«

»Mein Gott!« Iwan Dmitrijewitsch weinte fast. »Ich bin bereit, ihn auf der Stelle zu zerreißen. Vor Ihren Augen.«

»Unterstehen Sie sich!«, drohte Schuwalow.

»Kommen Sie zur Besinnung, Euer Erlaucht! Was tun Sie? Folgen Sie nicht Choteks Beispiel, Sie haben ja gesehen, womit das endet. Ich schwöre, ich werde den Mörder finden!«

»Sie werden schweigen«, sagte Schuwalow langsam. »Und Ihre Anna bekommen. Mit Band. Ihren Mörder brauchen wir nicht. Wir brauchen Chotek. Kapiert? Und nun geben Sie den Brief her.«

Iwan Dmitrijewitsch sah sich um: Das Gästezimmer betraten gerade Rukawischnikow und der Adjutant, dahinter ein ihm unbekannter Oberstleutnant der Gendarmen.

»Fok?«, wunderte sich Schuwalow. »Was ist passiert?«

Der trat dicht heran und flüsterte ihm etwas zu. Iwan Dmitrijewitsch hörte nur: »Sie scheinen Recht gehabt zu haben…«

»Und wo ist er?«, wollte Schuwalow wissen.

»Am Eingang in der Kutsche«, erwiderte Fok. »Bei ihm ist Hauptmann Lundin.«

»Rukawischnikow! Nicht rauslassen!«, befahl Pewzow, als er bemerkte, dass Iwan Dmitrijewitsch sich vorsichtig zum Ausgang zurückzog.

Der Weg zur Straße war abgeschnitten, blaue Uniformen umringten ihn: ein General, ein Unteroffizier und drei Offiziere. Pewzow kam näher. Iwan Dmitrijewitsch machte das, was Strekalow versucht hatte – wie unabsichtlich, mit einer zerstreuten Geste steckte er die Hand in die Tasche, und ohne Schulter oder Ellbogen zu bewegen, ohne seinen Gesichtsausdruck zu verändern, begann er mit den Fingern den verdammten Schrieb zu vernichten, zu zerfetzen, zu Staub zu zerreiben. Gar nichts sollten sie kriegen!

Die Tür zum Schlafzimmer stand offen, im bläulichen Licht der verlöschenden Lampe hatten die nackten Italienerinnen ein tiefes Dunkelblau angenommen. Fok betrachtete eingehend ihre fröstelnden Reize.

Pewzow stand vor Iwan Dmitrijewitsch:

»Den Brief!«

Iwan Dmitrijewitsch holte eine Hand voll Papiergekrümel hervor und warf es ihm vor die Füße.

In der eingetretenen Stille fiel plötzlich allen auf, dass die Uhr des Fürsten stehen geblieben war. Das Pendel hing reglos, die Zeiger standen auf Viertel nach zwölf, bereits zweieinhalb Stunden ging die Uhr nicht mehr.

Pewzow kroch auf dem Fußboden umher, um die Schnipsel zusammenzulesen, und rief Schuwalow seinen Unmut zu, doch der gab keine Antwort, betrachtete nur erstaunt Iwan Dmitrijewitsch. Sein Erstaunen war so groß, dass es Ärger, Zorn, Enttäuschung, alles an Gefühlen übertraf. Was wollte er? Worauf spekulierte er? Er war eine Ausgeburt des Chaos, dieser Ermittler mit dem ungekämmten Backenbart, unmöglich, ihn zu verstehen, unmöglich anscheinend auch, ihn loszuwerden, so unmöglich wie mit einer Kugel einer Windhose beizukommen.

Iwan Dmitrijewitsch, selbst zu Tode erschrocken, biss sich unterdessen entsetzt in die Faust, als ihn der irre Gedanke durchfuhr, dass er seine Kiefer nur noch etwas stärker zusammenzupressen brauchte, um gleichfalls des Mordes an dem Fürsten bezichtigt werden zu können.

ZWÖLFTES KAPITEL

Der Racheengel

I

Auf der Veranda des Hauses mit Obstgarten zeigte die Uhr etwa die gleiche Nachtzeit an wie seinerzeit im Hause auf der Millionnaja, als der Oberleutnant und das Ehepaar Strekalow es verließen. Es war tiefe Nacht.

»Vielleicht legen wir uns schlafen und schließen morgen unsere Arbeit ab?«, schlug Iwan Dmitrijewitsch vor. »Sie sind bestimmt müde?«

»Mir macht es nichts aus, ich bin Nachtarbeit gewohnt«, erwiderte Safronow. »Kochen Sie uns noch Kaffee, und erzählen Sie weiter. Der Mörder ist schon überführt, also dürfte das Ende nahe sein. Ich verstehe, dass nach den Gesetzen der Komposition einer stürmischen Apotheose ein lyrisches Diminuendo zu folgen hat, aber ich hoffe, es wird keine Überlänge haben.«

Wieder wurde der Spirituskocher entzündet. Fünf Minuten später, als er die Kaffeetasse wieder auffüllte, sagte Iwan Dmitrijewitsch:

»Legen Sie den Bleistift weg, trinken Sie in Ruhe Ihren Kaffee, inzwischen erzähle ich Ihnen eine Geschichte.«

»Steht sie in irgendeinem Zusammenhang mit der Ermordung von Arensbergs?«

»Ehrlich gesagt, nur wenig.«

»Dann besser später.«

»Nein, besser gleich«, sagte Iwan Dmitrijewitsch fest. »Es

ist eine traurige Geschichte, aber sie wird es Ihnen erleichtern, sich im Weiteren zurechtzufinden.«

Als er Chef der Kriminalpolizei geworden war, zog Iwan Dmitrijewitsch in ein anderes Haus, wo im gleichen Aufgang ein gewisser Rosschtschupkin wohnte, ein kinderloser Witwer um die sechzig, ein gutmütiger Trinker und Pferdeliebhaber, der im Gouvernement Tula ein ordentliches Stück Land besaß. Jeden Herbst bekam Iwan Dmitrijewitsch eine Einladung auf sein Gut zur Hasenjagd und sagte jedes Mal nein, doch nach einem Zank mit seiner Frau fuhr er eines Tages kurzerhand mit. Insgesamt kam ein gutes Dutzend Gäste zusammen: drei Neffen Rosschtschupkins, ehemalige Regimentskameraden, Gutsnachbarn, Schmarotzer. Während die ganze Gesellschaft Hasen jagte, sammelte Iwan Dmitrijewitsch Pilze, und als man sich dann zum Abendessen zusammensetzte, erzählte Rosschtschupkin bei Tisch eine Geschichte aus seinem Leben.

Vor dreißig Jahren hatte er im Königreich Polen gedient und ein hervorragendes Jagdgewehr der Marke »Barella« von dort mitgebracht (da Iwan Dmitrijewitschs Wissen nicht darüber hinausging, wo man draufdrücken musste, damit es schoss, hatte er sich nicht gemerkt, weshalb es so gut war). Rosschtschupkin hatte es in Warschau erstanden, ein Zufallskauf. Das Gewehr hatte ihn auch deswegen gereizt, weil unter den Abzügen ein Kupferschildchen mit den eingravierten Initialen des vorherigen Besitzers angelötet war: »JPR«, was exakt seinen eigenen entsprach – Jakow Petrowitsch Rosschtschupkin. Zum Beweis zeigte er seinen Gästen das noch vorhandene Futteral mit genau so einem Schildchen. Das Gewehr selbst war ihm nach nicht einmal einem Jahr abhanden gekommen. Er musste es unterwegs in einer Kneipe vergessen oder im Zustand der Trunkenheit auf einem Feld verloren haben, möglicherweise war es ihm auch gestohlen worden. Nachdem er unter Aussetzung eines hohen Finderlohns lange danach gesucht hatte, ging er schließlich zu einer Zigeunerin. Die legte ihm die Karten und weissagte, das Gewehr werde ganz bestimmt zu ihm zurückkehren. Erfreut wollte Rosschtschupkin ihr zehn Rubel geben, doch die Zigeunerin lehnte sie ab: Fünf Rubel nahm sie, den roten Schein aber wollte sie nicht haben. Verwundert fragte er nach dem Grund. Darauf die Zigeunerin: »Darum, mein Lieber, weil das Gewehr am Tage deines Todes zu dir zurückkehren wird …«

»Hätte das Aas die zehn Rubel genommen«, beendete Rosschtschupkin seine Erzählung, »würde ich ihr auf keinen Fall geglaubt haben!«

Ein Jahr nach dieser Jagd starb er.

Iwan Dmitrijewitsch war mit seiner Frau beim Totenmahl dabei, und der alte Diener erzählte ihnen als guten Nachbarn Folgendes: Der Besitzer der Waffenhandlung, in der Rosschtschupkin ein überaus geschätzter alter Kunde war, schickte ihm mit einem Kommis mehrere Gewehre zur Auswahl nach Hause. Rosschtschupkin nahm eins nach dem anderen in Augenschein, legte sie an die Schulter, und plötzlich – krach!, das Gewehr entfiel seinen Händen, er schwankte und wurde bleich. In derselben Nacht starb er, obwohl ihm nichts gefehlt hatte, am Morgen noch war er gesund und fröhlich gewesen.

Man trank Wodka, aß die Gedächtnisspeise.

Iwan Dmitrijewitsch fragte den Diener, ob die Gewehre in den Laden zurückgeschickt worden wären, und als er erfuhr, dass das nicht geschehen sei, sie lägen noch im Haus, ging er sie sich ansehen. Alle waren neu, eines nur alt, mit abgeschabtem Kolben. Iwan Dmitrijewitsch nahm es in die Hand und entdeckte unter den Abzügen ein Schildchen mit drei lateinischen Buchstaben: »JPR«.

Zur Tafel zurückgekehrt, leerte Iwan Dmitrijewitsch ein halbes Glas Wodka, dann, nachdem er sich außer Reichweite seiner Frau gesetzt hatte, kippte er noch ein ganzes und versank in Nachdenken über das Schicksal, dem man nicht entgeht. Was macht es für einen Unterschied, was und worauf es mit seiner feurigen Hand schreibt: »mene mene tekel u-parsin« an der Wand vor König Belsazar oder »JPR« auf einem Gewehr vor Jakow Petrowitsch Rosschtschupkin.

Unterdessen vergaßen die Gäste allmählich, aus welchem Anlass sie sich hier versammelt hatten: Einer klimperte auf der Gitarre des Hausherrn, einen Zweiten drängte es, Karten zu spielen, ein Dritter schnarchte, das Gesicht auf dem Tisch, und Rosschtschupkins angetrunkene Neffen luden alle Versammelten zur Jagd ein, auf das Tulaer Gut ihres Onkels, das nun in ihren Besitz übergegangen war.

Iwan Dmitrijewitsch betrachtete sie gleichmütig und nachsichtig wie kleine Kinder. Besser, sie kannten die schreckliche Wahrheit nicht. Nicht jeder vermag sie zu ertragen, ohne den Verstand zu verlieren.

Er ging wieder in das Zimmer, in dem die Gewehre lagen. An jedes war ein Zettelchen mit dem Preis angebunden. Die »Barella«, die Todesbotin mit Nussbaumschaft, kostete fünfundzwanzig Rubel. Iwan Dmitrijewitsch gab einem der Neffen einen Fünfundzwanzigerschein, nahm das Gewehr mit nach Hause und hängte es über sein Bett als ewiges »Memento mori«.

Am Morgen, nachdem er sich den Schlaf aus den verquollenen Augen gerieben hatte, starrte er lange auf dieses Gewehr, ohne begreifen zu können, wie es hierher gekommen war. Endlich fiel es ihm ein. Schaler Katergeschmack stand ihm im Mund, und die fünfundzwanzig Rubel dauerten ihn. Fluchend war er drauf und dran, das Gewehr zurückzubringen, als in seinem Brummschädel Episoden des gestrigen Totenmahls hochkamen, irgendwelche Worte, Blicke; etwas machte ihn stutzig, meldete sich schmerzhaft in seinem Gedächtnis, als hätte eine aufgeblitzte und wieder vergessene vage Ahnung einen Kratzer hinterlassen.

Er nahm die »Barella« von der Wand, um sie sorgfältig zu untersuchen, und entdeckte am linken Lauf unten den schwer zu erkennenden Fabrikstempel mit dem Herstellungsdatum: »XI.1868«.

Im klaren Morgenlicht sah Iwan Dmitrijewitsch einen neuen, künstlich abgeschabten Kolben vor sich, dazu allzu dichten und grellen, unnatürlichen Grünspan auf dem Kupferschildchen mit den Initialen. Er rief sich den ältesten von Rosschtschupkins Neffen in Erinnerung, die Grimasse flüchtiger nüchterner Angst in der betrunkenen Visage – er hatte Iwan Dmitrijewitsch nachgesehen, als er mit dem Gewehr durchs Speisezimmer gegangen war.

Es kam zum Prozess. Vor Gericht trat Iwan Dmitrijewitsch als Zeuge auf und hielt eine Rede, nach der die Geschworenen einstimmig sagten: ja, schuldig. Der Anstifter war der Älteste, doch die Tat ausgeführt hatten die Neffen gemeinsam: den nichts ahnenden Waffenhändler gebeten, neben den anderen Gewehren dem geliebten Onkel auch diese »Barella« zu schicken. Die Neffen wurden lediglich aus Petersburg ausgewiesen: Ein Gesetz, nach dem ihr Verbrechen zu ahnden wäre, ließ sich schwer finden. Das Tulaer Erbe fiel an den Staat.

Der unglückliche Jakow Petrowitsch war gerächt, das Gerede verstummte, doch jener Morgen, an dem er, das Gewehr in den Händen, auf seinem Bett gesessen hatte, prägte sich Iwan Dmitrijewitsch fürs ganze Leben ein. Damals, während des Totenmahls, war es beängstigend gewesen, dass es ein Schicksal gibt, und am Morgen war es noch beängstigender geworden, dass es keines gibt. Denn wenn es ein Schicksal gibt, heißt das, dass jemand an dich denkt und du nicht allein auf der Welt bist.

Doch leider bist du's!

Fürst von Arensberg, in der Vergangenheit ein verwegener Kavallerist und Haudegen, war ständig wie ein Irrer mit schaumbedeckten Pferden durch Petersburg gerast und hatte das genossen, während Chotek, der kein Freund schneller Fahrten war, diese als belastende Pflicht für den Botschafter einer Großmacht ansah. Die Bewohner der Hauptstadt müssen ihn stets in Eile sehen und einander beunruhigt fragen, was wohl passiert sein könnte. Lediglich zum Empfang im Schloss fuhr er mit ruhigem, gemessenem Tempo, um nicht durch übermäßige Eile die Würde seines Kaisers zu beschädigen.

Jetzt war auf den Straßen weit und breit niemand, der gaffen und beunruhigt sein konnte, doch nachdem der Kutscher seine Schläfrigkeit bezwungen hatte, hielt er die Pferde gewohnheitsgemäß zum Galopp an. Auf der ekelhaften Fahrbahn rüttelte und schüttelte es die Kutsche. Die menschenleere, verschneite – im April! – nächtliche Stadt glitt als steinerner Alptraum vorbei. Chotek sah zum Fenster hinaus. Dann fiel ihm der Stein ein, der am Heumarkt in die Kutsche geflogen war, und er lehnte sich auf seinem Sitz weiter zurück.

Nach ein paar Minuten hatte er sich beruhigt, die Gedanken gewannen Klarheit. Die Kutsche schleuderte, er musste die Beine gegen den Boden stemmen und sich mit der Linken am Polsterrand, mit der Rechten an der von der Decke herabhängenden Riemenschlaufe festhalten. Allmählich löste die Anspannung des Körpers die seelische Erstarrung.

Ja, den Brief an Strekalow hatte er geschrieben, doch die Unterschrift fehlte, und ein Stempel auch. Die Handschrift – die war noch kein Beweis. Die ganze Nacht war er zu Hause gewesen, die Dienerschaft würde es bestätigen. Wie ein kleiner Junge hatte er sich ins Bockshorn jagen lassen, und am beschämendsten war, dass es ihm plötzlich, auf so irre Weise die Sprache verschlagen hatte und Schuwalow dies als Schuldeingeständnis interpretieren konnte, als sprachlose und umso offensichtlichere Verzweiflung. Doch dieser Intrigant würde teuer dafür bezahlen müssen, dass er Graf Chotek hatte tierische Laute ausstoßen sehen. Bis morgen Mittag? Wie Sie wünschen. Erhabene Haltung, ein Lächeln auf den Lippen, völlige Gelassenheit. Melodisches Anschlagen des Löffelchens am Porzellan, die Frage: Wo ist denn der Verbrecher? Ach, das wissen Sie nicht? Die Karikatur im Londoner *Punch*: »Russisches Blindekuhspiel. Der Chef der russischen Gendarmerie hascht den Mörder des österreichischen Militärattachés in Petersburg.« Zu sehen ist Schuwalow, wie er mit verbundenen Augen die auseinander stiebenden verschreckten ausländischen Botschafter – den britischen, den französischen, den spanischen, den türkischen – zu packen versucht. In Russland sind sie nicht mehr sicher. Gleich morgen wird sie die Warnung erreichen. Das heißt heute schon.

Sollte Schuwalow tatsächlich seiner Bezichtigung Glauben geschenkt haben? Nein, kaum. Er trickst, will Zeit gewinnen.

Die Pferde übernahmen sich, Chotek wollte dem Kutscher zurufen, er möge langsamer fahren, überlegte es sich aber anders: So war es ungefährlicher. Man konnte nie wissen, eine Eskorte hatte er nicht bei sich.

Natürlich hatte er Ludwig gehasst und verachtet. Wie denn? Dieser Wüstling, Spieler, Trunkenbold – und Botschafter? Kann man so einem Menschen vielleicht die Geschicke des Reichs im Osten anvertrauen? Mochte dieser nichtswürdige Kerl, dieser Müßiggänger wenigstens als Toter dem Kaiser einen Dienst leisten! Ein schlechter Diplomat, wer keinen Nutzen aus seinem Tod zu ziehen wüsste.

Der Reihe nach, einen nach dem anderen, rief sich Chotek die Punkte seines Ultimatums in Erinnerung, schnippte beim wichtigsten mit den Fingern. Das heißt, zwei waren jetzt die wichtigsten – das Verbot des »Slawischen Komitees«, das die Tschechen, Slowaken, Kroaten und Ruthenen gegen Wien aufwiegelte, und die exemplarische Bestrafung dieses Schuftes von Kriminalpolizist. Vor Gericht stellen – das wohl besser nicht, um keine Aufmerksamkeit zu erregen, aber davonjagen, den Aufenthalt in den Metropolen untersagen. Dieser Mistkerl! Und dieses abscheuliche Weibsstück, diese schweißige Fleischsäule mit ihrem Riesenvorbau! Kann denn ein Mann, der sich auf ein Verhältnis mit so einer Frau einzulassen imstande ist, das Recht haben, Botschafter zu sein? Weder Geschmack noch Gefühl für das rechte Maß… Chotek ballte die Fäuste. Warum war er nicht darauf gekommen, sie des Mordes an Ludwig zu bezichtigen? Im Vergleich zu ihr war der ja ein Grashüpfer gewesen, sie hätte ihn mühelos im Bett ersticken können. Was heißt ersticken! Einfach zerquetschen mit ihrem ungeheuerlichen Körper, wie eine unachtsame Mutter im Schlaf den an ihrer Seite liegenden Säugling erdrückt. Und Schuwalow hätte er eine Andeutung machen sollen, dass diese Frau seine, Schuwalows, bezahlte Agentin war. Haben sie vielleicht beschlossen, das Blut eines österreichischen Diplomaten zum Fundament Ihrer Politik zu machen? Daraus wird nichts! Morgen wird er es ihnen zeigen, diesen Schurken! Nicht lange sollen sie wie Pfauen herumstolzieren… Bei dem Gedanken an die überpuderten bläulichen Stellen an Ludwigs Hals wurde ihm dennoch unwohl zumute. Nur schnell nach Hause kommen. Ein heißes Fußbad? Auch nicht schlecht, da hatte Schuwalow Recht.

Das Stampfen der Hufe durchbrach ein kurzer gepresster Aufschrei. Etwas Schweres und Weiches schlug wie ein Sandsack gegen den Vorderaufbau der Kutsche und plumpste auf die Erde. Chotek zog den Kopf ein und kniff die Augen zu.

Der Kutscher hatte da geschrien.

Ein mächtiger Schlag – wie ein Säbelhieb quer über die

Brust – hatte ihn vom Bock geholt, gegen den Vorderaufbau und dann auf die Fahrbahn geschleudert. Er schoss einen Purzelbaum über das Steinpflaster, knallte gegen die Bordsteinkante und lag still. Die Pferde scheuten, die linken Räder fuhren auf das Trottoir, streiften einen Prellstein. Die Achse knirschte. Die Kutsche neigte sich zur Seite, Chotek warf es nach vorn und nach rechts. Er stieß mit der Schulter die Tür auf und fiel hinaus, doch in diesem Moment kamen die Pferde zum Stehen, und alles ging einigermaßen glimpflich für ihn ab.

Zu sich kommend, blieb Chotek eine Weile auf der nassen Fahrbahn liegen. Der Gedanke huschte ihm durch den Kopf, dass dieser Unfall im Gespräch mit Schuwalow noch ein Trumpf in seinen Händen sein würde. Er richtete sich auf den Ellbogen auf. Die stellenweise mit tauenden Schneeflecken bedeckte Straße war menschenleer. Die Häuser standen leblos in der Dunkelheit, nicht ein Fenster war erleuchtet.

»Hierher! Hilfe!«, rief Chotek.

Keiner eilte zu Hilfe, er musste allein zurechtkommen. Er zog die Knie an den Leib, bewegte die Arme, schüttelte den Kopf. Alles heil.

Plötzlich verlosch die einzige der drei zunächst stehenden Gaslaternen, die hinter ihm schwach, aber ruhig gebrannt hatte. Der blaue Lichtreflex in der Pfütze verschwand. Im selben Moment prasselten Glasscherben auf die Steine. Chotek drehte sich um, und das Entsetzen schnürte ihm die Kehle zu: Eine grässliche Gestalt mit einem schwarzen Fleck statt des Gesichts kam auf ihn zugerannt.

Einige Schritte weiter lag reglos der Kutscher, sonst keine Menschenseele. Chotek nahm seinen ganzen Mut zusammen und wollte aufstehen, um dem Tod stehend zu begegnen, wie es dem Botschafter einer Großmacht gebührt. Doch seine Beine gehorchten ihm nicht.

Der Rennende war jetzt herangekommen. Von unten

wirkte er riesengroß. Was er anhatte, konnte Chotek nicht mehr erkennen, Tränen verschleierten seinen Blick. Ein Gesicht schien da nicht zu sein, nur Augen und der Kopf, um den rasch ein gelber Reif wuchs, ein flimmernder goldener Nimbus, wie ihn die Heiligen auf den russischen Ikonen haben. Er sah zittriges Engelleuchten über sich, und seine Furcht legte sich, eine sonderbare Wärme durchströmte seinen Körper. Chotek begriff erleichtert, dass das Schlimmste hinter ihm lag: Er war schon tot, sah mit seinen seelischen Augen die Kutsche in Schräglage, das weggeflogene Rad, die Pferde, den Mond. Die Seele strebte dahin, wo sie der göttliche Bote mit der gelben Gloriole erwartete, flog ihm entgegen zwischen dahinziehenden Wolken und stöberndem Schnee – leicht, befreit von der Enge des Fleisches. Doch kurz vor dem Ziel erschauerte sie verzweifelt. So Furcht erregend waren die Augen dieses Engels – zwei dunkle Gruben, und auf ihrem Grund Kälte; so trostlos pfiff, wie von Bergeshöhen herabströmend, der das gnadenlose Antlitz des Sendlings umwehende Wind, dass Chotek erkannte: Vor ihm stand der Racheengel.

Er schrie auf und verlor das Bewusstsein.

III

Der Student Nikolski betrat den Hauseingang, stieg die schmutzige, nach Katzen riechende Treppe zum zweiten Stock hinauf und klingelte. Hier wohnte Pawel Awraamowitsch Kungurzew, Korrespondent der liberalen Zeitung *Golos*, wie Pewzows Spitzel vom Hausmeister erfuhren, den sie weckten, wonach sie ihre Mission als beendet betrachteten und nach Hause gingen. Angesichts der späten Stunde entschieden sie, dass sie Pewzow ihre Beobachtungsergebnisse auch am Morgen mitteilen konnten.

Von bösen Vorahnungen gequält, war Nikolski hergekommen, um Kungurzews verwandtschaftlichen Rat zu erbitten – der lebte in ziviler Ehe mit seiner Cousine Mascha zusammen. Als Mann mit freisinnigen Ansichten, der eine der ehrlichsten, wie seine in ihn verliebte Cousine behauptete, und begabtesten Federn der Hauptstadt schrieb, hörte er sich die Geschichte mit dem aus der Anatomie entwendeten Kopf aufmerksam an und sagte:

»Ein Mistfink bist du! Und du willst Arzt werden? Wenn man das tote Fleisch nicht zu achten weiß, kann man das lebendige nicht heilen.«

»Ich war betrunken«, rechtfertigte sich Nikolski.

»Und wo ist dieser Kopf jetzt?«

»Weiß der Teufel… Die Gendarmen haben ihn weggeholt.«

Die helläugige schmächtige Mascha goss unermüdlich Tee ein, schnitt Wurst und bemitleidete den Cousin, dass er aus der Medizinisch-Chirurgischen Akademie fliegen werde. Sie riet, den Kopf ausfindig zu machen und ihn auf menschliche Weise zu beerdigen.

»Der Körper ist doch nicht dabei«, sagte Nikolski schicksalsergeben.

Mascha meinte, gleich morgen müsse er in der Anatomie ausgelöst und zusammen mit dem Kopf beerdigt werden. Wenn er nicht das Geld dazu habe, sei sie bereit, ihre für einen neuen Pelz auf die Seite gelegten sechzig Rubel zu opfern.

»Weißt du, Liebste«, Kungurzew verzog unzufrieden das Gesicht, »ich bin ein verknöcherter Materialist und finde, dass du den Pelz dringender brauchst als er ein Leichenhemd.«

Nikolski schnaufte schuldbewusst. Er fühlte sich wie der mieseste Schuft.

»Kindskopf!« Mascha gab dem Cousin mit dem heißen Teelöffel einen Klaps auf die Stirn und schluchzte, ihren Mann anblickend, auf. »Ich brauche den Pelz doch nicht!«

Kungurzew zuckte die Schultern. Er dachte laut nach und versuchte eine plausible Erklärung für die sonderbare Tatsache zu finden, dass ein Gendarmerieoffizier, und zwar in nicht unbedeutender Position, die Entwendung eines wer weiß wem gehörenden toten Kopfes aus einem Glas mit Formalin aufklären zu müssen glaubte. Was für eine Teufelei? Bestimmt war das der Kopf irgendeines entwurzelten Vagabunden, der vor ewigen Zeiten auf der Straße erfroren oder unter die Räder gekommen war.

»Umso mehr muss man ihn auf menschliche Weise beerdigen«, sagte Mascha ärgerlich.

»Wies der Kopf nicht eine Verletzung auf? War der Schädel heil?«, wollte Kungurzew wissen.

»Ist mir nicht aufgefallen. Warum?«

»Mir ist da ein Gedanke gekommen. Ob ihn nicht womöglich Pupyr mit seinem Gewicht umgebracht hat. Vielleicht suchen sie Pupyr, da die Polizei unfähig ist, ihn zu finden?«

»Nein, nein, er war heil«, sagte Nikolski und schlürfte geräuschvoll seinen Tee.

»Den nächsten Winter kann ich noch den alten tragen«, mischte sich Mascha wieder ein.

»Moment mal!« Von einer plötzlichen Ahnung durchzuckt, nahm Kungurzew Nikolski das Teeglas aus der Hand. »Du bist, sagst du, in der Wohnung dieses Bulgaren, deines Freundes, gegriffen worden? So, hm! Und den haben sie heute in die Millionnaja gebracht. Unter Bewachung, ich habe es selbst gesehen. Das bedeutet, Maria, dass dein lieber Cousin des Mordes an dem österreichischen Militärattaché verdächtigt wird.«

»O Gott!«, entsetzte die sich. »Das wird ja immer schlimmer!«

»Wozu haben sie denn nach dem Kopf gefragt?«, meinte Nikolski skeptisch.

»Hast du ihn entwendet? Bist du damit durch die Schenken gegangen? Hast du ihn auf der Straße weggeworfen?«

»Ich war betrunken…«

»Das spielt keine Rolle. Folglich bist du auch imstande, einen lebenden Menschen umzubringen. Eine Logik lässt sich dem nicht absprechen.«

Die Erklärung war gefunden, und Kungurzew beruhigte sich. Das weitere Schicksal des flatterhaften Verwandten kümmerte ihn nicht. Er begann zu erzählen, wie er in der Millionnaja versucht habe, den Chef der Kriminalpolizei Putilin zu interviewen:

»Ich klingele, ein Lakai macht auf. So eine rothaarige Bestie. ›Ich darf niemanden hereinlassen!‹, sagt er. Na, ich habe ihm einen Rubel gegeben und bin ungehindert in das Gästezimmer gelangt. Da sitzt ja unser berühmter Ermittler, sehe ich, mutterseelenallein mit tiefsinnigem Gesicht und flicht Zöpfchen in seinen Kommisbackenbart…«

»Was wird jetzt mit ihm werden?«, unterbrach ihn Mascha, indem sie ihrem Cousin den Arm um die Schultern legte.

Kungurzew winkte geringschätzig ab: Eine Lappalie, das klären die schon. Für alle Fälle schob er unauffällig die Schatulle mit den zurückgelegten sechzig Rubel weiter weg hinter die Bücher.

»Was sind wir doch naiv!«, fuhr er fort. »In diesem Kriminalisten möchten wir keinen Geringeren sehen als den russischen Lecocq. Unter einem Lecocq machen wir es nicht! Dabei ist Lecocqs Physiognomie mit dem Beil zugehauen, und zwar einem stumpfen. Was haben wir bloß mit ihm? Eine rätselhafte Figur hat man entdeckt! Ich verstehe nicht, was man überhaupt über ihn schreiben kann. Vor kurzem hat er eine titanische Tat vollbracht, einen Soldaten a. D. festgenommen, der Marken von öffentlichen Dampfbädern für das einfache Volk nachgemacht hatte und sich damit fremde Unterhosen herausgeben ließ. Ist das vielleicht Stoff für einen Bericht? Offenbar ist er durch die Banjas gegangen, hat sich nackt zwischen schwitzenden Männern herumgedrückt. Bis er ihn zu fassen kriegte. Und wir schreien schon: Ein Lecocq, ein Lecocq! In Europa würden sie sich totlachen. Die Sache ist die, scheint mir…«

Mascha holte ihren alten Pelzmantel aus der Kammer, um zu zeigen, dass er noch ganz brauchbar sei. Kungurzew kratzte, ohne in seiner Rede innezuhalten, mit dem Fingernagel an den bis aufs Leder abgeriebenen Umschlägen, steckte den Finger in ein Loch, in ein zweites.

»Die Sache ist die«, sagte er, »dass die russischen Räuber und Mörder die allerdurchschnittlichsten Leute sind, und um sie zu greifen, muss man ganz genauso sein wie sie. Gleiches wird mit Gleichem kuriert, ein Keil mit einem Keil ausgetrieben. Da, meine Lieben, liegt der Hund begraben. Putilin ist die Mittelmäßigkeit in Person, darin beruht das Geheimnis seiner Erfolge. Und diese Erfolge, muss man sagen, sind auch sehr relativ. Fürst von Arensberg ist ermordet worden – und? Du, Mascha, kennst meine politischen Ansichten, du weißt, wie ich zu den Gendarmen stehe, doch bei der Aufklärung dieses Falles setze ich doch mehr auf sie. Putilin ist mit solchen Fällen überfordert. Hier braucht es Einbildungskraft, einen regen Verstand. Bildung zu guter Letzt…«

»Wenn du für die Zeitung über den Mord schreibst«, sagte Mascha, »dann erwähne unseren Petenka, dass er ein moralischer und von seinen Mitstudenten geachteter Mensch ist.«

»Darüber schreiben, von wegen!«, grinste Kungurzew. »Oberstleutnant Fok hat bereits die Runde durch alle Redaktionen gemacht und angeordnet, dass kein Wort durchsickert. Pfui Teufel! An allen Ecken und Enden klatschen die Leute, aber darüber schreiben darf man nicht. Strengstes Verbot! Wahrhaftig, da kommt einem unwillkürlich der Verdacht, dass die Gendarmen das Ganze selbst eingerührt haben und nun nicht wissen, wie sie die Suppe auslöffeln sollen. Irgendwie wurde mir die Ehre zuteil, in Graf Schuwalows Büro empfangen zu werden. Du wirst es nicht glauben, Maschenka! Drei Uhren, und jede zeigt eine andere Zeit…«

Als er vor Putilin stand, erzählte Kungurzew, habe er ihn sofort mit Fragen überschüttet: Ob in den Mord nicht Revolutionäre, italienische Karbonari, Panslawisten, Genfer Emigranten, Agenten des polnischen Rząds verwickelt seien? Oder ob es möglicherweise einen Zusammenhang mit den kürzlich durchgeführten Manövern, dem Bau neuer Panzerkreuzer, der Umrüstung der Armee gebe? Ob Herr Putilin eine politische Provokation von Seiten Istanbuls für denkbar halte? Und einen Selbstmord? Sei diese Variante völlig ausgeschlossen?

»Andere Korrespondenten würden die Details des Verbrechens auskosten«, sagte Kungurzew. »Brot brauche ich nicht, lass mich nur die blutverschmierten Laken ausmalen. Ich für mein Teil versuche immer den Hintergrund der Geschehnisse herauszufinden.«

»Was haben denn die Karbonari damit zu tun?«, fragte Nikolski.

»Vor einigen Jahren war von Arensberg an den Kämpfen in Italien beteiligt. Es heißt, die Gefangenen seien von ihm nicht besonders gut behandelt worden, die italienischen Geheimgesellschaften aber haben einen langen Arm… Doch dieser Lecocq hörte gar nicht zu. Ich frage: ›Sind Sie darüber informiert, Herr Putilin, dass der türkische Botschaftssekretär Jussuf-Pascha kürzlich aus Istanbul zurückgekehrt ist? Dass er aus irgendeinem Grund nicht über Odessa gefahren ist wie sonst, sondern über das Meer aus Italien kam, auf einem genuesischen Schiff?‹ Und wisst ihr, wie unser Ermittler darauf reagiert hat? Nie im Leben werdet ihr darauf kommen! Er fragte, wie viel ich dem Lakaien am Eingang gegeben hätte. Zehn Rubel, sagte ich.«

»Zehn Rubel?«, rief Maria betroffen. »Du hast doch gesagt, einen Rubel.«

»Ja, einen Rubel, einen Rubel«, beruhigte sie Kungurzew. »Ich habe das mit Absicht zu ihm gesagt. Um ihm vor Augen zu halten, was für Kosten ich in Kauf nehme, um ein Gespräch mit ihm führen zu können. Und er mir darauf: ›Sie lügen. Einen Rubel haben Sie ihm gegeben, mehr nicht, zwanzig Kopeken hätten auch genügt…‹ Das war das ganze Gespräch! Solche Probleme beschäftigen ihn. Diesen Lecocq.«

»Was war das?«, sagte Mascha, lauschend. »Es hörte sich an, als hätte jemand auf der Straße geschrien.«

»Ich bin mit dem Finger übers Glas gefahren«, sagte Nikolski, »ich schreibe ein Wort.«

»Was für ein Wort?«

»Ein Geheimwort. Boew hat es mir beigebracht. Die Freiheitskämpfer schnitzen es in Bäume.«

»Du bist unser Freiheitskämpfer«, griente Kungurzew. »Hast dich mit diesem Bulgaren eingelassen. Wenn sie dich aus der Akademie rauswerfen, was willst du dann machen? Von mir bekommst du kein Geld, brauchst nicht damit zu rechnen.«

»Blinde werde ich kurieren«, sagte Nikolski. »Mit Fliegenpilzen.«

»Wieder ein Schrei. Hört ihr es denn nicht?«

Mascha trat ans Fenster, doch der breite Sims ließ sie nicht erkennen, was auf der Straße vor sich ging.

»Oi! Die Laterne ist zerschlagen worden!«

»Nicht verwunderlich«, bemerkte Kungurzew. »Wisst ihr noch, was war, als im Herbst damit begonnen wurde, Büdchen mit Brandmeldern auf den Straßen aufzustellen? Nach einer Woche war kein Stück Glas mehr heil. Keine Nacht ohne blinden Alarm. Der Brandmeister konnte nicht genug stöhnen. Von den Laternen rede ich schon gar nicht. Die stehen bei uns jedem Betrunkenen im Wege. Ihre schlimmsten Feinde!«

»Bald kommen die weißen Nächte«, sagte Nikolski.

Mascha kniete auf dem Fensterbrett, schmiegte sich an die Scheibe und wäre, zurückprallend, beinahe heruntergefallen: Auf der Straße hatte ein Schuss geknallt, das Echo schlug gegen die Fenster.

»Finger weg!«, herrschte Kungurzew seine Frau an, als er sah, dass sie die für den Winter angebrachten Klebestreifen an der Lüftungsklappe zu entfernen versuchte.

Während er sie vom Fenster wegzog, stürzte Nikolski in die Diele, rannte ins Treppenhaus und mit stampfenden Stiefeln die Treppe hinunter. Die aufgestörten Katzen spritzten aus den Ecken und flohen in lautlosen Sätzen zum Dachboden hinauf.

»Petja! Wohin? Komm zurück!«, rief Mascha ihm nach.

Er gab keine Antwort. Ja, er hatte Schindluder getrieben mit einem toten Kopf, dafür wollte er jetzt einen lebenden retten.

Er stieß mit der Brust die Haustür auf und lief auf die Straße. Am aufgeklarten Himmel stand ein weißer Mond, der Wind war abgeflaut. Rechts, vielleicht zwanzig Schritt entfernt, sah Nikolski eine Kutsche mit dem trüb-goldenen österreichischen Adler in Schräglage. Daneben lag auf der Erde ein Mensch, ein zweiter hatte sich über ihn gebeugt. Als er Schritte hörte, richtete er sich auf.

»Ich bin der österreichische Botschaftssekretär Baron Cobenzl. Wohnen Sie hier? Das ist unser Botschafter, Graf Chotek. Er muss ins Haus getragen werden…«

DREIZEHNTES KAPITEL

Unter Gespenstern

I

Hauptmann Lundin brachte den völlig verunsicherten Lewizki ins Gästezimmer herein. In der letzten Woche hatte der beim Spielen mit Prinz Oldenburgski und Herzog Meklenburg-Strelizki, die sich hin und wieder aus Achtung vor seinem Stammbaum mit ihm an einen Tisch setzten, seine gezinkten Karten verwendet, und jetzt argwöhnte er, die Sache könnte ruchbar geworden sein. Das Schlimmste war, dass er es nicht geschafft hatte, seine Spiele wegzuwerfen, so lief er Gefahr, dass sie entdeckt wurden, sollte es zur Durchsuchung kommen.

Der süßen Sektgeruch verströmende Oberstleutnant Fok erläuterte Schuwalow gerade eine neue Version: Der polnische Thronanwärter kann sich einen Krieg zwischen Russland und Österreich-Ungarn zunutze machen, beide Mächte, die die Rzeczpospolita unter sich aufgeteilt haben, werden durch ihn geschwächt, und dann... Iwan Dmitrijewitsch hörte zu, unfähig, auch nur ein Wort hervorzubringen. Der Wahn sog alles in sich hinein wie ein Strudel. Plötzlich tauchte, wie ein auf der Wasseroberfläche schaukelnder Schwimmer, sein eigener Name auf: Putilin. Etwas später wieder: Putilin, Putilin. Hauptmann Lundin berichtete Schuwalow, heute am Tage sei Lewizki aus irgendeinem Grund hierher, in die Millionnaja, gekommen, zu einem Treff mit dem Chef der Kriminalpolizei Putilin.

»Weshalb trafen sie sich an so einem Tag, und zwar nicht irgendwo, sondern am Ort des Verbrechens? Was für geheime Dinge hatten sie zu besprechen?«, argwöhnte Lundin.

Fok als Oberstleutnant betrachtete die Angelegenheit von einer höheren Warte.

»Wir alle, Euer Erlaucht«, sagte er, »haben außer Acht gelassen, dass die Polen bald ein für sie trauriges Jubiläum begehen.«

»Was für eins?«, fiel ihm Schuwalow ins Wort.

»Im nächsten Jahr jährt sich zum hundertsten Mal die Teilung Polens zwischen Russland, Österreich und Preußen. Bestimmt gibt es Hitzköpfe, die bereit sind, den Altar dieses Jubiläums mit Opferblut zu überschwemmen.«

Ohne zuzuhören, suchte Lewizki zu Wort zu kommen und etwas über Falschspieler zu erzählen, die er angeblich immer persönlich mit Kandelabern geprügelt hätte – ja, mit Kandelabern, aufs Maul, aufs Maul! Fok grinste hinterhältig. Jeden Moment, schien es, würde diesem Wahn eine üppige Blüten treibende Vermutung entwachsen: Er, Iwan Dmitrijewitsch, habe im Komplott mit Lewizki von Arensberg erstickt, um einen Krieg mit Wien zu provozieren, die Rzeczpospolita zu neuem Leben in den Grenzen von 1772 zu erwecken und im Ergebnis dessen eine glänzende Karriere zu machen als Chef der Geheimpolizei beim polnischen König. Das wäre ganz im Stile Pewzows.

»Ach, da ist er, ja, Putilin!«, sagte Fok erstaunt, als hätte er Iwan Dmitrijewitsch eben erst bemerkt. »Fragen wir ihn doch mal…«

Bei Schuwalow begann das linke Lid zu zucken.

»Ja, da fragen wir ihn doch gleich mal«, sagte Fok sanft, »was sie denn tête-à-tête zu beraten hatten, die beiden Lieben.«

»Was reden Sie da?«, brüllte Schuwalow auf und ließ die Faust auf den Tisch niederkrachen. »Sind Sie betrunken,

Oberstleutnant? Oder haben Sie sich einen Dachschaden zugezogen? Was für Thronanwärter! Was faseln Sie? Raus hier!«

»Euer Erlaucht«, versuchte sich Fok zu rechtfertigen, »Sie haben doch selbst von polnischen Verschwörern gesprochen.«

»Raus!«, schnaubte Schuwalow, wobei er das ungehorsame Lid andrückte.

Wie vom Winde hinausgefegt, verschwanden Fok und Lundin von der Bildfläche, als Letztes hörte man noch ihre Säbelscheiden klirrend gegen den Türpfosten schlagen. Ihnen auf dem Fuß schlüpfte Lewizki durch die Tür, und ihm folgte Iwan Dmitrijewitsch, der die Gelegenheit zu nutzen und ebenfalls das Weite zu suchen beschlossen hatte. Der verdatterte Rukawischnikow hinderte ihn nicht daran. Gott sei Dank! Alle vier drängten sich durch den Haupteingang auf die Vortreppe, wo die Kosaken der Eskorte standen und ihre Stummelpfeifen rauchten. Erst hier kamen Lundin und Fok zur Besinnung und gingen ruhig zu ihrer Droschke. Lewizki stürzte nach der einen Seite, Iwan Dmitrijewitsch, der mit Verfolgung rechnete – Schuwalow und Pewzow würden ihm natürlich den zerrissenen Brief nicht verzeihen –, nach der anderen. Er rannte zum Zaun, um drüberzuklettern und sich durch die Höfe davonzumachen, fasste schon mit der Hand nach dem kalten Eisenspieß, als ihm Lewizki einfiel. Wo war er abgeblieben, der Halunke? Sie hatten ja nicht einmal ein paar Worte wechseln können!

Verfolgt wurde er offenbar nicht. Stille. Iwan Dmitrijewitsch kehrte zur Hausecke zurück und spähte, hinter dem Regenrohr versteckt, vorsichtig auf die Straße. Sie war leer. Den polnischen Thronanwärter hatte die Dunkelheit geschluckt. Nicht einmal seine Schritte waren zu hören. Das schwarze Wachstuchverdeck von Schuwalows Kutsche glänzte, nass vom getauten Schnee, im Mondschein wie ein Klavier. Oberstleutnant Fok und Hauptmann Lundin hatten sich ebenfalls in der Finsternis aufgelöst, als hätte es sie hier gar nicht gegeben, als wären sie ein wieder zerronnenes Gebilde der Luft, des modrigen Petersburger Nebels – Gespenster, Geister, denen man, wie die Mutter einem in der Kindheit beigebracht hatte, auf alle Fragen nur eine Antwort geben musste: »Komm gestern!«

Schnell weg von diesem Haus! Sonst drehte man selbst noch durch, wenn man sich die so ansah.

Fröstelnd schlug Iwan Dmitrijewitsch den Kragen seines Gehrocks hoch. Es wurde Zeit, den wahren Mörder zu fassen. Mochte ihn auch niemand haben wollen, diesen Mörder – weder Schuwalow und Pewzow noch Chotek, noch Strekalowa, finden musste man ihn trotzdem, andernfalls verlor das eigene Leben jeden Sinn.

Es war zu hören, wie im Gästezimmer Schuwalow tobte. Die Kosaken wechselten lächelnd Bemerkungen, ihr Hauptmann zupfte gereizt an seinem Schnauzbart. Er hatte es satt, hier unter den Fenstern herumzulungern, doch Anweisungen kamen nicht.

Iwan Dmitrijewitsch schlug den Weg ein, den er sich inzwischen überlegt hatte, doch er war kaum fünfzig Schritte die Millionnaja entlanggegangen, als schwer atmend Konstantinow auf ihn zugerannt kam. Und buchstäblich im nächsten Augenblick tauchte auch Sytsch auf, schon in Stiefeln, Mantel und Mütze. Verschnupft über die Behandlung durch seinen geliebten Chef, hatte er sich nicht übermäßig beeilt, sondern war zu Hause vorbeigegangen, um sich umzuziehen und mit heißem Wasser aufzuwärmen.

Wieder zu Atem gekommen, erzählte Konstantinow in allen Einzelheiten von seinen Abenteuern und beschrieb seinen Verfolger: groß, kräftig gebaut, bastfarbener Bart.

Sytsch berichtete, die Kerzen habe bei dem Küster ein Mann von entgegengesetztem Äußerem gekauft: klein, hager, bartlos.

Während er den beiden aufmerksam zuhörte, blickte Iwan Dmitrijewitsch immer wieder zu den Fenstern hinüber, wo sich hinter den Gardinen die Silhouette Pewzows abzeichnete. Wie er ihn in den Rücken gestoßen hatte, der Schweinehund! Und vor allem hatte er ja gesehen, dass Iwan Dmitrijewitsch hingestürzt war. In den Händen und Knien lebte die Erinnerung an die nasse Erde wieder auf. Und wofür das? Nein, so etwas verzeiht man nicht.

»Und das schickt Ihnen Ihre Gattin, Iwan Dmitrijewitsch«, sagte Konstantinow und holte unter dem Mantel das Leinenbeutelchen mit den belegten Broten hervor.

Iwan Dmitrijewitsch schnupperte daran:

»Wieder mit Hühnerfleisch?«

»Weiß ich nicht.«

»Na schön. Und wo sind die Münzen?«

»Es war abgemacht, eine gehört jetzt mir!«, erinnerte ihn Konstantinow. »Das haben Sie versprochen. Erinnern Sie sich nicht?«

»Ich erinnere mich an alles. Gib sie her.«

»Welche?«

»Beide.«

Seufzend brachte Konstantinow die Napoleondore zum Vorschein: der eine vollgewichtig, der andere dünner, mit abgegriffenem Profil. Die Prägedaten unterschieden sich. Die erste, unter dem Bett des Fürsten gefunden, stammte aus der Zeit der Verteidigung von Sewastopol, sah aber wie neu aus. Die zweite war im vorletzten Jahr geprägt worden, aber schon stark abgenutzt. Warum hatten diese Münzen nicht in der Truhe des Fürsten gelegen? Hatte er sie von jemandem bekommen, oder wollte er sie jemandem geben, da er sie in sein Toilettentischchen gelegt hatte? Und warum hatte sein Revolver auch da gelegen?

Iwan Dmitrijewitsch warf die Napoleondore nachdenklich hoch, klingend fielen sie auf seine Hand. Endlich stand sein Entschluss fest. Er gab sie Konstantinow zurück und trug ihm auf:

»Geh ins Haus, zeig sie dem Grafen Schuwalow. Was du mir erzählt hast, das erzähl auch ihm. Wort für Wort. Dass du mich getroffen hast, das sag nicht.«

Sytsch hörte betrübt die Worte seines Chefs. Nein, ihm war es nicht beschieden, Vertrauensagent zu werden. Nicht er wurde zu Schuwalow geschickt, um zu berichten. Konstantinows Neuigkeit galt mehr.

Konstantinow zeigte sich jedoch alles andere als erfreut.

»Wie denn das, Iwan Dmitrijewitsch!«, sagte er betroffen. »Wozu? Wieso sie ihnen überlassen, diesen Schmarotzern? Wir kommen schon allein klar. Holen unsere Jungs dazu…«

»Geh schon«, wiederholte Iwan Dmitrijewitsch.

»Ich gehe nicht«, sagte Konstantinow mit weinerlicher Stimme. »Schlagen Sie mich, machen Sie mit mir, was Sie wollen, ich gehe nicht!«

Iwan Dmitrijewitsch drehte ihn wortlos herum und versetzte ihm einen leichten Stoß mit dem Knie, um ihn auf seinen Weg zu schicken.

Konstantinow trottete los und murmelte dabei:

»Jetzt bekommen die die Auszeichnungen, alles sie. Und wir? Den ganzen Tag läuft man herum wie ein Hund…«

Als Konstantinow die Vortreppe hinaufgestiegen war, ging Iwan Dmitrijewitsch um die Ecke, damit ihn aus dem Hause von Arensbergs niemand sehen konnte. Hier band er das Beutelchen auf. Es waren drei Brote, alle mit Magerkäse belegt. Zwei nahm er sich, eins gab er Sytsch. Er biss in das eine Brot und begann ungeduldig zu warten, was weiter geschehen würde, lange konnte das nicht dauern, versicherte er sich selbst.

Der Wind begann abzuflauen, in der Ferne hörte man die Newa lauter rauschen.

Nachdem Sytsch sein Brot abbekommen hatte, vergaß er

sogleich, dass Iwan Dmitrijewitsch ihn, bloß im Hemd, zur Auferstehungskirche gescheucht hatte. Er trug ihm nichts nach. Zu den Gendarmen hatte er Konstantinow geschickt – na und? Dafür war das Brot mit Käse für ihn abgefallen! Und Iwan Dmitrijewitsch gab nichts einfach so, o nein... Sytsch hielt das belegte Brot behutsam, wie die größte Kostbarkeit, in der Hand und traute sich nicht, es zum Munde zu führen. Sein Herz frohlockte: Verdient habe ich es mir, verdient!

»Iss«, sagte Iwan Dmitrijewitsch, »was guckst du!«

Sytsch biss hinein und äußerte begeistert:

»Honig ist das und kein Käse! Schmilzt einem auf der Zunge.«

»Nicht zu mager?«

»Wenn Ihnen einer so was sagt, Iwan Dmitrijewitsch, dann glauben Sie dem bloß nicht.«

Sie schwiegen eine Weile, dann fragte Sytsch:

»Was stehen wir eigentlich hier, Iwan Dmitrijewitsch? Warten wir auf jemanden?«

Die Antwort blieb aus, er erschrak, dass er seine Nase in Dinge steckte, die Agenten, selbst wenn sie es fast zum Vertrauensagenten gebracht hatten, nichts angingen, und beschloss, ein Nebenthema anzusprechen:

»Der auf der Münze und der andere Napoleon, wie sind die miteinander verwandt?«

»Über sieben Ecken.«

Iwan Dmitrijewitsch zog seine Uhr heraus und klappte den Deckel auf. Oho, schon bald vier... Vor einem Tag um diese Zeit hatte Fürst von Arensberg am Haupteingang die Tür aufgemacht und von innen abgeschlossen, den Schlüssel auf das Tischchen im Flur gelegt, war ins Schlafzimmer gegangen, wo der Kammerdiener ihm die Stiefel von den Beinen zog, während die beiden, die hinter der Gardine auf dem Fensterbrett saßen, den Atem anhielten. Iwan Dmitrijewitsch versuchte sich vorzustellen, dass er selbst auf diesem Fensterbrett saß. Wie mit Nadeln sticht es in den eingeschlafenen Beinen. Er rief sich das Bild vor Augen, und es klappte – er sitzt da und wartet. Flüstert dem anderen zu: »Und wenn er nun nicht sagt, wo der Schlüssel ist?« Der antwortet bloß mit den Lippen: »Er wird es sagen…« Nichts zu hören, die Lippen sind in der Dunkelheit nicht zu sehen, und doch versteht er es. Im Schlafzimmer brennt die Lampe, das Licht fällt in das Gästezimmer, von der kupfernen Seitenfläche der fürstlichen Truhe liegt ein blutroter Fleck schräg auf der Wand. Weder mit dem Messer noch mit einem Nagel haben sie sie aufgekriegt. Auch der Versuch, den Deckel mit einem Feuerhaken anzuheben, ist erfolglos geblieben.

Am Morgen hatte Iwan Dmitrijewitsch das Fensterbrett untersucht, und jetzt fuhr er in Gedanken wieder mit der Hand darüber. Krümelfrei, also haben sie kein Brot gegessen. Wozu brauchten sie dann die Butter? Seltsam, zum Wodka.

Der Himmel wird sich bald aufhellen, doch das Echo ist noch nächtlich laut. Man tritt von einem Bein aufs andere und glaubt jemanden gehen zu hören, der sich hinter den Häusern versteckt hält.

Als Iwan Dmitrijewitsch mit sechzehn Jahren zum ersten Mal nach Petersburg gekommen war, hatte ihn das Echo hier verblüfft. In seinem Heimatstädtchen gab es nichts, wogegen Schritt und Stimme prallen konnten, um davon zurückgeworfen zu werden: Alles war weich, aus Holz und Stroh. Hier dagegen bestand alles aus Steinen, Mauern bis zum Himmel hinauf. Was hallt da? Woher kommt es? Rätselhaft.

»Wir warten doch auf etwas, Iwan Dmitrijewitsch!«, brachte Sytsch stoßweise hervor. »Es hat doch seinen Grund, dass wir uns hier verbergen. Wir liegen doch hier gemeinsam im Hinterhalt, und das werde ich bis zum Grabe nicht vergessen, dass wir das gemeinsam gemacht haben. Dass Sie mir von dem Käse abgegeben haben… Vertrauen Sie sich mir an, Iwan Dmitrijewitsch! Sagen Sie, worauf warten wir?«

»Gedulde dich«, sagte Iwan Dmitrijewitsch. »Bald gehen wir.«

»Wohin?«

»In die Auferstehungskirche.«

Sytsch, der noch nicht an sein Glück glauben konnte, sagte:

»Nicht umsonst also ...«

»Pst!« Iwan Dmitrijewitsch zog ihn um die Ecke, gab ihm einen Klaps auf den Hinterkopf, damit er sich nicht vorreckte.

Die Tür am Haupteingang klappte. Die Vortreppe betrat Schuwalow, dahinter Pewzow.

»Die Italiener, Euer Erlaucht«, sagte er laut. »Natürlich die Italiener!«

Hinter ihm setzte Schuwalows Adjutant dem herbeigeeilten Kosakenhauptmann etwas auseinander, der nickte. Konstantinow stand auch dabei. Das eine Auge schwoll bei ihm bereits zu, während das andere weit aufgerissen war und glänzte wie bei einer mondänen Schönheit, die sich vor dem Ball Atropin geträufelt hat – sei es, dass sich die allgemeine Erregung auch auf ihn übertragen hatte, sei es, dass er reine Vorfreude darauf genoss, wie dem bärtigen Kerl, der ihn überfallen hatte, die Hände gebunden wurden.

»Ich hatte mir schon gedacht, dass es die Italiener gewesen sind«, schwadronierte Pewzow, während er Schuwalow in den Mantel half, »aber mir fehlten die Beweise. Sie hassen ja die Österreicher wie die Bulgaren die Türken. So viele Jahre haben sie sie im Land gehabt. Hier ist der Ärmel, Euer Erlaucht ... Und Fürst von Arensberg war an dem Krieg in Italien beteiligt. Soviel ich weiß, hat er sich dort nicht ganz ritterlich verhalten. Ließ Dörfer in Brand stecken.«

»Tatsächlich?«

»Leider! Und Gefangene erschießen. Die Italiener mussten deswegen an ihm Rache üben. Vendetta!«

»Sicherlich hat sie Garibaldi selbst hergeschickt«, vermutete der Adjutant.

»Nein«, widersprach der Kosakenhauptmann mit düsterer Überzeugung. »Der Papst war es.«

»Mit der Eskorte – uns nach!«, befahl ihm der in die Kutsche steigende Schuwalow.

Pewzow setzte sich neben ihn, der Adjutant, den Koran unterm Arm, zwängte sich mit hinein. Konstantinow stieg auf den Bock, um dem Kutscher den Weg zu weisen, Rukawischnikow sprang auf den Wagentritt.

Die Kosaken saßen bereits in den Sätteln. Der Schneematsch spritzte auf, eine Minute später war die Kavalkade am Ende der Straße verschwunden.

Iwan Dmitrijewitsch drückte Sytschs Beute, den Napoleondor aus der Auferstehungskirche, fester in der Hand. Zwei ebensolche Münzen, die Konstantinow ihnen gebracht hatte, führten jetzt Pewzow und Schuwalow zum Hafen. Dem Willen Iwan Dmitrijewitschs gehorchend, hatte ihnen der französische Kaiser mit seinem Ziegenbart den Weg vorgezeichnet.

Fahrt nur, fahrt nur, dachte Iwan Dmitrijewitsch. – Und wird die Schafe zu seiner Rechten stellen und die Böcke zur Linken…

Er hieß Sytsch auf der Straße warten, während er die Vortreppe hinaufstieg und klingelte.

»Wo ist die Katze?«, fragte er den öffnenden Kammerdiener.

»Wie, was?«

Vor Schläfrigkeit konnte er kaum noch etwas aufnehmen.

»Die Katze…«

Iwan Dmitrijewitsch entdeckte sie in der Küche, wo sie auf dem Tisch saß und an einem schmutzigen Teller schnupperte. Sein Kater Mursik bekam eins drauf, wenn er auf den Tisch sprang, doch diese Katze zu erziehen, hatte er nicht die Absicht. Er packte sie am Schlafittchen und ging mit ihr den Flur entlang. An der Tür vom Gäste- zum Schlafzimmer hob er die Gefangene zur Türangel hoch und drückte sie mit dem Maul dagegen. Sie hing teilnahmslos und ruhig wie ein Fell am Haken. Er war gezwungen, seine Taktik zu ändern. Sie erst einmal hinterm Ohr zu kraulen und beruhigend zu streicheln, um dann wieder ihre Nase an die Türangel zu halten. Die Katze begann sie ausgiebig zu beschnüffeln, bewegte die Schnurrhaare. Aha, endlich mitgekriegt!

Bei dieser Türangel hatte Iwan Dmitrijewitsch schon am Tage die Geschmacksprobe gemacht, ohne etwas feststellen zu können. Sein Geschmackssinn hatte durch den täglichen heißen Tee, durch Wodka und Rauchen stark gelitten. Die Frauen riechen und schmecken besser, weil sie nicht trinken und nicht rauchen, und man sollte ihnen nicht scheinheiligerweise Verfressenheit und ihre Vorliebe für französisches Parfum und türkische Salben vorwerfen. Jeder liebt, was er zu schätzen weiß, Strekalowa bringt bestimmt keiner dazu, Türangeln zu belecken! Eine Katze ist sogar verlässlicher. Ein Tier kennt kein Verstellen. Doch auch so war klar, dass einem der Mörder die Wohnung des Fürsten bestens vertraut war – dass er über die Klingel Bescheid wusste und über die knarrenden Türen. Jetzt konnte sich Iwan Dmitrijewitsch das Bild in allen Einzelheiten vorstellen. Als der Fürst sich am Abend ausruhte und die Verbrecher das Haus betraten, blieb die Tür zum Gästezimmer geöffnet. Sie knarrte nicht, heulte auch nicht wölfisch auf, aber um dann, nachdem der Hausherr zum Yachtklub abgefahren war, lautlos vom Gäste- ins Schlafzimmer zu gelangen, schmierten sie die Tür mit Butter ein.

Iwan Dmitrijewitsch gab die Katze frei und streichelte sie zum Abschied dankbar. Fein gemacht! Sie hatte den unwiderlegbaren Beweis geliefert, dass die Mörder keinen vorher durchdachten Plan gehabt, sondern sich spontan entschieden hatten. Sonst hätten sie sich wenigstens Öl besorgt.

Er ging ins Schlafzimmer und zog das Schubfach des Toilettentischchens heraus. Hier hatten sie gelegen, die Napoleondore… Der Kammerdiener stand, mit dem Schlaf kämpfend, daneben.

»Diese Münzen«, fragte ihn Iwan Dmitrijewitsch, »hat sie jemand dem Fürsten gegeben, oder wie war das?«

»Er hat sie beim Kartenspiel gewonnen. Vorgestern ist er in den Yachtklub gefahren, dort hat er sie gewonnen. Für gewöhnlich verlor er. Er hatte kein Glück. Diesmal aber kam er hochzufrieden nach Hause. ›Sieh mal!‹, sagt er. Holt sie einzeln aus der Tasche heraus und wirft sie in das Schubfach. Kling, kling!«

»Mit wem er gespielt hat, weißt du nicht vielleicht?«

»Er hatte einen Freund. Baron Hogen… Hagen…«

»Hohenbrück?«

»Ja, richtig… Tags darauf war der Botschaftssekretär in irgendeiner Angelegenheit bei uns hier, da prahlte der Herr auch vor ihm. Er kam in Fahrt und redete nur davon: König, Dame, ein Paar Asse.«

»Haben sie russisch gesprochen?«

»Nein, wieso? Deutsch.«

»Verstehst du denn das?«

»Aber ja! Meine Mutter ist aus dem Baltikum, das ganze Leben hat sie bei Herrschaften gearbeitet. Früher haben wir in Riga gelebt…«

Sich nach dem Revolver zu erkundigen blieb Iwan Dmitrijewitsch keine Zeit mehr: Jemand klopfte von draußen laut ans Fenster. Er sah Sytschs Gesicht mit platt gedrückter Nase an der Scheibe. Die Augen waren schreckgeweitet, der Mund öffnete sich lautlos, Sytsch machte ihm Zeichen, sofort zu ihm herauszukommen.

Auf der Vortreppe stürzte er ihm entgegen und schrie:

»Ein Unglück, Iwan Dmitrijewitsch! Der österreichische Botschafter ist mitten auf der Straße überfallen worden!«

»Ich weiß, ich weiß. Ihrem Konsul hat man den Kopf abgehauen und in der türkischen Botschaft ein Schwein durchs Fenster reingelassen. Alles weiß ich!«

Da ließ sich von hinten eine Stimme vernehmen:

»Ihr Agent spricht die Wahrheit. Er hat alles von mir erfahren.«

Iwan Dmitrijewitsch wandte sich um. Neben einer offenbar soeben angekommenen Droschke stand ein guter Bekannter von ihm, der Revieraufseher Sopow.

»Lebt er noch?«, fragte Iwan Dmitrijewitsch rasch. »Antworte! Lebt er?«

»Vorläufig lebt er. Ein Student kam dazu, sie haben ihn in eine Wohnung getragen.«

Wer ist schuld, dass Schuwalow Chotek ohne Eskorte nach Hause geschickt hat? Iwan Dmitrijewitsch spürte, wie ihm innerlich kalt wurde. Er stieß Sopow zu der Droschke, schwang sich selbst hinein und befahl dem Kutscher:

»Los, schnell!«

Sopow sprang auf die bereits anfahrende Droschke auf.

»Über die Straße war ein Seil gespannt«, berichtete er. »Den Kutscher hat es vom Bock geworfen, seine ganze Visage ist zerschunden. Mit dem Kopf ist er aufgeschlagen, kann sich an nichts erinnern. Wie eine Flaumfeder hat es ihn durch die Luft gewirbelt! Sie hatten auch ein Ministertempo drauf… Ich war auf meinem Rundgang, da höre ich – bum! Ein Schuss…«

»Ich denke, da war ein Seil!«

»Das sowieso.«

»Wem hast du es gemeldet?«

»Niemandem. Bin gleich zu Ihnen.«

Hinter den Häusern war die Klapper des Nachtwächters zu hören, die zu fragen schien: Wer bist du? Wer bist du? Wer bist du? Den Mond hatten Wolken verhüllt. Von den Dächern tropfte es.

Im Licht einer Laterne huschte eine mit frischem Dreck bespritzte Anschlagssäule vorbei: vor kurzem war hier Schuwalow mit seinem Gefolge entlanggeprescht.

II

Ein Kosak ritt voraus, zwei hinterdrein, der Hauptmann seitlich, neben der Kutschentür.

Es hieß sich beeilen. Konstantinow hatte mitgeteilt, dass die »Triumph der Venus« heute Morgen mit Heimatkurs auslaufen wollte. Schauerleute hatten es ihm erzählt.

Pewzow, der bei dem Gerüttel zwischen Schuwalow und dessen Adjutanten hin und her schaukelte und sich beinahe den Kopf an der Decke stieß, entwickelte ihnen seine Überlegungen: Er war zu dem Schluss gekommen, dass den Mördern jemand von den russischen Sozialisten geholfen haben dürfte. Bakunin, der hatte ja sowohl mit Mazzini als auch mit den Karbonari in Süditalien gemeinsame Sache gemacht und mit den Österreichern eine alte Rechnung zu begleichen – bei ihnen hatte er im Gefängnis gesessen. Konnten die Italiener nicht von ihm angestiftet worden sein, sich an von Arensberg zu rächen? Er hatte beschlossen, ihre Gefühle auszunutzen, um durch Ermordung eines ausländischen Diplomaten eine Gärung in der Gesellschaft herbeizuführen. Hefe hatte er immer zur Verfügung – das räuberische Element. Was sich in Paris tat! Die Commune! Warum sollte man Gleiches nicht auch in Petersburg inszenieren?

»Dass es die Italiener gewesen sind, ist doch seltsam«, sagte der Adjutant. »Ich habe sie vor Sewastopol erlebt. Da war ich noch Junker. Im Gefecht lasch, aber stimmgewaltig, die Kerle! Wie die gesungen haben! Nachts kroch ich manchmal zu ihren Gräben und lauschte. Ich liege im Gras, knabbere meinen Brotkanten. Statt Salz streue ich Pulver drauf und kaue und höre zu, wie sie singen. Über mir die Sterne. Nichts leichter, als sich eine Kugel einzufangen, und ich Dämel liege da. Heute würde ich nicht mehr hinkriechen.«

Pewzow unterbrach ihn und fuhr fort in seinen Überlegungen: Zweifellos hatten die Karbonari die Hilfe von Petersburger Kriminellen in Anspruch genommen. Sonst hätte es kaum klappen können. In einer fremden Stadt, ohne die Sprache zu beherrschen… Und die Zuchthäusler konnten natürlich genauso wenig ein Wort Italienisch. Folglich musste es einen Vermittler gegeben haben. Der Russe oder Pole war. Möglicherweise auch ein Jude.

»Ich denke mir, ein Emigrant, der als Matrose auf der ›Triumph der Venus‹ angeheuert hat«, sagte Pewzow. »Er war es, der in der Schenke ›Amerika‹ gesessen hat.«

»Warum denken Sie das?«, wollte Schuwalow wissen.

»Bekanntlich ist den Italienern Rache eine heilige Sache, Euer Erlaucht. Jemanden umbringen – kein Problem. Hinter einer Ecke hervor oder nachts im Bett – bitte schön, jederzeit. Edelmut schließt das nicht aus. In der Hinsicht erinnern sie an unsere Kaukasier. Aber Leute ausrauben, das, pardon, ist nicht ihre Welt. Die Napoleondore haben ihre Komplizen eingesteckt. Übrigens spricht das auf dem Fensterbrett gefundene Wodkafläschchen für diese Version. Die Italiener hätten Wein vorgezogen.«

In der eintretenden Pause versuchte der Adjutant seinen Bericht fortzusetzen:

»Aber auf Lieder, müssen Sie wissen, sind sie richtig versessen…«

»So lassen Sie das doch!« Pewzow stieß ihm den Ellbogen in die Seite. »Es ist einfach ein Glück, Euer Erlaucht, dass dieser Kerl mit dem lädierten Augen, Putilins Spion, die Münzen uns gebracht hat und nicht seinem Chef. Der hätte angefangen zu tricksen, um seinen Vorteil herauszuschlagen… Haben Sie schon entschieden, wie mit ihm zu verfahren ist?«

»Mit wem?«

»Mit Putilin. Ich verstehe bloß nicht, ob er nicht ganz richtig ist oder nur so tut. Den österreichischen Botschafter ohne triftige Begründung des Mordes zu bezichtigen!«

»Zu erst einmal, Rittmeister, muss ich entscheiden, wie wir uns vor Chotek rechtfertigen können.«

»Ganz einfach«, sagte Pewzow. »Wir verhaften Putilin oder jagen ihn davon. Da haben Sie die Rechtfertigung.«

»Vor Sewastopol, sage ich, war das«, versuchte der Adjutant doch wieder zum Zuge zu kommen. »Eines Tages befiehlt uns der Kompaniechef: Los, Jungs, singt doch mal ›Notschenka‹, aber möglichst zu Herzen gehend! So ein Schuft. Nimmt sein Gewehr und stellt sich an die Brustwehr. Ich mit ihm. Unsere Soldaten singen, dass es einem die Tränen in die Augen treibt. Wir gucken, die Italiener kommen aus ihren Gräben hoch wie Zieselmäuse. Lauschen. Der Kompaniechef flüstert mir zu: Schieß, schieß! Er selber – peng, einen Offizier abgeschossen! Ich kann das nicht. Meine Hand gehorcht mir nicht.«

»Na, Gott sei Dank«, sagte Schuwalow. »Ich höre Sie und denke: Ich werde mir doch nicht einen anderen Adjutanten suchen müssen?«

Der Kutscher zog mit voller Kraft die Zügel an. Die Pferde wieherten, die Kutsche blieb stehen. Der Kosakenhauptmann klopfte mit der Nagaika* an die Scheibe:

»Irgendein Weib. Läuft direkt vor die Räder.«

Schuwalow öffnete die Tür, und auf ihn zu stürzte eine junge Frau mit heruntergerutschtem Tuch, das Haar zerzaust, der Blick irre:

»Euer Wohlgeboren, Pupyr! Er ist irgendwo hier…«

Tränen flossen ihr über das Gesicht.

Schuwalow wollte die Tür zuziehen, doch die Frau klam-

---

* Aus Lederriemen gefertigte Kosakenpeitsche.

merte sich mit beiden Händen fest und ließ es nicht zu. Der Kosakenhauptmann schob sie mit der Brust seines Pferdes sachte beiseite und erklärte ihr:

»Zur Polizei musst du gehen. Geh zur Polizei.«

»Nicht um mich habe ich Angst, Euer Wohlgeboren! Ich habe mit ihm zusammengelebt, mir tut er nichts…«

Doch ohne ihr zuzuhören, wendete der Kosakenhauptmann sein Pferd. Die blaue Laterne vorn auf der Kutsche leuchtete auf und verschwand hinter Pferderücken.

Nur schnell zum Hafen! Die »Triumph der Venus« wird bereits unter Dampf gesetzt, die Flammen prasseln in den Heizkesseln.

Am Schlagbaum vor der Hafeneinfahrt lief ihnen ein verschlafener Soldat aus dem Invalidenkommando entgegen.

»Hoch!«, schrie ihm Konstantinow von weitem in Generalston zu.

Mit zitternden Händen löste der Invalide das Seil, um das Ende des Schlagbaums frei zu machen. Der an das andere Ende gebundene Eisenblock zog dieses nach unten, knarrend fuhr der gestreifte Balken hoch, und als die Kutsche mit kaum vermindertem Tempo unter ihm durchschoss, riss es Konstantinow, der auf dem Bock saß und den Kopf nicht schnell genug einzog, die Mütze herunter.

Er richtete sich auf, um den Weg mit dem einen Auge besser überblicken zu können. Mit wehenden Haaren und brennendem Gesicht zeigte er, wohin sie fahren mussten, und schrie:

»Nach rechts! Wieder nach rechts… Wohin fährst du? Brrr! Mit welcher Hand bekreuzigst du dich, Tölpel?«

Endlich konnte Konstantinow in der Dämmerung am Ufer die bekannte Silhouette erkennen. Schwacher Apfelsinengeruch schien ihm in die Nase zu steigen. Er sah die eleganten Formen der Bordwände, die Masten mit den schneebeflockten Tauen, das trübe Licht auf der Back und den langen, in den Farben des Königreichs Italien bemalten Schornstein – rot, weiß, grün. Aus dem Schornstein stieg Rauch empor, unter Deck stampfte die Maschine, doch das Fallreep war noch nicht eingezogen, die Anker nicht gelichtet.

III

Für gewöhnlich ging Pupyr in der Nähe des Hafens auf Raub aus, in dessen rettenden Labyrinthen man sich stets vor Verfolgern in Sicherheit bringen konnte. Irgendwo dort versteckte er auch einen Teil seiner Beute, so war es leichter, sie bei Matrosen ausländischer Schiffe zu Geld zu machen. Glascha wusste das und irrte vielleicht anderthalb Stunden durch die benachbarten Viertel. Sie schlenderte durch menschenleere Gassen, trottete in den Toreinfahrten zwischen den Mülltonnen umher, folgte unauffällig heimkehrenden Kneipenbesuchern, vorzugsweise besser Gekleideten: Zumeist war Pupyr hinter solchen her. In der Hoffnung, seine Aufmerksamkeit zu erregen, begann sie ein paarmal selbst, mit betrunkener Stimme Lieder zu singen. Mochte er ruhig denken, da habe eine zu tief ins Glas geguckt, die ihrem Mann ausgerissen war, ein flottes Dämchen mit Handtäschchen, goldenen Ohrringen und einem Hunderttrubelschein am Busen, den ihr ein leidenschaftlicher Kavalier hineingeschoben hatte. Alles vergeblich.

Nach Mitternacht legte sich der Sturm, auf der in der letzten Woche erwärmten Erde taute der Schnee weg. Ihre Schuhe waren durchgeweicht, doch Glascha achtete nicht darauf. War nicht alles schon egal?

Dabei war es noch kein Jahr her, dass sie, von einem Bräutigam träumend, ihr Vorhängeschloss an die Newa getragen hatte, um es hier zuzuschließen und für die Nacht zusammen mit dem Schlüssel unters Kopfkissen zu legen. Die Frauen in der Wäscherei hatten ihr gesagt, dass dann der ihr Bestimmte im Traum kommen und sie um Wasser bitten würde. Darauf genügte es zu sagen: »Mein Schloss, dein Schlüssel …« Morgens kam immer der Trinkwasserfuhrmann Semjon Iwanowitsch vorbei, ein guter Mensch und Witwer. Sah sie ganz real an, gab ihr Nüsse zu knabbern. Aber nein, sie musste an einen Mörder geraten! Er hatte zum Erbarmen ausgesehen, zerlumpt, die Ohren schorfig. Binnen drei Monaten futterte er sich eine feiste Visage an. Geht durch die Schenken, schreibt in ein Heft, wie man Pasteten mit Fischköpfen oder Welsschwänzen bäckt. Und weshalb hatte sie dumme Trine den Mund gehalten? Wovor hatte sie Angst gehabt? Dumm, dumm, oh, wie dumm, mein Gott! Kann es denn etwas Schlimmeres auf der Welt geben, als mit ihm zusammenzuleben? Wie viele Menschenleben hat sie auf dem Gewissen! Und wenn er heute noch jemanden abmurkst, kann kein Gebet die Sünde von ihr nehmen. Bleibt nur, Hand an sich zu legen. Den mit dem Backenbart ausfindig machen – und in die Newa … O Gott!

Glascha lief kopflos durch die Straßen, und dann kam der Moment, dass sie plötzlich spürte: Er ist irgendwo ganz nahe, der Teufel. Die Hunde in den Höfen verrieten ihn. Bald der eine, bald der andere Köter winselte klagend und ängstlich, und dann kläfften alle zugleich los. Offenbar hatten sie den von Pupyr ausgehenden Wolfsgeruch gewittert.

Zweimal lief Glascha zu den Wächtern in den Büdchen und forderte sie auf, mitzusuchen nach Pupyr, flehte, weinte, doch der Erste bekam es mit der Angst, während der Zweite mit ihr anzubändeln suchte, nach ihrem Rock, ihrer Brust griff, drohte, sie mit aufs Revier zu nehmen als Herumtreiberin, wenn sie ihm nicht zu Willen war. Nur mit Mühe konnte Glascha ihn abwehren. Sie hielt sogar eine Kutsche mit einem General an, doch der wollte nichts von Pupyr hören, ebenso der schnauzbärtige Offizier auf seinem Pferd, obwohl sie sich vor ihm auf die Knie warf. Auf der nassen Fahrbahn sitzend, sah Glascha, wie die Reiter sich entfernten, wie lustig die Pferdehintern mit den beschnittenen Schweifen spielten, und wiegte sich heulend hin und her. Eine schreckliche Ahnung ließ ihr das Herz erstarren: Womöglich war es tatsächlich so, dass der Zar Pupyr brauchte, da niemand sich gewillt zeigte, ihn zu fassen. Womöglich war das nicht nur Gerede gewesen?

Die Uhr am Newa-Turm schlug viermal. Sie stand auf und trottete heimwärts.

An ihrem Haus angekommen, sah sie schwaches Licht im Keller. Es vibrierte im Lüftungsfensterchen, und das Blut stockte ihr in den Adern: Hatte sie ihn also verpasst. Er war da, zurückgekommen.

Es roch nach Rauch, die ersten Öfen wurden geheizt. Glascha stand verwirrt, unschlüssig, ob sie hineingehen sollte oder nicht; dass das Licht im Fensterchen verlosch, entging ihr. Sie kam zu sich, als Pupyr bereits vor ihr stand. Aus Gewohnheit zog sie den Kopf ein, als sie ihn anblickte, und begriff nicht gleich, dass sie ihm zum ersten Mal ohne Furcht in die Augen sah.

»Wo bist du gewesen?«, fragte er.

Glascha zuckte die Schultern und ließ die Frage unbeantwortet. Kölnischwassergeruch kam von ihm. Wovor hatte sie denn Angst gehabt? Was hatte er Wölfisches? Ein Beamtenmantel mit Pelzkragen, die Stiefel vorn blank, die Hacken dreckig. Und die Arme! Der reinste Affe! Konnte seine Stiefel wienern, ohne sich zu bücken.

»Bist du taub geworden? Wo bist du gewesen, frage ich!«
Sie lachte auf:

»Ich habe dich beobachtet!«

»Mich beobachtet?« Er riss die Augen auf. »Und was hast du gesehen?«

»Alles! Alles habe ich gesehen!«

Glascha lachte, doch dabei rannen ihr Tränen über die Wangen.

»Was hast du gesehen?«, fragte Pupyr leise.

Sie wischte die Tränen weg und spuckte ihm genussvoll in die widerliche Visage, gleichzeitig verkrallte sie sich in seinen Haaren und schrie:

»Hier ist er! Haltet ihn!«

Pupyr riss ihre Hände zusammen mit einem Büschel seiner Haare los, schaffte es jedoch nicht, ihr den Mund zuzuhalten.

»Gute Leute!«, schrie Glascha, sich bäumend, mit leichtem, frohem Gefühl. »Er ist hier!«

Pupyr packte sie mit der Rechten um den Leib, presste ihr mit der Linken brutal die Lippen zu, hob sie hoch und schleppte sie zum Hintereingang.

Im zweiten Stock knarrte ein Fenster, ein Kahlkopf beugte sich heraus.

Glascha wehrte sich, zerrte an Pupyrs Kragen, zerkratzte ihm den Hals, stieß Schreie aus, die ihr durchdringend erschienen, in Wirklichkeit aber nur noch heiseres kraftloses Gebrumm waren. Pupyr schleppte sie die Kellertreppe hinunter und ließ sie wie einen Sack fallen. Sie knallte gegen die Wand, schluchzte auf und wurde still. Im Hof war es vorläufig auch still. Nachdem er gelauscht hatte, stürzte Pupyr zu seinem Versteck im Holzhaufen. Als Erstes holte er einen prächtigen Lederkoffer hervor, der ihn nach Riga begleiten sollte, dann warf er das Holz auseinander, griff nach der Schachtel mit Geld, Ringen und Brustkreuzen, steckte sie in den Koffer und stopfte nach kurzem Überlegen auch zwei Zobelfellmützen hinein. Obendrauf packte er das Heft mit den Kochrezepten für seine künftige Schenke. Den Rest seines Raubguts musste er hier lassen. Wenn Glascha zur Besinnung kam, würde sie ihm dafür noch dankbar sein.

Er ließ die Schlösser zuschnappen, und selbst jetzt vermittelte dieses muntere, fröhliche Schnappen der Stahlbeschläge auf dem Koffer seinem Herzen die Verheißung eines anderen Lebens. Am liebsten hätte er sie noch einmal schnappen lassen, ließ es aber natürlich sein. Er lief zurück zur Treppe und sah, dass Glascha, schwankend, schon oben stand und die Tür zu öffnen versuchte.

Das Gewicht traf sie an der Schläfe. Sie sank auf die Stufen, und durch den letzten Schmerz hindurch sah sie: Da kommt auf seinem Fass Semjon Iwanowitsch gefahren, ein guter Mensch und Witwer.

Safronow blickte von seinem Heft auf und fragte:

»Der Familienname dieser Wäscherin war nicht zufällig Grigorjewa?«

»Woher wissen Sie das?«, wollte Iwan Dmitrijewitsch verblüfft wissen.

»Und sie wohnte in der Rusowskaja-Straße?«

»Ganz recht. Wie haben Sie das herausbekommen?«

»Das dürfen Sie selbst erraten«, meinte Safronow lachend.

»Keine Ahnung. Natürlich stand über sie in den Zeitungen zu lesen, aber den Namen der Ermordeten und die Straße haben Sie doch nicht etwa seit damals im Gedächtnis behalten? Sie waren zu der Zeit ja noch ein Kind.«

»Gymnasiast in der obersten Klasse«, korrigierte Safronow. »Zeitungen habe ich damals nicht gelesen, dafür las ich heute während des Mittagessens die Gliederung Ihrer Aufzeichnungen, die das Kapitel ›Ein bestialischer Mord in der Rusowskaja-Straße‹ enthält. Sie hatten dazugesagt, dass es um die Wäscherin Grigorjewa gehe.«

»Ja, ja«, erinnerte sich Iwan Dmitrijewitsch, »aber beim Erzählen habe ich beschlossen, ihren Tod nicht in einem Extrakapitel, sondern im Zusammenhang mit der Ermordung von Arensbergs zu beschreiben. So wird es richtiger sein. Urteilen Sie selbst, wen kann schon irgendeine Wäscherin interessieren? Wenn ich die Ärmste aber in eine politische Intrige einbaue, was ich getan habe, dann wird man ihre Geschichte ganz bestimmt lesen. Fügen Sie bitte ihren Namen ein: Grigorjewa. Aglaja Grigorjewa.«

»Ich füge ihn später ein.«

»Nein, tun Sie es gleich, damit ich beruhigt sein kann. Ich stehe in ihrer Schuld, hätte ich Pupyr eher gefangen, würde sie möglicherweise noch leben.«

»Genauer betrachtet, hat sich Sytsch am meisten zuschulden kommen lassen«, fand Safronow.

»Wir sehen alle nicht gut aus.«

Iwan Dmitrijewitsch erzählte, dass er das Geld für die Beerdigung Aglaja Grigorjewas aus geheimen Mitteln der Kriminalpolizei genommen habe und mit hinter dem Sarg hergegangen sei, zusammen mit Sytsch und Konstantinow, versteht sich. Beerdigt worden sei sie auf dem Wolkowo-Friedhof.

»Auf dem Rückweg kehrten wir in einer Schenke ein, um der Toten zu gedenken«, sagte er. »Ich trank aus, nahm das leere Glas, presste die Faust zusammen und zerdrückte es wie ein Ei. Als ich die Faust aufmachte, fand ich an meiner Hand nicht einmal einen Kratzer. Nun, da wurde mir gleich fröhlicher zumute.«

»Warum?«, wollte Safronow wissen.

»Das ist ein Zeichen, denke ich.«

»Ein Zeichen wofür?«

»Ach, was sind Sie doch schwer von Begriff! Ein Zeichen dafür, dass mir vergeben wurde dort…«, Iwan Dmitrijewitsch hob den Blick zur Decke der Veranda, »dort im ewig strömenden Äther.«

Nachdem er eine Weile geschwiegen hatte, fuhr er fort:

»Übrigens, bei der Beerdigung lernte ich diesen Semjon Iwanowitsch kennen. Er enträtselte mir das Geheimnis des ersten Anschlags auf Chotek.«

»Als der Stein nach ihm geworfen wurde?«

»Ja, und es stellte sich Folgendes heraus: Tags zuvor hatte Choteks Kutscher auf dem Heumarkt Futter für die Botschaftspferde gekauft und jemandem von den Verkäufern einen falschen Geldschein untergeschoben. Der ging zur Botschaft sich beschweren, bekam aber bloß einen Tritt. Das erzählte mir, wie gesagt, Semjon Iwanowitsch, er ist dort mit allen gut bekannt und weiß alles. Kurz und gut, am anderen Morgen sah der Betrogene, wie sein Betrüger Chotek zur Millionnaja fuhr, da verlor er die Beherrschung und warf hinter einem Zaun hervor einen Stein nach dem Kutscher, traf aber nicht. Der Stein flog in das Kutschenfenster, so verhielt sich also die Sache. Eigentlich habe ich von Anfang an so etwas vermutet«, fügte Iwan Dmitrijewitsch hinzu.

VIERZEHNTES KAPITEL

Die Schlange beißt sich in den Schwanz

I

Chotek, bis zum Hals in eine Decke gehüllt, lag in Kungurzews Wohnung auf dem Sofa. Neben ihm saß auch Nikolski. Nachdem er zusammen mit Cobenzl den Botschafter in die Wohnung geschleppt und seine Hautabschürfungen an den Händen mit Jod versorgt hatte, meinte er, alles, was möglich war, für seine Rettung getan zu haben. Kungurzew selbst hatte inzwischen seinen Frack angelegt. Vor Nervosität wusste er nichts mit sich anzufangen und drängte in Erwartung wichtiger Persönlichkeiten aus dem Außenministerium seine Frau, sich umzuziehen.

»Sie kommen angefahren«, sagte er in tragischem Flüsterton, »und du, meine Liebe, empfängst sie im Hauskleid.«

»Sofort, sofort«, erwiderte Mascha, die gleichzeitig damit beschäftigt war, frischen Tee zu brühen, eine Flasche »Kagor« zu entkorken und Chotek eine kalte Kompresse aufzulegen.

Im Nebenzimmer stöhnte der Kutscher des Botschafters, um den sie sich auch noch kümmern musste.

Cobenzl lief hin und her, um nicht den Augenblick zu verpassen, da einer von beiden in der Lage sein würde, das Vorgefallene in allen Einzelheiten zu schildern.

Einen Arzt hatten sie bereits geholt. Nachdem dieser Chotek untersucht und keine Körperverletzungen festgestellt hatte, diagnostizierte er eine durch psychische Erschütterung verursachte tiefe Ohnmacht, ordnete an, seine Ruhe nicht zu stören, und wandte sich dem Kutscher zu.

»Mein Herr, Ihre Pflicht ist es, an der Seite Seiner Erlaucht zu sein«, erinnerte ihn Cobenzl ein paarmal.

Der Arzt sagte:

»Ich komme.«

Und kam nicht.

Die Tür hütend, saß in der Diele der Hausmeister, auf der Treppe waren durch das hektische Treiben aus dem Schlaf gerissene Nachbarn zusammengelaufen. Ein Herr mit über den Schlafrock geworfenem Fuchspelz führte alle, die es zu sehen wünschten, zum Fenster seiner genau über der von Kungurzew gelegenen Wohnung im dritten Stock und zeigte ihnen das über die Straße gespannte Seil. Solange der Schnee nicht weggetaut war, konnte man es vor dem weißen Hintergrund gut erkennen. Die, die schon auf der Straße gewesen waren, erklärten, das eine Ende sei an dem Laternenpfahl befestigt, das andere am in die Hauswand eingelassenen Rinneisen, das das Regenrohr umfasste. Bis zum Eintreffen der Polizei traute man sich nicht, das Seil zu entfernen, aber zwei Freiwillige standen mit Laternen unten, damit nicht noch jemand zu Schaden kam. Im Aufgang klappten fortwährend die Türen, auf den Treppenabsätzen versammelten sich Hausbewohner. Von Zeit zu Zeit war eine hysterische Frauenstimme zu hören, die schrie, es werde Krieg geben, und irgendeinen Alexander Iwanowitsch beschwor, statt zu schlafen aufs Telegrafenamt zu laufen und unverzüglich ein Telegramm nach Karlsbad an irgendeine Ljoletschka zu schicken: Sie solle mit ihren Kindern gleich morgen die Fahrt nach Russland antreten.

»Seltsam«, sagte Cobenzl zu Kungurzew, »ich habe diesen Polizisten zum Diensthabenden im Außenministerium geschickt, aber es ist immer noch keiner da von dort…«

»Aah!«, brüllte hinter der Wand der Kutscher auf und verstummte – der Arzt hatte ihm den ausgekugelten Arm eingerenkt.

In dem Moment schrillte endlich die Klingel.

»Mascha!«, zischte Kungurzew. »Schnell! Das Schwarze. Mit Puffärmeln. Und vergiss die Brosche nicht!«

Seinen Frack zurechtzupfend, lief er in die Diele. Der Hausmeister öffnete die Tür, über die Schwelle trat Iwan Dmitrijewitsch. Er kam allein herein, Sopow und Sytsch waren am Hauseingang geblieben.

Als er Putilin vor sich sah und nicht Kanzler Gortschakow, beruhigte sich Kungurzew:

»Ach, Sie sind das… Nun, bitte schön.«

Nikolski stand auf, Iwan Dmitrijewitsch nahm seinen Platz am Sofa ein und betrachtete bange das bleiche, spitznasige Gesicht Choteks.

»Euer Erlaucht…«

Der schwieg. Die gesenkten Lider blieben unbeweglich, die geschwollene blaue Ader auf der Stirn schien drauf und dran, die trockene dünne Greisenhaut zu durchbrechen.

»Bitte schön, Teechen«, gurrte Mascha, über ihn gebeugt wie über ein kleines Kind, das sie nicht hatte. »Teechen, schön heiß…«

Iwan Dmitrijewitsch schob ihre Hand mit der Tasse weg:

»Sehen Sie nicht, dass er bewusstlos ist?«

»Nein, nein«, sagte sie, »der Herr Botschafter ist schon zu sich gekommen. Er möchte einfach mit niemandem sprechen. Offenbar hat er etwas Furchtbares erlebt. Ich habe ihm mit dem Löffel ›Kagor‹ eingeflößt, er kann schlucken.«

Iwan Dmitrijewitsch stand auf und trat zum Fenster. Erhellt durch den Lichtschein aus einem der unteren Fenster bohrte sich das kurze Seilstück wie ein Degen in die Dunkelheit. Lang wie ein ganzer Häuserblock streckte sich gegenüber ein kürzlich fertig gestelltes und noch nicht bezogenes Gebäude hin. Auf dieser Seite stand nur ein Wohnhaus. Rechts grenzte ein kleiner Garten an, dahinter lag das nachts natürlich leere zweigeschossige Knabengymnasium. Links breitete sich für die Bebauung gesäubertes Brachland aus. Ein äußerst günstig gewählter Ort für ein Attentat. Im Zentrum der Hauptstadt, ein besserer hätte sich kaum finden lassen.

»Meine Herren«, bat Iwan Dmitrijewitsch, »seien Sie so liebenswürdig, mir Ihre Namen zu nennen.«

»Kungurzew, Pawel Awraamowitsch«, sagte Kungurzew. »Korrespondent der Zeitung *Golos*. Wenn Sie sich erinnern, ich habe Sie am Tage in der Millionnaja aufgesucht. Und das...« Er stockte, da er mit Mascha in nicht registrierter ziviler Ehe zusammenlebte, und überließ es ihr, sich selbst aus der Klemme zu ziehen.

»Wir beide sind auch miteinander bekannt, scheint mir, wir haben uns neulich gesehen«, sagte Cobenzl.

Erst jetzt bemerkte Iwan Dmitrijewitsch, dass noch jemand im Zimmer war. Er erkannte den österreichischen Botschaftssekretär, der den Sarg zur Millionnaja gebracht hatte. In seinem Gedächtnis kam der Name hoch, den der Oberleutnant vom Preobrashenski-Regiment genannt hatte.

»Cobenzl?«

»Baron Cobenzl. Stimmt es, das Sie den Mörder des Fürsten von Arensberg gefunden haben?«

»Ja.«

»Und wer ist es?«

»Tut mir Leid, ich habe einstweilen nicht das Recht, darüber zu sprechen. Morgen werden Sie es erfahren.«

»Sagen Sie wenigstens eines: Ist er verhaftet?«

»Ja«, log Iwan Dmitrijewitsch, den Ereignissen vorgreifend.

»Liegt da nicht ein Irrtum vor? Wer hat dann den Überfall auf den Herrn Botschafter verübt? Ich dachte, ich schieße auf denselben Mann...«

»Sie haben auf ihn geschossen?«, unterbrach ihn Iwan Dmitrijewitsch.

»Wie denn?«, wunderte sich Cobenzl seinerseits. »Hat man Sie nicht ins Bild gesetzt?«

»Wir haben einen Schuss gehört«, bestätigte Kungurzew.

»Zuerst einen Schrei«, präzisierte Mascha, »dann den Schuss.«

»In der Reihenfolge? Nicht umgekehrt?«, fragte Iwan Dmitrijewitsch.

»Zuerst ist er mit dem Finger über die Fensterscheibe gefahren«, sagte Kungurzew, auf Nikolski weisend. »Erinnerst du dich?«

»Nein, ich habe gehört…«, warf Mascha wieder ein.

»Erzählen Sie alles der Reihe nach«, sagte Iwan Dmitrijewitsch, zu Cobenzl gewandt.

»Meiner Meinung nach verlieren Sie kostbare Zeit.«

»Ganz kurz.«

»Wie Sie belieben.« Cobenzl zuckte die Schultern. »Aber die volle Verantwortung haben Sie zu tragen…«

Am Abend, erzählte er, habe Chotek ihn gebeten, in die Botschaft zu kommen und auf ihn zu warten, er selbst sei zur Millionnaja gefahren. Nach seiner Rückkehr wollten sie zusammen den Bericht für Wien schreiben. Als Chotek nach Mitternacht immer noch nicht da gewesen sei, habe Cobenzl begonnen, sich Sorgen zu machen und schließlich beschlossen, ihm entgegenzugehen… Warum zu Fuß? Alle schliefen, ein Kutscher fand sich nicht. Er nahm seine Pistole mit…

»Tragen Sie immer eine Waffe bei sich?«, unterbrach ihn Iwan Dmitrijewitsch wieder.

»Das wird langsam ein Verhör«, meinte Cobenzl stirnrunzelnd. »Ich bin nicht mondsüchtig und habe nicht die Gewohnheit, nachts durch die Stadt zu spazieren. Aber Sie sind ja nicht in der Lage, diesen berühmten Pupyr zu fassen… Ich ging am Gymnasium vorbei, als ich einen Schrei hörte, dann Krachen und Pferdewiehern, ich lief hin und sah, dass der

Herr Botschafter auf der Erde lag. Über ihn gebeugt stand irgendein Mensch.«

»Wie sah er aus?«

»Es war dunkel … Als er mich bemerkte, ergriff er die Flucht. Ich packte meine Waffe und schoss ihm den Zylinder vom Kopf.«

»Baron Cobenzl«, warf Kungurzew ein, »ist ein hervorragender, ein phantastischer Schütze. Von seiner Kunst erzählt man sich Wunderdinge.«

»Aus welcher Entfernung haben Sie geschossen?«

»Genau kann ich mich nicht erinnern. Zehn, fünfzehn Schritt.«

»Und bei Ihren legendären Schießkünsten konnten Sie den Mann auf zehn Schritt Entfernung nicht treffen?«

»Ich empfinde es als erniedrigend, mich vor Ihnen zu rechtfertigen«, sagte Cobenzl, »aber alle wissen, dass ich niemals auf lebende Ziele schieße. Ich brauche nur auf einen Menschen oder ein Tier zu zielen, schon beginnen mir die Hände zu zittern. Ich bin einfach unfähig abzudrücken.«

»Und da sind Sie mit dem toten Fürsten und mit Baron Hohenbrück zur Jagd gefahren?«

»Wie gut Sie informiert sind, verdient Respekt, aber ich war dort nur als Zuschauer dabei. In meinem ganzen Leben habe ich nicht eine Ente, nicht einen Hasen geschossen. Nicht ein Mal habe ich mich duelliert. Genauer gesagt, nur auf Säbel habe ich es.«

»Mit einem Säbel könnten Sie einen Menschen töten?«

»Ich habe bei der Kavallerie gedient. Im Gefecht ließ es sich nicht vermeiden …«

»Und zum Beispiel ein Schwein abstechen?«

»Hühner jedenfalls habe ich im Feld geschlachtet.«

»Aber jemanden totzuschießen, dazu sind Sie also nicht imstande?«

»Was wollen Sie von mir?«, brauste Cobenzl auf.

»Ich will begreifen, wozu Sie die Pistole mitgenommen haben.«

»Um in die Luft zu schießen, wenn mich Banditen überfallen. Ich finde es selbst sonderbar, dass ich auf diesen Menschen zu schießen vermochte. Er hatte etwas an sich…«

»Sie haben ihn doch gar nicht richtig sehen können.«

»Trotzdem… Kurz gesagt, ich habe ihm den Zylinder vom Kopf geschossen.«

»Und wo ist er?«

Iwan Dmitrijewitsch nahm den schwarzen Zylinder, den ihm Nikolski reichte – einen Zylinder, wie ihn Fackelträger bei Begräbnissen wohlhabender Leute tragen –, und bohrte mit dem Finger im Einschussloch. Die Kugel hatte den Zylinder durchschlagen, direkt unterhalb des Bodens. Die Ränder beider durch das erhitzte Blei hineingebrannten Öffnungen waren braungelb.

»Das hier habe ich dort auch noch gefunden«, sagte Nikolski.

Es war die Iwan Dmitrijewitsch bekannte Brieftasche mit dem eingeprägten Habsburger Adler – der gleiche wie an der Kutsche. Er öffnete sie. Briefe steckten drin, Visitenkarten. Da es ihm peinlich war, in einer fremden Brieftasche zu kramen, begnügte er sich damit, sie sorgfältig von außen zu befühlen und zwischen seinen Händen zusammenzudrücken. Etwas Hartes war nicht darin. Der Schlüssel zur Truhe des Fürsten, der unter dem Paradiesapfel in der Schreibtischgarnitur gefundene Schlangenschlüssel fehlte. Dabei hatte er doch mit eigenen Augen gesehen, wie Chotek ihn hineingelegt und die Brieftasche eingesteckt hatte.

Iwan Dmitrijewitsch machte einen Schritt auf Nikolski zu:

»Sie selbst haben sie gefunden?«

»Ja, sie lag auf der Erde.«

»Aufgemacht haben Sie sie nicht?«

»Ich bitte Sie!«

»Und einen Schlüssel haben Sie nicht gefunden? So einen… Mit Ring – eine Schlange hält ihren Schwanz im Maul. Der war nicht dabei?«

»Ehrenwort, weiter war da nichts.«

Kungurzew langte nach seinem Notizbuch und begann fieberhaft zu schreiben: »Eine Schlange, die sich in den Schwanz beißt. Was ist das? Ein Ewigkeitssymbol? Oder ein Hinweis darauf, dass der Botschafter durch eigenes Verschulden zu Schaden gekommen ist? Eine erstaunliche Nacht. Warum ist es gerade mir zuteil geworden, im Mittelpunkt dieser Ereignisse zu stehen? Strafe oder Glücksumstand? Zufall oder Gesetzmäßigkeit? Der österreichische Botschafter auf meinem Sofa. Ein Totenkopf. Mascha im Hauskleidchen vor dem Hintergrund eines Bildes in Callots Manier. 26. April 1871, 6 Uhr 22 Minuten in der Frühe…«

»Übrigens, Baron«, sagte Iwan Dmitrijewitsch so gleichmütig wie möglich, »haben Sie, als Sie die Wohnung verließen, etwas übergezogen, oder sind Sie gleich so losgegangen?«

»Es ist nicht Sommer jetzt.« Cobenzl sah ihn fast hasserfüllt an.

»Aber möglicherweise hat Sie das lange Ausbleiben des Herrn Botschafters in solche Erregung versetzt… Waren Sie im Mantel? Mit Hut? Wo sind sie?«

»Ich habe in der Diele abgelegt. Warum interessiert Sie das?«

»Als wir den Herrn Botschafter in die Wohnung trugen«, mischte sich Nikolski ein, »waren Sie ohne Hut.«

»Dann muss ich ihn im Hauseingang verloren haben.«

»Als ich auf die Straße gerannt bin und sie dort sah, waren Sie auch ohne Hut!«

»Sujet für eine Erzählung«, notierte Kungurzew rasch. »Baron C., ein ausgezeichneter Schütze, schießt niemals auf lebende Kreaturen. Eines Tages verletzt er seinen in der Jugend gefassten Vorsatz und büßt für immer seine übernatürliche Kunst ein…«

Iwan Dmitrijewitsch legte die Brieftasche auf den Tisch und griff wieder nach dem Zylinder. Eine Weile drehte er ihn in den Händen und konnte dann doch nicht der Versuchung widerstehen: Mit einer urplötzlichen Bewegung setzte er ihn dem perplexen Cobenzl auf den Kopf. Der Zylinder saß wie angegossen.

Cobenzl riss ihn sich herunter und schleuderte ihn in die Ecke:

»Was erlauben Sie sich!«

»Entschuldigen Sie um Himmels willen…«

Zum Weitersprechen kam Iwan Dmitrijewitsch nicht, denn Chotek schlug die Augen auf.

»Euer Erlaucht!« Dem aus dem Nebenzimmer herbeieilenden Arzt zuvorkommend, beugte sich Cobenzl über das Sofa. »Ich bin es! Erkennen Sie mich, Euer Erlaucht? Sagen Sie mir, wer hat Sie überfallen? Haben Sie ihn gesehen?«

Er fragte auf Deutsch, aber Iwan Dmitrijewitsch verstand alles mühelos, obwohl er in der Sprache Schillers und Goethes seinem Nachbarn, dem Bäcker, kaum einen guten Morgen hätte wünschen können.

»Euer Erlaucht…«

Ohne zu antworten senkte Chotek die Lider.

»Er wird Ihnen nichts sagen«, meinte Mascha.

Sie war aus dem Schlafzimmer in ihrem schwarzen Seidenkleid mit Puffärmeln herausgekommen, in dem, wie Kungurzew schon lange festgestellt hatte, alles aus ihrem Mund irgendwie besonders überzeugend klang.

»Warum?«, fragte Cobenzl, sich ihr zuwendend.

»Er will nicht sprechen.«

»Warum soll er nicht wollen? Warum denken Sie so?«

»Ich weiß nicht«, sagte Mascha leise. »Aber mir scheint, dass der Herr Botschafter diesen Menschen erkannt hat.«

»Ja und?«, insistierte Cobenzl.

»Und seinen Namen nicht nennen möchte.«

Cobenzl hockte sich ans Kopfende des Sofas. Er schien bereit, Chotek an den Schultern zu packen und die Antwort aus ihm herauszuschütteln.

»Euer Erlaucht, wer war es? Ein Wort, Euer Erlaucht! Haben Sie ihn erkannt?«

Es kostete Chotek Anstrengung, die geschwollenen Lider wieder auseinander zu bekommen.

»Ja…«

»Wer war es? Wer?«

Eine Minute Stille, dann flüsterte Chotek:

»Ein Engel…«

Mascha stöhnte auf, der Atheist Kungurzew und der Arzt wechselten einen Blick, Cobenzl trat vom Sofa zurück und massierte sich die Schläfen, während Iwan Dmitrijewitsch in die Diele und auf den Treppenabsatz hinausrannte, wo bei seinem Anblick die erregten Stimmen schlagartig verstummten. Sopow und Sytsch waren sofort an seiner Seite, und drei Paar Stiefel polterten die Treppe hinunter.

»Sieh dir unseren Lecocq an«, zwinkerte Kungurzew seiner Frau zu. »Ich fürchte, das wird das Ende seiner Karriere sein.«

Er richtete seinen Blick auf Chotek. Der lag da in regloser Apathie, und seinem Gesicht war am ehesten abzulesen, dass er dem Teufel begegnet war.

»Wieso ist immer noch keiner von den offiziellen Persönlichkeiten hier?«, fragte Cobenzl.

»Weiß ich auch nicht.« Kungurzew zog die Schultern hoch.

»Was geht vor? Können Sie mir das erklären? Wo befinde ich mich? In der Hauptstadt eines befreundeten Staates oder im feindlichen Lager?«, schrie Cobenzl.

»Gleich müssen alle kommen«, beruhigte ihn der Arzt. »Regen Sie sich nicht auf.«

Kungurzew nahm den Studentenmantel von der Garderobe und brachte ihn Nikolski:

»Zieh dich an und geh nach Hause.«

»Auf keinen Fall«, sagte Mascha fest. »Petja bleibt bei uns.«

»Ist dir klar, mein Herz, welche Konsequenzen die Anwesenheit eines Mannes für uns haben kann, der des Mordes am österreichischen Militärattaché verdächtigt wird? Er soll auf der Stelle gehen!«

»Nur über meine Leiche«, sagte Mascha.

Nikolski schwieg. Ihm war alles egal. Von dem für Chotek entkorkten »Kagor« hatte er bereits unauffällig eine halbe Flasche getrunken, doch nichts half – der Totenkopf, den er aus der Anatomie entwendet und vor der Schenke »Drei Riesen« weggeworfen hatte, sah ihn aus der Morgendämmerung mit seinen durch das Formalin verätzten Augen an. Diesem Blick war nicht zu entkommen.

II

Sie stellten die Droschke hinter der Ecke ab und entließen den Kutscher. Nachdem sie sich gegenseitig über den Zaun geholfen hatten, der das Gelände des Preobrashenski-Regiments umgab, liefen Iwan Dmitrijewitsch, Sopow und Sytsch, von der Millionnaja aus nicht zu sehen, an der Kaserne vorbei, den noch leeren Exerzierplatz mit den weiß leuchtenden Kalklinien entlang zum Tor. Von hier war die ganze Straße vor dem Hause von Arensbergs gut zu überblicken. Sytsch wäre noch weitergerannt, aber Iwan Dmitrijewitsch packte ihn am Kragen:

»Wohin?«

Jetzt hieß es hier stehen und auf das Erscheinen des Mannes zu warten, der den Schlüssel zur Truhe an sich genommen hatte. Wenn er es getan hatte, dann wusste er auch, was sich wo mit diesem Schlüssel öffnen ließ. Ins Haus hinein gingen sie besser nicht. Womöglich war er bereits dort und entwischte durch ein Fenster in den Hof? So aber würde er aus dem Haus denselben Weg nehmen wie hinein.

Von ihm stammten die durch den Schankwirt, der Iwan Dmitrijewitsch das Gläschen mit den Salzpilzen geschenkt hatte, erlauschten Worte. »Aus ist es mit deinem Fürsten«, hatte dieser Mann geflüstert, zu seinem Gesprächspartner hinübergeneigt, der sich mit der Truhe, dem Klingelzug und den knarrenden Türen auskannte. »Aus ist es mit ihm, wenn er nicht sagt, wo der Schlüssel ist.« Den zweiten Teil des Satzes hatte der Schankwirt nicht mitbekommen und gemeint, von Arensberg sei bereits tot.

»Ach, keinen Säbel, keinen Revolver …!«, sagte Sytsch beunruhigt.

Weder er noch Sopow wussten, wem sie hier auflauerten, zu fragen aber getrauten sie sich nicht. Sytsch hatte sich schon einmal erkundigt und die definitive Antwort erhalten: »Wenn er kommt, dann siehst du ihn …«

Die Frage war bloß: Wann? In zwei Stunden? In einer Stunde? In fünf Minuten? Gegen Abend? Den Gedanken, dass dieser Mann womöglich schon drüben im Haus gewesen war, bevor sie ihren Posten bezogen hatten, suchte Iwan Dmitrijewitsch zu verdrängen. Er stand, hinter dem steinernen Pfeiler verborgen, am Tor und wartete, spielte in seiner Tasche, im Tabakgekrümel, mit dem Napoleondor aus der Auferstehungskirche – warm war er und fasste sich schon irgendwie vertraut an.

Etwa gleich groß war das Kainsmal gewesen, das in alten Zeiten am Körper jedes Mörders an der Stelle sichtbar wurde, an der er sein Opfer tödlich getroffen hatte. So jedenfalls hatte es Iwan Dmitrijewitsch sein als Kopist im Kreisgericht arbeitender Vater erzählt. Dem war es leicht gefallen, daran zu glauben. Sein ganzes Leben hatte er im Gericht versessen, ohne je einen richtigen Mörder mit eigenen Augen zu Gesicht zu bekommen. Damals brachte in ihrem Städtchen keiner jemanden um. Irgendwie artete es nie in Mord und Totschlag aus. Selbst wenn verschiedene Stadtviertel zusammenprallten, dass sich das Eis im Teich rot färbte, obwohl man brutal aufeinander einprügelte, Arme und Beine gebrochen, Köpfe eingeschlagen wurden, blieben alle irgendwie am Leben. Von Zeit zu Zeit nisteten sich in den umliegenden Wäldern Räuber ein, natürlich verübten sie Einbrüche, nahmen den Leuten Geldbörsen ab, doch die Todsünde auf ihre Seele zu laden, hüteten selbst sie sich. Jetzt ging es auch da anders zu, in Piter umso mehr. Manchmal bekam Iwan Dmitrijewitsch den Eindruck, dass sein Vater Recht gehabt hatte: Früher, in den alten Zeiten, war das Kainsmal sichtbar geworden, jetzt geschah das nicht mehr. Abgenutzt hatte sich beim Herrgott der Himmelsstempel, mit dem er sein Mal aufgedrückt hatte, zu oft hatte er danach greifen müssen.

»Zu spät«, sagte Sopow skeptisch. »Jetzt sind schon Leute auf der Straße.«

»Darauf pfeift er«, antwortete Iwan Dmitrijewitsch.

Passanten – na und! Am Tage fühlt er sich sogar sicherer. Erscheint ein vornehm gekleideter Herr, klingelt an der Tür, tritt ins Haus, beschwatzt den Kammerdiener – und dann haut er ihm eins auf die Rübe…

»Iwan Dmitrijewitsch, mir ist was eingefallen!«, flüsterte Sytsch aufgeregt. »Man müsste an der Vortreppe einen Hut hinlegen, und darunter einen Ziegelstein. Von mir aus auch meine Mütze! Er wird nicht dran vorbeigehen, der Schweinehund. Versetzt der Mütze einen Fußtritt, dass er humpeln muss. Da werfen wir uns auf ihn…«

»Schweig still«, befahl ihm Iwan Dmitrijewitsch.

Diese kindliche Falle hätte ihnen einen guten Dienst leisten könnten. Schade, sie durften nicht hinter dem Zaun hervor.

Feiner gräulicher Nieselregen fiel. Richtiger Regen war das eigentlich nicht, nur so ein Sprühen. In der von Feuchtigkeit getränkten Luft sträubte sich Iwan Dmitrijewitschs Backenbart. Die Vortreppe des Fürstenhauses mit dem angrenzenden Straßenstück im Blick, sah er, wie die Spatzen im Kot der Botschafts-, Gendarmen- und Kosakenpferde pickten, und hörte das Atmen hinter sich: heiser bei Sytsch und ruhig bei Sopow. Hinter der Kaserne waren die Soldaten dabei, sich zu waschen, spritzten sich schnaubend Wasser auf den nackten Rücken. Durch die Straße fuhr ein Trinkwasserfuhrmann, lange noch schepperte der an das Fass gebundene Eimer. Irgendwo krähte ein Hahn, Hunde bellten, statt aus den Schornsteinen hochzusteigen, legte sich der Rauch über die Dächer, denn bei solchem Wetter gibt es fast keinen Zug, träge nur fängt das feuchte Frühjahrsholz in den Öfen Feuer. Krähen lärmten. Wie immer im Frühjahr und im Herbst, wenn die Bäume kahl stehen, war das nicht vom Rascheln des Laubs gedämpfte Krähengeschrei besonders laut und störend. Im Nachbarhaus begann ein Kind zu weinen. Der Hausmeister scharrte mit seiner unten blechbeschlagenen breiten Schaufel das Wasser aus den Pfützen, ein Geräusch, das durch Mark und Bein ging. Der gewöhnliche Tagesablauf nahm seinen Anfang, und es schien keineswegs unwahrscheinlich, dass der Tod des Fürsten von Arensberg eine Konsequenz ebendieses Lebens mit allen seinen Zufällen und seinem Wirrwarr war und nicht eines anderen, des eigentlichen, für das dieses lediglich die Vorstufe bildete.

Plötzlich wandte Sytsch, der wieder durch einen Spalt im Zaun gespäht hatte, Iwan Dmitrijewitsch sein leichenblasses Gesicht zu.

»Auf den also warten wir …«

Iwan Dmitrijewitsch sah hinter dem Pfeiler hervor. Die Straße entlang, auf das Haus von Arensbergs zu, kam eiligen, geschäftigen Schritts Lewizki.

An der Anlegestelle sprang als Erster, den Koran unterm Arm, Schuwalows Adjutant von der Kutsche, ihm nach Pewzow.

»Rukawischnikow!«, rief er.

Doch Rukawischnikow fand sich nicht auf dem Wagentritt, bei der rasenden Fahrt war er unterwegs irgendwo heruntergefallen.

Zwei Möwen saßen auf dem Wasser hinter dem Heck des italienischen Schiffes. Es tagte.

»Gerade noch geschafft«, sagte der Adjutant etwas bedauernd beim Anblick des aus dem Schornstein schlagenden Rauchs.

Er fühlte mit den Emissären Garibaldis, die an dem österreichischen Fürsten Rache geübt hatten.

»Mir, denke ich, steht es nicht an, auf diesem Schiff zu sein«, bemerkte der aus der Kutsche steigende Schuwalow.

»Ich gehe allein«, bot sich Pewzow an.

»Was haben Sie vor, dort zu tun?«

»Zunächst einmal spreche ich mit dem Kapitän.«

»Sprechen Sie Italienisch?«

»Die können alle ausgezeichnet Französisch. Wenn sie sich nicht dumm stellen, werden wir uns schon verständigen.«

»Vielleicht nehmen Sie jemanden von ihnen mit?« Schuwalow wies mit dem Kopf auf die Kosaken, die schon abgesessen waren und, die Pferde beim Zaum haltend, ein Stück entfernt standen.

»Nein, Euer Erlaucht. Besser ohne aufzutrumpfen, mit Fingerspitzengefühl.«

»Hauptmann«, ordnete Schuwalow an, »geben Sie dem Rittmeister Ihren Revolver.«

Pewzow nahm die Waffe entgegen:

»Ist er geladen?«

»Jawohl.«

»Und ich?«, frage Konstantinow.

»Wenn ich dich brauche, rufe ich. Bleib einstweilen hier stehen.«

Nachdem er dem Kosakenhauptmann das leere Halfter zurückgegeben hatte, steckte Pewzow den Revolver hinter seinen Hosenbund unter der Uniform und stieg das Fallreep hinauf. Die von Konstantinow erhaltenen Napoleondore lagen in seiner Tasche.

Über der Bordwand zeigte sich ein Matrosenkopf mit Bommelmütze.

»Oh! Du Lotse?«

Die Frage erboste Pewzow. Die blaue Uniform, die Epauletten… Man musste ein Idiot sein, um ihn für einen Hafenlotsen zu halten.

Fünf Minuten später saß er in der Kapitänskajüte, zurückgelehnt an die Trennwand zwischen einem kupfernen Kruzifix und dem Porträt eines gestrengen Herrn mit schmallippigem Mund. Auf die Frage, wer von der Mannschaft die letzte Nacht in der Stadt verbracht habe, antwortete der Kapitän, ein älterer Mann mit melancholischen Südländeraugen, beunruhigt durch den unverhofften Besuch, gestern wie auch vorgestern seien alle an Land gegangenen Matrosen bis Mitternacht aufs Schiff zurückgekehrt.

»Passagiere haben Sie nicht an Bord?«

Der Kapitän zog die Schultern hoch und sagte:

»Keiner will nach Italien, obwohl ich inseriert habe. Wir verfügen über zwei fabelhafte Kajüten zu einem mäßigen Preis. Auf der Herfahrt von Genua belegte sie der türkische Diplomat Jussuf-Pascha mit seiner Familie. Sie waren sehr zufrieden mit ihrer Reise.«

Bei der Erwähnung der Türken, die zusammen mit dem unglückseligen Kerim-Bek für immer von der Liste der

274

potenziellen Mörder des Fürsten von Arensberg gestrichen schienen, merkte Pewzow auf, beschloss aber, dieses Thema vorläufig beiseite zu lassen.

»Haben Sie Russen in der Mannschaft?«, wollte er wissen.

»Madonna mia! Woher denn?«

Pewzow bekam es gar nicht mit, wie der Kapitän von irgendwo eine Flasche und zwei Steingutbecher hervorzauberte.

»Allerdings«, fuhr der fort, indem er wunderbar aromatischen Rum eingoss, »als Heizer habe ich auf meinem Schiff einen Neger.«

»Wollen Sie sich lustig machen über mich?« Pewzow schob seinen Becher weg. »Was für einen Neger?«

»Aus Äthiopien, Signore Offizier. Er sagt, sie hätten den gleichen Glauben wie die Russen. Soll ich ihn holen?«

Pewzow schüttelte den Kopf. Äthiopier hatten ihm gerade noch gefehlt.

»Und Polen, haben Sie welche?«

»Auch nicht. Allerdings ist Dino Cellis Mutter aus Polen gebürtig.«

»Wer ist das, dieser Celli?«

»Sie kennen Celli nicht?«

»Ich habe nicht die Ehre.«

»Ich bin in Kalkutta gewesen, selbst dort kennt man Celli. Oh, Celli! Die elf besten Dampfschiffe in Genua – das ist Luigi Celli. Die ›Triumph der Venus‹ ist noch nicht das allerbeste. Bei weitem nicht! Obwohl ich sagen möchte, ohne zu prahlen: Bei ruhiger See…«

»Zur Sache«, fiel ihm Pewzow ins Wort.

»Da ist er, vor Ihnen«, sagte der Kapitän, auf das Porträt weisend. »Mein Dienstherr, Luigi Celli.«

»Aber Sie nannten doch wohl einen anderen Namen.«

»Ja, Dino. Das ist sein ältester Sohn. Sein Erbe. Der Vater hat ihn mit mir mitgeschickt, damit er Erfahrung sammelt.

Seine Mutter ist Polin. Als Mädchen hat sie in Männerkleidung gegen den russischen Zaren gekämpft und ist nach Italien geflohen. Luigi hat sie aus einem Kloster entführt. Das ist eine Frau von ungewöhnlicher Schönheit, eine Venus…«

»Gestern«, fiel ihm Pewzow wieder ins Wort, »ist einer Ihrer Leute in der Schenke über einen Polizisten hergefallen. Ich muss den Banditen identifizieren. Seien Sie so liebenswürdig, die gesamte Mannschaft an Deck zu versammeln.«

»Signore Offizier, hier liegt irgendein Missverständnis vor. Ein Irrtum! Sagen Sie wenigstens, wie dieser Schuft aussieht.«

»Die gesamte bis auf den letzten Mann«, wiederholte Pewzow. »Ich muss sie mir selbst ansehen.«

Er hatte die Kennzeichen des Verbrechers mit Absicht nicht genannt, obwohl Konstantinow ihn präzise beschrieben hatte. Die kriegten es noch fertig, ihn irgendwo im Laderaum zu verstecken, und dann such ihn.

Achselzuckend ging der Kapitän hinaus. Unter dem Fußboden klopfte die Maschine immer lauter, von der Vibration bildeten sich auf dem Rum in den Bechern leichte konzentrische Kreise. Nach der schlaflosen Nacht benebelten sie die Sinne, als hätte er davon getrunken. Natürlich hätte Pewzow diesen Rum gern probiert, doch bezwang er die Versuchung. Der voreilig getrunkene fürstliche »Jerez« stieß ihm bis jetzt auf.

Oben schrillte die Trillerpfeife. Lärm, Gestampfe. Dutzende von Leuten schienen da zu laufen. Doch als Pewzow das Deck betrat, zählte er ganze neun Matrosen. Nicht ein Bärtiger war darunter.

»Das ist alles?«, fragte er.

»Der Äthiopier ist am Heizkessel geblieben, und Dino schläft in seiner Kajüte. Wir werden ihn doch nicht wecken?«

»Sofort alle her«, befahl Pewzow.

Wenige Minuten später erschien der Äthiopier – natürlich

ohne Bart, bei den Negern wächst ja selbst der Schnurrbart kaum. Während er über das Deck ging, wischte er sich den Schweiß und atmete mit Wohlbehagen die kalte Luft ein. Ob dieser putilinsche Spitzel nicht womöglich ein Lügner war? huschte es Pewzow durchs Gehirn. Hatte ihn nicht doch Putilin zu ihnen geschickt? Wo gab es denn hier einen Bärtigen? Doch alle Zweifel waren augenblicklich vergessen, als der Kapitän Dino Celli herbeibrachte. Das Herrensöhnchen war ein kräftiger dreister Bursche mit hellem Bart. Er sah sich missmutig um, auf seiner Schulter saß ein Papagei.

»Bitte treten Sie an die Bordwand«, sagte Pewzow zu ihm. »Näher.«

Und rief nach unten, Konstantinow zu:

»Der hier?«

»Genau der!«

»Kennen Sie diesen Mann, Monsieur Celli?«

Der schüttelte den Kopf.

»Ach, du Misthund!«, entrüstete sich der am äußersten Rand des Anlegeplatzes stehende Konstantinow. »Erkennst du mich nicht wieder?«

»Monsieur Celli, zeigen Sie mir Ihre Hände«, bat Pewzow.

»Guck genau her, du Misthund!«, schrie Konstantinow. »Wende dich nicht ab!«

Die Gegenüberstellung hatte geklappt. Dino trat rasch von der Bordwand zurück und legte herausfordernd die Arme auf den Rücken, als wollte er fragen: Was können Sie mir schon anhaben? Er versuchte sogar ein lebensfrohes neapolitanisches Motiv zu pfeifen, doch zitterten ihm die Lippen, und es wurde nichts damit. Seine Unruhe übertrug sich auf den Papagei. Er plusterte sein Gefieder auf und schlug zornig seine Krallen in Dinos Hemd.

»Selbst der Vogel merkt, dass Sie nervös sind«, sagte Pewzow fröhlich. »Ich muss in Ihrer Kajüte eine Durchsuchung vornehmen.«

Der Kapitän griff nach seinem Ellbogen:

»Einen Augenblick, Signore Offizier! Wir müssen unter vier Augen sprechen. Ich möchte Ihnen mitteilen… Gehen wir!«

Sie stiegen wieder in die Kapitänskajüte hinunter. Das Angebot, Platz zu nehmen, lehnte Pewzow ab. »Ich höre«, sagte er.

»Signore Offizier«, sprach der Kapitän, die Hände an die Brust gedrückt. »Dino ist ein Schelm, ja, aber kein Bandit. Er ist einfach ein stolzer Junge und lässt sich nichts gefallen. In seinem Alter war ich auch stolz, und jetzt habe ich fünf Kinder. Sagen Sie mir, wie bei der Beichte: Handelt es sich um eine ernste Angelegenheit?«

»Ernster geht es kaum.«

»Und der Mann am Ufer, ist er ein General?«

»So etwas Ähnliches«, nickte Pewzow, ohne sich auf Einzelheiten einzulassen.

Der Kapitän fasste nach seiner Hand:

»Ich beschwöre Sie, erbarmen Sie sich meiner Kinder! Don Luigi wird es mir nicht verzeihen, wenn ich seinen Sohn ausliefere!«

»Leider steht es nicht in meiner Macht, Ihnen zu helfen. Das Auslaufen werden Sie verschieben müssen.«

»Sagen Sie Ihrem General, dass Sie sich geirrt haben.«

Bei diesen Worten spürte Pewzow auf ebenso rätselhafte Weise, wie vor einer halben Stunde die Rumflasche auf den Tisch gekommen war, plötzlich mit einem leisen metallischen Klang seine linke Manteltasche schwer werden. Er steckte die Hand hinein und holte einen prallen Geldbeutel hervor.

»Jussuf-Pascha hat mit Gold bezahlt«, sagte der Kapitän bescheiden. »Ihm hat unser Rum übrigens sehr gut geschmeckt, Sie sollten ihn doch probieren.«

Pewzow warf den Beutel ein paarmal auf seiner Handfläche hoch, um nach dem Gewicht des Geldes abzuschätzen, wie hoch der Kapitän seinen Preis veranschlagte, dann krachte er ihn auf den Tisch und sagte:

»Ich bin ein russischer Offizier!«

Der Geldbeutel rutschte über die kahle Tischplatte und prallte gegen die Trennwand. Eine Goldmünze fiel heraus und rollte über den Tisch.

»Ich sehe, Sie sind ein rechtschaffener Mann. Solche Offiziere müsste unser König haben! Ihr Kaiser kann sich glücklich preisen«, sagte der Kapitän, wobei er sich sachte der Tür näherte. »Tun Sie also Ihre Pflicht. Ich gehe die Maschine stoppen.«

Auf merkwürdige Weise, seitlich schlüpfte er aus der Kajüte, aber Pewzow achtete nicht darauf, er sah nichts als die aus dem Geldbeutel herausgefallene Münze. Wehmütig erkannte er das Ziegenbockprofil.

Allein geblieben, packte er den Geldbeutel und riss ihn auf. Darin war noch ein Dutzend ebensolcher Münzen… Verdammt!

Pewzow stürzte zur Tür. Abgeschlossen! In seinem Gedächtnis meldete sich das Zuschnappen des Schlosses, das er vor einer Minute mit halbem Ohr wahrgenommen hatte. Er trommelte mit den Fäusten gegen die Tür:

»Aufmachen! Aufmachen, ich habe Ihnen etwas zu sagen!«

Niemand reagierte darauf. Immer ohrenbetäubender klopften die Kolben, der Rum schwappte aus den Bechern auf den Tisch. In dem runden Fenster glitten langsam die Bohlen der Anlegestelle vorbei.

Pewzow versuchte das Bullauge zu öffnen, scheiterte jedoch an der festgezogenen Flügelmutter der Schraube. Er griff nach einem Hocker, krachte ihn, die Augen zusammenkneifend, damit die Splitter sie nicht verletzten, gegen das Glas und steckte den Kopf hinaus. Direkt an ihm vorbei rauschte das eingeholte Fallreep, die Spritzer erreichten sein Gesicht. Er leckte sich die salzig schmeckenden Lippen. Zwischen Schiff und Anlegestelle lagen bereits anderthalb Sashen*, unten brodelte und schäumte das eisige Wasser. Schrecklich, da hineinzuspringen!

Konstantinow und Schuwalows Adjutant liefen am Rande der Anlegestelle entlang, gestikulierten mit stumm aufgesperrten Münden. Sie sahen zum Deck hinauf und bemerkten ihn nicht.

»Hee!«, schrie Pewzow. »Hier bin ich!«

Nein, sie hören es nicht. Sein Stimme geht unter im Rauschen des Wassers, im Krach der Maschine.

Da fiel ihm sein Revolver ein. Er feuerte einmal, zweimal... Ah, jetzt hatten sie ihn entdeckt! Aber was konnten sie ausrichten? Zu spät! Ohne Lotsen, ohne Abschiedssirene stach die »Triumph der Venus« in See.

IV

Iwan Dmitrijewitsch warf einen Blick auf die Straße hinaus und pfiff, wie man einem Hund pfeift.

Lewizki blieb stehen.

Wieder hörte er den Hundepfiff.

Jetzt begriff er, woher das Pfeifen kam, bemerkte Iwan Dmitrijewitsch hinter dem Pfeiler und ging auf ihn zu, lächelnd und geckenhaft seinen Stock schwenkend.

»Lächelt auch noch, der Schweinehund!«, flüsterte Sytsch.

»Dummkopf!«, sagte Iwan Dmitrijewitsch, »erkennst du deine Leute nicht?«

»Gott sei Dank, dass Sie hier sind«, sagte der etwas argwöhnisch näher kommende Lewizki. »Ich wollte schon zu Ihnen nach Hause fahren. In der Nacht haben wir uns so unverhofft getrennt...«

* Altes russisches Längenmaß = 2,1336 m.

»Wo habe ich dich gestern hingeschickt?«, unterbrach ihn Iwan Dmitrijewitsch.

»Wo Sie mich hingeschickt haben, da bin ich hingegangen.«

»Und was für ein Wind hat dich in den Yachtklub geweht?«

»Ein glücklicher, Iwan Dmitrijewitsch. Wäre ich nicht dort gewesen, hätten wir miteinander nichts begriffen. Sie wissen ja nicht, wer die Gendarmen auf mich gehetzt hat. So ist es doch? Wir haben uns so plötzlich getrennt, ich kam nicht dazu, Ihnen das Ganze zu erklären.«

»Und wer ist es?«

»Hohenbrück. Haben Sie von ihm gehört?«

»Baron Hohenbrück?«

»Der und Baron! Sein Vater hat sein Leben lang in Prag Knödel verkauft … Er hat doch mit Absicht Oberstleutnant Fok alles über mich erzählt. Na, dass ich, sozusagen, in Polen nicht der allerletzte Mensch sei und an einem Krieg zwischen Russland und Österreich interessiert sein könnte.«

»Und wozu hatte er das nötig?«

»Darüber habe ich auch nachgedacht: wozu? Wozu hatte Hohenbrück es nötig, die Gendarmen mich des Mordes an Fürst von Arensberg verdächtigen zu lassen? Zwischen uns herrscht ein fast freundschaftliches, vertrauensvolles Verhältnis. Wozu mir so eine Laus in den Pelz setzen? In der Nacht liege ich da, und plötzlich durchfährt es mich wie ein Blitz. Ach, so ist das, denke ich! Er wollte doch den Verdacht von sich ablenken, Iwan Dmitrijewitsch.«

»Hat ihn denn jemand verdächtigt?«

»Ich«, sagte Lewizki. »Ich habe ihn verdächtigt. Genauer gesagt, jetzt verdächtige ich ihn.«

»Du?«

»Analytische Fähigkeiten gehen mir ja nicht ab, und Hohenbrück hatte oft genug die Gelegenheit, sich am Kartentisch davon zu überzeugen. Ihm war klar, dass ich Veranlassung habe, ihn zu verdächtigen…«

Mit einem Auge schielte Iwan Dmitrijewitsch nach wie vor zur Millionnaja, hörte Lewizki aber aufmerksam zu. Der erzählte halblaut, wie vor ein paar Tagen im Yachtklub Hohenbrück an ihn herangetreten sei und gefragt habe, ob er, Lewizki, es nicht so einrichten könne, dass beim Spiel zu dritt er, Hohenbrück, verliere und ihr dritter Partner gewinne. Lewizki habe sich über die ungewöhnliche Bitte gewundert, aber gesagt, ja, das könne er. Warum sollte er einem Freund nicht einen kleinen Dienst leisten? Umso mehr, da sich als Dritter mit ihnen niemand anders an den Tisch setzte als der selige von Arensberg. Sie begannen zu spielen. Letzten Endes begnügte sich Lewizki mit dem Geld, das er bei sich gehabt hatte, während Hohenbrück mit seiner Hilfe verlor und der Fürst dementsprechend ein Dutzend französische Napoleondore gewann und sich freute wie ein Kind, da er eigentlich kein Spielglück hatte. Er erhob sich bestens gelaunt. Sie gingen in den Erfrischungsraum, und unterwegs sagte Hohenbrück: »Übrigens, Fürst, diese Napoleondore habe ich von Jussuf-Pascha erhalten.« Sie kamen auf irgendein Gewehr zu sprechen, dessen Patent Hohenbrück entweder den Türken verkauft hatte oder sich mit der Absicht trug, und entrüstet darüber, hatte von Arensberg gesagt: »Sie schädigen meinen Ruf, ich werde Ihnen energisch entgegenwirken!« Hohenbrück erwiderte darauf lachend: »Zum Duell fordern können Sie mich leider nicht, Fürst, mein Vater war Knödelverkäufer…«

»Und weiter?«, fragte Iwan Dmitrijewitsch.

»Sie tranken Champagner und fuhren nach Hause.«

»Haben Sie angestoßen?«

»Wie?« Lewizki hatte nicht verstanden.

»Ob sie mit ihren Gläsern angestoßen haben, frage ich.«

»Das weiß ich nicht mehr.«

»Und die Napoleondore hat ihm der Fürst zurückgegeben?«

»Ach ja«, fiel Lewizki ein, »das war mir ganz entfallen. Er schüttet sie vor Hohenbrück auf den Tisch und sagt: ›Nehmen Sie Ihr dreckiges Geld, ich werde Ihnen energisch entgegenwirken!‹ Dann überlegte er es sich allerdings anders und bedauerte seinen Schritt. Er war überhaupt ein bisschen geizig, der Fürst.«

»Mhm«, Iwan Dmitrijewitsch nickte, »und warum glaubst du, dass Hohenbrück ihn umgebracht hat?«

»Iwan Dmitrijewitsch, ich bin erstaunt«, sagte Lewizki mit einer Ungeniertheit, die ihm in einem anderen Fall nicht durchgelassen worden wäre. »Wozu hat er diese Napoleondore wohl verloren? Er wollte sich den Fürsten gewogen machen, seine gute Stimmung dazu nutzen, ihn auf seine Seite zu bringen, damit der sich ihm nicht in den Weg stellte. Doch er erlitt Schiffbruch und… Meiner Meinung nach ist alles klar.«

»Als ihr zu dritt gespielt habt, hast du dich tatsächlich mit deinem Geld begnügt? Oder nicht vielleicht doch die eine oder andere Münze eingesteckt? Habe ich es erraten? Hohenbrück hat die Gendarmen auf dich gehetzt, und du möchtest jetzt mich auf ihn ansetzen, wie?«

Iwan Dmitrijewitsch sah seinen Geheimagenten mit zusammengekniffenen Augen an. Nein, nicht an ihm war es, über Lewizki zu richten. Hatte er nicht ebenso gehandelt, als er den Oberleutnant an Pewzow auslieferte und diesen jetzt zur »Triumph der Venus« schickte? Ja, unschön war das. Aber was tun?

»Schon gut.« Iwan Dmitrijewitsch klopfte Lewizki auf die Schulter und richtete seinen Blick wieder auf die Millionnaja.

Die Sonne war bereits über die Dächer gestiegen. Iwan Dmitrijewitsch sah auf die nasse Fahrbahn an der Vortreppe des Fürstenhauses, wo sich der unglückselige Boew und Kerim-Bek, das Ehepaar Strekalow, der wackere Oberleutnant mit der gebissenen Hand, die Grafen Schuwalow und Chotek, die Barone Cobenzl und Hohenbrück und sein, Iwan Dmitrijewitschs, Agent mit der Krone der Jagiellonen auf dem kahlen Haupt bei den Händen gefasst hatten und in einem gespenstischen Reigen drehten. Myriaden von Schatten kreisten mit: russische Emigranten, polnische Verschwörer, italienische Karbonari, Türken mit roten Fezen, und in dieses körperlose Kreisen, in diese Kette im Tageslicht verblassender Phantome trat ein Mann im Beamtenmantel mit Pelzkragen, eine Zobelfellmütze auf dem Kopf, einen nagelneuen Koffer in der langen Affenhand. Bei der Verfolgung im Hafen hatte ihm sein hinter einem Tuch verborgenes Gesicht Furcht erregend geschienen, was Iwan Dmitrijewitsch aber jetzt vor sich sah, war eine Allerweltsphysiognomie mit kleinen Schweinsäuglein und einem roten, kahlen Kinn, das keines Rasiermessers bedurfte.

»Pu-pyyr!«, stieß Sytsch hervor.

Er spürte plötzlich, wie in seiner durch das Boot geprellten Schulter längst vergessener Schmerz erwachte und seine Seele mit böser Freude überströmte.

»Das ist Pupyr?«, fragte Lewizki ungläubig. »Iwan Dmitrijewitsch, ist er das wirklich?«

»Ja, er … ist erschienen, unser Engel.«

Lewizki bekreuzigte sich:

»Mein Gott, ich habe doch gestern neben ihm in einer Konditorei gesessen. Mit Baron Cobenzl bin ich auf dem Newski in einer Konditorei eine Schokolade trinken gegangen, und er setzte sich auch rein. Cobenzl ging dann, und er ihm nach. Da hatte er aber einen Zylinder auf…«

»Schokolade, sagst du?«

»Ja, Iwan Dmitrijewitsch, Kaffee trinke ich nicht, ich bekomme davon Herzklopfen. Ehrenwort!«

Sopow lugte durch eine Zaunritze, während Sytsch fieberhaft nach etwas suchte, womit er sich bewaffnen konnte. Gebückt, wie unter Beschuss, rannte er zur Kasernenwand, wo Feuerwehrgerät hing, und packte das Beil.

Pupyr ging gemessenen Schritts, ohne Eile. Das Gesicht wie gekränkt, die blauen Äuglein tasten die Straße, die Fenster der benachbarten Häuser ab, heften sich lange an Passanten. Jetzt steigt er würdevoll die Vortreppe hinauf, nimmt den Koffer von der rechten in die linke Hand, klingelt.

Sopow zog vorsichtig den Säbel aus der Scheide.

Iwan Dmitrijewitsch betrachtete die aufglänzende Klinge, überlegte, was verlässlicher war – der Säbel oder das Beil, und sagte zu Sytsch:

»Gib her!«

V

Es brodelte unter der Schraube, das schäumende Kielwasser lief, sich beruhigend, nach Osten aus, verlor sich im Nebel, der die Paläste und Prospekte des Nördlichen Palmyra bereits dem Auge entzogen hatte. Möwen kreisten mit Geschrei über den sich zerstreuenden Schaumfetzen in der Hoffnung, dazwischen den weißen Bauch eines von den Schraubenflügeln betäubten Fisches zu entdecken.

Ohne Halt, mit voller Fahrt passierte die »Triumph der Venus« die Lotseninsel. Hier wohnten die Lotsen von Piter, von hier bestiegen sie die Schiffe, um sie zwischen den Sandbänken der Bucht hindurchzusteuern, doch der Kapitän hatte beschlossen, ohne Piloten auszukommen. Er verließ sich beim Steuern des Schiffes auf sein Gespür und orientierte sich nach der Farbe des Wassers. Es galt, an Kronstadt vorbeizukommen, bevor der dortige Kommandant über ihre Flucht in Kenntnis gesetzt wurde.

Der Kapitän hatte den Gang der Ereignisse richtig abgesehen, Schuwalows Adjutant war bereits in höchster Eile unterwegs zum Telegrafenamt.

Der äthiopische Heizer warf eine Schaufel Kohle nach der anderen ins Feuer. Immer schneller arbeiteten die Kolben, der Zeiger des Manometers hatte nicht nur die rote Markierung überschritten, er kam dem Skalenende bereits bedrohlich nahe. Mit kleinen pfeifenden Fontänen schoss der Dampf unter den Ventilen hervor, zischte aus den Kupplungen der Rohre und Stutzen.

Der Kapitän machte ein finsteres Gesicht und vermied es, dorthin zu blicken, wo sich aus der Brandung die düsteren mächtigen Mauern der Kronstädter Forts erhoben. Vor fünfzehn Jahren, während des Östlichen Krieges, hatte das Feuer ihrer Geschütze das britische Geschwader von Admiral Napier zum schmählichen Rückzug gezwungen. Dort schien jetzt etwas in Bewegung zu kommen, vor dem grauen Hintergrund waren schwarze Kanonenrohre zu erahnen. Im Übrigen drohte die Gefahr, ohnehin auf Grund zu gehen, wenn die Kessel dem Druck nicht standhielten und platzten.

Pewzow hatte unbedachterweise alle Patronen in die Luft verfeuert und bedauerte das jetzt: In der Kapitänskajüte verbarrikadiert, hätte er mit seinem Revolver die Belagerung bis zum nächsten Hafen überstehen und mit seinen Schüssen die Zöllner auf sich aufmerksam machen können. Was, wenn die Italiener beschlossen, ihn zu ertränken, ins Meer zu werfen? Das Kajütenfenster lag auf der den Kronstädter Bastionen abgewandten Seite. Der Rauch senkte sich vom Schornstein über das Wasser.

Ehe Schuwalow seine Depesche verfasst, ehe der Adjutant den Telegrafisten gefunden hatte, ehe die Nachricht durchgegeben und am anderen Ende der auf dem Meeresgrund verlegten Leitung die Punkte und Striche ins Russische übersetzt waren, ehe man den Kommandanten weckte, der bis nach Mitternacht über seinen Papieren gesessen hatte und, vom

Schlaf benommen, nicht recht begriff, weshalb ein italienisches Handelsschiff abgefangen werden musste – kurz gesagt, ehe der mächtige Wille des Gendarmeriechefs bewirkte, dass ein kleiner Matrose als Signalgast die feuchte Leine zog, um am Fahnenmast das Signal »Maschinen stoppen und Anker werfen« zu setzen, war es fast zu spät geworden. Die »Triumph der Venus« schwamm bereits in Sichtweite der Kronstädter Forts, war drauf und dran, der Reichweite ihrer Kanonen zu entfliehen.

Als der Kapitän das Signal bemerkte, ordnete er an, die Fahrt zu beschleunigen, Dino Celli persönlich sprang dem Äthiopier bei. Verunsichert durch die Erzählungen seiner Mutter über die Schrecken der zaristischen Despotie, befürchtete er, wegen der Prügelei in der Schenke Bekanntschaft mit Sibirien machen zu müssen – seine Mutter hatte gesagt, die Verbannten würden in Sibirien den Eisbären zum Fraß vorgeworfen –, und versprach dem Kapitän, was ihn betraf, die volle Verantwortung gegenüber seinem Vater zu übernehmen.

Pewzow, der vergeblich versuchte, den am Fußboden festgeschraubten massiven Tisch vor die Kajütentür zu rücken, stand unterdessen eine weitere Variante seines Schicksals deutlich vor Augen: Die Italiener würden ihn auf einem unbewohnten Eiland aussetzen.

Das Signal blieb unbeantwortet, woraufhin der Kommandant befahl, einen Warnschuss abzugeben. Man feuerte eine Blindladung ab, aber auch das zeigte keine Wirkung. Der Kommandant, ein alter Marinesoldat, der noch unter der Flagge Nachimows zur See gefahren war, fluchte und bedachte die Gendarmen, die seiner Meinung nach wer weiß wozu existierten, mit den deftigsten Kraftausdrücken. Der Offizier vom Dienst hörte diese rebellischen Reden mit ängstlichem Vergnügen. Wieder wurde geladen und wieder ein Schuss abgegeben, und wieder zeitigte er nicht das ge ringste Resultat. Der verdammte Italiener fuhr weiter mit Volldampf. Indessen wurde in Schuwalows Depesche angeordnet, das Schiff mit allen zur Verfügung stehenden Mitteln, bis hin zum Beschuss, an der Weiterfahrt zu hindern, und der Kommandant, dem es zutiefst widerstrebte, auf ein Handelsschiff zu feuern, befahl, die Batterie leichten Kalibers gefechtsbereit zu machen.

Unterdessen nahm das Wachschiff »Kinburn«, das alle vor St. Petersburg kreuzenden Schiffe in einem speziellen Logbuch zu registrieren hatte, die Verfolgung des dreisten Italieners auf. Der fuhr mit eingeholter Flagge, doch verrieten ihn die drei Streifen am Schornstein – rot, weiß, grün.

Ein Geschoss ging hinter dem Heck nieder, ein zweites neben der rechten Bordwand, so dass es durch das zerschlagene Bullauge in die Kapitänskajüte hineinspritzte. Das dritte flog weit voraus in Fahrtrichtung, zwei weitere schlugen irgendwo seitlich ins Wasser. Unterstützung bekam die Festungsartillerie durch die kleine Bugkanone der »Kinburn«.

Als Pewzow die Kanonade hörte, glaubte er bei nüchterner Einschätzung der Situation, dieser Vater von fünf Kindern könne kaum so unbesonnen sein, nicht auf die Argumente der Vernunft zu hören, die mit der Stimme der Kronstädter Geschütze sprach. Gleich musste das irre Klopfen der Kolben verstummen, die Schraube zum Stillstand kommen und das Klappern der Ankerklüsen zu hören sein. Es wurde Zeit, sich seine Argumente für das Gespräch mit Schuwalow zurechtzulegen. Um ihm zu sagen: Sehen Sie, Euer Erlaucht, wozu diese Leute fähig sind! So weit weg von der Wahrheit bin ich nicht gewesen…

Doch der salzige Wind sang mit unverminderter Kraft in den Glasresten des Bullauges, Pewzow irrte sich auch diesmal. Die »Triumph der Venus« strebte, am ganzen Körper bebend, nach Westen. Pewzow warf es bald gegen die eine, bald gegen die andere Wand: Der Kapitän lavierte mit einer Meisterschaft, als hätte er sein ganzes Leben auf der Brücke einer Schlachtfregatte stehend verbracht und Übung darin, dem Feuer von Küstenbatterien auszuweichen.

Nach fünfzehn Minuten begann die »Kinburn« zurückzubleiben, aber ihr Kapitän konnte sich nicht entschließen, sein Schiff zu wenden und eine Breitseite auf den Flüchtling abzufeuern. Irgendwie war es zu dumm, ein unbewaffnetes Handelsschiff auf den Grund zu schicken, und mit der Bugkanone zu zielen wurde wegen des Wellengangs immer schwieriger. Von den Bastionen wurde entgegen Schuwalows Befehl auch ziemlich vorsichtig geschossen, mehr um Angst zu machen, und als im Feuersektor das dänische Schiff »Erika« auftauchte, das Räucherhering geladen hatte und Kurs auf Petersburg hielt, musste der Beschuss ganz eingestellt werden, damit nicht zufällig die unschuldige Dänin versenkt wurde.

Eine weitere Viertelstunde später fuhr die »Triumph der Venus« wieder in ein Nebelfeld hinein. Pewzow hätte die Wände hochgehen können, die Italiener auf Deck umarmten sich und hüpften vor Freude. Sorglose Kinder des Südens…

FÜNFZEHNTES KAPITEL

Die Vergoldung hat sich abgerieben

I

Pupyr wurde abgeführt, Sytsch trug triumphierend seinen Koffer weg. Drei Dinge behielt Iwan Dmitrijewitsch zurück: das Heft mit den Kochrezepten, das goldene Pfundgewicht samt Kette und den Revolver mit der langen gotischen Inschrift und dem Monogramm von Arensbergs – genauso einem wie auf dem beim Kammerdiener beschlagnahmten silbernen Zigarrenetui.

Sein Gewicht hatte Pupyr nicht mehr einsetzen können, dafür aber mit dem Revolver auf Iwan Dmitrijewitsch geschossen, als der, das Beil in der Hand, als Erster ins Haus gelaufen kam. Die Kugel pfiff hoch über seinem Kopf hinweg, doch diesen Schuss nutzte Iwan Dmitrijewitsch dazu, Luft abzulassen, und er verpasste ihm mit dem Beilstiel eins ins Genick. Sytsch brannte ebenfalls darauf, Pupyr das Boot und seine ehelichen Unannehmlichkeiten heimzuzahlen, aber Iwan Dmitrijewitsch hinderte ihn daran.

Während Iwan Dmitrijewitsch Pupyr verhörte, holte Sopow Baron Cobenzl in die Millionnaja. Der wies erst einmal seinen auf der Straße vor dem Gymnasium gefundenen Hut vor, dann untersuchte er den Einschlag der Kugel in der Decke und sagte:

»Damit schießt man leicht daneben. Revolver dieses Systems haben einen extremen Rückstoß. Man muss auf die Beine zielen, um in die Brust zu treffen.«

Der Grund dafür, dass der Fürst den Revolver in seinem Toilettentischchen aufbewahrt hatte, war, wie sich bei der Gelegenheit herausstellte, nicht etwa, dass er Befürchtungen gehegt und deshalb die Waffe ständig bei sich getragen hätte, sondern ein ganz anderer. Regimentskameraden hatten ihn von Arensberg zum Jubiläum irgendeiner Schlacht geschickt, an der sie alle beteiligt gewesen waren, und er hatte damit vor Bekannten, auch Cobenzl, geprahlt: Vor zwei Tagen hatte er ihn Cobenzl zusammen mit den Napoleondoren gezeigt und war sehr enttäuscht gewesen, als er von den Mängeln dieses Systems erfuhr.

Cobenzl und Lewizki unterhielten sich leise im Gästezimmer, während Iwan Dmitrijewitsch im Erker am Fenster stand und das Gewicht an der Kette hin- und herschwingen ließ. Pupyr wurde von drei Polizisten mit blankgezogenen Säbeln abgeführt, ein vierter ging etwas seitlich. Stolz schritt Sytsch neben ihm her. Er musste fortwährend die Hand wechseln, in der er den Koffer trug, dachte aber nicht daran, ihn herzugeben. Iwan Dmitrijewitsch sah ihnen durch das schmutzige Glas nach und rief sich den Protokollanten Gnetotschkin ins Gedächtnis, der, bloß in Unterwäsche, mit eingeschlagenem Schädel am Ufer der Newa gelegen hatte, die Kursistin Drawert, die sich wegen ihrer billigen Ringe die Ohren durchreißen lassen musste, an die Näherin Darja Besfamilnych, die nachts ihren Fehpelz überwarf und loslief, um den Arzt zu ihrer kranken Tochter zu holen, und ohne Pelz und Arzt zurückkam. Der hatte sich nicht hinausgetraut, als er die von Pupyr ihres Pelzes beraubte Frau sah, und das Mädchen starb.

Iwan Dmitrijewitsch erinnerte sich an den alten Apotheker Silberfarb, der jeden Tag zur Polizei kam, um nachzufragen, ob sich das Medaillon mit der Haarlocke seiner toten Frau nicht gefunden habe, und an den siebzehnjährigen Junker Iwanow, der sich, nachdem er ein Abzeichen aus versilbertem Kupfer an Pupyr verloren hatte, für den Rest seines Lebens als entehrt betrachtete, den Verlust in einem Brief an den Zaren beichtete und sich danach eine Kugel in den Kopf jagte. Doch am deutlichsten hatte er aus irgendeinem Grund das Bild der alten Sotowa vor Augen, ihr gottselig-verwirrtes Gesicht, die grauen Kinnhaare. Wie auch Chotek hatte sie das goldene Leuchten um Pupyrs Kopf gesehen und glaubte nun, den zweiten Monat in einer Irrenanstalt untergebracht, sie wäre gestorben und befände sich im Paradies. Leute und Gesichter kamen ihm in den Sinn, und wenn Fürst von Arensberg und Graf Chotek mit ihnen in einer Reihe standen, war das nur Zufall, ein Detail im Leben der großen Stadt.

»Gut«, sagte Cobenzl, der zu Iwan Dmitrijewitsch trat und sich neben ihn stellte, »ich schließe nicht aus, dass er sich am Morgen in der Nähe herumtrieb und sehen konnte, wie Schuwalow mir den Schlüssel gab. Nehmen wir sogar an, dass er hören konnte, wem ich meinerseits den Schlüssel übergeben sollte. Wir unterhielten uns auf der Straße, ringsum war Menschengewimmel…«

Cobenzl hielt das Schlüsselchen auf dem Handteller. Die Schlange biss sich mit solcher Erbitterung in den Schwanz, als wäre es ihr nicht gelungen, Eva zu verführen.

»Aber Sie werden zugeben, Herr Putilin, eine Sache ist es, mich in die Toilette einer Konditorei zu locken, mir auf den Schädel zu hauen und diesen verfluchten Schlüssel abzunehmen, und eine ganz andere, die Kutsche des österreichischen Botschafters mitten im Zentrum von Petersburg zu überfallen. Ein gewöhnlicher Straßenbandit – wie hat er sich erdreisten können? Jemand, will mir scheinen, stand hinter ihm. Vielleicht derselbe, mit dessen Hilfe er Ludwig umgebracht hat?«

»Pupyr behauptet, er habe gar keinen Anschlag auf Chotek verübt.«

»Wie das? Auf wen habe ich dann geschossen?«

»Auf ihn natürlich. Aber er schwört, dass er an niemanden konkret gedacht habe, als er das Seil spannte.«

»Und Sie glauben ihm?«

»Wer weiß? In diesem Leben ist alles möglich. Auf jeden Fall hat er den Mord an von Arensberg nicht gestanden. Er sagt, den Revolver habe er heute irgendeinem Ausländer auf dem Apraxin-Markt abgekauft und die Napoleondore am Morgen vor dem Haus des Fürsten gefunden. Vorläufig steht für mich nur eines außer Zweifel: Er wusste genau, wie der Schlüssel in das Schloss zu stecken ist.«

»Aber woher? Wer hat ihm das gesagt?«

»Gedulden Sie sich noch zwei Stunden, ich muss meine Vermutung überprüfen. Und verzeihen Sie mir um Gottes willen diesen dummen Streich mit dem Zylinder. In meiner Praxis hat es so einen Fall gegeben. Ich sah den gebahnten Weg vor mir und konnte der Versuchung nicht widerstehen.«

»Aber erklären Sie mir wenigstens«, bat Cobenzl, »weshalb Sie so überzeugt davon waren, dass niemand anders als Pupyr den Herrn Botschafter überfallen hat. Sie erwarteten hier doch ihn und niemand anders. Habe ich Sie richtig verstanden?«

»Ja, ihn.«

»Woher wussten Sie das?«

»Zieh mal die Gardinen zu!«, wies Iwan Dmitrijewitsch Lewizki an.

Im Gästezimmer wurde es dunkel, Iwan Dmitrijewitsch schaltete die Tischlampe ein, stellte sie auf das Klavier, baute sich davor auf, so dass er sie mit seinem Rücken verdeckte, und wirbelte das Gewicht an der Kette kraftvoll durch die Luft. Cobenzl zuckte zusammen, als er sah, wie sich ein gleichmäßiger goldener Reif, ein leuchtender Kreis pfeifend um Iwan Dmitrijewitschs Kopf legte.

Adam und Eva in der Schreibtischgarnitur begannen noch eifriger, ihre Blöße zu bedecken. Wie der sie aus dem Garten

Eden vertreibende Engel stand Iwan Dmitrijewitsch am Klavier und betrachtete das Gästezimmer – sein fünfzig Quadratarschin großes Schlachtfeld.

Dann ließ er den Arm sinken und sagte:

»Das ist der ganze Trick.«

»Ist es wirklich aus Gold?«, wollte Cobenzl wissen, als Lewizki, ohne auf eine Anweisung zu warten, die Gardinen wieder aufzog.

Iwan Dmitrijewitsch holte ein Taschenmesser hervor und kratzte mit der Klinge an dem Gewicht. Die Vergoldung ging ab, darunter kam schwarzes poriges Gusseisen zum Vorschein.

Ihm fiel ein, wie die Preußen mit einer goldenen Kugel auf Napoleon III. geschossen hatten. Wenn es sich mit ihr genauso verhielt wie mit diesem Gewicht, dann konnte es nicht verwundern, dass der französische Kaiser am Leben geblieben war. Dort, im ewig fließenden Äther, weiß man alles.

Lewizki und Cobenzl schickten sich an zu gehen. Während er sie zum Ausgang brachte, schlug Iwan Dmitrijewitsch im Gehen das Heft mit den Kochrezepten auf. Er las von Fisch- und Pilzpasteten, und in seinem leeren Gedärm kollerte es laut. Dieser Schweinehund! Er warf das Heft in den Kamin.

»In zwei Stunden erwarte ich Ihre Nachricht«, erinnerte ihn Cobenzl, als er ihm die Hand drückte.

Lewizki seinerseits genoss es, von gleich zu gleich mit Iwan Dmitrijewitsch zu reden, und ließ sich Zeit, zog das Vergnügen in die Länge.

»Vorgestern saßen wir im Yachtklub und spielten Karten«, sagte er. »Ich, Baron Hohenbrück und der selige Fürst. Wir machten unser Spiel, dann bat er mich, ihm eine Glückskarte abzuwerfen. Ich mische und werfe eine ab. Und was glauben Sie? – Pikass. Der Fürst sagt: ›Noch einmal!‹ Ich mische wieder – und wieder das Pikass. Schicksal.«

»Was waren es denn für Karten?«, wollte Iwan Dmitrijewitsch wissen.

»Ganz normale Karten, wie man sie im Yachtklub bekommt. Karokönig – Julius Cäsar, Herzkönig – Karl der Große, Kreuzkönig – Alexander von Mazedonien, Pikkönig – König David. Mit denen haben wir gespielt, und davon habe ich die Glückskarte abgeworfen.«

»Aus Spielkarten kann man das Schicksal nicht erfahren.«

»Ich habe sie ja vorher durch einen Türgriff gezogen«, meinte Lewizki lächelnd. »So, sagen die Zigeunerinnen, geht es auch mit Spielkarten.«

Iwan Dmitrijewitsch betrachtete Lewizkis dünne, langgliederige Finger des professionellen Falschspielers, die knochenlos wie Würmer anmuteten, und überlegte, dass er wohl jede beliebige Karte aus dem Spiel zu ziehen in der Lage war. Es blieb unklar, ob Lewizki flunkerte oder die Wahrheit sagte, und falls er sie sagte – ob das den Tod verheißende Pikass beim Kartenmischen zufällig herausgefallen war oder nicht.

»Und wie reagierte der Fürst darauf?«, erkundigte sich Iwan Dmitrijewitsch. »War er sehr bekümmert?«

»Überhaupt nicht. ›Ich‹, sagt er, ›bin Gott sei Dank gesund, vorläufig fehlt mir nichts, und mir ist schon in der Jugend geweissagt worden, dass ich in meinem eigenen Bett sterben werde.‹«

»Von dieser Weissagung hat er mir auch erzählt«, bestätigte Cobenzl. »Möglicherweise tat sich Ludwig deswegen auf dem Schlachtfeld mit solcher Kühnheit hervor. Er attackierte mit seiner Kavallerieabteilung italienische Batterien.«

»Und sie ist ja in Erfüllung gegangen«, seufzte Lewizki.

»Übrigens, das Gewehr«, wollte Iwan Dmitrijewitsch von Cobenzl wissen, »das Hohenbrück mit Ihrer und von Arensbergs Hilfe unserem Kriegsamt verkauft hat, damit, möchte ich hoffen, muss man nicht auf die Beine zielen, damit man den Kopf trifft?«

»Nun, das hängt von der Entfernung ab. Aber da Sie das so sagen, muss Ihnen bekannt sein, dass ich bei der Erprobung dabei war. Als ich nach meiner Meinung gefragt wurde, empfahl ich dieses Gewehr. Ein sehr gutes Modell. Bei solchen Dingen pflege ich nicht gegen mein Gewissen zu handeln, zumal meine Familie schon seit den Zeiten Iwans des Schrecklichen Verbindungen zu Russland hat.«

»Haben nicht Sie den Soldaten, die das Gewehr erprobten, Wodka eingeflößt?«

»Das haben wir«, sagte Cobenzl verlegen, »ich konnte es Hohenbrück nicht ausreden. Aber das ändert nichts, das Modell ist wirklich gut.«

»Und wie hat er es hingekriegt, das Gewehr nicht nur uns, sondern auch den Türken zu verkaufen?«

»Oh!«, sagte Cobenzl respektvoll. »Ihnen, Herr Putilin, bleibt nichts verborgen. Ich selbst habe das erst gestern Abend erfahren. Woher wissen Sie es denn?«

Iwan Dmitrijewitsch ließ die Frage unbeantwortet und warf Lewizki einen unauffälligen Blick zu, doch der biss sich von allein auf die Zunge.

»Verstehe, Herr Putilin, Dienstgeheimnis. Ich war auch perplex, als Jussuf-Pascha mir diese Neuigkeit mitteilte. Ich gebe zu, mein erster Gedanke war sogar, dass der Tod es Ludwig erspart hat, sich aus einer zwielichtigen Situation herauszuwinden. Doch dann kam ich zu dem Schluss, dass Hohenbrück bloß bluffte … Ich habe den Eindruck, ich halte Sie auf. Ist es nicht besser, unser Gespräch später fortzusetzen?«

»Schlagen Sie auf die zwei Stunden noch fünf Minuten drauf«, schlug Iwan Dmitrijewitsch vor, »und erzählen Sie weiter.«

Dass dieses vermaledeite Gewehr mit dem Tod von Arensbergs genauso viel zu tun hatte wie die Situation auf dem Balkan, war ihm schon klar, doch ging es ihm um eine andere Frage. Er hätte doch zu gern gewusst, ob den Fürsten ein zufälliger Tod ereilt oder ob es in seinem Leben etwas gegeben hatte, wodurch ihm beschieden war, hier und jetzt zu sterben.

»Mit Hohenbrück«, berichtete Cobenzl, »war vereinbart, eine bestimmte Zahl von Vorderladern nach seinem System umzurüsten. Kam es zu der Umrüstung, stand ihm ein bestimmter Prozentsatz vom Grundbetrag zu. Den Andeutungen, die er mir machte, entnahm ich, dass er beschlossen hatte, die Bürokraten aus Ihrem Kriegsministerium zu erpressen, sie vor eine Alternative zu stellen: Entweder bekam er den Prozentsatz, oder er würde sein Modell an eine in Zukunft möglicherweise feindliche Armee verkaufen.«

»Dasselbe System? Verbietet der Vertrag das nicht?«

»Hohenbrück hat die Türken davon überzeugt, es handele sich um ein so weitgehend vervollkommnetes Modell, dass es als neu gelten könne. Bei seiner energischen Verhandlungsführung konnte er sogar mit einem kleinen Vorschuss rechnen. Doch all das ist Abenteurertum reinsten Wassers, dass er sein Modell vervollkommnet hätte, davon kann überhaupt nicht die Rede sein. Das weiß ich genau. Für Ludwig bestand also kein Grund zur Sorge. Höchstwahrscheinlich hat Hohenbrück ihn in seine Pläne eingeweiht. Und Ludwig, denke ich mir, hat alles Prinz Oldenburgski hinterbracht. Ich kann mir vorstellen, wie sie gelacht haben. Auf so scharfsinnige Weise Ihre Militärbürokraten auf Trab zu bringen und dazu noch die Türken hinters Licht zu führen…«

»Hohenbrück und der Fürst haben im Yachtklub zusammen Champagner getrunken und gelacht«, schaltete sich Lewizki ein. »Anfangs war der Fürst ungehalten, dann aber lachte er und sagte zu ihm: ›Man sieht doch gleich, dass Ihr Vater ein Knödelverkäufer war…‹«

»Ja, sehr lustig«, sagte Iwan Dmitrijewitsch.

Sie verließen zu dritt das Haus und trennten sich an der Vortreppe. Die Sonne wärmte, das abtrocknende Pflaster der

Fahrbahn dampfte. Iwan Dmitrijewitsch hatte kaum zehn Schritte getan, als er Konstantinow die Straße entlangrennen sah. Das eine Auge war endgültig zugeschwollen.

»Iwan Dmitrijewitsch!«, schrie er von weitem. »Die Italiener haben den Rittmeister mitgenommen!«

»Mitgenommen? Wohin denn?«

»Nach Italien. Er ist allein auf das Schiff gegangen, sie haben ihn in der Kajüte eingesperrt und sind mit ihm davongefahren. Und meine Münzen sind bei ihm.«

»Wenn mich doch jemand nach Italien mitnehmen wollte«, sagte Iwan Dmitrijewitsch nach einer kleinen Pause müde.

Er gab Konstantinow die versprochene Prämie – den von Sytsch mitgebrachten Napoleondor – und schickte ihn nach Hause. Die Luft war noch morgendlich frisch und durchsichtig. Durch den üblichen Stadtlärm hindurch fing das Ohr fernes, vom Meer, von Kronstadt herkommendes Kanonenschießen auf. Die Kanonen feuern von der Anlegestelle, dachte Iwan Dmitrijewitsch, fordern das Schiff zur Umkehr auf. Nicht die geringsten Gewissensbisse verspürte er. Na und? Auch für Pewzow war also die Zeit gekommen, fürs Vaterland zu leiden, so wie der Oberstleutnant, wie Boew, wie er, Iwan Dmitrijewitsch, selbst. – Und wird die Schafe…

Später, als in der Ferne der Glockenturm der Auferstehungskirche auftauchte, spürte er fast körperlich zwischen den Fingern den heißersehnten Faden, an dem man nur zu ziehen brauchte, und das ohnehin schäbig gewordene Harlekinkostüm würde augenblicklich zerfallen, ein Häuflein bunter Lappen zu seinen Füßen.

II

Iwan Dmitrijewitsch bog in die Toreinfahrt ein, und vor ihm tat sich der Hof auf, eingerahmt von jetzt zu Frühlingsbeginn zusammengeschrumpften Holzstößen vor den unverputzten Ziegelwänden der Mietshäuser. Hierher hatte er gestern Lewizki geschickt.

Inmitten des Hofes, zwischen Schuppen, Abtritten, Müllkästen, unter dem Schnee zum Vorschein gekommenen und noch nicht abgefahrenen Gerümpelhaufen stand ein zweigeschossiges Häuschen aus gedunkeltem Stammholz, das mit langen Stangen gestützt werden musste, damit es nicht seitlich wegkippte. Hier wohnte der, von dem die Geschicke Europas abhingen. Jener kleine hagere Mann, der seinen Napoleondor bei Küster Sawossin in der Auferstehungskirche gelassen hatte. Die von ihm gekauften Kerzen waren längst niedergebrannt, zu trockenen Wachspfützen zerflossen. Jetzt schützten ihn ihre Flammen nicht mehr.

Im Hausflur roch es nach Spülicht, Katzengestank drang aus jeder Spalte. Auf der Treppe saß ein vielleicht fünf Jahre altes zerlumptes Mädchen mit kränklich-weißem, wie mit Mehl beschmiertem Gesicht und wiegte ein in einen Lappen gewickeltes Holzscheit. Iwan Dmitrijewitsch reichte ihm ein Fünfkopekenstück, das Mädchen griff nach der Münze und verschwand lautlos wie eine Katze.

Die Stufen waren so morsch, dass man dicht an der Wand bleiben musste. Wie der Kutscher von Arensbergs es ihm beschrieben hatte, stieg Iwan Dmitrijewitsch zum Obergeschoss hinauf, stieß die mit einer Bastmatte beschlagene Tür auf und trat in ein winziges Zimmer mit schräger Decke. Neben der Schwelle standen schmutzige Stiefel, ihr Besitzer lag angezogen auf dem Bett. Der kleine hagere Mann mit roten Bartstoppeln im fahlen Petersburger Gesicht schlief.

Iwan Dmitrijewitsch hätte schon längst hierher kommen können, wäre nicht Pewzow mit seinen Plänen gewesen. Ein großartiger Helfer!

Die Zimmereinrichtung bestand aus einem ungestrichenen Brettertisch, einem Stuhl mit zerfasertem Lindenbastsitz, einem in der Ecke hängenden Blechwaschbecken. Auf dem Tisch – ein leeres Fläschchen, Zwiebelschalen, ein Häufchen Salz direkt auf der Tischplatte.

Iwan Dmitrijewitsch trat zu dem Schlafenden und rüttelte ihn an der Schulter:

»He, Fjodor! Steh auf.«

Der ehemalige fürstliche Lakai Fjodor, den von Arensberg wegen Trunksucht davongejagt hatte, öffnete widerwillig die Augen:

»Was gibt's?«

»Steh auf, ich bin von der Polizei.«

Schweigend, irgendwie nicht sonderlich verwundert, setzte sich Fjodor auf, gähnte und tappte barfüßig zu seinen Stiefeln. Er zog sie über die nackten Beine, ohne Fußlappen, dann holte er unter den Zwiebelschalen ein Stückchen Brot hervor, das er einsteckte, nahm das Waschbecken vom Nagel, um daraus zu trinken, und spuckte einen Kakerlaken aus, der ihm, vermutlich schon lange in dem Wasser ertrunken, in den Mund geraten war.

»Pfui, verdammter Kürassier!«

»Wie?«

»Die Kakerlaken sind die schwere Kavallerie«, erklärte Fjodor mit einer Ruhe, die Iwan Dmitrijewitsch immer mehr erstaunte und empörte. »Und die Wanzen die leichte. Der Fürst hat ja früher bei den Kürassieren gedient. Morgens steht er auf und sagt: ›Mich, Theodor‹, sagt er, ›haben im Biwak Ulanen attackiert!‹ Wanzen, heißt das. Auf Kakerlaken hat er mit dem Säbel eingehauen. Einmal hatte er Freunde zu Besuch, mit denen wettete er, dass er einen rennenden Kakerlaken mit einem Säbelhieb zweiteilen würde. Ich brachte einen aus der Küche und ließ ihn los. Und was denken Sie? Glatt in zwei Hälften.«

Während er erzählte, zog er unterm Bett einen zerknitterten Filzhut hervor und begann ihn an seinem Knie zu glätten.

»Haute ihn durch und geriet in Rage. ›Theodor‹, schreit er, ›bring noch einen, ich hau ihm die Fühler ab!‹ Und er haute sie tatsächlich ab. Der Kakerlak blieb dabei am Leben. Hundert Rubel haben seine Freunde bei der Wette an ihn verloren. Jaa, ein verwegener Herr! Aber knauserig. Im Herbst wurde am Haupteingang der Türklopfer geklaut, da hat er beim Generalgouverneur eine Klage eingereicht. Dabei war dieser Klopfer spottbillig. Mir hat man dafür ein Glas Bier eingegossen, und das war's.«

»Du hast ihn also geklaut?«

»Wieso?«, leugnete Fjodor die Tat, ohne mit der Wimper zu zucken. »Ich hatte selber genauso einen.«

Was konnte es ihm eigentlich noch ausmachen, diese Verfehlung zu bekennen: Was zählt schon ein Türklopfer, wenn einer einen Menschen getötet hat. Warum gab er es nicht zu?

»Ach, was für eine Dummheit, hierher zu kommen«, sagte Fjodor. »Ich konnt's mir nicht verkneifen, ich Dummkopf. Ein Fläschchen hatte ich hier in Reserve, drum bin ich hergekommen.«

»Woher wusstest du denn, dass man nach dir suchen wird?«, fragte Iwan Dmitrijewitsch erstaunt.

»Wie sollte ich es nicht wissen?«, wunderte sich Fjodor seinerseits. »Dazu gibt es ja wohl die Polizei.«

»Nein, ich wollte anders fragen. Was meinst du, wie ich von dir erfahren habe?«

»Dazu muss man nicht gerade siebengescheit sein.«

»Ach ja?«, erwiderte Iwan Dmitrijewitsch gekränkt. »Glaubst du, es war so leicht darauf zu kommen?«

»Statt das Fläschchen zu schnappen und die Beine in die

Hand zu nehmen«, seufzte Fjodor. »Nein, erst musste ich es austrinken und dann noch mich langlegen …«

»Red nicht drum herum!«, sagte Iwan Dmitrijewitsch mit erhobener Stimme. »Sag, woher du es erfahren hast!«

Fjodor winkte ab: Was soll's … Er setzte den Hut auf und zog sein verschlissenes Mäntelchen mit der abgerissenen Tasche an.

»Also gehen wir?«

Sie stiegen die Treppe hinunter: er auf der einen Seite, Iwan Dmitrijewitsch auf der anderen. Das Mädchen war wieder aufgetaucht und ging schwerelos zwischen ihnen über die morschen Stufen, ohne Angst zu haben durchzubrechen, und drückte ihr Holzscheit an die Brust.

»Na, Sinka«, fragte Fjodor sie, »hast du selber ein Kindchen, oder machst du Amme?«

»Du hast mir manchmal einen Lebkuchen gegeben«, sagte das Mädchen leise.

»Stimmt«, bestätigte Fjodor, »habe ich. Aber nun habe ich keine mehr. Sind alle, die Lebkuchen.«

Er strich ihr übers Haar und trat hinaus in den Hof. Das Mädchen begleitete sie bis zur Straße.

»Deins?«, fragte Iwan Dmitrijewitsch.

»Meine sind in Ladoga.« Fjodor schüttelte den Kopf und wandte sich um. »Geh nach Hause, Sinka. Deine Mutter wird dich suchen.«

Er stellte sich auf die Zehenspitzen, wiegte seinen kleinen hageren Körper komisch hin und her und krähte plötzlich los. Das Mädchen lachte auf, das kleine Gesicht schimmerte noch eine Weile im Torbogen als weißer Fleck und verschwand, als sie um die Ecke bogen.

Iwan Dmitrijewitsch nahm das unterbrochene Gespräch wieder auf:

»Wie hast du es also erfahren, dass ich von dir weiß?«

Für Fjodor war das jedoch völlig uninteressant.

»Sie haben mich nach dem Klopfer gefragt«, fiel ihm ein. »Fragen Sie mich besser, wie oft sie mir mein Gehalt gekürzt haben. Und wofür? Wenn ich das erzähle, glaubt mir keiner. Und als ich davongejagt wurde, hatte ich noch Gehalt für den Monat zu bekommen. Bin ich vielleicht kein Mensch? Möchten meine Frau und meine Kinder in Ladoga vielleicht nichts zu essen und zu trinken haben? Sind ja keine Holzscheite wie bei Sinka! Der Fürst hat mich Ungebildeten zu sich genommen, um weniger bezahlen zu müssen. Und verspielt selber im Klub in einer Nacht tausend Rubel. Eine ganze Truhe voll Geld hat er. Den Frack soll ich ihm beschmutzt haben. Das war doch nicht ich! Eine Krähe war's. Ich bin für sie nicht verantwortlich. Auf dem Newski stehen die ganzen Statuen verdreckt, aber Ihnen wird bestimmt nichts von Ihrem Gehalt abgezogen. Oder?«

»Dafür bin ich nicht zuständig«, sagte Iwan Dmitrijewitsch. »Ich bin von der Kriminalpolizei, Mörder und Räuber jage ich. Was meinst du, wie ich dich gekriegt habe?«

»Sie kamen, und ich schlief.«

»Und warum bin ich zu dir gekommen und nicht zu einem anderen?«

»Ich hab's verzapft«, befand Fjodor zu Recht, »drum sind Sie auch zu mir gekommen. Wer soll sich denn dafür verantworten?«

Iwan Dmitrijewitsch war mit seiner Geduld fast am Ende, beherrschte sich aber noch.

»Gut, du hast's verzapft. Und wie habe ich es herausgefunden, dass du es warst?«

»Dazu braucht es keinen großen Verstand.«

»Keiner ist darauf gekommen!« Iwan Dmitrijewitsch konnte nicht länger an sich halten. »Bloß ich.«

»Chinesische Tassen hätte ich zerschlagen«, fuhr Fjodor fort. »Habe ich, bestreite ich ja nicht. Aber waren das etwa chinesische? Deutsche haben sie gemacht. Scheint bloß so,

dass es chinesische sind. Die Drachen haben Hundeohren…
Vorgestern komme ich zu ihm, nüchtern, wie es sich gehört:
So und so, Euer Durchlaucht, für den Monat, den ich bei
Ihnen gedient habe, darf ich um zehn Rubelchen bitten, sonst
reiche ich ein Ersuchen beim Gossudar ein. Und sie packen
mich beim Kragen, und mit der Visage zur Tür. Dazu noch
mit dem Stiefel in den Hintern… Was soll ich viel sagen! In
der Schenke habe ich Wodka getrunken, und Sie werden es
nicht glauben – nicht mal einen Schwips, der ganze Rausch
verbrennt im Gefühl der Kränkung…«

Iwan Dmitrijewitsch blieb stehen, packte Fjodor beim
Kragen und zog ihn zu sich heran:

»Wie hast du erfahren, dass ich weiß, dass du… Teufel
noch mal!«

»Wie, wie? Das wissen Sie ja wohl selbst, wie.«

»Ich weiß es. Und du?«

»Wie soll ich es von mir nicht wissen.«

»Du glaubst vielleicht, jemand hätte es mir gesagt?«

»Was sonst!« Fjodor griente. »Ist doch klar, dass sie gleich
am frühen Morgen zur Polizei gelaufen sind.«

»Wer sie?« Iwan Dmitrijewitsch schüttelte ihn.

»Sie«, sagte Fjodor. »Der Herr.«

»Was für ein Herr?«

»Mein ehemaliger Herr. Der Fürst.«

»Der Fürst?!«, rief Iwan Dmitrijewitsch verblüfft. Endlich
ging ihm auf, dass vor ihm womöglich der einzige Mensch in
der Stadt stand, der nichts vom Tode von Arensbergs gehört
hatte. Wozu hatte er dann den Napoleondor in die Kirche getragen?

»Was würgen Sie mich?«, brachte Fjodor heiser hervor
und reckte seinen dünnen Hals. »Wozu das Gegrapsche? Ich
leugne ja nichts, erzähle alles der Reihe nach.«

Sie gingen weiter.

Iwan Dmitrijewitsch warf Seitenblicke auf das Gesicht seines Begleiters – die trübsinnige morgendliche Physiognomie eines notorischen Säufers, ab und an erhellt vom letzten Abglanz der vorgestrigen Entschlossenheit. Es bestand keine Gefahr, dass er zu fliehen versuchte, einen Revolver brauchte Iwan Dmitrijewitsch nicht. Er verzichtete darauf, den Polizisten, der ihnen begegnete, als Bewacher mitzunehmen.

»Ich sitze in der Schenke«, berichtete Fjodor ohne die bisherige Lebhaftigkeit, da es Zeit wurde, von den Ursachen zu den Wirkungen überzugehen, »da setzt sich ein Kerl mit Zylinder zu mir an den Tisch. Fackelträger sei er. Nach dem Begräbnis vorbeigekommen, um sich die Kehle anzufeuchten. Ein Wort gibt das andere, na, und da erzähle ich ihm von meinem Ärger wie Ihnen jetzt. Er schnauft, scharrt mit den Händen auf dem Tisch herum und sagt: ›Wenn er es nicht geben will, nehmen wir es uns selber!‹ Ich sage: ›Wie denn? Gott beschütze dich, guter Mann!‹ Er sagt: ›Weißt du, wo der Fürst sein Geld liegen hat?‹ Ich sage: ›In einer Truhe, aber ich weiß nicht, wo der Schlüssel ist…‹ Er fragt: ›Hast du diesen Schlüssel gesehen?‹ – ›Habe ich‹, sage ich, ›er hat einen Ring wie so 'ne Schlange, die sich selber in den Schwanz beißt…‹ Er sagt…«

»Verstehe«, unterbrach ihn Iwan Dmitrijewitsch.

»Was verstehen Sie?«, fuhr Fjodor auf. »Was können Sie denn von meiner Seele verstehen? Ich wollte doch bloß zehn Rubel bekommen. Was mir zustand! Das Gehalt für den Monat und dass die Tassen auf christliche Weise berechnet werden. Und keine Kopeke mehr! Für die Kinder, dachte ich, kaufe ich Mitbringsel, und ab nach Ladoga, zur Frau. Nur weg von hier! Am Tage war ich bei meiner Gevatterin und habe mich ihr anvertraut. Sie ist eine gute Frau, Köchin bei einem Offizier von der Fontanka. Pewzow heißt er. Läuft in einem blauen Mantel herum… Die Gevatterin sagt: ›Morgen fahre ich in der herrschaftlichen Kutsche mit der Herrin eine Datscha ansehen und nehme dich, Gevatter, bis hinter die

Kontrollstelle mit. Dort, sagt sie, haben sie schon eine Beschreibung von deiner lieblichen Fratze. Meine Kutsche aber wird kein Polizist anzuhalten wagen. Sie liegen vor meinem Herrn alle auf dem Bauch!‹ Zur Nacht hat der Teufel mich mit diesem Fläschchen verführt. Bin eingeschlafen, ich Dummkopf.«

»Du wolltest der Reihe nach erzählen«, erinnerte ihn Iwan Dmitrijewitsch.

»Mhm… Wir gingen in die Millionka. Der Fackelträger sagt: ›Ich fühle von Herzen mit dir, Freund, von dem Fürstengeld brauche ich keine Kopeke!‹ Ich ziehe an der Tür – offen. Die Beine knicken mir ein, so zittere ich. Wir gehen rein – und in die Kammer. Als der Fürst dann in den Yachtklub fuhr, legte sich der neue Lakai gleich aufs Ohr. Da gingen wir in die Zimmer, suchten alles ab – kein Schlüssel. Die Truhe ist stabil gemacht, der Deckel aus Kupfer. Auch mit dem Feuerhaken kriegt man ihn nicht hoch. Jaa… Wir begannen auf den Fürsten zu warten. Ich hätte schon am liebsten das Weite gesucht, aber von wegen! Der Fackelträger lässt mich nicht. Endlich kommt also der Fürst. Wir gehen zu ihm rein ins Schlafzimmer, ziehen ihn von der Klingel weg, binden ihn. In den Mund ein Laken, damit er nicht schreit. Wo ist das Schlangenschlüsselchen?, fragen wir. Er schüttelt den Kopf: Sage ich nicht. Ein verwegener Herr! Ich nehme mir aus dem Tischchen zwei Goldmünzen. Da sehe ich, wie der Fackelträger sich die restlichen in die Tasche schüttet. Ich sage: ›Du Dieb! Was machst du?‹ Der wird zur Bestie, packt den Fürsten an der Kehle: ›Wo ist der Schlüssel?‹ Dann drückt er ihm ein Kissen aufs Gesicht. Ich kriege es mit der Angst, packe seine Hände, da stößt der mich vielleicht weg! Irgendetwas klappt, ich flüstere: ›Los, weg! Die Dienerschaft ist aufgewacht!‹ Und wir rennen weg…«

»Seid ihr zusammen weggerannt?«, wollte Iwan Dmitrijewitsch wissen.

»Nein, ich nach der einen Seite, er nach der andern.«

»Und was hast du von dem Fürsten mitgenommen?«

»Habe ich doch gesagt, zwei Goldene habe ich genommen.«

»Das ist alles?«

»Na klar! Fremdes brauche ich nicht.«

»Warum hast du eine in die Kirche gebracht?«

»Als ich für die Kinder Mitbringsel kaufen ging«, erklärte Fjodor, »fragte ich den Verkäufer: ›Wie viel Rubel gibst du mir für so eine Münze?‹ Er berät sich mit dem Ladenbesitzer und sagt: ›Zehn.‹ Genau so viel, wie mir der Fürst schuldete. Nun, denke ich, Fremdes brauche ich nicht. Aber zurückgeben geht ja nicht! Da habe ich die zweite in die Kirche gebracht. Kerzen habe ich hingestellt, ein Gebet für die Gesundheit des Fürsten bestellt: dass er nicht krank wird. Wir haben ihn ja ein bisschen sehr gedrückt … Ist der Fackelträger schon gefasst?«

»Na klar!«, sagte Iwan Dmitrijewitsch.

»Elender Dieb, der!«, schimpfte Fjodor. »Dabei ist er doch sauber gekleidet. In die Katorga gehört dieser verdammte Dieb … Und was wird mit mir?«

Iwan Dmitrijewitsch schwieg und schaute finster drein.

»Wahrscheinlich werden sie mir hundert Rutenstreiche verpassen«, mutmaßte Fjodor. »Mehr kaum. Wofür? Wäre ich nicht gewesen, hätte der Herr auch dran glauben können unter dem Kissen. So ist es doch?«

»Er ist auch gestorben dort«, sagte Iwan Dmitrijewitsch.

Fjodor, der gerade sein Brot aus der Tasche zog, bekreuzigte sich plötzlich fieberhaft mit diesem Brot, dann steckte er es in den Mund, biss ein Stückchen ab, hielt inne, begann zu kauen, bewegte die Kiefer langsam und schief, als hätte er nicht Brot im Mund, sondern ein Stück Teer, aus dem er die kleben bleibenden Zähne herausreißen müsse.

Sie standen vor einem Ladeneingang. »Verkauf von Lehrbüchern und Landkarten für den Schulunterricht«, las Iwan Dmitrijewitsch.

»Warte hier«, sagte er zu Fjodor und stieß die Tür auf.

Hinter einem Schreibpult saß der Besitzer, auf der anderen Seite betrachteten zwei Jungen die an den Wänden hängenden Kontinente, die im Hellblau untergingen. Flüsternd unterhielten sie sich über irgendwelche achtzehn Kopeken, doch ihre Gesichter waren wie bei Wallfahrern, die nach ihrem langen Weg die Schwelle des ersehnten Heiligtums überschritten haben.

Iwan Dmitrijewitsch trat zu der großen Europakarte mit den bunten Flecken der Imperien, Königreiche und Republiken. Auf allen solchen Karten war Russland dunkelgrün eingefärbt, die Besitztümer des Sultans erhielten ein helleres Grün, die von Franz Joseph ein grelles Gelb, während Italien die Farbe von dürrem Eichenlaub trug, als herrsche hier ewiger Herbst. Nachdem er kontrolliert hatte, ob alle vier Hauptstädte an Ort und Stelle waren, sah Iwan Dmitrijewitsch zum Fenster. Ach, du mein Gott! Ist denn das die Möglichkeit! Er hatte erwartet, die Vortreppe leer zu finden, doch nein: Unbewacht geblieben, dachte Fjodor gar nicht daran zu fliehen, gehorsam saß er auf einer Stufe. Sein Kopf war auf die Knie gesunken, der Filzhut lag auf der Erde.

»Ich bin von der Polizei«, sagte Iwan Dmitrijewitsch leise, zum Ladenbesitzer hinuntergebeugt. »Wo ist bei Ihnen der Hintereingang?«

Über einen Hof gelangte er zu einer Parallelstraße, hielt eine Droschke an und ließ sich nach Hause fahren, unterwegs träumte er von heißem Tee mit Zitrone und Zucker, ohne alle Kräuter, die der Teufel holen sollte.

Gleichzeitig dachte er daran, dass heute, wenn Pupyr unter der Last der Beweise den Mord an von Arensberg gestanden und seinen Komplizen genannt hatte, Sytsch und Konstantinow sich aufmachen würden, um diesen Tropf von Fjodor zu fangen, ohne ihn zu kriegen. Was tun! So waren sie eben, seine Vertrauensagenten.

Seine Frau empfing ihn in der Diele. Sein Sohn kam mit dem Schmetterling angelaufen, der wieder mit beiden Flügeln schlagen konnte.

»Da war bloß ein kleiner Nagel einzuschlagen«, sagte seine Frau, die damit nicht prahlen wollte, sondern sich im Gegenteil eher entschuldigte, dass sie ihren Mann um diese Lorbeeren gebracht, ihm nicht die Möglichkeit gegeben hatte, sich als echter Vater zu beweisen.

»Hast du in der Nacht geschlafen?«, erkundigte sich Iwan Dmitrijewitsch.

»Was für eine Antwort möchtest du denn hören? Was ist dir lieber – dass ich mir Sorgen gemacht und kein Auge zugetan oder dass ich geschlafen habe wie ein Ratz?«

»Nun, wenn ich zwischen meiner männlichen Eitelkeit und deiner Gesundheit wählen kann, so wähle ich Letzteres.«

»Dann darfst du annehmen, dass ich geschlafen habe.«

»Und wie war's wirklich?«

»Gegen Morgen bin ich ein bisschen eingeschlummert«, gestand seine Frau.

Iwan Dmitrijewitsch gab ihr einen Kuss. Während sie ihn umarmte, nahm sie mit der anderen Hand seinen Regenschirm vom Garderobenständer.

»Bedauerst du, ihn nicht mitgenommen zu haben?«

»Und wie ich es bedauere.«

»Wirst du künftig auf mich hören?«

»Werde ich, werde ich.«

»Bitte, Wanja, diese Antwort möchte ich nicht von dir bekommen. Antworte einfach: Werde ich. Wenn du sagst ›werde ich, werde ich‹, willst du mich bloß abwimmeln. Stimmt doch?«

Iwan Dmitrijewitsch gab ihr noch einen Kuss und ging ins

Waschzimmer. Den Schmetterling vor sich herrollend, trappelte Wanetschka hinter ihm her. Beide Flügel hoben und senkten, hoben und senkten sich.

III

Zwei Wochen später wurde Iwan Dmitrijewitsch auf die Fontanka zu Schuwalow bestellt. Er erschien in dessen Vorzimmer eine halbe Stunde früher, wurde jedoch erst eine halbe Stunde nach der ihm festgesetzten Zeit in sein Büro vorgelassen. Diesmal behandelte Schuwalow ihn mit ausgesuchter Höflichkeit, kalt und unzugänglich, als hätte es jene Nacht in der Millionnaja nicht gegeben. Seinem Gesicht las Iwan Dmitrijewitsch ab, dass es überhaupt nichts gegeben hatte – weder Boew samt Kerim-Bek noch den Oberstleutnant, noch die Strekalows, noch den zerfetzten Brief und den polnischen Thronanwärter, und schon gar nicht, versteht sich, hatte es ein Ultimatum gegeben, Verzweiflung, den von Schuwalows Uniform weggesprungenen und wie ein Hagelkorn gegen die Fensterscheibe geschlagenen Haken. Den unartikulierte Laute hervorbringenden Chotek hatte es selbstverständlich auch nie gegeben. Niemand hatte die Absicht gehabt, den als Mörder entlarvten Botschafter zum Trumpfass in einem großen Spiel zu machen, und die »Triumph der Venus« war, wie ein Gespensterschiff, bei den ersten Strahlen der aufgehenden Sonne verschwunden. Ein Trugbild, ein böser Traum, von dem man, aufgewacht, nicht sagen kann, ob man all das jetzt eben geträumt hat oder vor vielen Jahren.

Dienstlich war Iwan Dmitrijewitsch dem hauptstädtischen Polizeimeister unterstellt, dieser dem Chef des Polizeidepartements und der wiederum dem Minister des Innern, doch Schuwalow hatte einen stärkeren und längeren Arm.

Irgend so ein Putilin! Was war denn der? Ein Nichts, ein mickriger Kriminalpolizist. Ein durchtriebener Schurke und Possenreißer – wie konnte er es wagen, dieses ungeheuerliche Schauspiel zu inszenieren? Letzten Endes wurden sich alle Vorgesetzten Iwan Dmitrijewitschs seufzend darin einig, dass Herr Putilin als Chef der Kriminalpolizei abgelöst werden müsse. Zur Last gelegt wurden ihm die nicht beizeiten unterbundenen Gewalttaten Pupyrs.

Hinzu kam das von der Presse ausgesprochene Verdikt. Zwar war in den Zeitungen bis zuletzt nichts über die Ermordung von Arensbergs zu lesen gewesen, lediglich die *Sankt-Peterburgskije wedomosti* brachten eine winzige Meldung über seinen Tod – ohne Angabe der Ursachen, doch der liberale *Golos* veröffentlichte nicht ohne Schuwalows Wissen einen langen allegorischen Beitrag über einen auf tragische Weise ums Leben gekommenen namenlosen ausländischen Diplomaten und einen – ebenfalls namenlosen – Ordnungshüter. Letzterer, behauptete der Verfasser, hätte von dem geplanten Verbrechen vorher gewusst, aber nichts unternommen, um danach den Mörder rasch fassen und zwei Orden zu bekommen – einen russischen und einen vom Regenten des Staates, dessen Repräsentant der Ermordete gewesen sei. Unter dem Artikel stand ein Pseudonym, was viele als eine Art Koketterie seines Verfassers ansahen. Der Stil, die Leidenschaftlichkeit, die höhnische Schärfe und die politische Gewagtheit der Formulierungen verrieten eindeutig die Handschrift Pawel Awraamowitsch Kungurzews.

Dass der ehemalige Lakai von Arensbergs und Komplize Pupyrs geflohen und nicht gefasst worden war, hätte noch ein Anklagepunkt werden können, wurde es jedoch nicht. Von seinem Gewissen geplagt, hatte sich Fjodor gestellt.

»Wie Sie sehen«, sagte Schuwalow, als Iwan Dmitrijewitsch sich mit der neuesten, druckfrischen Ausgabe des *Golos* vertraut gemacht hatte, »sieht es schlecht für Sie aus. Man kann Sie einfach entlassen, man kann aber auch … Man kann ein Ermittlungsverfahren einleiten.«

Hinter Schuwalow stand als unheildrohender Schatten Pewzow. Er machte ein gleichmütiges Gesicht, doch von Zeit zu Zeit durchbohrten seine eingefallenen Augen hasserfüllt Iwan Dmitrijewitsch. Der bekam unter diesem Blick unwillkürlich eine Gänsehaut. Pewzow war merklich abgemagert, die Uniform hing an ihm wie an einer Vogelscheuche, dafür glänzten auf seinen Schultern Oberstleutnantsepauletten. Iwan Dmitrijewitsch wusste, dass die Italiener ihn auf einer wilden unbewohnten Insel ausgesetzt hatten, wo er sich eine Woche lang von Tang und ans Ufer geworfenen toten Fischen ernährte. Als ihn estnische Fischer auflasen, bekam er kein Wort heraus, weinte nur und sah seine Retter mit Wahnsinnsaugen an.

»Doch derartige Maßnahmen erscheinen mir über die Maßen streng«, fuhr Schuwalow fort. »Sie tun mir Leid. Ich denke, eine vernünftige Haltung Ihrerseits vorausgesetzt, können Sie durchaus mit der Stellung eines Gehilfen des Revieraufsehers auf dem Trödelmarkt rechnen. Oder wohl sogar auch mit der des Aufsehers. Einverstanden?«

»Ergebensten Dank« erwiderte Iwan Dmitrijewitsch. »Nie werde ich die Huld Eurer Erlaucht vergessen.«

Er verbeugte sich und ging los zum Trödelmarkt.

Die Dienstpferde wurden ihm weggenommen, die Droschkenkutscher rissen sich nicht mehr um die Ehre, den ehemaligen Chef der Kriminalpolizei zu fahren, kostenlos zumal. Iwan Dmitrijewitsch gewöhnte sich daran, zu Fuß zum Dienst zu gehen. Manchmal begegneten ihm unterwegs die Strekalows, ein selten harmonisches Ehepaar. Sie begleitete ihn zum Vermessungsamt, die Gatten gingen Arm in Arm, stützten einander mit einer fürsorglichen Ergebenheit, wie sie zwischen alten Leuten zu beobachten ist, die ihren Lebensabend in einer letzten, nahezu himmlischen Liebe verbringen. In der ersten Zeit nickten sie Iwan Dmitrijewitsch noch widerstrebend zu, später aber taten sie, als bemerkten sie ihn nicht. Was auch verständlich war, möchten die Menschen doch stets glauben, sie verdankten ihr Glück allein sich selbst und nicht fremdem Zutun. Jeder wahre Mann wählt den Schlüssel zu seiner Rose allein aus, und jede Frau schmerzt es, daran zu denken, dass bei ihr alles anders gewesen ist.

Auch viele andere bemerkten und erkannten Iwan Dmitrijewitsch nicht mehr. Allerdings gab es auch Leute, die sich in der Not nicht von ihm abwandten. Sytsch zum Beispiel war ebenfalls Gehilfe des Revieraufsehers auf dem Trödelmarkt geworden, nur auf niederer Stufe, und Konstantinow blieb auch unter dem neuen Chef der Kriminalpolizei Vertrauensagent Iwan Dmitrijewitschs.

Epilog

Im Laufe der Nacht trank jeder fünf oder sechs Tassen Kaffee, und von dem Zwieback im geflochtenen Körbchen blieben bloß Krümel. Längst hatte der Hahn gekräht, es begann zu tagen. Safronow klappte sein Heft zu, dehnte sich selig, knackte mit den ineinander verschlungenen Fingern und brachte gähnend nur mühsam hervor:

»Jaa, das ist eine lange Sitzung geworden…«

In diesem Augenblick erbebte etwas im Inneren der großen Wanduhr, zu der er während der Nacht immer wieder durch die geöffnete Verandatür hinübergeblickt hatte. Dann kam ein dumpfes warnendes Surren aus der Uhr. Safronow schielte mit höhnischer Verwunderung zu ihr hin. Nicht ein Mal hatte sie bisher geschlagen, auch um Mitternacht nicht, jetzt aber war sie plötzlich erwacht und ließ dem Surren zwölf schwere Schläge folgen. Dabei standen die Zeiger auf fünf Uhr vierundvierzig Minuten. Draußen im Garten traten die Stämme der Apfelbäume immer deutlicher aus dem Morgengrauen hervor.

»Ja, ich hatte vergessen, Sie darauf hinzuweisen«, sagte Iwan Dmitrijewitsch leise und ernst, »diese Uhr ist so eingestellt, dass sie nur einmal am Tage schlägt. Genau in der Minute, in der meine Frau starb.«

»Und Sie wachen jedes Mal auf?«

»Wie das bei alten Leuten so ist, schlafe ich um diese Zeit meist nicht mehr«, erwiderte Iwan Dmitrijewitsch, wobei er seine rechte Backenbarthälfte zu einem Zöpfchen flocht.

Zeitlebens hatte seine Frau versucht, ihm das abzugewöhnen, doch war ihr Leben dafür zu kurz gewesen.

Er erhob sich und schlug seinem Gast vor, zum Flussufer zu gehen und sich den Sonnenaufgang anzusehen. Safronow hatte nichts dagegen, sie stiegen hinunter in den Garten, der bei der Windstille von einem besonders ausgeprägten zarten und reinen Geruch von feuchtem Grün erfüllt war. Unsichtbare Vögel zwitscherten im Laub. An einem der Apfelbäume vorbeigehend, brach Iwan Dmitrijewitsch einen vertrockneten Zweig ab und bat Safronow, es bei einem zweiten, an den er selbst nicht herankam, für ihn zu besorgen.

Während ihm Safronow die Bitte erfüllte, ertappte er sich bei dem Gedanken, dass ihm die Welt hier weniger real erschien als jene in seinem Heft festgehaltene. Dort war alles anders als hier. Dort gestanden Leute aus Liebe Verbrechen, die sie gar nicht verübt hatten, sahen, was gar nicht existierte, und bemerkten nicht, was offenkundig war. Legenden lösten sich dort in Nichts auf und schrumpften nicht vor aller Augen ein wie Mumien; dort blendete die Wahrheit noch mit ihrer Nacktheit, und eine dreiköpfige Frau schien etwas weit Normaleres zu sein als die Ermordung eines ausländischen Diplomaten. Jene Welt war für immer verschwunden, doch aus ihr hervorgegangen war der Besitzer dieses paradiesischen Gartens, der ihm jetzt einen im Gras gefundenen und an seiner Jacke abgewischten Apfel reichte, ein listenreicher rechtschaffener Mann mit rotem Backenbart, ein Wahrheitssucher, ein Beschützer der Unschuldigen, ein Kenner des weiblichen Herzens und ein Freund von Salzpilzen.

Sie gingen weiter.

»Wenn wir das Honorar bekommen, decke ich das Dach neu, repariere den Zaun, grabe einen neuen Brunnen. Und wissen Sie, wenn ich sterbe, möchte ich meinem Sohn etwas Geld hinterlassen«, sagte Iwan Dmitrijewitsch im Gehen. »Und was wollen Sie mit Ihrem Anteil machen?«

»Ich deponiere ihn bei der Bank, damit er Zinsen bringt.«

»Vernünftig. Haben Sie ein Bankkonto?«

»Ich werde eins haben, wenn wir dieses Buch schreiben. Es müsste sich gut verkaufen.«

»Geb's Gott!«, sagte Iwan Dmitrijewitsch.

Er ging voran. Seinen breiten Rücken und kräftigen Nacken vor Augen, fragte Safronow:

»Was macht Ihr Magen?«

»Meine Frau ist gestorben, und gleich gab sich alles. Sie haben ja selbst gesehen, ich trinke eine Tasse Kaffee nach der andren, esse alles, ohne mich vorzusehen. Aber die Sehnsucht! Wie ein Wolf könnte ich heulen.«

»Ist es schon lange her?«

»Im vorletzten Jahr war es. Ihr gefiel diese Gegend, ich habe sie auch hier beerdigt.«

Der Garten war zu Ende, der Pfad schlängelte sich durch Wildrosengebüsch. Bald gelangten sie zum Wolchow und setzten sich zwischen riesigen Trauerweiden auf eine Bank. Safronow kaute seinen Apfel.

»Die Weide ist mein Lieblingsbaum«, sagte Iwan Dmitrijewitsch.

Dann erzählte er, diese Bank habe er selbst gebaut und hier am Fluss hingestellt, um manchmal über dem fließenden Wasser seinen wehmütigen Gedanken nachzuhängen. Die gleiche Bank stand am Grab seiner Frau.

»Hier fühle ich mich wohl«, sagte er. »Am Nachmittag komme ich her, sitze, schaue auf den Fluss, lese Victor Hugo.«

»Sie mögen Hugo?«

»Er war der Lieblingsschriftsteller meiner Frau. Sie hat ihn immer Wanetschka vorgelesen, als er noch klein war.«

»Übrigens«, fiel Safronow ein, »wo Hugo, da ist auch Charles Dickens. Sie zeigten mir ein Zitat von ihm, das Sie als Motto zum Kapitel über das Verbrechen in der Millionnaja verwenden wollten. Dort liegt eine Frau auf dem Sofa und träumt allen möglichen Graus...«

»Weil sie unbequem liegt«, unterbrach ihn Iwan Dmitrijewitsch.

»Was ist der Sinn des Mottos?«

»Dass die Unnatürlichkeit der Lage Ungeheuer gebiert.«

»Ich dachte, die gebiert der Schlaf der Vernunft«, meinte Safronow schmunzelnd.

»Ihre Variante ist ein Sonderfall der meinigen«, bemerkte Iwan Dmitrijewitsch, »der Traumzustand ist für die Vernunft ja unnatürlich. Und der Sinn des zweiten Mottos ist Ihnen verständlich? ›Es kam ein Botschafter, der war stumm, brachte eine Urkunde, die war nicht geschrieben.‹ Erinnern Sie sich?«

»Nun, in diesem Fall erweckt das Wort ›Botschafter‹ gewisse Assoziationen. Chotek kommt einem in den Sinn, sein Brief an Strekalow.«

»Das ist alles?«

»Eigentlich ja«, sagte Safronow, der sich nicht weiter auf diese Metaphysik einlassen wollte.

»Schade. Ich hatte gehofft, Sie würden mir beim Formulieren helfen. Ich fühle, dieses Rätsel birgt etwas, was mit dem Tod von Arensbergs im Zusammenhang steht, kann es aber nicht in Worte fassen.«

»Ach, hol's der Kuckuck!« Safronow winkte ab. »Besser, Sie würden Ihren Bericht zu Ende bringen.«

»Wie?«, fragte Iwan Dmitrijewitsch verwundert. »Habe ich ihn etwa nicht zu Ende gebracht? Was brauchen Sie denn noch? Der Mörder ist gefasst. Die Schuldigen, einschließlich meiner Person, sind bestraft.«

»Darum geht es ja! Soweit mir bekannt, haben Sie die ganzen letzten Jahre die Kriminalpolizei von St. Petersburg geleitet. Also werde ich unseren Lesern erklären müssen, wie es Ihnen gelang, sich Schuwalow wieder gewogen zu machen. Oder ist das eine Extrageschichte?«

»Da gibt es keine Geschichte, alles verhält sich ganz einfach. Ein halbes Jahr nach den Vorgängen in der Millionnaja überschwemmten Mörder und Räuber Petersburg, abends trauten sich die Leute nicht mehr aus dem Haus. Nur im Stadtzentrum gab es noch eine kleine Insel von Ruhe und Ordnung…«

»Den Trödelmarkt?«, erriet Safronow.

»Genau. Was sollten sie machen, sie sahen sich gezwungen, mich wieder zum Chef der Kriminalpolizei zu ernennen. Von diesem Amt bin ich dann in den Ruhestand gegangen.«

Safronow zog eine saure Miene.

»Sie glauben es wohl nicht?«, fragte Iwan Dmitrijewitsch lächelnd.

»Ehrlich gesagt, nein. Und ich fürchte, die Leser werden es auch nicht glauben. Es sind ja keine Dummköpfe. Falls Sie auf Dummköpfe setzen, hätten Sie sich einen anderen Helfer nehmen müssen.«

»Wenn es so ist, dann streichen Sie in Ihrem Heft die letzten zwei, drei Seiten und schreiben Sie, dass Schuwalow mir verziehen habe.«

»Nein, nein, das ist genauso unwahrscheinlich. Solche Sachen zu verzeihen, war Pjotr Andrejewitsch nicht der Mann.«

»Dann lassen Sie uns die ganze zweite Hälfte der Geschichte streichen«, schlug Iwan Dmitrijewitsch nach kurzem Überlegen vor. »Von der Episode ab, in der ich Chotek bezichtige. Mag er der Mörder sein. Weiter schreiben wir, dass Kanzler Gortschakow Kaiser Franz Joseph versprach, den Vorfall mit dem Mörder von Botschafter nicht publik zu machen, und Wien im Gegenzug seine Forderung unterstützte, die für Russland demütigenden Bedingungen des Pariser Friedensvertrages aufzuheben. Napoleon III. hat uns diesen Vertrag nach dem Krimkrieg aufgezwungen. Einer seiner Artikel, der nachteiligste für uns, verbot Russland, im Schwarzen Meer eine Kriegsflotte zu unterhalten.«

»Ich erinnere mich«, Safronow nickte, »das haben wir im Gymnasium behandelt.«

»In jenem Jahr 1871 also«, fuhr Iwan Dmitrijewitsch fort, »erhielt Gortschakow Unterstützung aus Wien, und dieser Vertragspunkt wurde aufgehoben. Unsere Kriegsschiffe kehrten nach Sewastopol zurück, was unseren Interessen sehr dienlich war, begann doch sechs Jahre später der Krieg gegen die Türken. Schipkapass, Plewna, General Skobelew auf dem weißen Pferd, Gurko in San Stefano, erinnern Sie sich? Gleichwohl hätten wir ohne Flotte nicht siegen können, die Bulgaren wären unter der Herrschaft des Sultans mit seinen Baschibosuks geblieben. Daran, dass Boews Heimat befreit wurde, hatte ich meinen Anteil. Mein Scharfsinn…«

»Stopp!«, sagte Safronow. »Das geht auch nicht. Erzählen Sie, wie es wirklich gewesen ist.«

»Ich weiß es nicht mehr.«

»Ach nein! Wer weiß es dann?«

»Niemand. Nach so vielen Jahren!«

Sie saßen am äußersten Rand des Steilufers, direkt unter ihnen durchschnitten Segler die Luft. Die Sonne war noch nicht aufgegangen. Unter dem weißlichen Himmel erschien die Flussoberfläche matt, Nebel brodelte über den Weiden am gegenüberliegenden Flachufer. Schwarz schimmernd lag dort eine festgemachte Fähre.

»Na schön, den Sonnenaufgang können wir uns auch morgen noch ansehen. Gehen wir schlafen«, sagte Iwan Dmitrijewitsch gähnend.

Safronow warf den Apfelgriebs zum Fluss hinunter, wartete das Plätschern ab, und dann machten sie sich auf den Rückweg – durch das Wildrosengebüsch und den Obstgarten zum Haus mit der Veranda, wo sie noch einen ganzen Monat zusammen verbrachten.

DON DELILLO

»Ein Jahrhundertwerk, nicht mehr.
Und vor allem nicht weniger.«
Die Zeit
»*Unterwelt* ist ein grandioser Wurf!«
Der Spiegel

44074

GOLDMANN